LA FEMME CHOISIE

DU MÊME AUTEUR

DÉBORAH, 5 tomes, Éditions de Trévise, 1970-1976; J'ai Lu.

LES ROUGEVILLE, 4 tomes, Éditions de Trévise, 1979-1985.

LES ÉMIGRÉS DU ROI, Éditions Belfond, 1985; J'ai Lu, 1987.

DAISY ROSE, Éditions Belfond, 1986; J'ai Lu, 1989.

LE SOLEIL D'AMÉRIQUE, Éditions Belfond, 1988; J'ai Lu.

LES HÉRITIÈRES DE BOIS-MAUDUIT, Presses de la Cité, 1991.

LES CAVALIERS DU SOLEIL, Presses de la Cité, 1992.

COLETTE DAVENAT

LA FEMME CHOISIE

roman

BERNARD GRASSET

PARIS

Le 24 septembre 1572, à Cuzco, ville du Pérou, mourait Tupac Amaru, le dernier Inca, décapité sur ordre du vice-roi d'Espagne. Sa dépouille, torturée, tronquée, pourrait illustrer la tragédie que vivait le plus colossal empire du Nouveau Monde, depuis que Pizarro en avait fait la conquête, quarante ans plus tôt.

Prologue

Il pensa qu'elle avait la peau très claire pour une Indienne. Son âge? Quel qu'il fût, on ne s'y arrêtait pas. La structure du visage fascinait... Les hommes avaient dû se damner pour émouvoir ces longs yeux, forcer cette bouche! Machinalement, jaillissaient à l'esprit de Juan de Mendoza des réflexions d'un autre temps, celui où il allait brûlant sa jeunesse, un temps qu'il avait cru enterré sous le repentir, les prières et les mortifications, et dont, soudain, l'Indienne lui restituait les charmes vénéneux. La haine étourdit le jésuite, haine, répulsion que suscitait en lui toute évocation de la femme, mais qui n'étaient peut-être que peur de lui-même et de ses faiblesses d'homme. Il se raidit. On l'avait envoyé chez cette femme pour établir sa culpabilité, la confondre, et, dans tout jugement, la tête doit rester froide.

Il dit :

– Doña Inés? Je suis le père Juan de Mendoza. Veuillez, je vous prie, excuser cette intrusion dans votre demeure. Une bien agréable demeure.

– Un ancien palais, comme toutes les maisons et couvents qui bordent la rue de Saint-Augustin. Après le grand incendie de Cuzco, vos compatriotes en ont gardé les murs de granit, en guise de soubassements, et élevé dessus ces façades plâtrées de chaux aux délicates nuances, plus à leur goût que notre massive architecture. Avez-vous senti dans le patio le parfum du jasmin et des

9

œillets? Les plants viennent d'Espagne. Quand Son Excellence le vice-roi me fait l'honneur de dîner à ma table, il dit avoir l'impression de se trouver à Séville... Mais prenez un siège, Père! En quoi puis-je vous être utile?

– Vous maîtrisez superbement notre langue, madame.

Elle sourit.

– On vous l'aura dit, feu mon époux était espagnol.

On le lui avait dit. Et bien plus.

Le portrait tracé par le père général fleurait l'enfer!

« Vouée au vice dès l'enfance selon les bestiales coutumes de l'ancien Empire inca, figure quasi légendaire de la révolte indienne durant la Conquête, puis convertie, mariée à un capitaine espagnol, intime des Pizarro, et bientôt veuve, voilà la femme! Un parcours ambigu qui corrobore les accusations portées contre elle, à savoir favoriser dans tout le Cuzco l'action des idolâtres, encourager les sacrifices humains, les envoûtements et autres pratiques de sorcellerie, qui continuent à proliférer malgré nos efforts.

« La tâche de démasquer ces agissements ne peut être confiée qu'à un religieux étranger aux affaires du Pérou. Les autorités royales et ecclésiastiques de ce pays ne jurent que par elle. L'or trouble l'optique, huile les consciences, altère les mémoires. Son passé s'efface devant la manne qu'elle répand... Habile, perverse, démoniaque sont les qualificatifs qui reviennent le plus souvent dans les dénonciations que le Saint-Père détient, et dont les auteurs ont demandé à conserver l'anonymat jusqu'à aboutissement de nos investigations, craignant pour leurs vies... Hélas! rumeurs, présomptions n'égalent pas preuves, surtout quand l'incriminée jouit d'un indéniable prestige, tant parmi les siens que parmi les nôtres! Il nous faut donc des preuves ou, à défaut, l'intime conviction d'un esprit pertinent, serein, impartial... »

– Madame, dit Juan de Mendoza, on m'a vanté votre piété et votre générosité de cœur. C'est à celles-ci que je m'adresse. Notre père général, Francisco de Borgia, ancien vice-roi de Catalogne et mien parent, m'a chargé d'une mission particulière qui intéresse au premier chef Sa Sainteté le pape. J'ose donc espérer votre aide.

– Sans en savoir plus, Père, considérez cette aide comme acquise. Adhérer à votre foi m'a tellement enrichie!

– Notre ambition, madame, est de parvenir à mieux comprendre les populations du Pérou, leurs mœurs, les contraintes, les instincts auxquels elles obéissent. Nous avons déjà implanté quelques collèges. Par manque de formation de nos compagnons, l'entreprise n'a guère donné jusqu'à présent de résultats. D'où la conclusion qu'avant de défricher et bâtir, il est impératif d'explorer tout d'abord, et en profondeur, le terrain.

– Le terrain?

– Je parlais des populations, madame.

– Ha! Excusez-moi... Poursuivez.

– A Lima, les pères m'ont fourni un interprète. Mon dessein est de parcourir la région, village par village, et de nouer des relations avec les habitants. Pour cela...

– Nouer des relations dans les villages! Père Juan! On voit que vous arrivez d'Espagne! Le Pérou est un autre monde, un monde de vainqueurs et de vaincus, et les vaincus ne parlent pas aux vainqueurs. Les Espagnols nous ont apporté les fruits de leur civilisation, nous sommes quelques-uns à les savourer, mais le peuple... un peuple secret, rude à la tâche, surtout dans les monts... notre peuple s'accroche à ses anciennes coutumes. Que voulez-vous, pour lui, le bon temps est le temps où vous n'étiez pas là! Même les jeunes, qui ne l'ont pas connu, en rêvent. Et contre les rêves, comment lutter? En fait, le rêve constitue aujourd'hui pour ces gens l'essentiel de l'existence. Rêver de ce qui était.

– Rêver n'est pas vivre. Vos paroles, madame, m'incitent encore plus vivement à aller de l'avant. Ce qui manque à ces infortunées créatures, c'est de s'épanouir sous le regard de Dieu. Vous, qui les connaissez, pouvez leur être d'un grand secours. Serait-ce trop vous demander de m'introduire dans quelques villages des alentours ? Votre présence accréditerait ma démarche, délierait les langues.

Avec une soudaine animation, et c'était la découvrir autre, plus belle encore, car le marbre se faisait chair, elle dit :

– Avez-vous déjà bu de la *chicha* ? Non ! Si vous souhaitez comprendre notre peuple, Père, c'est par là qu'il vous faut commencer. La *chicha* est le lait de notre terre, et la terre, notre mère !

Elle se leva, déployant une haute taille. Les pans de sa mante brodée de couleurs vives palpitaient comme des ailes d'oiseau. Elle boitait légèrement. En passant devant un miroir, elle s'arrêta. Juan de Mendoza sentit qu'elle l'observait. Puis elle alla prendre sur un buffet deux gobelets d'or, les remplit, et se retourna.

– Vous ne tirerez rien de nos gens, vous n'en apprendrez rien. L'unique moyen de savoir ce qu'ils ont dans la tête est de vous orienter vers le passé où leurs pensées, leurs cœurs demeurent ancrés. Ce temps, je l'ai vécu. Acceptez de partager mon souper, et je vous le décrirai... On vous aura sans doute dit beaucoup de choses sur moi, mais vous a-t-on dit que je suis née dans un village et que mes parents étaient de simples paysans ?

– J'avoue que non. Et quand on vous voit, madame...

– Il ne faut jamais se fier à ce que l'on voit. La vérité est ailleurs.

1

Je ne voudrais pas, Père Juan, que vous vous mépreniez. Pour une femme issue d'un milieu modeste, il n'y avait à l'époque dont je vais vous parler, et il n'y a maintenant encore, qu'un moyen de s'élever : l'image que la femme projette est son capital. A elle de le bien gérer. C'est là qu'interviennent ses qualités potentielles, sans lesquelles cette femme n'existera qu'en tant qu'objet, et un objet, on s'en lasse, on le jette, on le brise ! Aussi, la beauté n'est-elle pas un sujet vulgaire, licencieux ou frivole comme on le pense trop, et si je suis amenée à évoquer l'apparence dont la nature m'a dotée, ce sera en toute humilité. Mon orgueil n'est d'être que ce que ma volonté m'a faite.

Le jour de ma naissance, un jour du mois de septembre d'après votre calendrier, tout notre village en habits de fête ensemençait les terres de l'Inca [1]. Ma mère, face à mon père, lançait les précieuses graines de maïs dans les trous qu'il creusait avec sa *taklla*. Lorsqu'elle sentit les premières contractions, elle fit signe à ma sœur de continuer sa tâche, et monta dans les pâtures. Si j'en juge par le spectacle affligeant qu'offre une

---

1. Rappelons que le mot *Inca* ne désignait que l'Empereur, Fils du Soleil, et ceux de son sang, à l'exception de quelques chefs de province, nommés « Incas par privilège ».

Espagnole en pareil cas, le Créateur a été clément envers nous : nous accouchons sans efforts.

Ma mère coupa le cordon ombilical avec ses ongles, alla au ruisseau, s'y trempa pour se purifier et se laver, et me baigna également. L'eau qui sourd des pics andins est glacée, mais ainsi le veut l'usage, afin que le nouveau-né, dès qu'il reçoit la vie, apprenne que tout se paye ici-bas, et ceci vaut pour les fils de l'Inca comme pour la progéniture du commun.

Etant née durant les semailles, on me baptisa provisoirement « Pluie de Maïs », un nom censé m'attirer les grâces des puissances bénéfiques.

Quand je fus en âge, ma mère me retira du berceau dans lequel je demeurais attachée – une caisse légère en planches, montée sur quatre pieds, ceux de la tête plus hauts –, qu'elle transportait partout sur son dos pour pouvoir vaquer les mains libres à ses occupations, et elle m'installa çà et là dans des trous bourrés de chiffons, où je gigotais à l'aise et commençai à inspecter de l'œil mon minuscule royaume.

De la route menant à Cuzco, vous avez certainement vu, Père Juan, nos magnifiques champs en terrasses, que soulignent les murs de soutènement et qui ressemblent à des marches géantes taillées à flanc de mont. A cette altitude idéale, sur ces paliers de terre riche apportée motte par motte à dos d'homme par nos ancêtres, nous cultivons le maïs. Au-dessus, à mi-pente, se niche le village.

Le nôtre regroupait une trentaine de chefs de famille.

Nous habitions une maisonnette, identique à celles qui l'entouraient. Un toit de chaume, des murs faits de terre mélangée à des pierres et à des touffes d'herbe, une seule ouverture : la porte, si basse que les adultes devaient ramper pour la franchir, ceci afin de conserver la chaleur animale. Il gèle chaque nuit sur ces hauteurs.

Ne vous attendez pas à ce que je vous décrive le mobilier. La quantité de meubles dont les Espagnols encombrent leurs demeures continue à m'étonner! Pourquoi tant de lits, de tables, de sièges qui amollissent le corps et lui enlèvent de sa dignité naturelle, alors que l'on vit au ras du sol très commodément, et même luxueusement quand celui-ci se tapisse de laines soyeuses ou de peaux de jaguars? Chez nous, vous vous en doutez, rien de tel, une nudité sans ornements. Quelques niches creusées dans les parois pour ranger nos effets et nos ustensiles, le fourneau d'argile servant à la confection des repas, le métier à tisser pendu à une cheville, les couvertures dans lesquelles nous nous enroulions pour dormir. Et j'aurais dû citer en premier nos *conopa*, trois pierres polies comme des galets, incrustées de paillettes brillantes, dont l'une esquissait la forme d'un oiseau aux ailes repliées, et qui étaient nos amulettes, les forces bienfaisantes de notre foyer.

Dans cette unique pièce, les *cuy* ou cochons d'Inde, que nous élevions, menaient la sarabande. Leurs déjections, la fumée du fourneau, la suie qui encrassait les parois et nos propres odeurs s'accumulant jour après jour dégageaient un fumet puissant qui eût fait défaillir un étranger. Il était pour nous amical et réconfortant.

Dans l'enclos que délimitaient notre maisonnette et trois autres, nous parquions notre bien le plus précieux : deux lamas. Les lamas, les instruments aratoires, la maisonnette et son contenu appartenaient à mon père. En revanche, le lopin de terre que chaque chef de famille recevait en se mariant restait la propriété de la communauté.

Dès que je me mis à trottiner, les regards se portèrent sur moi.

Avais-je conscience de mon aspect gracieux? Sans doute. Je l'entendais tant répéter! Et, chez nous, on a plus coutume de s'extasier sur le volume d'un épis de maïs ou sur la couleur de poil d'un lama que de s'attarder sur la joliesse d'une enfant.

Quand j'eus six ans, mes parents décidèrent de consulter à mon sujet le père de mon père. Il vivait en haut du mont, à la lisière du roc et de la *puna* où l'on mène paître les lamas.

Le père de mon père avait l'honneur de garder la *huaca* sacrée.

Chaque communauté ou *ayllu* possède sa *huaca*, l'équivalent en quelque sorte du saint patron qui protège vos villages. Vous avez certainement entendu parler de nos *huaca*. Vos pauvres religieux s'essoufflent à les traquer. Quant à les détruire...! Il faudrait assécher les lacs, déplacer les montagnes, abattre les arbres! Les *huaca* sont partout dans la nature, et nous, Andins, sommes particulièrement doués pour détecter leur pouvoir occulte.

Notre *huaca* était un grand rocher planté en sentinelle à la sortie de la source. Nous le vénérions : c'était le *Markayok*, le Grand Ancêtre. On m'avait appris qu'avant de se pétrifier, il avait engendré les premiers habitants de l'*ayllu*. Ceux-ci s'étaient mariés entre eux, et la coutume persistait. Aucun étranger au village n'était admis à y fonder un foyer... Nous nous retrouvions donc tous, hommes, femmes, enfants, mêlés comme les cheveux d'une même tête, puisant par nos racines le même sang. C'est cela un *ayllu*, une communion de chair, une solidarité indéfectible, et si vous ne parvenez pas à saisir cet état d'esprit, Père Juan, vous ne comprendrez jamais notre peuple.

Le père de mon père nous attendait près de la *huaca*. Des peaux de renards le couvraient comme une toison. Ce n'est que bien plus tard, quand on prépara sa dépouille pour l'embaumer, que je découvris sa maigreur. Il avait un fort visage, les pommettes comme deux boules de bois poli, l'œil fulgurant. Il me terrorisait et m'émerveillait à la fois. Lorsque je lui montais une jarre de *chicha*, il me faisait toujours cadeau d'un tuyau de plume, rempli de poux. Des poux, nous n'en manquions pas, mais je conservais pieusement les siens dans leur étui. S'engraissant sur sa personne, ils me paraissaient d'une tout autre essence que ceux contre lesquels ma mère s'acharnait.

16

Après que nous eûmes fait nos dévotions, il empoigna le cochon d'Inde qu'il avait ordonné à mes parents d'apporter. Le maintenant par la nuque, il lui fendit vivement le flanc gauche avec un morceau de silex, en extirpa le cœur, les poumons et les viscères. Puis, les élevant vers le Soleil, il entreprit de les étudier. Je n'avais encore jamais assisté à un sacrifice. La vue du cochon d'Inde, inerte, sa douce fourrure blanche et rousse souillée de sang, me donna envie de vomir. C'était notre plus beau, et mon préféré. Je me rappelle qu'un condor déployait sa grande ombre au-dessus de nous.

Tout à coup, le père de mon père pointa le doigt vers moi :

– Elle sera *Aclla*! cria-t-il de sa voix formidable.

Mon père lâcha un soupir, tendit les mains, paumes offertes vers la *huaca*, lui envoya plusieurs baisers et une pincée de cils qu'il s'arracha. Je n'avais pas la moindre idée de ce que signifiait le mot *Aclla*, mais ces réactions me faisaient présumer quelque chose d'extraordinaire.

Je revois cette scène, la fillette que j'étais, silhouette menue, enfouie dans un flot de cheveux noirs, le poing pressant la bouche rose en bouton, un regard sérieux, intrigué... et j'ai grande tendresse et pitié de son ignorance.

La nouvelle courut.

Le *Curaca*, chef de notre *ayllu*, tint à féliciter mon père. Et il me caressa la joue. Dès lors, l'orgueil m'habita. Je considérais avec commisération les autres gamines qui n'avaient pas ma chance. Quelle chance, me direz-vous ? Dans la tête de ma mère c'était presque aussi vague que dans la mienne. Cependant, un matin, tandis que nous ramassions les excréments de nos lamas, que nous utilisions, séchés, comme combustible, elle se redressa brusquement : « Si tu es *Aclla*, tu vivras à Cuzco dans le palais de l'Inca », dit-elle. De stupeur, je tombai, ce qui me ramena à une réalité beaucoup moins enchanteresse.

17

Le cinquième mois de l'année, nous célébrions l'*Aymoray*, la Fête du Maïs.

Après avoir prélevé notre part de la récolte – l'Inca se partageant avec notre Père le Soleil le fruit des deux tiers des terres communales que nous cultivions –, nous mettions les plus gros grains dans de grands couffins et les portions à l'entrepôt.

Les étrangers, qui accourent aujourd'hui au Pérou pour tenir commerce, ne peuvent avoir une idée de l'abondance emmagasinée dans ces immenses entrepôts jalonnant jadis les voies impériales et les abords des villes : les Espagnols les ont transformés en auberges. L'ensemble des marchandises, vivres, étoffes de laine et de coton, sandales, ustensiles, etc., représentait le tribut dû par tous les chefs de famille à l'Inca et pourvoyait aux besoins du culte, à l'entretien des fonctionnaires, à l'approvisionnement de l'armée et aux dépenses de la cour de Cuzco. En cas de nécessité, des réserves de nourriture étaient redistribuées aux populations. Travailler pour l'Inca nous garantissait donc contre la famine, une sécurité qui n'existe pas dans la majorité des pays, le vôtre inclus, Père Juan !

Le grain engrangé, et un bel épi placé avec dévotion dans chacune de nos maisonnettes, la fête commençait. Les Espagnols reprochent à notre peuple d'être taciturne. Il est vrai qu'à la vue d'un Blanc les bouches, les oreilles et les estomacs se serrent, mais quelle gaieté avaient alors nos paysans ! Mon père excellait comme conteur. Il connaissait beaucoup de mots et l'art de les assembler en bouquets qu'il lançait à l'assistance éblouie. C'était également un infatigable danseur, il n'y avait que la *chicha* qui réussît à lui couper les jambes !

Ce fut durant l'*Aymoray* que ma sœur, Curi Coylor (Etoile d'Or), revint chez nous.

Elle s'était mariée « à l'essai » l'année précédente. Comme j'ai tenté de l'expliquer à l'évêque de Cuzco, cette coutume me paraît fort sage, nos hommes attachant moins d'importance à un pucelage qu'à une paire de bras vigoureux pour les aider aux champs et inclinant à penser que la femme déjà courtisée a plus de valeur qu'une autre. J'aimais beaucoup ma sœur, bien que nous ne nous ressemblions aucunement. En regardant notre mère, on voyait déjà ce que serait la figure de Curi Coylor lorsque les rudesses de l'existence lui auraient enlevé sa fraîcheur et ses joues rondes. Mais elle était rieuse, d'humeur très conciliante, et notre différence d'âge – mes parents avaient perdu deux garçons avant ma naissance – me permettait de la tyranniser. Vous l'avez peut-être deviné, Père Juan, les constants rappels à l'humilité et à l'obéissance, qui courbent notre sexe, se trouvaient bien souvent en conflit avec mon caractère!

Le moment crucial approchait.

En novembre, mes parents me l'avaient annoncé, je me rendrais avec eux à Amancay, la capitale de notre province, et je défilerais devant le Gouverneur ou son délégué, l'*Huarmicuc*, chargé de sélectionner parmi les fillettes de huit à dix ans celles dont le physique était susceptible en s'épanouissant de plaire à l'Inca.

La promiscuité dans laquelle nous vivions m'avait instruite sur les rapports qu'entretiennent un homme et une femme, l'observation des lamas et des cochons d'Inde complétant cette éducation. Mais il m'était impossible d'associer l'Inca, notre maître et dieu, à un acte aussi naturel et animal. Devenir *Aclla*, qui signifie « femme choisie », demeurait pour moi dans le domaine de l'abstrait et du merveilleux.

Entre-temps, ma sœur s'était mariée. Un vrai mariage, cette fois. L'élu, Huaman Supay, un garçon âpre à la besogne, mais très timide, avait atteint la limite du célibat fixée par la loi. Il lui fallait une épouse pour être chef de famille et remplir, comme tel, ses obligations vis-à-vis de l'Inca. Chez nous, le cœur n'occupe guère de place dans les accordailles. Rien ne laissait donc supposer que cette union engendrerait une tragique histoire d'amour.

A la veille de partir pour Amancay, j'eus droit à une toilette solennelle.

Ma mère me lava au ruisseau avec un pain de savon à base de racine de chuchau, qu'elle gardait pour les grandes occasions. Puis elle m'examina le corps, pouce par pouce. La moindre anomalie, la tache la plus minuscule était synonyme d'élimination.

Elle me lâcha, soupira.

– Blanche comme l'œuf, dit-elle.

Après quoi, nous rentrâmes.

Une décoction d'herbes mijotait sur le feu. Ma mère m'installa, le dos tourné au fourneau, plongea ma chevelure dans la marmite en prenant soin que la mixture qui continuait à bouillir ne me brûlât pas le crâne, et elle m'obligea à rester ainsi plus d'une heure. Pas un pou n'échappa au supplice!

Fière, le cheveu luisant comme soie, la tête en feu, je me précipitai chez Curi Coylor, ma sœur, qui habitait à côté.

La maisonnette, récemment construite, n'avait pas encore cette bonne odeur épaisse qui étoffait la nôtre. Je trouvai le foyer éteint, une jarre brisée et les trois cochons d'Inde se prélassant sur les beaux habits de fête que, selon l'usage, le *Curaca* avait remis le jour des noces aux jeunes époux.

Je chassai les cochons d'Inde, secouai les habits et les rangeai dans l'une des niches. Un des premiers principes que l'on nous inculquait était l'économie. J'ai toujours vu ma mère entretenir et ravauder nos vêtements jusqu'à ce que s'épuisât leur utilité qui était de nous couvrir décemment et de nous protéger des intempéries.

La négligence de ma sœur me consterna.

Curi Coylor avait beaucoup changé depuis que son mari avait été désigné pour rejoindre l'armée. Répondre à l'appel de l'Inca et accomplir sa période militaire était pourtant l'orgueil d'un chef de famille! Mon père ne cessait de le répéter à Curi Coylor, ceci ponctué de taloches qui avaient pour effet de redoubler ses larmes. Pour ma part, bien que regrettant cette humeur, j'admirais assez le chagrin de ma sœur. Il la rehaussait à mes yeux, comme une parure exotique : dans notre *ayllu*, l'amour n'avait jamais fait pleurer personne.

Je ressortis.

J'aurais dû rentrer aider ma mère. Je l'avais laissée en train de lier des bottes d'herbes médicinales qu'elle se proposait de troquer sur le marché d'Amancay contre un petit miroir en laiton. Ce miroir, symbole d'une coquetterie délaissée dès le seuil du mariage franchi, concrétisait néanmoins ses plus folles ambitions. Une des femmes du *Curaca* en possédait un...

Je dis : « une des femmes », car la position de notre *Curaca* l'autorisait à en avoir deux. Le nombre de femmes et de lamas, qui pouvait atteindre des chiffres considérables, indiquait le rang qu'occupait un homme dans l'Etat. Cet usage vous choque sans doute, Père Juan? Il choque tous les Espagnols, une réaction qui me choque, moi. N'ont-ils pas, eux aussi, des concubines? La différence est que posséder plusieurs femmes représentait un droit honorifique pour nos seigneurs et que, pour vos compatriotes, c'est un péché. Et ils pèchent beaucoup, et même dans votre pays, dit-on! Une religion, si sainte soit-elle, ne peut empêcher l'instinct. Dès lors, pourquoi condamner l'acte de chair? A mon avis, cela ne fait qu'y ajouter les piments de l'enfer! Je n'ai d'ailleurs pas caché ma façon de penser à l'évêque de Cuzco. Nous sommes bons amis, il a l'indulgence de m'écouter et d'excuser mes propos.

Pour en revenir à ce fatal après-midi, je décidai de monter jusqu'aux pâturages et de grossir de quelques poignées d'herbes la cueillette de ma mère. Je la sentais triste. On m'aurait dit que c'était le fait de se séparer de moi qui allongeait sa mine, je ne l'aurais cependant pas

21

cru, tant étaient pauvres et parcimonieux les mots et les gestes entre nous!

Je traversai les champs situés au-dessus du village. La terre nue, engraissée, reposait en attendant décembre, mois où nous plantons les pommes de terre et semons la *quinua* qui est une sorte de riz. Je m'amusais à éparpiller les mottes du bout des pieds lorsque j'aperçus mon père. Il dévalait le mont. De saisissement, je faillis m'étaler... Derrière, venait Huaman Supay, le mari de ma sœur, et, plus loin, celle-ci. J'en déduisis que l'Inca avait renvoyé Huaman Supay à son foyer. Et je m'élançai vers eux. Ma joie s'essouffla vite.

Je n'osai interroger mon père. Il passa devant moi, foulant l'herbe comme s'il voulait l'écraser, suivi d'Huaman Supay. Celui-ci ne me rendit pas mon salut. Cela acheva de me décontenancer, la courtoisie s'imposant chez nous en n'importe quelle circonstance. Curi Coylor se rapprochait. Son visage était un visage de morte.

Je bondis, et je tiraillai sa jupe.

– Il ne pouvait pas vivre sans moi, dit-elle, il a déserté, il est arrivé cette nuit, nous nous sommes cachés dans une grotte, le père nous a découverts... Nous nous aimons, tu comprends.

Je comprenais simplement que quelque chose de comparable à la sécheresse ou à un tremblement de terre les menaçait.

– On va le punir? murmurai-je.

Curi Coylor me regarda, ses yeux étaient comme deux pierres.

– Le père va le conduire au *Curaca*, le *Curaca* l'emmènera à Amancay, on le jugera et on l'exécutera. C'est la loi.

– On l'exécutera...?

Je n'avais jamais entendu prononcer ce mot.

– On le pendra par les pieds, on le lapidera ou on le tuera à coups de bâton. On le tuera, tu comprends!

Si Huaman Supay allait mourir, pourquoi ne pleurait-

22

elle pas, pourquoi ne s'égratignait-elle pas les joues comme le font les femmes, quand survient un deuil dans leur maison? Sa voix plate et son regard sec m'épouvantaient.

Je considérai les toits de chaume de notre *ayllu*. Ce paysage, le seul que je connaissais, plus chaud à mon cœur que les bras d'une mère, me parut tout à coup hostile. Je m'arrêtai, retenant ma sœur par son vêtement.

– Sauve-toi, dis-je, sauvez-vous, allez dans les monts... Ma sœur baissa la tête.

– C'est la loi, répéta-t-elle, il a désobéi, il doit mourir.

Alors, brusquement, je ne supportai plus cette résignation, et ce fut moi qui me sauvai.

Entendons-nous bien, Père Juan. L'idée de blâmer mon père parce qu'il allait dénoncer son gendre ne m'effleura pas, et, encore aujourd'hui, j'admets sa rigueur. Mon père était un bon père, un homme brave. Plus jeune, il avait combattu dans l'armée de l'Inca et, en récompense de sa conduite, on l'avait nommé au retour *Pisca Camayoc*, c'est-à-dire chef de cinq familles, lui-même dépendant du *Chunca Camayoc* qui avait la charge de dix familles, et ainsi de suite, de dizaines en centaines, de centaines en milliers jusqu'au *Tucricoc* qui contrôlait quarante mille familles et était en général gouverneur de sa province... Ces cinq familles confiées à mon père se trouvaient sous son entière responsabilité. A lui de signaler à son supérieur les infirmes, les anormaux, les malades, les nécessiteux, les paresseux, les incompétents, et les naissances, les décès, et, le cas échéant, les adultères et les crimes. S'il n'avait pas dénoncé son gendre, la colère de l'Inca se serait abattue en premier sur nous, probablement même le village aurait-il été détruit, afin d'extirper la honte jusqu'aux racines!

Evidemment, à l'époque, je ne connaissais pas en détail l'organisation de notre société, qui permettait à l'Inca d'être informé des besoins et défaillances de chacun de ses millions de sujets, mais le sentiment de devoir que nous avions envers lui m'imprégnait déjà... Contre quoi, contre qui était donc dirigée la révolte qui m'emportait? Je l'ignore. Ce que je sais, c'est qu'aveuglée par les larmes, sanglotante, étourdie par la soudaine apparition du malheur dans ma petite existence, je glissai sur une croûte de roc, déboulai la pâture et me fracturai la jambe droite.

Nous avons la conviction que la faute commise par l'un de nous rejaillit sur ses proches, voire sur tout son *ayllu*. Dans les mois qui suivirent, Huaman Supay, bien qu'ayant expié son crime par la pendaison, fut copieusement maudit. On lui attribua les diarrhées des nourrissons, la perte d'un lama, un grand vol de perroquets venus des Terres Chaudes piller les cultures, et autres maux.

Personnellement, je ne doutais pas que sa désertion eût attiré sur moi les foudres divines, et ce bel amour qui avait troublé mon cœur ne m'inspirait plus que rage et répugnance.

Au début, ma mère disait : « Nous te conduirons à Amancay l'année prochaine. » Mais lorsque nous nous aperçûmes que je boitais, elle dit : « Te montrer à l'*Huarmicuc* était une idée du père de ton père et du *Curaca*. Ils auraient été fiers que l'une des nôtres soit *Aclla* et serve en tout l'Inca. Nous aussi. Mais respire-t-on meilleur air que l'air du premier souffle? Tu te marieras. Boiter n'empêche pas une femme de procréer, ni d'accomplir ses labeurs. »

Mon avenir réintégrait les limites fixées par la naissance.

Toutefois, ma pensée avait-elle jamais réussi à se représenter horizon plus souverain que l'âpre crête de nos monts, richesses plus fabuleuses qu'une belle moisson? Quant au palais de l'Inca... Qui me l'aurait décrit? Ce n'était qu'un point scintillant dans mon esprit, semblable à la lumière que diffusent les inaccessibles étoiles.

Aussi, ce dont je souffrais n'était pas de renoncer à des splendeurs que je ne pouvais imaginer, c'était simplement d'avoir perdu mon importance, de n'être plus que ce que j'étais : une parmi les autres, diminuée de surcroît. Et je me le répétais, éprouvant une amère satisfaction à amplifier mon infortune qui se réduisait, en fait, à un léger boitillement.

Des mois et des mois – des lunes, disons-nous – s'écoulèrent. Les champs se couvrirent de pousses neuves et, bientôt, nous, les enfants, eûmes fort à faire pour en écarter les oiseaux. Revint le temps des récoltes. J'aidai à dégager les épis de maïs de leur pourpoint de feuilles, je les égrenai, je triai les grains. Ensuite, ce fut le tour des pommes de terre, de la *quinua*, des pois, des haricots. Je cherchais aussi des racines pour varier nos soupes chaudes, en quoi consistait notre ordinaire. Et je faisais la cueillette des fleurs qui servaient à teindre les laines provenant des troupeaux de l'Inca ; des fonctionnaires répartissaient les ballots de laines dans les villages et repassaient les prendre, une fois les tissages faits par les femmes.

Fin juillet, nous achevions d'enfouir dans notre parcelle le *guano* qui nous était alloué pour fructifier les prochaines semailles, lorsque le *Curaca* fit mander mon père. Il lui ordonna d'aller à Cuzco et d'en rapporter un aryballe que lui et d'autres *curaca* destinaient au gouverneur de notre province.

Soucieux de n'être point distrait dans sa délicate mission par les impératifs du quotidien, mon père obtint que nous l'accompagnions.

Nous partîmes dès que nous eûmes reçu les autorisations indispensables pour tout déplacement.

Voir Cuzco représentait un événement unique dans l'existence d'un paysan, et bien peu pouvaient s'en vanter.

Pour moi, ce voyage fut capital.

L'orgueil rendait à ma mère un peu de sa jeunesse, élargissait ses yeux. Elle avait revêtu ses habits de fête.

Une haute ceinture brodée de laines vives fronçait sa tunique à la taille, et les pans de sa *lliclla*, le châle de nos régions, tombaient bien droits, fermés bord à bord sur la poitrine par une épingle de bronze. Comme nous, elle allait pieds nus, réservant ses sandales en peau de lama pour la ville. Sur son dos, elle emportait ce dont nous aurions besoin durant le voyage, la provision de farine de maïs, les haricots, le sel, plusieurs poignées d'*uchu*, ces petits piments rouges qui rôtissent délicieusement le palais, et encore la jarre de *chicha*, les calebasses qui nous servaient de vaisselle, les bâtonnets pour allumer le feu. Dans la main gauche, elle tenait sa quenouille. Même en marchant, nos femmes ne restent jamais inactives.

Nous rejoignîmes bientôt la *Nan Cuna*.

Notre voie impériale a grandement étonné vos compatriotes. N'ayant rien de semblable ni même d'approchant dans leur pays, ils avaient des difficultés à concevoir que des barbares eussent pu mener à bien un tel ouvrage. Ils négligent d'ailleurs son entretien. Les murets s'écroulent un peu partout et, dans les endroits marécageux, les caniveaux ne sont plus curés. Jadis, quand passait le cortège de l'Inca, les inspecteurs délégués à la surveillance des voies eussent été pendus pour la moindre herbe folle oubliée entre les pavés, mais *Pachamcutin*! « le monde change », comme nous disons.

De temps à autre, nous nous rangions en bordure de la chaussée pour laisser place à des litières, dont je n'apercevais que les dais emplumés au-dessus de la tête des serviteurs qui les entouraient comme des nuées de mouches. Imaginer la jouissance d'aller mollement étendue et balancée au rythme des porteurs me donnait des langueurs, et je tirais la jambe.

Au détour d'un mont au flanc duquel la voie s'accrochait, l'une des litières s'immobilisa sur un terre-plein aménagé pour que les voyageurs puissent apprécier les détails du paysage. Un homme en descendit. J'étais en contrebas, je le distinguai nettement. En guise de coiffure, il portait une fronde, sa tunique était rebrodée de plumes vertes et bleues, un poids d'or étincelait à ses oreilles et sur sa poitrine. Je m'aveuglai à fixer ces feux jaunes, mais ce qui me frappa le plus au premier abord fut son air, cet air inimitable qui n'appartient qu'à la richesse et que je n'avais encore jamais croisé. De plus, il était beau, de teint très clair comme le mien.

Mon père dit à ma mère : « Regarde! Un Chachapuya! Un de ceux que nous avons combattus jadis. De féroces guerriers, ces Chachapuyas! Je l'ai reconnu à sa fronde qui est leur signe distinctif. Celui-ci est certainement un grand *curaca* qui va à Cuzco pour la Fête du Labour. »

Un *curaca*, ce prince! Quelle pauvre mine avait, à côté, notre *curaca* qui, pour moi, après l'Inca invisible et omniprésent, incarnait jusqu'à maintenant la puissance souveraine! J'en demeurai stupide, pensive, découvrant brusquement qu'il existait d'autres mondes que le nôtre.

En fin de journée, nous atteignîmes l'Apurimac.

Je ne vais pas vous décrire les splendeurs de notre fleuve sacré, Père Juan, vous l'avez vous-même traversé pour venir à Cuzco. Mais songez à l'impression que peut produire sur une enfant qui n'a jamais enjambé qu'un modeste ruisseau le déferlement de cette prodigieuse masse d'eau se ruant entre deux falaises de roc! Son grondement me terrifia, j'en avais la tête noyée, j'en aurais presque oublié de m'accroupir – c'est notre façon de nous agenouiller – devant la *huaca* qui gardait le pont. En fait, deux ponts. L'un, plus spacieux pour la noble affluence qui nous précédait, l'autre sur lequel nous nous engageâmes avec une équipe d'ouvriers préposés au nettoyage de la voie. Cramponnée à la cape de mon père, je tremblais comme un oisillon à l'heure du premier envol. J'avais grand tort. Sur ces minces passerelles de cordes, surplombant le fleuve de près de quatre-vingt-dix pieds, les Espagnols réussirent même à faire passer leur cavalerie. Il est vrai qu'au début de la Conquête beaucoup les franchirent en rampant...

27

Le soir tomba. Nous aperçûmes les feux d'un *tampu*. Des fumets de viandes vinrent chatouiller mes narines. La viande était pour nous un aliment rare. Lorsque le gouverneur de notre province en faisait distribuer, nous la salions et la séchions au bon air vif des monts, et nous la dégustions seulement à certaines occasions, afin qu'elle nous durât jusqu'à la prochaine répartition.

Nous ne nous arrêtâmes pas au *tampu*. J'appris que ces auberges publiques, qui jalonnaient la *Nan Cuna* du sud au nord de l'Empire, étaient réservées à des personnes de meilleur rang que le nôtre. J'avalai ma bouillie de maïs et je m'endormis au bord de la route, roulée en boule contre ma mère.

Le quatrième jour, au matin, nous parvînmes devant Cuzco.

Imitant mes parents, je me prosternai en direction du Soleil et baisai la terre.

L'artisan à qui le *Curaca* avait commandé l'aryballe habitait dans les faubourgs...

Qu'est-ce qu'un aryballe? Un grand vase, de forme galbée et à fond pointu, qui sert au transport des liquides. Il est muni de deux anneaux latéraux dans lesquels passe une corde qui permet au porteur de le fixer sur son dos.

L'artisan nous annonça que l'aryballe ne serait prêt que le lendemain.

La grande Fête du Labour se célébrant le jour même, mon père pria l'artisan de lui indiquer le chemin qui menait au lieu où se déroulait la cérémonie.

Celui-ci hocha la tête.

– Homme des champs! Apprends que le sein de notre cité est interdit à quiconque n'y a point son utilité pour le service ou l'agrément de l'Inca et de sa parenté! Mon garçon va te conduire, toi et ta famille, jusqu'à la colline de Sacsahuaman. Contempler, même de loin, notre Capa Inca, le grand Huayna Capac, est un souvenir qui fleurira toute votre vie... Quelle belle enfant, tu as! C'est dommage que vous ne viviez pas ici, tu me la prêterais, je la peindrais sur mes vases.

De la butte où nous installa le gamin, nous dominions la vallée qu'encerclaient en se chevauchant les croupes brunâtres des monts. Au milieu se dressait Cuzco, et ce fut ainsi que je découvris la ville en son entier, si chatoyante sous l'ardent soleil que mon regard s'en éblouit.

Cuzco a bien changé, Père Juan, depuis que vos compatriotes ont arraché les plaques d'or qui couvraient les façades de ses temples et de ses palais, et que le grand incendie a consumé la royale toison de fils d'or et d'argent, mêlée aux brins de chaume, qui coiffait ses toits. Mais vous l'auriez vue, avant que les vôtres y viennent, comme je la vis... Une colossale merveille!

Des chants attirèrent mon attention. Ils s'élevaient des terrasses de culture, situées en contrebas, et saluaient l'apparition de l'Inca et de sa suite... Vous dire mon impression? J'étais trop loin, j'avais l'esprit trop en désordre, et j'aurai cent occasions de vous dépeindre mieux Huayna Capac!

Pendant que l'Inca, armé de sa *taklla* d'or, ouvrait la saison des labours en traçant le premier sillon aux sons joyeux de l'*haylli*, mon intérêt commandé par la curiosité naturelle à mon sexe se fixa sur les femmes qui avaient envahi le champ. Les unes offraient des gobelets de *chicha*; d'autres, accroupies devant l'Inca et les princes de son sang en train de labourer, rompaient de leurs mains nues les mottes que soulevaient les bêches. Je précédais par la pensée leurs gestes : c'étaient ceux que ma mère, ma sœur et moi accomplissions au village. Néanmoins, quelle différence, quelle grâce dans les mouvements de ces créatures, avec quelle soyeuse souplesse s'esquissaient leurs silhouettes sous les tuniques agrafées de joyaux! Et si, à cette distance, je ne pouvais distinguer leurs traits, je devinais qu'ils égalaient la finesse de leurs atours, me sentant tout à coup rugueuse, grossière, tel un de ces pots que nous façonnions pour notre usage, comparé aux vases que j'avais admirés dans la demeure de l'artisan... Pourtant, cet homme qui créait des chefs-d'œuvre m'avait trouvée assez belle pour figurer dessus! Je poussai un gémissement.

– Qu'as-tu? dit ma mère en se penchant.

Son visage me fit peur : c'était le mien, celui que j'aurais.

Je la repoussai.

Dès notre retour à l'*ayllu*, j'allai implorer la *huaca*.

J'y montais chaque après-midi et ne manquais pas de me munir de quelque présent, un fil de laine, une plume d'oiseau, des piquants de cactus – dont nous faisons des aiguilles et les dents de nos peignes –, bref, de ce qui me semblait assez précieux pour l'attendrir.

Je priais également la Pachamama.

Nos gens que vos religieux ont convertis confondent bien souvent la Vierge Marie et la Pachamama. De toutes deux, ils attendent miséricorde et protection. Mais l'une, portée par les anges, est la mère de Dieu; l'autre, notre Pachamama, est la mère de la terre. Et la terre, peut-être l'avez-vous compris, Père Juan, est la source à laquelle nous puisons notre force, la paix de nos âmes, le meilleur de nous-mêmes...

Au risque de me rompre le cou, je cherchais donc dans les éboulis des cailloux que je choisissais pour leur forme insolite ou leur belle couleur, et je les enfouissais dans le sol, sachant que la Pachamama s'en réjouirait. Un jour, j'aperçus dans l'herbe de la *puna* une de ces houppes de laine rouge, que nous attachions au front des lamas pour les protéger des mauvais esprits. Je m'en emparai et l'enterrai. La Pachamama raffole du rouge! Ensuite, je craignis le courroux de notre déesse : la Pachamama récompense les honnêtes consciences, mais, contre les autres, elle déchaîne les démons qui rôdent dans les hauteurs.

J'interrogeais ma sœur :

– Tu ne trouves pas que je boite moins?

Curi Coylor me considérait avec cette mine égarée qu'elle avait depuis l'exécution de son mari.

– Peut-être... Oui, en effet!

Elle mentait.

Je lui tournais le dos. Sa sottise m'exaspérait. Peut-on vivre dans le souvenir d'un misérable qui avait osé offenser l'Inca et brisé le mirifique destin de sa belle-sœur? Cuzco me hantait.

Je mûrissais avant l'âge et, empruntant sans le soupçonner les défauts des femmes de l'Inca dont je n'avais aperçu que les scintillantes facettes, je devenais vaniteuse, méprisante. Ces travers, vous vous en doutez, n'avaient pas cours chez nous, et la réprobation des miens m'enfermait chaque jour un peu plus dans la solitude.

A bout de ressources, j'entamai en secret un jeûne, comme mes parents avaient coutume d'en faire pour se purifier à la veille des grandes fêtes religieuses.

Durant cinq jours, je m'arrangeai à ne prendre qu'une poignée de maïs cru et de l'eau.

Le cinquième jour, ma mère commença la préparation du *chunu*, une sorte de pâte de pommes de terre, cuite et desséchée par le gel auquel nous l'exposons la nuit, et qui constitue, avec le maïs et la *quinua*, la réserve de base de l'alimentation paysanne.

Durant toute la matinée, je foulai aux pieds les pommes de terre pour en exprimer le jus. L'effort consuma mes dernières forces. L'après-midi, je m'échappai, grimpai à travers les pâturages. J'avais des vertiges, la pente se dérobait, je tombai à plusieurs reprises et, avant de parvenir à la *huaca*, je m'écroulai.

Une poigne rude me saisit. Je me retrouvai suspendue entre terre et ciel comme un cochon d'Inde, face au regard terrible du père de mon père.

Il n'eut aucun mal à me confesser.

Bien que ce ne fût qu'un vieil homme dont l'espace se bornait à l'horizon que son œil pouvait cerner, le Créateur l'avait doté de sagesse et de clairvoyance, ces vertus accrues par d'interminables méditations où, dans les vapeurs de la *chicha*, son esprit flottait.

Chaque fois qu'un problème surgit dans mon existence, je me remémore ses paroles. Malheureusement, traduites du *quechua* au castillan, elles perdent leur saveur.

– Voici deux lunes que je t'observe, petite, dit-il. Lorsque nos femmes supplient la Pachamama de nous envoyer une belle récolte, crois-tu qu'après avoir aspergé la terre de *chicha*, y avoir déposé du beau maïs et des plantes magiques, qu'après les danses et les chants destinés à charmer notre déesse, elles se croisent les bras ? Non, certes ! Le travail vient accroître la valeur de leurs offrandes. Toi, qu'as-tu fait, sinon admirer ta peau claire et te lamenter ? Les puissances bénéfiques, qui sont partout, n'accordent protection qu'à ceux qui savent s'en montrer dignes. Si tu veux quelque chose, fais ce qu'il faut pour l'obtenir, et tu pourras compter sur les aides divines... Ta mère a couvé un trop bel oisillon, tu n'es pas née pour demeurer ici, mais la pauvre se refuse à le reconnaître. Les parents voient leurs enfants dans le miroir de leur jeunesse... J'ai prédit que tu serais *Aclla*, tu le seras ! Reviens demain. N'oublie pas de dire à ta mère de me cuisiner un ragoût et apporte-moi un vase de *chicha*.

Alors, débuta la torture. Durant des mois, je gardai la jambe raide, enveloppée d'un emplâtre d'herbes, maintenu par des planchettes de bois. Chaque semaine, le père de mon père défaisait son ouvrage, lavait ma jambe à l'urine, ajoutait à ces soins les incantations appropriées, puis il remettait un emplâtre frais et les planchettes. Il me recommandait également d'être humble. Mais ce que lisait la Pachamama au fond de mon cœur ne devait pas la contenter : quand on retira les planchettes, je continuai à boiter.

L'épreuve n'avait cependant pas été inutile. Cette fois, je refusai la défaite, et je décidai de m'occuper moi-même

32

de cette maudite jambe. Je m'aperçus que je déportais mon corps sur la hanche droite. Il suffisait de contrarier le mouvement...

Je vous en ai assez dit sur le sujet, et ne vous dirai pas ce qu'il m'en coûta de rectifier ma démarche, mais j'y gagnai une volonté dure comme un bois de lance, et, en novembre, mes parents m'emmenèrent à Amancay. L'*Huarmicuc* me retint. Je fis mes adieux à ma famille, et j'entrai à l'*Acllahuasi*.

Père Juan, si vous le souhaitez, nous poursuivrons ce récit après notre souper...

La femme choisie

Père Juan de Mendoza
A Cuzco, ville du Pérou,
ce 30 septembre 1572

Repas agréable. Excellente chère servie dans une vaisselle d'or, vins de la Manche. Les poissons venaient de l'Océan, les fruits, ananas, mangues, avocats, du versant oriental de la sierra, m'a-t-elle appris. Tous, très savoureux. Aucun nègre parmi la domesticité, rien que des Indiens. Mais abandonnons ces vanités. Je m'aperçois, hélas! y être encore trop sensible.

En l'attendant, je consigne en hâte et à mon habitude quelques notes.

Je pense que mon introduction a été bonne. Rien dans son attitude ne laisse supposer qu'elle soupçonne le motif qui m'amène. Mais comment savoir? Quand on est coupable, tout est sujet de défiance.

Ce que je sais déjà, c'est qu'il me faudra juger, seul avec ma conscience. De loin, une Indienne, même valorisée par la fortune et la renommée, n'en reste pas moins une Indienne, c'est-à-dire un être dont le cerveau offre des capacités restreintes (le sexe accentuant encore cette infériorité). Mais, dans le cas présent, nous avons affaire à une intelligence aiguë, exceptionnelle, d'autant plus redoutable que s'y ajoutent les ruses inhérentes à sa race et les connaissances prises à la nôtre. De cette femme-là, on ne tirera ni une parole ni un geste susceptibles de se retourner contre elle! Sa condamnation dépend donc uniquement de mon rapport. Bien lourde responsabilité.

A propos du récit de sa vie, si instructif, observons que l'Inca paraît avoir contrôlé jusqu'à la respiration de chacun de ses sujets. Ahurissante organisation! En revanche, le recrutement de ces fillettes livrées par les familles à la

34

convoitise d'un tyran nous fait retomber en pleine barbarie... Je suis toutefois en train de me poser une question : Valons-nous mieux ? Les coutumes ouvertement acceptées sont-elles plus répréhensibles que l'hypocrisie qui masque le vice dans nos contrées et les bas profits que beaucoup en recueillent ?

Ne nous égarons pas ! Je ne suis pas ici pour faire mon procès ni celui de notre société, mais pour traquer le malin dissimulé sous les soyeuses apparences de mon hôtesse.

Je l'entends, qui revient.

Seigneur ! Que votre divine clairvoyance daigne m'assister !

2

Lors de la Conquête, quand les Espagnols découvrirent les *Acllahuasi*, ils confondirent ces agglomérations de femmes existant dans chaque cité avec les maisons de mauvaises mœurs, qu'ils fréquentaient chez eux, ce qui conduisit certains à des actes regrettables.

Aujourd'hui, les putains abondent ici, venant d'Espagne ou d'ailleurs, attirées par l'or facile. Il en pousse même sur notre sol! Mais avant l'arrivée de vos compatriotes, Père Juan, la profession était jugée si infamante que, seules, quelques disgraciées de corps ou d'esprit s'y risquaient. Les *pamparuna* vivaient à la campagne, isolées comme des pestiférées, et aucune femme ne leur aurait adressé la parole sous peine d'avoir les cheveux coupés en public et d'être répudiée par son mari. Quant aux hommes... Les hommes ne s'encombrent guère d'honnêteté quand leurs instincts bestiaux sont satisfaits. Ceux qui profitaient des *pamparuna* étaient les premiers à les lapider en paroles!

Ceci pour vous montrer combien était grande la méprise des vôtres. Il n'y a pas couvent dans vos pays, où la chasteté soit contrôlée avec plus de rigueur qu'elle ne l'était dans les *Acllahuasi*. Ne relevez dans ce parallèle aucun manque de respect. A l'époque, nous croyions ce que nos pères et les pères de nos pères croyaient. Pour nous, entrer à l'*Acllahuasi*, c'était aussi entamer un noviciat dans le but suprême de devenir les épouses de l'Amant divin.

36

La femme choisie

Je fus pétrifiée d'admiration devant l'*Acllahuasi* d'Amancay.

De formidables murailles montées en blocs de granit défendaient son accès. Les murailles franchies, on traversait une esplanade richement pavée. Puis, par quelques nobles marches, on pénétrait dans l'*Acllahuasi* proprement dit, un immense édifice s'ouvrant sur des salles ornées de tentures et de niches dans lesquelles étincelaient des statues et des vases d'or et d'argent... Voyez cela avec des yeux habitués au décor étroit, terreux et enfumé de notre maisonnette, et vous comprendrez dans quel état de stupeur extasiée j'avançais! Des galeries séparaient les salles des ateliers. Au fond, serrées comme les alvéoles d'une ruche, s'alignaient nos cellules.

A l'extérieur, les lieux du culte se dressaient au milieu de magnifiques jardins. Encore une étrangeté! Chez nous, utiliser la terre pour y produire des fleurs et autres verdures d'agrément eût été sacrilège! Plus loin, s'étendaient le parc aux lamas, des dépendances, des champs de culture, et, toujours, comme ligne d'horizon, le regard butait sur les murailles, nous rappelant nos limites.

Une supérieure, proche parente de l'Inca, était responsable de l'*Acllahuasi*. L'assistait un gouverneur, lui-même de sang princier, qui dirigeait l'intendance. De savants médecins surveillaient notre santé. Enfin, nous encadraient les *Mamacuna*, anciennes *Aclla* dont les appas trop mûrs n'étaient plus susceptibles de capter l'intérêt de l'Inca, et qui trouvaient à l'*Acllahuasi* une retraite digne de leur rang et des pupilles à qui transmettre leur expérience et leur savoir.

A notre arrivée, moi et les autres fillettes sélectionnées par l'*Huarmicuc* de la province eûmes à subir un examen destiné à vérifier notre virginité.

Le détail vous paraîtra peut-être scabreux, Père Juan. Mais, joyaux bruts, destinées une fois débarrassées de notre gangue, polies et repolies, à réjouir les sens de l'Inca, il était essentiel de contrôler notre innocence, de même qu'avant de tailler une émeraude le premier mouvement du lapidaire est de s'assurer de la pureté de son eau.

Vous avez voulu connaître nos mœurs, il vous faudra tout entendre!

Ensuite, on nous tondit, ne nous laissant que quelques courtes mèches sur le front et sur les tempes, qu'une *Mamacuna* tressa. Je me consolai de la perte de ce que nous, les femmes de cette terre, considérons comme la plus royale des parures, en songeant que mes cheveux auraient repoussé lorsque je comparaîtrais devant l'Inca.

Puis on nous habilla.

Si la présence d'un grand prêtre du Soleil ne nous avait pétrifiées, n'ayant eu jusqu'alors comme intermédiaires avec les dieux que nos modestes devins de village, c'eût été une fête de revêtir des habits neufs. En tunique de couleur violacée, un petit voile fin sur nos crânes rasés, nous nous retirâmes, escortées par une aînée chargée de nous initier à nos devoirs.

Bien que des servantes s'occupassent de notre entretien, ne vous imaginez pas que notre temps s'écoulait en bavardages et flâneries. Nous avions tant à apprendre! En premier, le rituel du culte, bien succinct dans nos *ayllu* où les élans du cœur suppléent à l'ignorance, et la décoration des autels, et les chants, les danses qui président aux cérémonies religieuses. Ceci eût déjà suffi à remplir nos jours et nos têtes, mais la *Mamacuna* de qui notre groupe dépendait avait également pour mission de nous enseigner les bonnes manières, le tissage, la broderie, la fabrication de la *chicha*... Combien la *chicha* de ma mère me semblait grossière en comparaison du blond breuvage mousseux et odorant que nous versions dans d'énormes jarres où le maïs, après ébullition, fermentait doucement!

Au bout d'un an, mes doigts acquirent assez d'habileté pour que notre *Mamacuna* me confiât le tissage des *chuspa*, ces petites bourses que l'Inca, sa parenté et quelques privilégiés portaient toujours en bandoulière et qui contenaient la précieuse feuille de coca, réservée exclusivement à leur usage.

Un an plus tard, j'eus le grand honneur d'aider à la confection d'une tunique en laine de vigogne, commandée par la *Coya*, notre impératrice.

L'étoffe, je m'en souviens, d'un rose rouille, était si souple, si douce que la toucher me donnait d'exquises sensations. Ce fut cette année-là que je devins nubile. On m'offrit de nouveaux vêtements, et l'on m'attribua mon nom définitif : « Azarpay », que je traduirai dans votre langue par « Modeste Offrande », encore que mes pensées s'orientassent de plus en plus vers d'orgueilleuses ambitions.

Au début, le dépaysement, l'émerveillement et la crainte nous avaient unies, mes compagnes et moi. Mais au fur et à mesure que nos formes se développèrent et que la femme s'affirma en nous, des rivalités s'établirent.

Nous savions, en effet, qu'au terme des quatre années que nous étions tenues de passer à l'*Acllahuasi*, une seconde sélection s'opérerait à Cuzco. Seules, les plus belles seraient le lot de l'Inca. Et, évidemment, chacune se jugeait la plus belle, et, toutes, nous voulions appartenir au Fils du Soleil !

Son image déifiée accompagnait le moindre de nos labeurs.

Lorsque nous tissions, c'était en imaginant le bonheur d'être sa servante et de le parer, lorsque nous brassions la *chicha*, nous rêvions d'être celle qui apaiserait sa soif, et lorsque nous cuisinions ses plats favoris sous les directives de la *Mamacuna*, nous nous voyions devant lui, présentant les aliments confectionnés de nos mains, anxieuses de recueillir l'expression de satisfaction qui récompenserait nos efforts. Quant au plaisir suprême...
Dans l'ignorance absolue de ce qu'était le coït sacré (les *Mamacuna* restant muettes sur ce point), nous défaillions

en échafaudant la nuit dans nos cellules les plus extravagantes hypothèses.

Les *Mamacuna*, percevant l'agitation de notre sang, ne cessaient de nous rappeler les châtiments auxquels nous nous exposerions si nous avions le malheur de succomber à la tentation que pouvaient représenter les jeunes hommes vigoureux, portiers, gardiens, jardiniers, bergers, qui partageaient avec nous l'austérité de l'*Acllahuasi*... Pauvres garçons affolés par ce troupeau de fillettes à portée de leurs mains rudes, et qu'ils n'avaient même pas le droit d'effleurer du regard!

Néanmoins, il arrivait que les exigences de la nature triomphassent de la peur.

Durant ma troisième année, Gualca, une enfant charmante, qui jouait à ravir du tambourin, se laissa séduire par l'un des bergers. Une servante les surprit dans le parc aux lamas, et les dénonça. Nous assistâmes toutes à l'exécution, même les malades que, par ordre de la supérieure, on transporta en litières sur les lieux.

Le temps était joyeux, des vols bruns d'oiseaux traversaient le ciel, et j'ai encore dans les narines l'odeur bonne et fraîche de l'herbe que les jardiniers avaient coupée avant de creuser le trou. L'amant de Gualca fut pendu sous ses yeux. Puis on l'enterra vive. La punition était justifiée, nous en avions conscience, mais les hurlements de l'infortunée me tinrent éveillée de longues nuits, et, plus encore, le silence terrible qui succéda aux cris lorsque la terre emplit sa bouche.

En ce qui me concernait, j'avais trop peiné et souffert pour entrer à l'*Acllahuasi*, et le plus enjôleur des hommes n'aurait pas réussi à m'émouvoir! D'autant que mes chances semblaient assurées. Notre *Mamacuna*, dont la sévérité fondait devant mes talents de tisserande, répétait volontiers que je serais la gloire d'Amancay.

La date de notre départ se précisant, je retrouvais néanmoins mes anciennes angoisses. A force de discipline, mon boitillement était devenu imperceptible, mais je

savais au fond de mon cœur que je trichais. Et trompe-
t-on le dieu vivant?

Nous fîmes notre entrée à Cuzco une semaine avant le
solstice d'été, durant lequel se célébrait l'*Intip Raymi*, la
Fête du Soleil.

On nous enferma aussitôt dans le très illustre *Acllahuasi* de la ville, en compagnie d'autres fillettes affluant
des quatre quartiers de l'Empire, avec défense absolue
d'approcher des appartements des Vierges du Soleil.

Afin que vous ne commettiez pas l'erreur de vos
compatriotes, je vous signale, Père Juan, qu'il existe une
différence majeure entre les Vierges du Soleil et la caté-
gorie à laquelle j'appartenais. Les *Intip Aclla* ou femmes
choisies du Soleil – donnons-leur leur vrai nom – étaient
toutes de noble extraction et demeuraient cloîtrées
jusqu'à la mort... Lorsque de graves événements l'exi-
geaient, il n'y avait pas d'offrandes qui amadouaient
mieux les dieux que ces patriciennes beautés.

La nuit qui précéda l'*Intip Raymi*, je cherchai en vain
le sommeil et me levai en proie à une grande fébrilité.
Aujourd'hui était le jour! L'humeur de l'Inca scellerait
mon destin. A Amancay, j'imaginais ce destin radieux
comme un ciel à l'aurore. Mais, à présent, il m'apparaissait, brumeux, tourmenté, plein d'oiseaux noirs tourbil-
lonnants.

On nous apporta des tuniques en laine blanche et de
larges ceintures brodées dont la couleur variait selon la
province que nous représentions. La nôtre était bleue. J'y
vis un mauvais présage : le jour où je m'étais cassé la
jambe, j'avais un fil bleu noué au poignet. Depuis, je
déteste le bleu et m'en méfie... On nous distribua également des petits voiles blancs très fins et des guirlandes de
fleurs pour fixer les voiles sur nos longs cheveux flot-
tants.

Puis les prêtres envahirent en foule les lieux, nous rassemblèrent par groupes et nous poussèrent vers la sortie.

L'*Acllahuasi* s'ouvrait directement sur l'*Huacaypata*, la place des cérémonies. Eblouies par la luminosité, nous nous immobilisâmes sur l'immense esplanade pour écouter la harangue du grand prêtre du Soleil, le *Villac Umu*.

Je tâchai de concentrer mon esprit sur cette haute et majestueuse silhouette que couronnait une tiare d'or, la tiare elle-même surmontée d'un soleil d'or rehaussé de plumes, mais ne me demandez pas de vous répéter ses paroles, mon sort en dépendrait, je ne le pourrais! Une sueur froide me mouillait la nuque et les reins, mes jambes tremblaient. Nous jeûnions depuis l'avant-veille. Ma forte croissance s'accommodait mal de cette rigueur... Du moins, était-ce l'excuse que je me donnais pour expliquer le lâche abandon de mes forces et le désordre de ma pauvre tête.

Nous commençâmes à défiler.

Une à une, les fillettes qui précédaient notre groupe se prosternaient devant des autels montés et décorés pour la circonstance.

Sur le premier, se dressait le *Punchao*, énorme, magnifique disque d'or massif, figurant notre Père le Soleil ; sur l'autre, en luisances douces, le disque d'argent de la Lune, son épouse et sœur ; et, plus loin, sur un palanquin d'or, l'effigie flamboyante d'Inti Illapa, Seigneur de la foudre, de la pluie et de la grêle, l'une de nos divinités les plus vénérées, vous saisissez pourquoi.

Ensuite, les fillettes se ployaient bien bas devant les *Mallqui* aux paupières laquées d'or, somptueusement vêtues, la chevelure cousue de plumes et de pierreries. Des serviteurs éventaient les *Mallqui*, d'autres soutenaient au-dessus de leurs augustes têtes des parasols en plumes de perroquets multicolores... Qui sont les *Mallqui* ? Les dépouilles de nos Incas défunts, auxquelles l'embaumement conserve dans la mort l'apparence de la vie. Aucune solennité n'était concevable sans les *Mallqui*. On les avait donc sorties de leurs palais, où chacune continuait à régner sur une véritable cour.

42

Je mentirais en vous disant que la vue de ces reliques sacrées nous inspirait le recueillement qui, à tout autre moment, eût été le nôtre. Nous n'avions qu'une pensée : « Vais-je retenir l'intérêt de l'Inca ? » Notre existence était suspendue à la réponse ! Et nous suivions avec anxiété la progression de nos compagnes. Chacune s'arrêtait devant l'Inca. Lorsqu'il inclinait son front lourd, ceint du *llautu* et de la *mascapaycha*, insignes de la toute-puissance, combien nous enviions l'élue ! Pour celle-ci, le supplice était terminé. Nous imaginions son ivresse, mais également la déception des autres, et notre gorge contractée s'étranglait un peu plus.

Nous nous rapprochions.

Maintenant, je distinguais assez nettement la physionomie du grand Huayna Capac, douzième de la lignée. Il n'était plus dans sa jeunesse. Mais a-t-on un âge quand on est l'Inca !

Derrière l'homme-dieu et la *Coya*, son épouse-sœur, se pressait la noblesse. Les bénédictions du Soleil répandues sur ce parterre de chefs de guerre et de dignitaires allumaient tant de feux d'or, tant de scintillements de joyaux que fixer la perspective brûlait les yeux...

Un coup sec me frappa entre les omoplates.

Je sursautai, me retournai, et je croisai le regard minéral d'un prêtre.

– Baisse les yeux, insolente ! Et avance.

Absorbée par mes craintes et mes réflexions, j'avais, en effet, laissé un écart se creuser entre la fillette qui me précédait et moi. Je hâtai le pas pour la rattraper.

La main du prêtre se referma sur mon bras, me fit pivoter.

– Tu boites, dit-il.

Je protestai, terrorisée.

Le défilé s'interrompit. Un dignitaire vint s'informer. Le prêtre réitéra son accusation, et moi, ne me possédant plus... d'ailleurs, qu'avais-je à perdre, tout était perdu ! je continuais à nier, à me débattre. Un autre dignitaire arriva, escorté de deux gardes qui m'empoignèrent, et je me retrouvai jetée sur le pavé devant les trônes d'or de l'Inca et de la *Coya*. Je demeurai là, muette, rompue.

Le sentiment de culpabilité, latent dans mon cœur depuis des années, déferlait sous le choc de l'émotion et m'envahissait, me laissant sans volonté, sans défense. C'était presque un soulagement. Je n'avais plus à feindre, je ne luttais plus, j'acceptais le renoncement, le châtiment, la mort. Et je me sentais déjà morte, poussière dans la poussière... Puis me revint le souvenir du supplice de Gualca, l'épouvante me saisit, j'eus mal dans tout le corps, je me dressai.

Une bourrade me renvoya au sol.

La voix de l'Inca retentit, formidable.

– Lève-toi.

J'obéis.

La *Coya* se pencha.

– L'enfant est d'une grande beauté, mon très puissant Seigneur. As-tu noté la blancheur et le grain de la peau, la finesse des membres ? Puis-je t'exprimer ma pensée ? Si son infirmité a échappé à la perspicacité des *Mamacuna*, n'est-ce point volonté des dieux, désireux de t'offrir cette merveille marquée d'un signe particulier, afin qu'elle n'ait point sa pareille ?

Ce soir-là, il y eut grand banquet et joyeuse beuverie, danses et chants sur l'*Huacaypata*.

Les échos de la fête s'engouffraient par les ouvertures de l'*Acllahuasi* où l'on m'avait ramenée, et résonnaient jusque dans ma cellule.

De notre groupe d'Amancay, la quasi-totalité avait échu à des dignitaires et à des gouverneurs de province. A part moi, l'Inca n'avait retenu qu'une autre fillette.

Les premiers jours, mon euphorie fut telle que je tombai presque en faiblesse. Au bout d'une semaine, ce bonheur s'épuisa. J'avais cru toucher au but. Erreur ! Restait un obstacle majeur à franchir.

44

La femme choisie

Je le compris en rencontrant dans les ateliers de l'*Aclla-huasi* de très nombreuses *Aclla*, plus très jeunes, les traits fanés, vouées à l'oubli. Lors de leur présentation, elles avaient plu, impression éphémère, aussitôt effacée. La beauté a sa monotonie. Comment la mémoire de l'Inca eût-elle retenu les visages, les silhouettes des centaines, des milliers de femmes choisies par lui ? Etre choisie ne signifiait pas être élue. Au contraire, être choisie, c'était pour beaucoup la réclusion perpétuelle. Cette déduction m'horrifia. Je sombrai dans la mélancolie, j'en perdis jusqu'au goût de peigner mes cheveux, et les *Mamacuna* de Cuzco me grondaient. A tout moment, répétaient-elles, une *Aclla* se doit d'être prête. Le plaisir de l'Inca n'a point d'heure.

Ce fut en pleine nuit que des serviteurs vinrent me chercher.

On me secoua, on me plongea encore engourdie dans une vasque cloisonnée d'or, on me frotta avec une essence parfumée, on me passa une tunique blanche brodée, on démêla ma chevelure, on l'orna d'un bandeau d'or, je m'enveloppai de ma *lliclla* et, frissonnant dans le froid de la nuit, je quittai l'*Acllahuasi*, sachant que je n'en franchirais plus jamais le seuil, toute femme qui partageait la couche de l'Inca, n'était-ce qu'une fois, restant attachée à sa maison.

Une ruelle séparait l'*Acllahuasi* du palais d'Huayna Capac. Brusquement, je trouvais le trajet trop court, je m'affolais. Saurais-je plaire ? Je me sentais si gauche, si sotte !

Les serviteurs m'introduisirent dans une salle miroitante d'or et m'abandonnèrent. Une tenture s'écarta. Je me prosternai. Deux pieds menus chaussés de sandales en fine laine tressée trottinèrent jusqu'à moi.

– Debout, enfant.

Stupéfaite, je reconnus la *Coya* Rahua Ocllo.

– C'est moi qui t'ai fait mander. Ce soir, l'Inca est fatigué, mais sa puissante nature réclame l'apaisement. Deux de ses femmes ont essayé de le satisfaire, il les a renvoyées. C'est ta chance, petite... Tu as peur ?

— Qui ne tremblerait devant le grand Huayna Capac, ô sérénissime *Coya* ?

— Ne le montre pas. Tu offusquerais la bonté de mon époux. Son désir se dérobe devant la crainte qui noue les membres, les pleurs qui enlaidissent et toutes les ridicules manifestations auxquelles une pucelle a tendance à se livrer. Si tu souffres lorsque son *ullu* te pénétrera, souffre gaiement afin de recueillir entière sa semence et qu'il ait une jouissance parfaite ! Et si tu sens son intérêt languir...

Suivirent des conseils que j'écoutai, empourprée.

Chez nous, si les hommes ont la parole crue et en usent abondamment, les femmes sont tenues à la plus stricte décence de langage... Mais qui aurait eu l'audace de comparer la *Coya* à quelque autre femme ? Rien ne peut souiller la bouche d'une déesse ! Cette pensée remit mon adoration à sa place.

Elle frappa dans ses mains.

Une naine apparut.

— Va, dit la *Coya*.

La naine m'emmena en silence et à petits pas jusqu'aux appartements de l'Inca. Devant la porte, veillaient un jaguar et un puma, aux colliers d'or, incrustés d'émeraudes. Ils grondèrent à mon approche. La naine émit une sorte de sifflement, ils se turent.

J'entrai.

Une torche éclairait la chambre. J'avais si souvent vu, aux soirs de nos grandes fêtes, mon père et les hommes de notre *ayllu*, terrassés par la *chicha*, que je compris aussitôt qu'Huayna Capac était ivre. Cela me rendit mon sang-froid. La situation m'était familière, je n'avais nul besoin des conseils de la *Coya* pour la résoudre.

Je m'avançai vers la forme prostrée au bord de la couche et, osant porter les mains sur le corps de mon Seigneur, je parvins à faire basculer sa grande masse, j'allongeai ses jambes, et je le couvris.

L'opération se décrit en quelques mots, mais, croyez-moi, Père Juan, l'effort me trempa de sueur ! Au moindre grognement sortant de l'auguste poitrine, je tremblais que la fureur ne le tirât de sa somnolence et ne le poussât aux pires extrémités.

Ceci fait, je ne sus que faire.

Partir ? Partir ainsi, partir sans que l'Inca eût marqué ma chair de son sceau, partir donc pour retourner à l'*Acllahuasi*...! Et il n'y aurait pas de seconde chance, la *Coya* ne me pardonnerait pas d'avoir déçu sa bienveillance. Comment me disculper vis-à-vis d'elle ? Pouvais-je me permettre, moi, vulgaire créature, d'insinuer que la *chicha* avait les mêmes effets sur le Fils du Soleil que sur l'homme des champs ?

Je regardais Huayna Capac.

Le sommeil allégeait les bouffissures du temps, nivelait les rides. Ainsi renversé dans les couvertures, il était très beau et tellement moins impressionnant !

Mue par une soudaine impulsion, je m'étendis sur l'une des nattes, résolue à attendre son réveil... Et rompue d'émotion, je m'endormis.

Au matin, me trouvant au pied de sa couche et se découvrant une belle force, l'Inca me prit. J'étais molle et moite, à demi assoupie, tendre comme un petit pain frais de maïs, il parut content.

Ensuite, il appela. Le jaguar et le puma bondirent dans la pièce, se mirent à me flairer et à me lécher. Je dissimulai mon effroi du mieux que je pus. L'Inca riait.

Un dignitaire – l'un de ses frères et son conseiller intime – entra. M'apercevant, il félicita Huayna Capac d'avoir, comme un jeune homme, prolongé la nuit jusqu'au matin. L'humeur joyeuse de l'Inca s'accentua.

Sur ce, des *Aclla* envahirent la chambre. Elles étalèrent sur le sol des nattes de jonc tressé, qu'elles couvrirent de plats d'or dans lesquels il y avait toutes sortes de riches nourritures, des oiseaux rôtis, de superbes poissons, des ragoûts de champignons et des fruits des Terres Chaudes, qui m'étaient inconnus. Puis elles avancèrent un petit banc de bois recouvert de laine. L'Inca s'assit. Elles s'apprêtaient à le servir. D'un geste, il me désigna ; d'un autre, il les congédia. Le regard qu'elles me jetèrent en quittant les lieux me donna la mesure du privilège qui m'était accordé.

Bénissant dans le secret de mon cœur les bonnes *Mamacuna* d'Amancay, qui m'avaient enseigné le service dans ses moindres détails, je pris une écuelle d'or, attendis que l'Inca fixât son choix et, après avoir garni l'écuelle en disposant le poisson de la manière qui fût la plus alléchante pour l'œil, je la lui présentai et me tins debout devant lui jusqu'à ce qu'il l'eût vidée. Le repas dura. J'admirais l'appétit du Divin. Dans les villages, la frugalité est notre ordinaire. J'avais faim, moi aussi. Les fumets montant des plats me chaviraient l'estomac. A la fin du repas, il m'autorisa à prendre un petit os de canard sauvage, que je rongeai avec délice.

La volonté de l'Inca n'a point d'heure. Aussi, me tenais-je toujours prête à le satisfaire. La nuit, la servante – j'avais maintenant une servante attachée à mon usage personnel – veillait pour me secouer et m'habiller si Huayna Capac m'envoyait chercher. Quelquefois, me regarder danser au son du tambourin, ce que je faisais plutôt bien, lui suffisait.

Quand je n'étais pas avec l'Inca, c'est-à-dire la majeure partie du temps, je demeurais dans la chambre que l'on m'avait attribuée. Elle s'ennoblissait peu à peu des marques du contentement que je donnais à mon Seigneur : une tenture, un vase, une couverture en laine fine, un miroir en bronze et un petit coffret de bois, dans lequel je rangeais d'autres cadeaux, une broche en argent pour fermer ma *lliclla* et un haut bracelet décoré de fleurs de nacre et de corail. La servante m'apportait mes repas.

L'Inca m'avait interdit de me mêler aux autres *Aclla*.

La femme choisie

J'ignorais pourquoi, mais cette place à part, ce cercle magique qu'il traçait autour de moi, me gonflait d'orgueil. La tête me tournait. Quand on est très jeune, le présent et le futur se confondent. Je n'imaginais plus mon existence que comme une éternité de jours heureux, éclairés par une faveur croissante, et la présence des centaines de femmes dédaignées qui peuplaient le palais ne parvenait pas à troubler cette naïve conviction.

Je fus folle de joie quand Huayna Capac m'annonça qu'il partait pour Quito et m'emmenait avec lui.

La veille du départ, la *Coya* Rahua Ocllo me fit appeler.

Vos compatriotes, Père Juan, ont été grandement choqués en apprenant que, selon la tradition, l'Inca régnant prenait toujours pour épouse l'une de ses sœurs légitimes. Pourtant, comment assurer la continuité des descendants du Soleil, si ce n'était en mariant entre eux les uniques dépositaires du pur sang divin ? Nous ne voyions dans ces unions que des nécessités échappant à toute règle humaine.

Comme la majorité des femmes issues en ligne directe du premier Inca, Manco Capac, fondateur de la dynastie, Rahua Ocllo, vous l'ai-je dit ? était très belle. Sa peau avait la pâleur nacrée de la lune, sa chevelure empruntait à la nuit sa sombre et profuse brillance. Elle aimait les fêtes, s'entourait de naines bouffonnes, montrait beaucoup de coquetterie dans sa toilette et avait une prédilection pour les émeraudes et les teintes vives de l'arc-en-ciel.

Voilà ce que je savais d'elle, qui n'était qu'apparence, de même que ses bienfaits à mon égard, ce dont je n'allais pas tarder à m'apercevoir.

Elle renvoya ses femmes. Sa mine sévère m'inquiétait. L'humeur des princes est la conscience des petits. Je me sentais coupable sans pouvoir dire de quoi.

— Enfant, dit-elle, avant que tu t'en ailles, nous avons à parler. Sache qu'il y a une trentaine d'années, l'Inca, mon époux, monta vers le nord avec sa grande armée et conquit le riche royaume de Quito. En l'Inca cohabitent le dieu et l'homme. L'homme tomba amoureux de Paccha Duchicella, la fille du roi de ce pays. Notre fils, le prince Huascar, avait cinq ans quand Paccha Duchicella donna, elle aussi, un fils à Huayna Capac. On nomma ce bâtard : Atahuallpa. Mon époux l'a toujours préféré à ses autres fils. Il songe aujourd'hui à partager l'Empire entre Huascar et Atahuallpa... Certainement l'ignores-tu, le peuple ne connaît rien de ce que, d'ailleurs, il n'a pas à connaître, mais depuis que règnent les Incas, l'Empire n'a jamais été partagé. Au contraire, agrandir ses territoires fut le souci constant de nos souverains. Aussi, ai-je songé à toi pour détourner notre Seigneur de son projet... Ne prends pas cet air stupide! Quand une femme est assez habile pour capter l'attention de l'Inca plus qu'un jour, elle peut beaucoup. Je ne te demande pas d'influencer le dieu, mais l'homme. L'homme est vulnérable. Quand on pense que, depuis la première saison de leurs amours, Paccha Duchicella suit mon époux partout! Les ans ne lui ont guère été bienveillants, ce ne sera bientôt qu'une vieille charogne puante, mais elle conserve du pouvoir sur l'Inca. C'est elle qui l'a décidé à se rendre à Quito. Il aurait l'intention de s'y fixer définitivement après avoir établi la succession de l'Empire selon son funeste dessein. Funeste est le mot! Aux dernières fêtes de l'*Intip Raymi*, alors que tu te trouvais encore à l'*Acllahuasi*, un aigle blessé, poursuivi par des vautours, s'est abattu devant la litière de l'Inca. Mauvais présage! Les dieux sont en colère! Et la faute en incombe à cette intrigante femelle et à son bâtard. Il convient d'anéantir leurs prétentions. C'est à Huascar, mon fils, l'héritier légitime, celui qui n'a qu'un sang, le nôtre, que doit revenir en totalité l'Empire! Quand il régnera, je régnerai, et je ne t'oublierai pas.

Plus tard, en d'autres circonstances, je me rappellerais ces paroles. Mais, sur le moment, atterrée, je contemplais la *Coya* qui, brisant son adorable image, m'offrait celle d'une harpie possédée par la jalousie et la haine.

– Je suis si jeune, si jeune...! que puis-je? murmurai-je.
– Le dard d'un insecte peut tuer celui qui le dépasse mille fois en taille et en force. Ton insignifiance est un atout. L'Inca se méfierait-il du babillage d'une gamine? Détruis l'amour du père pour le fils en mettant dans son cœur doute et suspicion! Invente! Quand vous serez à Quito, fief d'Atahuallpa, ce te sera facile. Huayna Capac se complaît à vanter les mérites de son bâtard et à croire que ce démon l'aime pour lui et non pour ce qu'il espère en recueillir... Des petites phrases habilement glissées... surtout si tu as soin, avant, de rompre de plaisir le vieil homme... Elles couleront en lui comme un doux poison.

Je me tordis les mains.
– Sérénissime *Coya*, chacun donne ce qu'il a. Jamais je ne serai capable...

Les yeux de Rahua Ocllo se rétrécirent comme ceux du jaguar lorsqu'ils fixent sa proie.
– Les privilèges dont tu jouis, misérable fille des champs, c'est à moi que tu les dois! Sans mon intervention, si je n'avais détourné le courroux de l'Inca le jour de l'*Intip Raymi*, où serais-tu? Et pourquoi t'ai-je sauvée? T'es-tu seulement posé la question? Pour satisfaire mon époux? Je laisse cela à d'autres. Par pitié pour toi? La pitié est un sentiment des plus communs. Je t'ai sauvée parce qu'une fillette assez rusée et ambitieuse pour dissimuler durant quatre années un défaut qui l'eût évincée m'a semblé digne de mon appui. Aussi, ne me déçois pas. Sers-toi de ta tête. Aujourd'hui comme hier, il s'agit de tes intérêts. Même à distance, ce que j'ai fait je peux le défaire!

Aucun homme blanc n'a jamais assisté aux grands déplacements de l'Inca.

Je vais donc m'efforcer, Père Juan, de vous décrire celui que nous fîmes de Cuzco à Quito et qui fut le dernier des temps heureux de notre empire.

Imaginez le départ :

Ouvrent le cortège cinq mille guerriers armés de frondes, puis deux mille autres, de sang noble, puis encore deux mille qui constituent la garde personnelle de l'Inca. Tous sont hommes beaux et fiers. Ils vont en bon ordre. Leurs boucliers de bois, de cuir, de plumes, d'or ou d'argent se fondent en une mouvante mosaïque qui marque chaque rang et réjouit les yeux. Les cuirasses brillent, les épées soulignent d'un trait d'or la qualité des chefs.

Un lama blanc marche devant la litière de l'Inca. Son pas est solennel. Un caparaçon écarlate le couvre. Des grappes de bijoux d'or pendent à ses oreilles.

La litière est une œuvre d'art. Y ont concouru ébénistes, tisserands, plumassiers, joailliers, les meilleurs. Faite de bois précieux, enrichie de plaques d'or, fleurie de bouquets d'émeraudes et de turquoises, elle est surmontée de deux gracieux arceaux d'or, d'où retombent les tentures. On peut admirer sur le tissu soyeux, rebrodé de fils scintillants, le Soleil et la Lune symbolisant les origines divines de l'Inca. Les tentures sont percées de trous, ce qui permet à celui-ci de voir sans être vu. Elles s'écartent quand il souhaite s'offrir à l'adoration de ses sujets ou contempler les divers aspects du paysage. Huit hommes d'exceptionnelle vigueur soutiennent ce monument. C'est un honneur suprême. C'est aussi une terrifiante responsabilité : la mort sanctionne le moindre trébuchement.

Derrière, des litières plus légères, égayées de riantes draperies closes, transportent les femmes désignées pour accompagner l'Inca.

A notre voyage, on en comptait plus de sept cents. Je vous rassure, Père Juan. Huayna Capac ne songeait nullement à d'énormes débauches ni même à en honorer le dixième, son âge ne s'y prêtait plus. Mais, je vous l'ai dit, les femmes étant témoignage de pouvoir et de fortune, un souverain eût passé pour un gouverneur de province s'il n'en avait emmené dans ses bagages qu'une petite cinquantaine.

La femme choisie

Après les femmes, les dignitaires. En litières ou en hamacs. Le rang s'affiche superbement sur les habits. Les capes se drapent aux épaules, leurs pans s'ouvrent sur de courtes tuniques brodées qu'ourlent des franges ou des pompons de plumes d'aras et de perroquets, aux couleurs violentes. Et l'or ruisselle. Travaillé en plaques, en perles, en pendeloques, en paillettes, incrusté d'argent, de pierreries, de lapis-lazuli, de nacre, de cristal, il devient pectoral, brassard, jarretières, colliers, bracelets, diadèmes, anneaux d'oreilles. Son rayonnement est celui de notre Père le Soleil, il nimbe ceux qui s'apparentent à son sang.

Suivent les mages, les devins, les médecins, et la houle bruyante des chanteurs, danseurs, joueurs de flûte, de tambour et de tambourin, les nains, les bossus dont les cabrioles et les pitreries égayeront nos fêtes, et le défilé majestueux des jaguars et des pumas qu'encadrent des indigènes des Terres Chaudes, vêtus de peaux et de plumes, qui sont habiles à les capturer et à les dresser.

Je ne ferai que mentionner la domesticité.

Bien que nous fussions assurés de trouver à chaque halte tout le nécessaire à notre confort, valets et servantes se comptaient par milliers. S'y ajoutaient les porteurs et le troupeau de lamas, les hommes plus chargés que les bêtes. Au-delà d'un certain poids, le lama refuse d'avancer. Obstinez-vous, il se couchera et vous crachera à la figure un long jet de salive verdâtre et puante! Aussi, prenons-nous soin de ne pas l'irriter.

Des courriers précèdent toujours l'Inca pour annoncer sa venue.

Aussitôt, les villes sortent leur plus précieux.

On secoue tapis, tentures, peaux de jaguars. On compose des décors de plumes. Les rues et les places pavoisent. Les murs se couvrent d'écailles d'or et d'argent, et la population court couper alentour fleurs et branchages.

Sur le passage du cortège, les villages s'agitent comme des fourmilières. On balaie la chaussée, on traque les brins d'herbe, on racle la mousse des pavés, on dresse des arcs de verdure, on ravaude les habits de fête, on chante et on danse sa joie. Les enfants font le guet sur les murets des terrasses de culture.

Quand le début du cortège pointe, signalé de loin par le mugissement des *mullu*, les grandes conques marines doublées de nacre rose, et par les oriflammes qui déploient leurs chamarrures dans le ciel, alors les enfants crient. Hommes, femmes jaillissent des villages, et tous dévalent les champs. Même les vieillards aux têtes branlantes et les malades se découvrent des jambes neuves pour courir aussi. Apercevoir le dieu vivant est un bonheur qui ne se renouvellera peut-être jamais et dont le souvenir ensorcellera le cœur jusqu'à la mort!

L'Apurimac franchi – et je riais toute seule dans ma litière, me rappelant mes frayeurs de petite fille la première fois que j'avais posé le pied sur le pont flottant –, je collai mon œil aux fentes pratiquées dans les tentures, et je me mis à scruter la pente des monts et les bas-côtés de la *Nan Cuna*.

Mon père, ma mère, ma sœur étaient-ils parmi cette foule en délire, qui acclamait Huayna Capac? Je ne les aperçus pas. Sans doute, était-ce mieux ainsi. A quoi bon ranimer ce qui doit être oublié? Je n'aurais pu ni leur parler ni leur faire un signe. Une *Aclla* n'a pas de famille, pas de passé. Elle naît à la vie le jour où elle s'ouvre à l'amour dans la couche de l'Inca. D'ailleurs, quand les parents conduisent leur fille à l'*Acllahuasi*, ils savent qu'ils n'en recevront aucune nouvelle et ne la reverront jamais.

La présence de vos compatriotes, Père Juan, a bouleversé nos règles. J'ai revu mes parents. Bien, bien longtemps après, et à l'heure la plus cruelle de mon existence.

Heureusement, l'avenir est dans le miroir des devins. Le mien ne reflétait, à ce moment-là, que le portrait d'une très jeune femme joliment parée, savourant avec volupté les nouveautés de sa condition.

Au fur et à mesure que nous nous éloignions de Cuzco, les menaces de la *Coya* s'estompaient... « J'aviserai lorsque nous serons à Quito », me disais-je, appuyant mon insouciance sur les bontés que me prodiguait Huayna Capac.

Je n'ai plus jamais commis pareille erreur.

* *
*

La *Nan Cuna* se compose de deux voies. La première s'élance à travers la sierra, enjambe les torrents, serpente le flanc des monts, taille son chemin dans le roc; la seconde longe nonchalamment la mer. Des ramifications unissent ce double tracé colossal qui, du sud au nord, sillonne l'Empire.

Après Amancay, nous empruntâmes un chemin de traverse, et nous descendîmes dans la vallée de Pisco.

Le sable reprend possession du sol, mais quand nous y vînmes, quel foisonnement de vergers, et comme le coton y poussait!

Les Espagnols ont crié au prodige en apprenant que l'eau, irriguant ces étendues côtières, était amenée des monts andins. Nous leur avons montré les galeries souterraines que nos ouvriers avaient creusées, les aqueducs, les canaux, les réservoirs, les écluses... Ces ouvrages sont aujourd'hui à l'abandon. Cela nous attriste, nous ne comprenons pas. Se peut-il que dans votre pays, si hautement civilisé, on dédaigne la science et l'ingéniosité des hommes? L'Espagne doit être bien riche!

Nous nous arrêtâmes une semaine à Pachacamac où Huayna Capac consulta l'Oracle, puis à Rimac, à côté de Lima qui n'était encore qu'une minuscule bourgade.

Ce fut à Rimac que, brutalement, je tombai en disgrâce.

Taulichusco, le très puissant *curaca* de la province, avait mis son palais à la disposition de l'Inca.

Les jours coulaient, s'ajoutant les uns aux autres comme les perles riches d'un collier.

N'ayant encore connu ni les joies du cœur ni la plénitude des sens, je considérais qu'il n'y avait pas sur terre félicité comparable à la mienne.

Vivre dans l'ombre dorée du Divin, le servir, recueillir sa jouissance, loger dans des demeures princières, me nourrir des mets les plus délicats, des fruits les plus rares, avoir un choix ravissant de *lliclla*, et des tuniques, des rubans, autant de paires de sandales que de lunes dans une année... Vous souriez, Père Juan, vous me jugez bien futile.

Songez qu'avant, j'allais pieds nus et possédais pour toute vêture celle que je portais, songez au changement que cette ascension représentait! Quelle fillette de quinze ans n'aurait eu le vertige!

Le palais de Taulichusco était magnifique.

Les murs enduits d'un revêtement de coquillages pilés brillaient comme de l'argent et produisaient de loin un féerique effet. Des terrasses très fleuries prolongeaient les salles. Fêtes et banquets s'y succédaient.

Un soir, après d'autres divertissements, le *Curaca* fit venir une jeune vierge qui dansait et jouait de la flûte. Elle n'était pas remarquable de visage, une face plate, la bouche épaisse, mais elle avait beaucoup d'audace dans les gestes et une petite silhouette déliée et gracieuse que sa tunique de gaze dénudait adroitement. A la fin de son exhibition, elle lâcha la flûte, et elle mima une sorte de parodie d'amour avec un serpent. Je n'avais jamais rien vu d'aussi indécent.

Le contraste entre ce corps d'enfant et ces enlacements obscènes semblait plaire grandement aux hommes. Ils avaient les yeux gros et luisants. Nul doute, chacun rêvait de faire le serpent! L'Inca gardait les paupières mi-closes et mâchait lentement sa boule de coca.

Avant que se terminât le spectacle, il murmura quelques mots à Taulichusco, et il se leva. Je crus que c'était d'écœurement. Je m'empressai, ainsi que les autres *Aclla* présentes, de l'imiter. D'un froncement de sourcils, il nous écarta. La gamine le suivit.

Au matin, il appela pour sa collation.

Nous le trouvâmes très gai.

La jeune Yunga – ainsi nommons-nous les habitants de la côte – était nue, béatement étendue sur la couche impériale, vautrée parmi les couvertures en laine de vigogne, spécialement tissées pour l'Inca et dont il m'avait fait apprécier si souvent l'inégalable douceur. Le serpent se lovait entre ses cuisses, la tête dressée. Huayna Capac m'ordonna d'aller quérir une nourrice : le serpent ne s'alimentait que de lait de femme. J'obéis, la rage au cœur.

Quand nous remontâmes vers le nord, Nauca Paya, la Yunga, partit avec nous.

Le climat de ces bords de mer incline à la lascivité et à l'intempérance. Les mâles sont vicieux, et les fillettes ont la réputation de naître déjà toutes chauffées par les braises qui couvent dans le ventre de leurs mères. Je soupçonnai bientôt Taulichusco d'avoir initié la Yunga à des pratiques perverses, dans le but de s'attirer les bonnes grâces de Huayna Capac. Je grandissais, et je commençais à flairer la pourriture. Mais ce début de perspicacité ne me servait guère. Quand le regard de l'Inca se détourne, il n'y a aucun recours.

Mon unique espoir était qu'il se lassât de partager son plaisir avec un serpent !

La suite du voyage fut pénible.

Seule au fond de ma litière, j'errais dans les noirs paysages que m'offraient mes pensées.

Nous parvînmes enfin à Quito, et nous nous installâmes à Tumipampa, la résidence de l'Inca. De hauts pics neigeux hérissaient les lointains. Des jardins dessinaient les alentours du palais. Leur splendeur atténua quelques instants ma désolation.

De ces jardins, comme des jardins de nos temples et des autres palais impériaux, il n'est rien resté de ce qui en faisait la féerie.

Pour l'enchantement des Incas, nos orfèvres ont su utiliser en guise d'écrins les décors naturels, si chers à nos cœurs, et marier ainsi les dons de la terre aux somptuosités de l'art.

Dans les jardins de Tumipampa, poussaient à profusion des fleurs d'or, et encore des arbres, des arbustes, des buissons chargés de baies et de fruits, tout cela également en or. Quand le soleil brillait, c'était un embrasement : des milliers de flèches scintillantes transperçaient les ombrages véritables! D'or, aussi, était la gent animale que l'on rencontre au hasard des chemins ou qui perche sur les branches. Il y avait même un champ de maïs, si fidèlement reproduit par les orfèvres qu'aux quatre saisons on pouvait se croire à l'époque bénie de la moisson.

Lorsque les Espagnols découvrirent cet or, ils eurent un comportement qui nous stupéfia.

Pour nous, l'or ne sert qu'à charmer les yeux – c'est pourquoi on le réservait à l'élite. Vos compatriotes, eux, y ont vu uniquement la valeur marchande qu'ils lui attribuent, et ils se sont hâtés de fondre en lingots fleurs, feuilles, fruits, arbres, maïs, et la multitude de bêtes rampantes et volantes, insectes, lapins, chats sauvages, chevreuils, oiseaux, etc., disposés pour égayer les promenades de notre Seigneur, bref toutes ces merveilles, conçues, ciselées si délicatement et avec tant d'amour dans le précieux métal! Celui-ci circule maintenant, dépouillé de sa beauté, anonyme, manipulé par des mains sales... La monnaie est certainement le témoignage d'une société beaucoup plus savante et industrieuse que la nôtre, mais j'avoue en être encore à chercher les bienfaits qu'elle apporte. Notre commerce basé sur le troc était un encouragement au travail et au savoir-faire. Le vôtre me semble favoriser de sordides, voire criminelles convoitises. Je me suis permis d'émettre cette opinion devant le vice-roi. Il a ri. Et savez-vous ce qu'il m'a répondu? «Dans tout *Indien*, même le plus cultivé, demeure un fond de barbarie.» J'ai ri aussi.

La femme choisie

A Tumipampa, je rejoignis le quartier des *Aclla*.

Je n'étais plus qu'une dans le troupeau, et combien je détestais cela!

Par orgueil, vis-à-vis de celles qu'à Cuzco j'avais détrônées et dont je devinais la satisfaction, je m'efforçais de cacher mes sentiments. Mais j'aurais volontiers donné mon bracelet d'argent à un sorcier, si j'en avais connu un, pour qu'il jetât un sort à la Yunga et lui plantât des griffes de chouette dans le corps.

Voyez les malices de l'existence! Ce furent les Espagnols qui m'en débarrassèrent!

Leur apparition dans notre pays, signalée à Tumbez, une ville en bordure de mer, et rapportée à l'Inca quelques jours après notre arrivée, affecta grandement celui-ci.

Comme nous nous interrogions sur sa mélancolie, j'appris qu'une quinzaine d'années auparavant, un devin lui avait prédit l'arrivée d'étrangers à la peau couleur chair de poisson cuit, au poil rouge ou jaune, possesseurs d'armes grondantes, plus meurtrières que la foudre. Le devin avait ajouté que cette apparition précéderait le décès de l'Inca et l'anéantissement de notre empire.

Bien que les hommes blancs fussent presque aussitôt repartis par la mer d'où ils étaient venus, Huayna Capac décida de réunir sans plus tarder ses fils à Tumipampa afin de régler sa succession.

La Yunga n'entrait plus dans ses appartements, mais ce qui m'eût réjoui avant ces nouvelles me laissait à présent indifférente. D'affreux pressentiments m'étreignaient.

* * *

Même lorsque le désir de l'Inca s'assoupissait, il aimait être entouré des femmes dont la beauté et les façons l'avaient particulièrement charmé.

Par groupe, et à tour de rôle, durant une semaine, nous préparions ses repas, les lui présentions et l'accompa-

La femme choisie

gnions en quelque endroit qu'il se rendît, prêtes à l'éventer, à apporter les vases d'or et les gobelets remplis de *chicha*, à renouveler la provision de coca dans sa *chuspa* et à lui prodiguer toute attention que son bien-être requérait et que l'habitude et notre zèle adorant nous permettaient de prévenir.

J'étais précisément une des *Aclla* affectées à son service le jour où le prince Huascar, fils de la *Coya* Rahua Ocllo, arriva.

La scène demeure vive dans ma mémoire : ce fut en cette occasion que mon destin se fixa définitivement et que mon cœur, qui n'était encore que le cœur d'une enfant, commença à battre comme un cœur de femme.

Le temps était d'une douceur charmante. Des petits vallons verts, qui moutonnaient alentour, montaient un bruissement d'oiseaux et le chant puissant des jardiniers. Le ciel rosissait, irisant les sommets neigeux.

L'Inca méditait, assis sur un long banc de granit dans l'une des *huairona* du palais... Qu'est-ce que les *huairona* ? D'élégantes galeries couvertes, toujours orientées sur quelque large perspective propice à la contemplation et qui, en cas de danger, pouvaient également servir de postes de guet.

Nous nous tenions à ses pieds.

Je portais, je me le rappelle, une tunique jaune safran et, sur les épaules, ma *lliclla* préférée, blanche rayée de jaune, de rouge et de noir. Un ruban de fils d'or et d'argent ceignait mon front. Au centre, j'avais rebrodé une fleur rouge vif.

Soudain, par la baie béante de l'*huairona*, nous aperçûmes l'avant-garde d'un cortège.

Etant donné l'ampleur de celui-ci, ce ne fut qu'à la lueur des torches que le prince Huascar se présenta devant l'Inca.

Il n'avait ni la prestance d'Huayna Capac ni la beauté de Rahua Ocllo. Il arborait la tresse de laine jaune. Sans cette coiffure, traditionnelle pour le prince héritier, rien ne l'eût signalé aux regards.

60

La femme choisie

Au côté d'Huascar, se tenait Atahuallpa, le bâtard de la princesse de Quito. Atahuallpa était allé accueillir son demi-frère aux limites du royaume de ses ancêtres, devenu une province de notre empire. Une éblouissante cape en plumes de colibri le vêtait.

Je ne vous ai pas encore parlé d'Atahuallpa, Père Juan, quoiqu'il fût souvent venu au palais rendre visite à l'Inca. La haine a clos ma bouche, et la répugnance que j'ai, même après tant d'années, à évoquer sa physionomie... une physionomie avenante, d'ailleurs, bien servie de plus par un verbe spirituel et soyeux auquel, hélas! Huayna Capac, son père, se laissa prendre.

Malgré l'importance majeure qu'ils devaient avoir sur ma vie, abandonnons pour l'instant Huascar et Atahuallpa...

Derrière eux, se tenait un jeune homme. La grosseur des disques d'or passés dans ses lobes d'oreilles attestait sa parenté proche avec l'Inca. Il avait les pommettes larges, le nez arrogant, la bouche forte.

J'avais croisé durant le voyage, et à la cour de Tumipampa, des hommes jeunes et beaux dont la virilité m'avait quelque peu émue, mais celui-ci... peut-être parce que se devinait en lui ce quelque chose qui distingue les êtres d'exception, celui-ci me prit le souffle!

J'ai eu d'autres amants, Père Juan, mais Manco fut le seul à me posséder entière, et il me possédait déjà, alors que j'ignorais jusqu'à son nom. Je l'appris quand Huayna Capac l'interpella. Je baissai les yeux et j'enfouis le nom au fond de ma mémoire, sachant qu'il ne pouvait m'apporter que souffrances et tourments. Malheur à la femme choisie qui eût osé s'offrir à un autre, et à l'homme, prince ou berger, qui aurait cherché à la séduire!

Quelques jours plus tard, au cours d'une cérémonie solennelle, Huayna Capac exprima ses volontés : l'Empire reviendrait à Huascar, mais amputé du royaume de Quito dont il entendait disposer au profit d'Atahuallpa.

Huascar s'inclina, et les deux frères se jurèrent devant leur père éternelle amitié. Les mots n'engagent à rien quand on les prononce sous la contrainte.

Le partage décidé par l'Inca me remit en tête les menaces de la *Coya*.

Mais qu'aurais-je pu? Une femme n'a que son corps pour influencer l'esprit de son maître! Et que pouvait m'enlever Rahua Ocllo que je n'eusse déjà perdu? Je craignis néanmoins d'être un exutoire à sa fureur lorsqu'elle saurait la nouvelle. On chuchotait qu'elle usait volontiers du poison. Je m'obligeai donc à faire goûter ma nourriture à un cochon d'Inde. Puis d'autres soucis m'accaparèrent, j'oubliai.

Les mauvais présages se multipliaient.

Une comète verte apparut dans le ciel. La foudre tomba sur le palais. Signe évident : les dieux pointaient sur nous un doigt de feu et nous envoyaient leur malédiction! Et les prêtres, les mages ne cessaient d'annoncer la fin proche de l'Inca et de répéter que s'ensuivraient d'atroces calamités.

Eclairée maintenant par les enseignements de vos compatriotes, je sais que prétendre lire l'avenir dans les entrailles fumantes d'un lama est une ineptie... que dis-je! un péché! mais je ne m'explique toujours pas comment nos mages ont réussi à décrire avec tant de précision les horreurs qui nous guettaient.

Après le départ d'Huascar et de Manco, Huayna Capac contracta une fièvre mauvaise. Les médecins ne purent rien. Le moment était venu pour l'Inca de rejoindre son Père le Soleil, il le savait.

Avant de mourir, il réunit ses parents, ses chefs de guerre, les principaux *curaca*, et il leur déclara que surgiraient bientôt des étrangers, ceux-là mêmes que l'on avait aperçus à Tumbez, qu'ils s'empareraient de notre pays, et que nous devrions leur obéir comme l'indiquait la prédiction, et parce qu'il y a plus de sagesse à se soumettre à des hommes qui vous sont supérieurs en tout qu'à tenter de les combattre.

J'ai souvent résumé le discours d'Huayna Capac à des Espagnols – entre autres, aux frères Pizarro –, et je vous le dis, Père Juan, tel que je leur ai dit, ces paroles influèrent plus sur la dérive de notre nation que toute l'intrépidité et la vaillance des vôtres!

Selon nos lois, le décès demeura secret jusqu'à ce que les gouverneurs des provinces eussent fait le nécessaire pour que fût assurée dans le calme la transmission des pouvoirs.

Tumipampa retentissait de nos lamentations.

Essayez d'imaginer la terre recouverte par les ténèbres, et vous aurez une idée de ce que nous éprouvions!

De nombreuses *Aclla*, en signe de deuil et d'affliction, sacrifièrent leurs beaux cheveux. Avec la vie de l'Inca, leur vie s'arrêtait. La mienne, aussi.

Que deviendrions-nous?

Certaines recevraient des legs de terre, et elles se retireraient avec fortune et honneurs. A d'autres, on confierait le soin de veiller sur l'Inca défunt dans son palais. Une fonction enviée. Nous, les plus jeunes, qui n'avions bénéficié que très brièvement de la faveur d'Huayna Capac, nous ne pouvions rien espérer, si ce n'est aller grossir le nombre des femmes du nouvel Inca, en tant que servantes de celles-ci. N'étant plus neuves, quelle valeur avions-nous à ses yeux!

Le cœur d'Huayna Capac demeura à Quito comme il l'avait souhaité. La dépouille prit la direction de Cuzco.

Nous avions aidé à l'embaumement.

Les viscères retirés, le cadavre avait été soumis à l'action de substances balsamiques, miel, résine, ainsi que d'autres ingrédients dont les prêtres détenaient le secret. Puis on lui avait replié les jambes, les genoux sous le menton, dans la position du fœtus, qui est la première de notre existence et doit donc être la dernière pour réintégrer les profondeurs d'où nous venons. C'était toujours de cette manière que nous procédions pour nos défunts, de quelque classe de la société fussent-ils.

Ensuite, nous avions enveloppé le corps de trois linceuls blancs, puis d'une fine gaze, et l'avions revêtu de l'*uncu*, la tunique en plumes de perroquet, jaunes, rouges, vertes et bleu turquoise, semée de paillettes d'or. Nous pleurions.

Ah! que nous pleurions!

Malgré la certitude que la vie se poursuit dans l'au-delà, c'était affreux de voir, réduit, inerte, le dieu que nous avions adoré et, pis encore, l'homme dont nous avions connu le goût amoureux et les faiblesses. Seul, le visage nous le rappelait. Intact, très beau, rajeuni. Une collerette de dentelle, faite dans une grosse toile raide, en soutenait la majesté, du vermillon colorait d'un air de santé les oreilles, le front, le nez, les joues qu'étayaient des morceaux de calebasse, glissés à l'intérieur. Et une mince plaque d'or conserverait à jamais l'éclat du regard qu'il avait posé sur chacune de nous.

Ce fut ainsi, paré de ses plus magnifiques joyaux, coiffé du *llautu* et de la *mascapaycha*, que le peuple, massé tout au long de la *Nan Cuna*, aperçut pour la dernière fois son Inca, entre les tentures de la litière.

Nous effectuâmes ce voyage d'environ cinq cents lieues [1] à travers une brume de larmes. Les scènes de désolation se succédaient sur le passage du convoi. Quand nous nous rapprochâmes de Cuzco, on ne compta plus les suicides. Huayna Capac était très aimé. Peut-être, aussi, avec cette prescience obscure qu'ont les humbles, la foule sentait-elle qu'avec lui disparaissait à jamais notre rayonnante paix.

Nous arrivâmes à Cuzco, un soir.

Des bûchers funéraires brûlaient sur chaque place, les façades des palais rougeoyaient. Toute la parenté de l'Inca était rassemblée devant le Temple du Soleil pour accueillir sa dépouille. Quand la litière s'immobilisa, les

---

1. La lieue espagnole mesurait 5 572 m.

chants et les danses en usage dans ces circonstances atteignirent une intensité presque insoutenable.

Sur des jambes qui avaient désappris à marcher, nous allâmes rejoindre, hébétées, titubantes, les autres concubines d'Huayna Capac, restées à Cuzco. N'ayant pas macéré dans les larmes comme nous, elles manifestaient mieux leur douleur.

Mais les gobelets de *chicha* et les feuilles de coca, que nous distribuèrent aussitôt des serviteurs, ranimèrent vite nos forces. Je voyais mes compagnes s'arracher par poignées les cheveux, se balafrer le visage de leurs ongles, je les écoutais hurler... Et, bientôt, je mêlai mes hurlements aux leurs.

La coca faisait son œuvre que l'absorption de la *chicha* activait.

Très vite, je ne sentis plus la fatigue. J'étais comme hors de moi-même, me projetant dans ces longs cris qui s'enroulaient autour de mon corps comme des lanières de fouet, et qui excitaient mon sang. Puis je devins légère, libérée de mon poids de chair, du chagrin, des soucis, merveilleusement légère, merveilleusement lucide.

Devant moi s'ouvrait un chemin radieux. L'Inca l'avait tracé. Et je l'entendais, lui, le Divin, j'entendais sa voix qui me guidait pas à pas vers les bûchers ardents, où les étrangleurs avaient commencé leur besogne et préparé le lien qui m'était destiné.

Beaucoup d'autres femmes avaient déjà obéi à la voix. Un va-et-vient pieux s'organisait. On emportait les cadavres que des clameurs saluaient. Ils seraient embaumés et habillés d'étoffes précieuses. On les allongerait aux côtés de l'Inca durant la cérémonie mortuaire. Ainsi, comme de son vivant, aurait-il sa cour de femmes auprès de lui. Puis, dans l'allégresse, elles l'accompagneraient vers une éternité de jours dorés. C'était leur choix. C'était le mien. Il me semblait avoir des ailes, tant ma hâte de saisir le bonheur était immense et me devançait.

Les lueurs pourpres des brasiers coloraient les visages de reflets sanglants. Une suave pourriture montait des fleurs et des feuilles piétinées, se mélangeant aux odeurs des corps surchauffés. Le tintamarre des tambours battait dans mon ventre. Je haletais, approchant peu à peu des tendres bourreaux qui me délivreraient d'une existence dont je ne savais plus que faire et, lorsque les mouvements de la foule me le permettaient, je concentrais sur eux mes regards.

Au milieu du large cercle que le respect avait tracé, les étrangleurs allaient de l'une à l'autre des femmes accroupies. Quand venait leur tour, elles se cambraient, soulevaient à deux mains leur chevelure, et, du geste amoureux qu'ont les amants lorsqu'ils agrafent un collier au cou de l'amante, les étrangleurs leur passaient avec douceur la cordelette en boyau de lama. Puis ils serraient. Les femmes s'effondraient sur elles-mêmes. N'en restait qu'un petit tas d'étoffe, recouvert de cheveux. Combien étaient mortes? Combien mourraient? Des centaines et des centaines, certainement. Plus le règne de l'Inca avait été grand, plus le désir de le suivre dans sa gloire affolait les cœurs.

Cette ferveur, ce délire qui nous portait vers le sacrifice ralentissait son dénouement. Maintenant, immobiles et fiévreuses, nous attendions. Nous étions trop. On avait dû aller quérir un autre étrangleur, et puis un autre, et encore un autre. Leurs faces de bronze, comme huilées par les flammes, brillaient. Ils étaient beaux. On sélectionnait toujours de beaux hommes pour remplir cet office, et lâcher notre dernier souffle entre leurs mains puissantes ajoutait à l'impatience.

L'assistance se faisait un devoir d'entretenir notre tension. Des gobelets de *chicha* se glissaient dans nos mains, et c'était à qui, par ses chants et ses danses, charmerait le plus nos ultimes instants. J'étais en sueur. Je lançai ma *liclla* à la foule, distribuai ma broche, mes pendants d'oreilles, mes bracelets. Mes compagnes m'imitèrent. S'ensuivit une bousculade.

La femme choisie

Ce qu'il advint alors fut très rapide.

Je me sentis empoignée aux aisselles, entraînée à contre-courant, absorbée par l'ombre. Je ne résistais pas, j'étais molle comme une dépouille d'animal. En même temps que mes ravisseurs brisaient mon extase, ils m'avaient vidée de mes forces. Plus rien ne me soutenait, si ce n'était leur volonté.

Une litière attendait dans une ruelle. On m'y poussa. Les porteurs soulevèrent les brancards, et je m'écroulai...

Père Juan, je suis au regret. Vous l'ai-je dit? Je quitte Cuzco demain matin. J'aurais pourtant souhaité... Une vie, cela semble si court! Mais quand on en fait le détail, les mots s'enchaînent... à peine ai-je commencé. J'aurais dû être plus brève. C'est votre faute, aussi! Le croirez-vous? Vous êtes le premier à qui j'ai envie de me confier! Et je ne vous ai presque rien dit, il y a tant et tant à dire sur mon pauvre peuple, sur vos compatriotes, ceux d'ici, ceux que vous ne connaissez pas... A moins que... M'accompagneriez-vous? Je vais dans la vallée de Yucay, la Vallée Sacrée des Incas. Accompagnez-moi. J'en serais heureuse. De plus, c'est précisément là que se poursuit mon histoire, nous la revivrons ensemble.

La femme choisie

Père Juan de Mendoza
A Cuzco, ville du Pérou,
ce 1er octobre 1572

L'aube défait la nuit. De la fenêtre, j'aperçois les porteurs sortir un à un, lourdement chargés, le dos à l'horizontale. Hier soir, ses propos ayant prolongé la veillée jusqu'à une heure où il eût été malséant de me présenter à l'évêché, elle m'a convaincu d'accepter son hospitalité. J'ai aussi accepté d'être du voyage. Je ne pouvais souhaiter invitation plus opportune. Soyez béni, Seigneur, Vous qui, bien certainement, la lui avez inspirée !

La vallée de Yucay, m'a-t-elle dit, n'est qu'à trois ou quatre lieues de Cuzco. Elle m'a prié de choisir un cheval dans ses écuries. J'ai retenu un superbe alezan brûlé. J'en avais reçu un tout pareil de mon père pour mes quinze ans... Seigneur, mon Dieu ! Guérirai-je un jour de ce goût qui m'incline encore, malgré moi, vers les biens terrestres ? J'aurais dû me contenter de la rosse que m'ont prêtée les bons pères de Lima. Mais n'aurait-ce pas été maladroit de refuser ?

Que déduire de l'amabilité qu'elle me manifeste ? A mon avis, elle joue le jeu qui lui réussit si bien auprès des autorités gouvernantes, afin que je m'incorpore au chœur qui chante ses louanges. Ne jamais oublier que la duplicité est femelle, et que les mensonges dans une belle bouche sonnent clair comme le cristal ! Néanmoins, en ce qui concerne son passé, elle s'exprime avec une émotion, une sincérité indéniables. Quand elle l'évoque, on la voit telle qu'elle devait être : fascinante, et si innocente dans le péché !

Ces morts collectives sont abominables. Mais n'offrent-elles pas une espérance ? Si nous parvenons à détourner cette foi aveugle vers Vous, Seigneur, quelle moisson d'âmes!

Un souci me gâte un peu la journée. Pedrillo, mon interprète, à qui j'avais donné congé hier soir, n'a pas reparu. Je n'ai pourtant eu qu'à m'en louer jusqu'à présent. Sans interprète, me voici, parmi ces Indiens, privé de l'ouïe et de la parole. Donc, où nous allons, entièrement dépendant d'elle.

Me vient une pensée: chercherait-elle à m'isoler? Serait-ce elle qui aurait écarté Pedrillo? Si elle est ce que l'on dit, on peut lui prêter n'importe quelles intentions, même les plus funestes. Mais n'en suis-je pas à me suggestionner? Il n'y a qu'un moyen de savoir: poursuivre, observer, écouter.

3

Après les scènes d'immolation collective, que je vous ai décrites, et mon enlèvement, quand je me réveillai, il faisait jour.

Je constatai que j'étais dans une litière, que cette litière avançait, et, m'appuyant sur les souvenirs que daignait me livrer ma mémoire encore bien confuse, je crus que l'étrangleur avait fait son office et que je me trouvais voyageant à travers le pays d'où l'on ne revient pas.

Par l'une des fentes ménagées dans les tentures, je risquai un œil.

Mon cœur se dilata, chaud et doux dans ma poitrine.

Ce devait être ainsi, l'éternel banquet auquel sont conviées les défuntes *Aclla* : une nappe de verdure, d'un vert si vert, si vif, que je n'en avais vu nulle part de semblable, et ce festin de fleurs, les chants de ces mille ruisselets sourdant de partout, cette paix sur laquelle se penche l'ombre violette des monts.

J'avais soif.

Joyeuse, curieuse de savoir de quel nectar s'abreuvent les gens de l'au-delà, j'appelai. Le pas des porteurs s'immobilisa. Un homme parut, qui n'avait guère une allure céleste, mais cela ne découragea pas mon humeur.

– Qui que tu sois, dis-je gaiement, aurais-tu la bonté de me donner à boire ?

L'homme se débarrassa de la jarre qu'il portait sur le dos, remplit un gobelet, et me le tendit.

70

Je remerciai, bus.

Ce n'était que de l'eau, mais jamais boisson ne m'avait semblé si délicate.

– Où sommes-nous? demandai-je, pour le plaisir d'entendre ma félicité confirmée par la bouche rugueuse de l'homme qui devait être un serviteur assumant ses tâches de serviteur, comme chacun de nous poursuit dans la mort l'existence qu'il a quittée.

– Dans la vallée de Yucay, dit l'homme.

Ma pensée se bloqua.

– Dans la vallée de Yucay? répétai-je. Mais...

L'homme inclina son bonnet.

– Tu seras bientôt arrivée.

– Où? Qui es-tu? Où m'emmènes-tu?

Je criais, tout s'embrouillait de nouveau dans ma tête.

– Nous t'emmenons où nous a ordonné de t'emmener Huascar Inca, notre nouveau maître à tous, maintenant que le vénéré Huayna Capac, son père, n'est plus.

Les tentures retombèrent, et la litière repartit.

Et, soudain, je me souvins... Ces mains qui m'avaient saisie, arrachée au sacrifice... D'une secousse, sans transition, je réintégrai ma peau de vivante. Croyez-moi, Père Juan, ce ne fut guère plaisant : avec la vie, surgissent aussitôt les complications!

Pourquoi Huascar m'avait-il fait enlever? A Tumipampa, avais-je offensé par inadvertance le prince taciturne et maussade qui était aujourd'hui mon Seigneur? Je cherchai.

Ma réflexion n'eut pas beaucoup de détours à faire pour me conduire d'Huascar à sa mère, la *Coya* Rahua Ocllo. On la disait toute-puissante sur celui-ci, et ne me l'avait-elle pas dit elle-même : *Quand Huascar régnera, je régnerai et ne t'oublierai pas*... J'avais failli à ma tâche, Atahuallpa avait hérité du royaume de Quito, et la *Coya* n'oubliait pas, elle se vengeait. Mais que projetait-elle? Ma mort, celle que j'avais choisie, ne lui suffisait donc pas!

Après un temps qui me parut interminable, la litière s'arrêta.

Je réunis mon courage, soulevai une des tentures.

Nous étions à flanc de pente, surplombant des terrasses de culture, rousses et blondes, car la moisson approchait. Je pouvais entendre le son des tambourins que des femmes et des enfants agitaient. Dans notre *ayllu*, nous faisions de même pour éloigner les oiseaux. En bas, j'apercevais des champs plantés de coca, dont les feuilles vernissées formaient des taches d'un vert éclatant, et les ondulations argentées d'une rivière.

Vivement, j'écartai l'autre tenture.

Mon regard buta alors sur les murs d'un palais, tout en granit blanc, si brillant dans la lumière de midi que mes yeux qui avaient longtemps paressé dans l'ombre clignotèrent et s'emplirent de larmes.

Père Juan, c'est le palais où nous sommes, et je vais vous donner l'explication de ce merveilleux scintillement qui vous a ébloui, vous aussi. Il est tout simplement dû au mortier, un mélange de plomb, d'argent et d'or, coulé entre chaque bloc de pierre, procédé assez souvent employé pour les palais de nos Incas et pour nos temples, et qui fut d'ailleurs, je vous le signale à regret, cause de la dégradation de nombreux édifices par vos compatriotes.

Mais revenons...

Des serviteurs apparaissaient.

L'un s'avança jusqu'à la litière.

– Prends la peine d'entrer, me dit-il.

Par un porche à l'épais linteau sculpté de têtes de pumas, je pénétrai dans cette salle où nous nous trouvons.

Vous la découvrez bien nue. La tapissaient jadis entièrement jusqu'à hauteur d'homme des plaques d'or, sur lesquelles étaient figurés en relief des animaux, des oiseaux, des plantes, chaque plaque composant un petit chef-d'œuvre de grâce souriante. Des peaux de jaguars jonchaient le sol, et les niches que vous voyez étaient garnies de vases, de bibelots incrustés de turquoises, de

72

corail et de lapis-lazuli dont l'or des parois se renvoyait le miroitement irisé... En entrant, je respirai le parfum subtil des poutres en bois odorant, que les tentures emprisonnaient.

– Nous t'avons préparé un repas, dit le serviteur.

On m'apporta des crustacés qui semblaient aussi excellents que ceux que nous dégustions à Rimac fraîchement pêchés, des perdreaux rôtis, du maïs grillé, des avocats et de l'ananas.

Depuis le décès d'Huayna Capac, je m'étais surtout alimentée de larmes. L'appétit me revenant devant ces gourmandises, je résolus de ne plus me poser des questions qui ne changeraient rien au cours de mes jours et de profiter du temps et des agréments que l'on m'octroyait. Faire d'un instant un délicat bouquet de sensations ou une fagot d'épineux ne dépend souvent que de soi!

Je savourai donc ces nourritures sans me soucier du poison qu'elles pouvaient contenir.

Ensuite, j'eus sommeil, et je le dis.

Nous traversâmes une galerie s'ouvrant largement sur la vallée, puis une cour pavée au milieu de laquelle une fontaine au col d'or murmurait entre des touffes de *chihaihua* qui sont des fleurs jaunes ressemblant par la taille à vos œillets d'Espagne. Et, descendant quelques marches, je fus dans une chambre. Deux servantes me déshabillèrent, je m'étendis et m'endormis.

Les servantes me réveillèrent à la lueur d'une torche.

– Il faut te préparer, dirent-elles.

Je les suivis avec indifférence.

Etait-ce les effets de la coca, qui se prolongeaient, quelque drogue subtile glissée dans les aliments, ou l'émotion, je me sentais comme une plante qui attend passivement qu'on l'engraisse, qu'on l'arrose, qu'on la coupe.

Par un dédale d'escaliers, elles me menèrent au bain. Sortant de la gueule de deux serpents aux écailles d'or et d'argent, enlaçant leurs anneaux dans la pierre, l'eau jaillissait et semblait se fondre en or lorsqu'elle touchait la cuve que doublait entièrement le précieux métal. La cuve était assez grande pour que plusieurs personnes s'y ébattent. Dans les parois latérales, s'arrondissaient de petites niches qui abritaient des statuettes de lamas et des vases contenant des huiles et des onguents.

Je me mis sous le jet. L'eau, très pure, très froide, conductrice des forces bénéfiques que sécrètent nos monts, me purifia et chassa ma torpeur. Je retrouvai la raison.

Hier, j'étais prête à tendre le cou aux étrangleurs, je vivais dans la mort, elle m'était douce à accueillir. Tout à l'heure, encore, je l'acceptais. Subitement, elle m'horrifiait.

J'échappai aux mains des servantes, me précipitai dans les escaliers et, guidée par les torches, les deux femmes s'essoufflant derrière moi, j'arrivai à la chambre.

Mes vêtements avaient disparu. Les remplaçaient une tunique tissée en fils d'argent et une *lliclla* à fond blanc, élégamment rayée de rouge et de noir. J'enfilai la tunique. Mes cheveux dégouttaient d'eau. Les servantes, qui m'avaient rejointe, protestaient. Pour éviter que leurs coassements n'attirent la domesticité, je leur abandonnai ma chevelure, réfléchissant aux moyens de fuir. Comment? Où? Je n'en savais rien...

Soudain, les servantes étouffèrent une exclamation, lâchèrent les peignes, s'aplatirent. Je fis volte-face, et je plongeai aussi vers le sol.

– Relève-toi, Azarpay, dit Huascar.

Le *llautu* et la *mascapaycha* lui conféraient une dimension qu'il n'avait pas dans ma mémoire...

Père Juan, il est peut-être temps de vous décrire les emblèmes de la majesté divine de nos Incas.

Le *llautu* est une tresse de quatre couleurs, enroulée quatre ou cinq fois autour de la tête, qui forme une sorte de diadème presque carré et retient sur le front une frange courte et drue en laine de vigogne rouge, dont les brins sont enserrés dans de petits tubes d'or. On appelle cette frange la *mascapaycha*. Au-dessus du *llautu*, se dressent, impériales, deux plumes de corequenque, une blanche, une noire. A notre époque, on prétendait qu'il n'existait dans le ciel de la sierra qu'un couple de ces oiseaux, ce qui ajoutait au caractère fabuleux de la coiffure...

Les servantes s'étaient éclipsées.

Je sentais le regard d'Huascar peser sur moi.

– Azarpay, dit-il, depuis que je t'ai vue à Tumipampa, mon corps n'est que tourments. Apaise-le.

Il était mon Seigneur, l'Inca, le dieu. J'ôtai ma tunique, et refis avec lui les gestes que j'avais faits avec son père.

Le lendemain, Huascar m'emmena jusqu'à la vallée et, de là, me désigna les monts qui se rattachaient au palais. Les murs de pierre, soutenant les terres de culture, rayaient d'ocre les versants. A mi-pente, on apercevait les villages, pas plus gros de loin que les maquettes d'argile, qui remplacent pour nos architectes les plans des vôtres.

De la vallée, nous remontâmes en litières jusqu'aux jardins aménagés au-dessus du palais. J'y vis pour la première fois des fougères arborescentes au travers desquelles le ciel se découpe comme une dentelle, et de merveilleuses orchidées, des daturas, des fleurs-perroquets. Il y avait également des *pisonay*, ces grands arbres chargés de fleurs qui ploient en grappes sanglantes, dont Huascar me fit goûter, car elles sont bonnes à manger, et d'énormes massifs de *kantuta*. La *kantuta*, petite clochette rouge vif ou jaune ou violette, perchée à trois ou quatre en bouquet sur une tige, est fleur sacrée, réservée à l'Inca.

Il renvoya son escorte.

Nous allâmes jusqu'à un enclos où jacassaient de minuscules singes moqueurs. Les oiseaux étaient partout, petits perroquets verts, aras multicolores, et des hirondelles, des tourterelles, des colibris.

J'ignore comment se présente le paradis, mais le site ressemblait fort aux descriptions que vos moines en font!

75

Nous poursuivîmes à pied jusqu'aux pâtures à la lisière desquelles commence le roc. Je respirais avec délice l'air des proches sommets. J'en avais oublié la limpidité, l'odeur d'herbes et de pierres cuites par le gel et le soleil, et j'en oubliais presque de m'interroger sur l'attitude de l'Inca à mon égard. Quand son caprice serait assouvi... et il y avait déjà consacré la nuit entière! que ferait-il de moi?

Côte à côte, nous contemplions les hauteurs. Des troupeaux de lamas paissaient. Nous environnait un silence grandiose. Huascar ne semblait pas disposé à le rompre. Ce n'était ni un joyeux ni un expansif, il n'avait pas prononcé dix phrases depuis le matin.

Soudain, il dit sans me regarder :

— Je veux tout connaître de ta vie passée, ne me cache rien.

Je n'avais rien à cacher, sauf l'attirance que j'avais ressentie pour Manco, mais j'aurais préféré m'étouffer avec une calebasse de piments, plutôt qu'avouer cette faiblesse que mon cœur avait parfois encore des difficultés à contrôler!

Lorsque j'eus fini, Huascar dirigea vers moi son visage assez plat, que relevait le nez busqué comme un bec.

— En revenant de Tumipampa, ton nom chantait dans mes oreilles, ta beauté illuminait chacune de mes pensées. Je savais par mes devins que les jours de mon père étaient comptés, et que tu m'appartiendrais bientôt. Cette nuit, tu ne m'as pas déçu. Quand on boit à ta coupe, ô Azarpay, on a toujours plus soif! Je remercie le grand Huayna Capac : il t'a choisie pour moi... Demain, je rentre à Cuzco. Tu m'attendras. Dispose de ce palais, ses serviteurs sont maintenant les tiens.

Il se pencha, cueillit un brin d'herbe, me le tendit.

— L'herbe se multiplie avec les saisons. Je ferai de tes joies l'heureuse préoccupation de mes jours. Mais ne me trompe jamais ni en actes ni en paroles, sinon je coulerai de l'or fondu dans tes yeux menteurs et te livrerai à mes pumas.

76

La femme choisie

*
* *

La passion de l'Inca devint officielle lorsqu'il m'emmena à Cuzco et, devant plusieurs nobles de sa parenté, me fit don de ce palais de Yucay et des terres et monts qui en dépendent.

La *Coya* Rahua Ocllo était présente.

Elle me manifesta une amitié à laquelle je répondis avec respect, me gaussant rétrospectivement de mes frayeurs, mais prenant ses grimaces pour ce qu'elles valaient. Il n'y a pire ennemi que celui qui vous sourit, Père Juan! Et je me doutais qu'elle n'aurait de repos avant d'avoir ruiné le penchant de son fils et que l'y aideraient toutes les femmes de l'Inca.

Cependant, malgré la force du camp adverse qui devait à la cour de Cuzco me lacérer de ses griffes, l'amour d'Huascar croissait comme un arbre plein de sève.

Il n'était rien qu'il me refusât. Je n'avais même pas à demander. Quelques mots lancés au vent suffisaient. J'eus un couple de jaguars dressés qu'il envoya chercher dans les Terres Chaudes sur l'autre versant de nos monts, une litière semblable à celle de la *Coya*, son épouse-sœur, des coffres et des coffres de bijoux, et pour me parer de toutes les étoffes précieuses qu'il m'offrait, il eût fallu que chaque lune durât une année!

Je ne crois pas néanmoins avoir ressenti le ravissement que m'avaient procuré les maigres cadeaux d'Huayna Capac. J'étais, certes, reine en mon palais, mais l'Inca pouvait du jour au lendemain m'enlever une couronne que je ne tenais que de ses mains.

Mûrie par l'expérience, n'ayant plus de naïve vanité, je savais maintenant que la beauté se voit avec les yeux du désir, et que celui-ci n'est qu'une frêle colonne d'argile. J'allais sur mes dix-huit ans. A cet âge, chez nous, les femmes du peuple ont charge de famille, leur jeunesse est derrière elles. Et pour une *Aclla*, c'était déjà bien vieux. Tant de frais bourgeons neufs foisonnaient dans les *Acllahuasi*!

Si je ne consolidais pas ma position, le regard de l'Inca se fixerait bientôt sur une autre. Mais de quelle manière? Une femme peut-elle être plus qu'un joli corps, un délassement? Peut-elle faire plus que flatter la nature de l'homme? Je vous l'avoue, je pensais alors que non, me reléguant, comme nous nous reléguons quasiment toutes, au rôle animal que la société nous assigne. Des bras, des jambes, un ventre pour la reproduction ou le plaisir!

L'existence a ses bizarreries. Ce fut grâce à Rahua Ocllo que j'abandonnai ces conceptions qui sont les mêmes depuis l'aube des temps.

Les prodigalités d'Huascar, les preuves éclatantes de sa faveur commençaient à user les sourires.

Il exigeait à présent que j'assiste à toutes les grandes fêtes religieuses. Dans le groupe de ses femmes, c'eût été normal, mais j'y trônais sur le même rang que sa mère et son épouse-sœur. J'aurais préféré une place plus discrète. Huascar me la refusa. Il souhaitait imposer son amour à la face du monde, et qui se serait opposé à ce qu'il bousculât la tradition, il était l'Inca, le dieu!

L'ornementation qu'il ajouta à mes jardins de Yucay acheva d'exacerber les humeurs.

Ayant incidemment évoqué les splendeurs de Tumipampa, j'eus la surprise de découvrir quelques semaines plus tard une floraison d'or parmi les *kantuta* et les orchidées, des fruits d'or aux arbres, de l'or, encore, remplaçant les touffes d'herbe, qui poussent au creux des murets de pierre. Après quoi, ses orfèvres et ses joailliers s'occupèrent à peupler les arbustes de myriades de papillons et d'oiseaux-mouches, aux ailes incrustées de pierreries, et des pumas d'or aux prunelles d'émeraudes montèrent la garde avec mes jaguars dans les escaliers reliant les terrasses.

On disait Huascar avare, mais il me gâtait fabuleusement, plus peut-être que ne le fut jamais une favorite de nos Incas, quoique je n'aie aucune référence là-dessus.

Mes ennemies eussent cependant été bien étonnées si elles avaient su qu'en dépit de ces largesses je n'étais pas satisfaite. L'existence est creuse, quand ne la meublent aucun sentiment profond, aucune aspiration! On veut tout, on l'a, et manque l'essentiel.

Quand l'Inca m'appelait à Cuzco, je me devais d'aller saluer la *Coya* Rahua Ocllo.

Elle avait toujours ses naines dans ses jupes, et une cour brillante composée de *Nusta*, qui sont les princesses du sang, et de *Palla*, les concubines de l'Inca, prises dans sa parenté.

Rahua Ocllo me mettait aussitôt un ouvrage entre les mains, me cajolait.

Ce n'était que pour mieux me cerner, déceler le bon endroit où frapper, ajuster le boyau de sa fronde. Boire dans mon crâne serti d'or l'aurait ravie... Eh oui! Père Juan! Que voulez-vous, à l'époque, vos compatriotes ne nous avaient pas encore appris qu'il est élégant et civilisé de pleurer celui que l'on vient d'occire, et nous nous laissions aller sur la dépouille de nos ennemis à des amusements de ce genre! Dans la conjoncture, ceux-ci étant hors de portée de Rahua Ocllo, elle s'était résignée à me détruire subtilement en haussant les conversations à un niveau que j'étais incapable d'atteindre.

Brusquement, elle s'interrompait, dardait sur moi un regard acide comme un trait de vinaigre :

– Toi, Azarpay, ne reste pas muette, donne ton opinion!

Puis, elle riait :

– Voyez la sotte créature! Il est vrai, Azarpay, que tes origines sont une excuse. Une fille des champs n'a rien dans la tête. Les poux lui mangent tout.

D'autres fois, elle prenait un air de commisération :

– Tu as mauvaise mine, Azarpay. A trop servir, tu t'uses, et jamais Inca n'a festoyé dans un pot usé.

La femme choisie

Et d'autres réflexions que la décence m'interdit de rapporter.

Je quittais Cuzco humiliée, jaune de rage, rêvant de ripostes impossibles... et c'est ainsi que je commençai à mesurer le dénuement dans lequel, si riche soit-on, l'ignorance vous laisse.

Quand je fis part à Huascar du désir que j'avais de m'instruire, il s'en amusa comme d'une fantaisie.
J'insistai :
– Comprends-le, mon tout-puissant Seigneur, c'est pour être plus proche de toi et te faire honneur.
– Une femme n'a besoin que d'être belle, douce et fidèle.
– Un lama n'en exige pas plus de sa femelle! m'écriai-je, furieuse.
Ce fut l'une des rares occasions où j'entendis rire Huascar.
Finalement, après l'avoir beaucoup tarabusté, il céda et pria les *Amauta* de me recevoir.
Les *Amauta*, qui sont nos savants et nos philosophes, enseignaient au *Yacha Huaca*, collège situé dans le quartier d'*Huacapuma* et réservé aux jeunes princes et aux fils des chefs des nations conquises.
La faveur qu'ils daignaient m'accorder pour complaire à l'Inca était exceptionnelle.
Aussi, me heurtai-je d'abord à de multiples réticences.
Mais je marquai tant de déférence et de soumission à mes maîtres, je me fis si humble, si attentive qu'ils en oublièrent peu à peu leurs préventions et consentirent à se pencher sur ma pauvre cervelle qui était alors comme une maisonnette murée de toutes parts.
Dès qu'ils y apportèrent un peu de clarté, je fus stupéfaite, éblouie par les perspectives que je découvrais, et je n'eus plus qu'une envie : abattre une à une les cloisons qui me séparaient de cette radieuse lumière vers laquelle s'élançait mon âme.

Chaque semaine, je venais de Yucay, et je consacrais une journée entière à l'étude.

J'appris à parler le *quechua*, notre langue, avec l'élégance des gens de cour. J'approfondis mes connaissances en religion, notamment sur Viracocha, le dieu Créateur qui avait donné à la terre son relief et ses êtres, une divinité plutôt négligée dans les *Acllahuasi* où l'on préférait Inti, le Soleil. Je m'essayai à l'astronomie et devins assez habile au maniement des *quipu*, ces cordelettes nouées, de diverses tailles et couleurs, qui nous servent d'aide-mémoire en tout. Les habitudes sont difficiles à changer : la majorité des initiés qui utilisent les *quipu* refusent encore l'écriture, inestimable véhicule de la pensée, que nous devons à vos compatriotes.

Ce qui me passionna le plus fut l'histoire de notre empire.

Une histoire très belle, et je ne résiste pas au plaisir de vous en conter les prémices. Elle débute comme une légende. Vous la prendrez certainement pour telle, Père Juan, mais réfléchissez. Chaque religion n'offre-t-elle pas une part de merveilleux ?

Il y a quatre cents ans environ, ce pays n'était que forêts et broussailles. Les indigènes qui le peuplaient allaient nus ou couverts de peaux de bêtes, nichaient dans des cavernes, n'avaient ni dieux ni ordre moral et, quand la faim les y poussait, ils n'hésitaient pas à se manger entre eux.

Affligé par tant de barbarie, notre Père le Soleil décida de leur envoyer un de ses fils et une de ses filles afin de leur enseigner à construire des maisons, à défricher et à cultiver la terre, à réunir des troupeaux, à filer et à tisser la laine, bref, à vivre comme le respect de soi commande.

A son fils, Manco Capac, le Soleil confia une verge d'or, et il lui dit que là où la verge s'enfoncerait sans effort, Manco Capac devrait fonder la capitale de son royaume.

Arrivés sur notre monde, près du lac Titicaca, Manco Capac et son épouse-sœur, Mama Ocllo, marchèrent longtemps. En vain, dès qu'ils trouvaient une vallée plaisante et dégagée, essayaient-ils de planter la verge. Et puis, un jour, d'un coup, toute droite, celle-ci se ficha en terre. C'était sur l'emplacement exact où fut édifié plus tard le Temple du Soleil... Tout joyeux d'avoir découvert le lieu, Manco Capac et Mama Ocllo partirent, chacun de son côté, porter la bonne parole. Les sauvages, voyant apparaître ces enfants de dieu, splendidement parés et nimbés du céleste rayonnement, les adorèrent et les suivirent. Quand hommes et femmes furent rassemblés en nombre suffisant, Manco Capac les conduisit à l'endroit où brillait la verge, et, autour, ils construisirent une ville qu'il appela Cuzco ou nombril, ce qui montre l'ampleur de ses ambitions! Ainsi fut fondé l'empire des Incas, le Tahuantinsuyu, que les Espagnols ont rebaptisé Pérou, un nom qui nous est totalement étranger et que nous avons bien du mal à assimiler. Lorsqu'on parle du Pérou [1], la plupart des nôtres ne savent même pas de quoi il s'agit!

Le royaume de Manco Capac ne comptait qu'une poignée d'arpents. Néanmoins, très vite, plus souvent par la persuasion que par la force, la puissance de ses successeurs grandit, telle l'eau vive d'une source, qui s'insinue ou s'enfle selon l'obstacle et poursuit sa course obstinée jusqu'à devenir rivière et fleuve.

Une à une, les peuplades voisines se soumirent, reconnaissant la supériorité de nos armées et de nos mœurs. Celles qui s'y refusaient étaient vaincues, en évitant tout dommage superflu afin de ne pas gâter les richesses de la contrée. Parfois, on déportait les habitants et on les remplaçait par certains des nôtres, dont le rôle était d'éteindre les foyers de rébellion et d'implanter nos coutumes et nos méthodes en matière d'irrigation, de

1. Les conquérants espagnols descendant de Panama rencontrèrent un fleuve appelé *Biru*, dont ils confondirent le nom avec les riches territoires situés au-delà, que leur signalaient les indigènes, d'où le nom de *Pirú* ou *Pérou* donné à l'empire des Incas.

culture et d'architecture. La politique exercée envers les provinces conquises était sage : elle consistait à mettre en valeur les territoires, donc à faire bénéficier les populations de notre expérience et de notre organisation. L'Inca ne leur imposait rien qu'il n'exigeât des siens, à savoir pratiquer notre culte, parler notre langue, observer nos lois et verser le tribut dont chaque chef de famille était redevable. La famine avait cessé d'être une permanente angoisse. Les faibles recevaient protection, vêtements, nourriture, et des fonctionnaires avaient pour mission de veiller à la bonne observation de nos principes, comptables de leurs actes devant les juges...

Un exemple, Père Juan, pour illustrer ce que je viens de vous dire. La pendaison sanctionnait le vol – pour nous, prendre le bien d'autrui, ne serait-ce qu'une calebasse de maïs, représente un acte plus odieux que le meurtre et autres crimes. Toutefois, s'il s'avérait qu'un individu avait volé parce qu'il avait faim, ce n'était pas lui que l'on châtiait, c'était celui sous la responsabilité duquel l'individu se trouvait, et qui aurait dû empêcher son geste en pourvoyant au nécessaire. Cette justice n'est-elle pas remarquable? Avez-vous la pareille en Espagne? Je vous pose la question, car, ici, vos compatriotes semblent se fier plus à leur épée qu'aux tribunaux pour trancher leurs différends!

Au bout de deux années, les *Amauta* se déclarèrent satisfaits de mon instruction.

Sur ce, je devins grosse. J'avais craint d'être stérile, ce fut une grande joie. Huascar la partagea. Son amour prenait de la profondeur.

Quant à moi, la vénération qui s'attachait au dieu m'avait longtemps interdit d'étudier l'homme. Depuis peu, j'avais plus de hardiesse. J'osais approcher la vérité et je relevais des failles dans ce caractère, une certaine mollesse, de l'indécision qui l'inclinaient parfois à s'affirmer par de grands éclats où la raison n'avait guère sa part. Ces faiblesses, c'était, sans qu'il s'en doutât, le meilleur qu'il me donnait, le plus propre à toucher mon cœur.

Forte de la qualité nouvelle de nos relations et de l'enfant que je portais, je me risquai un jour à lui demander quand il envisagerait d'imiter ses prédécesseurs en augmentant l'Empire par quelque conquête.

Nous étions, je m'en souviens, dans l'un des jardins, lui assis sur un petit banc d'or, moi à ses pieds, caressant l'un de mes jaguars. Le soleil parsemait de flammes rousses la toiture du palais, là où des fils d'or recouvraient le chaume. La vallée coulait sous nos yeux ses flots de verdure, et, perchés sur les branches basses d'un *pisonay*, trois petits perroquets verts nous observaient.

A ma question, je n'obtins pour réponse que le silence.

Huascar continua à mastiquer sa boule de coca, le regard opaque.

Environ deux lunes après, et au même endroit, il me dit abruptement :

— J'ai décidé de rejeter le partage établi par Huayna Capac. Comment, dans un tel contexte, appliquer la politique de mes ancêtres, qui a toujours été de s'accroître ? Toi, Azarpay, qui sais maintenant tant de choses, parcours avec moi par la pensée les contours de notre pays. Au sud, nous possédons la moitié du Chili, mais au-delà de la rivière Maulli sont les guerriers Araucans si féroces et pugnaces qu'aucun Inca n'a pu s'aventurer plus loin. A l'est, la jungle est une barrière tout aussi infranchissable. Il faut être né dans ce débordement insensé de la nature, dans ce pullulement de fauves, de reptiles et d'insectes venimeux, pour y survivre ! L'eau baigne l'ouest. Il n'y a qu'au nord... Au nord, oui, il y a de beaux territoires à prendre. Mais, de par la volonté de mon père, le royaume

84

de Quito a échu à Atahuallpa, et la route des conquêtes s'ouvre à ses frontières. Pour lui. Pour cet intrigant, cet ambitieux qui a déjà amoindri mon pouvoir! Cette situation doit cesser. Un de mes dignitaires est parti en ce sens pour Quito. Je consens à laisser Quito à Atahuallpa, à la condition que le royaume demeure intégré dans l'Empire, et que ce bâtard abandonne toute autre prétention et vienne à Cuzco prêter allégeance en tant que vassal.

Tandis qu'Huascar me débitait ce discours, le plus long que je l'ai jamais entendu prononcer, je songeais que les chefs de guerre d'Huayna Capac étaient restés à Quito depuis le décès de celui-ci, et qu'on les disait tout dévoués à Atahuallpa en qui ils retrouvaient les qualités belliqueuses de l'Inca défunt. Il m'eût semblé plus prudent de rappeler les armées avant de brusquer le prince de Quito. Je tentai de formuler cette opinion avec délicatesse, mais je fus brutalement interrompue.

Pour la première fois, je voyais à Huascar le visage de la colère.

J'en conclus qu'il était moins assuré de la soumission de son demi-frère qu'il ne l'affectait.

Deux semaines plus tard, il m'annonça d'un ton heureux avoir reçu par ses courriers la réponse d'Atahuallpa. Le prince de Quito souscrivait à sa sommation dans les termes les plus affectueux.

On commença donc à organiser de grandes fêtes à Cuzco. Si vous connaissez un peu notre histoire, Père Juan, vous savez déjà qu'elles n'eurent jamais lieu.

Une nuit, un terrible orage ébranla les monts.

J'étais sortie pour scruter le ciel lorsque la foudre tomba sur une dépendance du palais. Les domestiques m'avaient rejointe. Nous regardions, terrorisés, la fureur des dieux s'acharner sur le chaume du toit. Dès que le feu fut éteint, je fis boucher tous les orifices de la dépendance, afin que la malédiction entrée avec la foudre ne pût s'en échapper et nous atteindre.

Le lendemain, j'allai au bain me purifier. Une naine que m'avait offerte l'Inca marchait devant. Je la vis revenir en hurlant. Il y avait un crapaud sur la dalle. Un crapaud, une chauve-souris et bien d'autres bestioles, selon l'endroit où on les trouve, sont des signes placés sur notre route, qui précèdent le malheur. Chacun sait cela, mais peut-être ne le savez-vous pas, Père Juan, encore que les Espagnols soient très superstitieux... Mon défunt époux se signait lorsqu'il apercevait un oiseau noir volant sur sa gauche, et s'il écrasait par inadvertance une araignée, sa journée en était endeuillée. En revanche, assister à une exécution lui portait chance au jeu, prétendait-il, et le mettait de délicieuse humeur !

Le surlendemain de l'orage, je glissai sur une marche, et je fis une fausse couche. L'enfant était un garçon.

Les deux mois qui suivirent, je traînai, misérable, dans le palais.

La douleur que m'avait causée la perte de l'enfant ne semblait pas avoir apaisé les dieux. Je continuais à sentir leur irritation rôder.

Un devin respecté dans toute la vallée pour sa piété et sa clairvoyance vint sur ma prière interroger les entrailles d'un lama. L'animal échappa aux mains qui le tenaient quand le devin lui fendit le côté. On en amena un autre, un animal superbe au poil uniformément noir, on le sacrifia également... En extirpant la fressure, la trachée se rompit. Le devin refusa de poursuivre. Ces présages funestes suffisaient.

A Cuzco, les préparatifs pour le serment d'allégeance d'Atahuallpa allaient bon train. Huascar, désireux de donner un fastueux retentissement à la cérémonie, espaça ses visites dans la vallée. Je le vis peu durant ces deux mois, et je m'en réjouis presque : il n'eût pas aimé mon visage chagrin.

A la fin décembre, une nuit, il surgit dans ma chambre.

– Habille-toi.

Je me levai, obéis.

Devant le palais, manquait la très importante escorte qui l'accompagnait dans ses moindres déplacements. J'aperçus quelques gardes, deux litières de modeste apparence... Il se dirigea vers l'une, me fit signe de monter avec lui. Les porteurs me saluèrent. Je les connaissais. Ils appartenaient tous les quatre à la tribu des Rucanas, dans laquelle, par privilège, se recrutaient les porteurs de l'Inca.

Nous partîmes, tournant le dos à Cuzco. L'autre litière suivait.

Face à l'Inca, je me taisais. Sa venue en pleine nuit, son silence m'angoissaient. Où allions-nous ?

Quand on avance ainsi, dans l'inconnu, toutes tentures fermées, le temps ne se compte pas. Combien d'heures avons-nous longé le fleuve ? Au fur et à mesure, son roulement s'amplifiait – à la saison des pluies, la crue de nos fleuves andins est formidable, en particulier la crue de l'Urubamba qui sillonne la vallée de Yucay pour se couler ensuite dans le relief chaotique de la sierra.

Soudain, au tremblement qui agitait la litière, je compris que nous franchissions un pont.

Huascar me toucha.

– Regarde, et rappelle-toi de ce que tu vois.

C'était les premières paroles qu'il prononçait depuis que nous avions quitté le palais.

Il ouvrit les tentures.

Je regardai.

Nous étions dans une gorge encaissée entre deux escarpements boisés. La litière s'élevait. Les porteurs progressaient avec l'habileté de l'expérience à travers une forêt épaisse que, par endroits, le roc fendait de bas en haut. Une volée de marches taillées dans la pierre remplaçait alors la sente. Au-dessous de nous, le vide s'accentuait. Au fond de la gorge, l'Urubamba se tortillait comme une énorme chenille prise de convulsions. La seconde litière avait disparu.

De temps en temps, les porteurs s'arrêtaient. L'Inca leur jetait quelques mots, ils repartaient. Arrivés près d'un vieux fortin en ruine, ils posèrent à terre la litière. Nous en sortîmes. Huascar leur distribua une poignée de feuilles de coca pour refaire leurs forces, et, les laissant, nous poursuivîmes à pied l'ascension. Il marchait d'une foulée rapide.

Manifestement, il se reconnaissait au milieu de ce fouillis moite et dense, foisonnant d'odeurs pourrissantes, d'où les arbres émergeaient, luisants, affublés de longues barbes roussâtres, emperlées d'eau, les branches nouées les unes aux autres par l'embrassement lascif de la végétation, lianes, herbes grimpantes, orchidées. Je me hâtais de mon mieux, empêtrée dans mes vêtements, inquiète, ignorant toujours ce qu'il me réservait.

Nous débouchâmes enfin sur un coin de ciel merveilleusement bleu, découpé dans les frondaisons. L'eau d'une cascade s'épandait à nos pieds en nappe émeraude. Huascar contourna le paysage, moi dans ses pas comme un petit chien, se faufila sous la cascade, face à l'éperon rocheux sur lequel l'eau prenait son élan.

Tâtonnant dans la paroi que masquait un flot de verdures aquatiques, il dégagea un étroit passage, et il s'y glissa. Je l'imitai et constatai que nous étions dans une grotte. Un peu de jour tombant de je ne sais où me permit de distinguer sur la droite, dans une niche, des torches et des bâtonnets dont nous nous servons pour allumer le feu. Huascar prit une torche, me tendit deux bâtonnets. J'allumai la torche.

La tenant, il continua plus avant. La voûte de la grotte était solidement étayée, le sol couvert de sable sec, et sa forte déclivité nous entraînait vers d'obscures profondeurs. Je respirais à peine. J'étais de plus en plus effrayée. Brusquement, une fantastique lumière jaillit. Je chancelai. Tant et tant d'or flambait au feu de la torche que je crus un instant que notre Père le Soleil me regardait dans les yeux !

Huascar dit de sa voix lente :

– Quand je naquis, ce fut une fierté pour mon père : j'étais son premier enfant mâle légitime. Aussi, deux ans plus tard, voulut-il orner d'une magnificence particulière les cérémonies de mon sevrage. Tu sais qu'en telle circonstance une danse traditionnelle rassemble sur la grande place de Cuzco trois centaines d'hommes autour de l'Inca. Huayna Capac imagina donc de faire ciseler par ses orfèvres une immense chaîne d'or qui relierait entre eux les danseurs, plutôt qu'ils s'unissent simplement par leurs mains jointes.

– La chaîne d'Huascar ! m'exclamai-je. Celle qui porte ton nom.

– Il serait plus exact de dire qu'elle m'a donné le sien, puisque *huasca* signifie corde ou chaîne. Cette chaîne est cet or que tu vois. Je l'ai fait transporter ici, tronçon par tronçon. Il eût fallu pour la transporter entière presque autant d'hommes qu'il y avait de danseurs à mon sevrage. Aujourd'hui, personne, sauf toi et moi, ne sait où elle se trouve.

– Et les porteurs... ?

– La bouche des morts est muette.

– Mais pourquoi l'avoir transportée ici ? Sa place n'est-elle pas à Cuzco, illuminant ton palais de sa beauté ?

Huascar soupira.

– Azarpay, Atahuallpa m'a trompé. Il ose l'impensable, il se rebelle contre l'Inca ! Sous prétexte de m'honorer en amenant avec lui à Cuzco une noble et importante assistance, il dirige vers nous ses armées. Les habits d'apparat dissimulent cuirasses et épées, les serviteurs sont autant de soldats, de frondes, de massues et d'arcs. Cette affluence a paru suspecte aux gouverneurs des provinces, ils m'ont alerté. Le Bâtard montre enfin sa fourbe nature ! Il me faut l'écraser. S'il triomphait, s'il s'emparait de Cuzco... La vie n'est qu'un prêt, j'accepte de n'être plus, mais je me refuse à ce qu'Atahuallpa mette la main sur cette chaîne, symbole de l'amour qu'Huayna Capac eut pour moi avant de le reporter sur ce chien maudit! Si je meurs, la chaîne et tout ce qu'il y a ici, bijoux, vases, objets précieux, t'appartiendront. Maintenant, jure de ne jamais te déposséder de cette chaîne... Azarpay! Tu m'entends? Jure!

Je jurai et, pour appuyer mon serment, baisai la terre. Devant mes yeux en larmes, l'or devenait feu liquide.

Huascar me serra contre lui, puis il me repoussa.

– Ceci est mon adieu. Je rentre à Cuzco lever une armée.

– Adieu! Mais, mon tendre Seigneur, n'est-il pas d'usage que l'Inca emmène à la guerre ses femmes préférées?

– J'emmènerai des femmes. Les soldats ne comprendraient pas que je me présente au combat sans mes femmes. Mais toi, ma colombe, mon vert rameau, toi, non!

Alors, je sus qu'il voulait me préserver du pire. Je sus en cette minute qu'il allait mourir et qu'il le savait aussi.

Nous ressortîmes, retrouvant le grondement fracassant de l'eau. La forêt nous cernait. Je me souviens avoir souhaité qu'elle resserrât son étreinte et nous accueillît à jamais.

Près du fortin, les porteurs attendaient.

Jusqu'au fleuve, Huascar me signala les repères qui me permettraient de retourner à la cascade. Tandis que ma mémoire les enregistrait machinalement, je répétais : « Ce ne sera pas nécessaire, la justice des dieux ne peut que favoriser l'Inca. » Il ne prenait même pas la peine de répondre.

Nous repassâmes le pont. Son étroite passerelle tanguait. A travers le garde-fou fait de cordes en fibres d'agave, reliées par des pleyons torsadés, on voyait les eaux de l'Urubamba se ruer, comme fouaillées par une furie aveugle, donnant du front contre les rochers, lâchant d'énormes souffles d'écume, emmêlant leurs flots glauques qu'une vase boueuse tachait de rouille.

La femme choisie

Les porteurs s'immobilisèrent sur l'autre rive.

Huascar m'ordonna de descendre de la litière.

Il marcha vers le pont, contempla l'Urubamba, appela les porteurs, leur parla, pointant le doigt sur les eaux démontées. Les porteurs revinrent à la litière, l'empoignèrent par les brancards et, avançant jusqu'au pont, la précipitèrent dans le vide. Un tourbillon la happa, l'engloutit, restitua quelques bouts de bois. Le courant les entraîna.

Je regardais sans comprendre.

Puis le plus âgé des porteurs se prosterna devant Huascar, paumes ouvertes et tendues, se releva, inspecta de l'œil les lieux, se dirigea vers une plate-forme rocheuse cassée à pic sur le fleuve, s'accroupit à nouveau, lança quelques baisers à l'Urubamba, y ajouta des cils qu'il s'arracha, ce qui est notre manière de saluer les divinités... et il sauta. Un à un, avec le même cérémonial, la même résolution, ses compagnons l'imitèrent.

Déjà, Huascar s'éloignait.

Je dominai ma stupeur, et je courus le rejoindre.

Il se retourna :

– Je te l'ai dit, la bouche des morts est muette. N'oublie pas, tu devras faire de même quand tu reviendras ici.

Je sais, Père Juan, vous êtes horrifié.

Barbarie! hurle votre cœur. Mais quand Dieu et ses saints commandent, n'allez-vous pas au martyre comme on se rend à une fête? Du moins, me l'a-t-on affirmé... Pour nous, l'Inca, c'était le dieu. Vivre plus ou moins, importe-t-il? Ce qui compte, c'est s'assurer une infinité de jours joyeux, prendre congé en parfaite communion avec ses croyances et sa conscience. Sur ce point, je suppose que vous ne me contredirez pas. Ces porteurs partirent sereins : ils avaient accompli leur mission sur terre, qui était de mourir, afin que le trésor de l'Inca conservât son mystère. J'aurais fait de même, si Huascar me l'avait demandé.

A une demi-lieue, l'autre litière, d'autres porteurs

attendaient. Le crépuscule était venu d'un coup. Entre les monts d'un brun violacé, la vallée s'ouvrait presque noire. Nous effectuâmes le retour beaucoup plus rapidement que l'aller : les porteurs étaient frais, ils avaient eu le jour entier pour se reposer. Huascar me laissa devant le palais, et il s'en fut. Il n'y eut pas d'effusion. Tout était dit.

La nuit, incapable de dormir, je me levai. Je confectionnai une grossière maquette avec de l'argile, et je traçai dessus le chemin qui menait à la grotte. Puis je serrai la maquette dans une cachette.

Le mois suivant, très près de Cuzco, eut lieu l'affrontement. Les troupes d'Atahuallpa, conduites par les grands capitaines d'Huayna Capac, triomphèrent aisément de l'armée peu aguerrie, réunie en hâte par Huascar. Le sang tomba comme pluie sur l'herbe de la plaine. Pour parachever le désastre, l'Inca fut capturé.

Ces affreuses nouvelles me furent apportées par Manco.

Si je ne vous ai pas reparlé jusqu'à présent de Manco, Père Juan, c'est parce que, durant la période où j'appartins à Huascar, je refoulai cette passion coupable et m'efforçai de maintenir Manco loin de mes pensées.

Nous nous rencontrions néanmoins souvent.

Manco était, en effet, le fils d'Huayna Capac et de la troisième *Coya*, Mama Runtu, donc le demi-frère légitime d'Huascar. A ce titre, il participait à toutes les fêtes et cérémonies religieuses. Quand j'apercevais sa haute silhouette, son beau profil brusque, une douce sueur m'inondait. Une ou deux fois, nos regards s'étaient croisés, et j'avais surpris dans ses yeux ce que je réussissais à dissimuler dans les miens...

Lorsque Manco apparut au palais pour m'annoncer la

92

défaite des nôtres et la capture d'Huascar, je ne songeai d'abord qu'au malheur.

La courtoisie étant cependant chez nous comme une seconde respiration, je lui proposai une collation, de la *chicha*.

Il déclina.

– Je suis simplement venu t'avertir, Azarpay. Prends ton plus précieux, tes serviteurs, et fuis. Cette nuit est nuit de réjouissance pour l'ennemi. Cela te laisse jusqu'au matin. Va à Cuzco. L'armée d'Atahuallpa en est à moins de trois lieues, mais je présume, quelle que soit la turpitude du prince de Quito, qu'il n'osera profaner notre ville sacrée. L'omniprésence divine l'arrêtera. Ici, tu serais à la merci de ses soldats. Adieu. Je pars dans les monts regrouper les nôtres, continuer la lutte.

– Tu ne retournes pas à Cuzco?

Manco ricana.

– A Cuzco, ne restent que les prêtres, les femmes, les enfants, les vieillards! Tous ceux de notre sang, en âge de combattre, sont morts dans la bataille ou font comme moi... Huascar s'est montré insouciant. Avoir foi en la parole de ce bâtard! Il aurait dû ordonner depuis longtemps aux armées qui stationnaient à Quito de rentrer. Au lieu de cela, il a permis que s'instaurât entre Atahuallpa et les capitaines de notre père une connivence qui nous assassine aujourd'hui!

Entendre Manco oser formuler à voix haute ces critiques contre l'Inca me fit mesurer pleinement la situation dans laquelle nous étions.

Je soupirai.

– J'ai essayé de le mettre en garde. Il faut être fort pour imposer sa loi. L'Inca a refusé de m'écouter.

Manco me dévisagea.

– On me l'avait dit : ta sagesse, Azarpay, semble égaler ta beauté.

La qualité du ton me pénétra toute. Je me mis à trembler.

La pièce, celle-ci même, resserrait autour de nous ses parois d'or, nous emprisonnait dans son silence magique. Pour la première fois, nous nous parlions. Pour la première fois, et peut-être la dernière, nous étions seuls, lui et moi. Mon cœur s'égara. J'oubliai Huascar, Atahuallpa, la débâcle, le danger, la pudeur, la dignité. J'avançai.

– Emmène-moi, dis-je, je t'aime.

Le visage de Manco devint face morte.

– Tu appartiens à l'Inca.

– Je t'aime, répétai-je. Je t'aime depuis que je t'ai aperçu à Tumipampa. Et toi... toi... Pourquoi es-tu venu jusqu'ici? Tu pouvais m'envoyer un messager. Tu es venu parce que...

– Je suis venu prévenir des périls qui la menacent la femme qu'aime l'Inca, j'ai fait ce qu'il n'a pu faire. Faut-il te rappeler qu'il est prisonnier, blessé peut-être? Voilà à quoi doivent se limiter nos pensées. Veux-tu que, nous aussi, nous le trahissions? Si je t'emmenais maintenant, tu n'aurais pas assez de jours pour le regretter!

Et il sortit, m'abandonnant à la souffrance et à la honte. Dehors, la nuit se peuplait d'exclamations, d'agitation et de pas. Puis Manco et son escorte s'éloignèrent.

Je m'étais affalée sur une natte, pantelante, détruite, me mordant la bouche pour retenir mes cris. Ce furent les hululements des serviteurs se lamentant à travers le palais, ce fut leur peur, les noires images qu'elle suscitait, qui me remirent dans la réalité du moment.

Recouvrant l'esprit, la colère me domina, je détestai Manco... Ah! comme je le détestai en cet instant! et plus encore parce que son attitude soulignait ma déraison, mais le détester me rendit ma force.

Quand je me redressai, j'étais à nouveau moi-même, celle à qui, toute fillette, le père de mon père avait dit: *Empoigne le malheur, et les dieux t'aideront à lui tordre le cou!*

Je commençai par dépêcher un homme dans les

pâtures à la recherche du chef des bergers, puis je réunis les domestiques dans une vaste dépendance où l'on préparait la *chicha*, et je leur enjoignis de chanter et de danser pour écarter les démons et appeler sur nous la bienveillance céleste.

M'en étant ainsi débarrassée, j'ordonnai à Marca Vichay de me suivre.

Marca Vichay avait été garde de l'Inca avant que celui-ci me l'offrît. C'était un splendide garçon, beau de corps, avec cette tête fine et vive qu'ont souvent les Cañaris, une grande tribu au sud de Quito. Depuis qu'il était à mon service, je n'avais eu qu'à m'en louer. De plus, je le savais très épris de moi – une femme, même sous le respect, devine ces choses –, et cela me paraissait une garantie supplémentaire pour la besogne que j'avais à lui confier, étant incapable de la faire seule.

Nous travaillâmes vite et bien, sans une parole superflue.

Les statues, les vases, la vaisselle, les instruments de cuisine, bref, tout ce qui était en or, et les tentures de cuir et de plumes, les couvertures en laine de vigogne, d'une inestimable valeur, les peaux de jaguars, les tapis précieux furent descendus dans la salle secrète qu'Huascar avait fait aménager sous le palais lorsqu'il avait été construit. J'y ajoutai mes coffres de bijoux et mes plus riches toilettes.

La lune pleine commençant à se diluer dans l'aube, Marca Vichay alla aux jardins déplanter les fleurs d'or. Il dut s'interrompre en apercevant le chef des bergers, qui dévalait les pâtures. Nous refermâmes donc l'entrée de la salle secrète, parfaitement dissimulée dans ma chambre derrière des ornements de pierre, et nous en restâmes là.

Je décrivis la situation au chef des bergers, lui commandai de conduire de suite mes troupeaux de lamas au plus haut des monts et d'y demeurer aussi longtemps que je n'annulerais en personne ces instructions. Il s'en alla.

— Marca Vichay, dis-je, je devrais te tuer pour que ta bouche ne me trahisse pas. Aussi, sois digne de la grâce que je t'accorde et de la confiance dont je t'honore. Garde le palais de ton mieux. Si les soldats d'Atahuallpa viennent, ne tente pas de résister. Qu'ils prennent ce que nous n'avons pu enlever, mais ne révèle jamais l'emplacement de la salle secrète. Ta vie, qui est mienne, me répondra de ta loyauté. Maintenant, va, choisis quelques serviteurs parmi ceux qui te semblent les plus sûrs, les autres m'accompagnent, je pars pour Cuzco... N'oublie pas d'alerter les villages. Si l'ennemi apparaît, qu'ils gagnent les monts. Une maison se rebâtit, la terre se réensemence, elle ne rend pas le sang qu'elle a bu.

Ma naine m'aida à m'habiller. Je gardai sur moi les bijoux que j'avais lorsque Manco était arrivé et n'emportai que peu de vêtements. Ou je reviendrais dans quelques jours ou je n'en aurais plus besoin. Je me munis également de feuilles de coca. J'ignorais alors de quel secours me serait cette précaution!

Les matins sont glorieux dans notre vallée. Quand je quittai le palais avec mon contingent de pleureuses et de valets somnolents, l'aurore se levait, effleurant de ses doigts roses le granit blanc.

Devant la porte, encadré de mes jaguars qui tiraient sur leurs chaînes d'or, se tenait Marca Vichay. Même au milieu de ces bouleversements, il n'avait pas omis de poser sur ses cheveux, qu'il portait longs et relevés en chignon à la manière des Cañaris, la coiffure traditionnelle de sa province, une espèce de couronne en bois léger, ornée de tresses de laine, vertes, rouges et bleues.

Je tirai les tentures sur cette image et, enfin, enfin, je m'autorisai à verser des larmes et à penser avec le cœur.

Dans les faubourgs de Cuzco, je me heurtai à la panique.

Les demeures, que les chefs des provinces conquises avaient pour obligation d'édifier, étaient sens dessus dessous. Venus en décembre assister à une grande chasse organisée par l'Inca, ils fuyaient. Des servantes hagardes entraient et sortaient des porches, des files de porteurs paralysaient les rues, et j'eus tout loisir de dénombrer les désertions en reconnaissant au passage le bonnet de laine aux vives nuances des Collas, le turban noir des Huancas, la fronde des Chachapuyas... Je m'arrête, vous ne savez rien de ces populations, mais les voir se débander ainsi me causa un grand trouble. J'avais l'impression que l'union de l'Empire, si chère à nos Incas, était en train de se rompre en morceaux comme un vulgaire plat de terre!

Le contraste entre l'effervescence des faubourgs et le silence qui figeait la ville proprement dite m'effraya un peu plus.

Au palais de l'Inca, sa mère, son épouse-sœur, ses concubines, les princesses de sa lignée s'étaient rassemblées dans l'immense salle servant les jours de fête, quand il pleuvait, aux divertissements et aux danses. Il y avait là peut-être deux milliers de femmes. J'allais me ranger modestement parmi les *Aclla*, mais Rahua Ocllo m'appela.

— Tu es venue, c'est bien, dit-elle.

Depuis que les *Amauta* m'avaient instruite, elle me manifestait une certaine considération.

— A-t-on des nouvelles de l'Inca? dis-je.

— Aucune. Et sans mon fils, notre Seigneur, que sommes-nous!

Rahua Ocllo se tordit les mains. L'autorité, la grâce qui étayaient ses chairs s'étaient comme fondues. Une vieille femme au visage cuit.

— Qu'a-t-on prévu pour la défense de Cuzco? dis-je encore.

— Que peuvent des femmes, des enfants, des vieux? Les dieux, seuls, savent ce qu'Atahuallpa nous réserve! Prie, ma fille. C'est notre unique recours.

Je me permis de suggérer qu'armer les milliers de serviteurs mâles, ne serait-ce que de frondes dont tout gamin

97

connaît le maniement, valait mieux qu'attendre passivement un sort incertain.

L'idée fut repoussée.

– Résister provoquerait des représailles, dit Rahua Ocllo. Atahuallpa est une canaille, une bête puante qui ne mérite que d'être pendu avec ses propres tripes, mais il ne permettra pas que l'on touche aux femmes de l'Inca et de sa parenté... Son intérêt n'est-il pas de les garder intactes ?

Cette dernière réflexion présentant à nos imaginations la perspective, du moins pour les plus jeunes, de rejoindre bientôt la couche du vainqueur ou de ses proches n'avait rien de réconfortant.

Nous attendîmes donc le lendemain, accroupies épaule contre épaule, les sanglots des unes alimentant la terreur muette des autres. Les servantes apportèrent des nourritures. Nous les renvoyâmes.

Le matin, au sommet du mont qui surplombe les terrasses de *Collcampata*, apparut l'avant-garde de Quizquiz et de Chalicuchima, les grands capitaines d'Huayna Capac, rangés sous la bannière d'Atahuallpa.

Les places et les ruelles se vidèrent des rares passants. Les servantes couraient dans le palais, criant et se griffant les joues comme si les soldats étaient déjà en train de les violer – ces pratiques n'ont pas cours chez nous, mais comment ne pas s'attendre aux pires sévices dans une guerre fratricide où même la divinité de l'Inca n'était plus respectée ?

L'ennemi, cependant, se contenta de nous observer des crêtes.

Dans l'après-midi, des envoyés d'Atahuallpa descendirent la colline, et ils se rendirent chez les vieux princes, porteurs d'un message apaisant : leur seigneur adjurait la noblesse de sang inca, qui avait fui, de réintégrer Cuzco pour fixer de manière définitive les rapports de l'Empire et du royaume de Quito et rétablir entre l'Inca et lui l'affection que se doivent deux frères.

Nous avons la même promptitude à nous émerveiller et à nous réjouir qu'à désespérer. Le soulagement fut à la mesure de l'angoisse. Cuzco respira. Soit! On abandonnerait Quito à Atahuallpa, mais n'était-ce pas la volonté du vénéré Huayna Capac? Pour un peu, on aurait traité d'idiot ce vainqueur qui se contentait de ce qu'il avait reçu par héritage, alors qu'il pouvait exiger tellement plus! Les gens de Cuzco retrouvaient avec délice le sentiment de leur supériorité.

Une fois l'Inca revenu, on mangerait le Bâtard tout cru et sans piment!

Cette phrase énoncée par un vieux cousin d'Huascar circulait dans toute la ville, et, après avoir pleuré d'effroi, on pleurait d'aise.

Emettre des réserves eût été malséant dans l'optimisme ambiant. Néanmoins, je gardais un obscur pressentiment. Si Inti, notre Père le Soleil, que nous avions abreuvé de *chicha*, nourri de vierges, d'enfants, de superbes lamas, du maïs le plus tendre, logé dans des temples d'or, caressé de notre adoration, avait abandonné son propre fils, l'Inca, c'est que nous devions être bien coupables! Avions-nous assez payé, assez souffert pour que les démons se dispersent et que la force bénéfique des dieux redevienne toute-puissante et rétablisse l'ordre moral sans lequel nous ne sommes rien...?

*   *
*

Un à un, les princes incas arrivèrent des provinces voisines ou des hauteurs sur lesquelles ils s'étaient réfugiés. Bientôt, à l'exception de Manco et de quelques autres, ils furent tous dans la ville. Ne manquaient qu'Huascar et Atahuallpa pour que se réunît le Grand Conseil.

Aussi, lorsque des serviteurs accoururent nous avertir que les armées ennemies descendaient des monts, nous les regardâmes sans méfiance couvrir les pentes comme des colonnes d'insectes. En s'avançant, les insectes se mirent à prendre formes humaines. Les carapaces devinrent casques, cuirasses, boucliers, s'enflèrent de tuniques rembourrées de coton, de manteaux brodés dont les pans voletaient comme de courtes ailes, se tachetèrent d'ondulantes peaux de jaguars. Ce grouillement de têtes, de bras, de jambes, de couleurs, de plumes, de cuir, de cuivre, d'or et d'argent atteignit nos murs, franchit nos portes grandes ouvertes, se répandit par les ruelles et les places, envahit les palais, et ce fut l'horreur.

Les princes incas, attirés et bernés par les fallacieuses promesses d'Atahuallpa, furent pris, égorgés, étranglés, pendus, noyés, lapidés, jusqu'au dernier, même les vieillards qui n'avaient pas bougé de Cuzco. Et la soif que donne le sang ne s'étanchant que par le sang, les bourreaux posèrent sur nous, les femmes, leurs mains fraîchement rouges.

Sans distinction de rang, on nous fit sortir des palais, ainsi que les enfants, et l'on nous emmena à Yahuarpampa, une grande plaine située à une demi-lieue de Cuzco.

Autour du pitoyable troupeau que nous formions, affolées par tant de meurtres dont beaucoup avaient eu lieu en notre présence, l'ennemi traça un triple cercle. Le premier formé par les tentes des hommes de guerre, le deuxième et le troisième par des cordons de sentinelles se relayant, dispositions qui écartaient toute idée d'évasion que nous eussions pu avoir.

Parquées dans cet enclos, nous y étions traitées pis que des criminelles. Mais se nourrir d'une poignée de maïs et d'herbe crue, cuire au soleil du matin, essuyer la pluie de l'après-midi, grelotter les nuits – les variations de temps et de température dans une journée sont énormes au Cuzco –, croupir dans notre fange, supporter privations et humiliations, c'était encore vivre, et si beaucoup appelaient la mort, ce n'était que pour échapper à celle qui nous attendait.

Chaque matin, les soldats venaient chercher un certain

nombre de femmes, et, devant un groupe de capitaines, à portée de nos yeux, on procédait aux exécutions.

Les victimes étaient pendues par leurs longs cheveux ou par les aisselles ou par les pieds à de hautes branches et à des poternes. On mettait les enfants dans les bras des mères, et lorsque les malheureuses n'avaient plus assez de force pour serrer contre elles leurs petits, ceux-ci tombaient et se fracassaient au sol. On ouvrait le ventre des femmes enceintes, on en extirpait le fruit... Je vois que vous frémissez, Père Juan. C'est curieux comme les hommes blancs se scandalisent des atrocités qui se commettent dans nos pays, mais acceptent celles dont ils sont témoins dans les leurs où, m'a-t-on rapporté, se passent également des choses très vilaines!

Point n'est besoin d'imagination pour se représenter ce que nous éprouvions.

Si je résistais un peu mieux, ce fut grâce à la présence d'esprit de Qhora, ma naine, qui était allée prendre dans mes effets ma bourse de coca, avant que les soldats nous entraînent hors du palais.

Cette bourse de coca, une *chuspa*, comme j'en avais tissé et brodé des dizaines à l'*Acllahuasi* d'Amancay, appartenait à Huascar. Il me l'avait offerte. Nous en étions sans nouvelles. Quand je pensais à lui, mon cœur se serrait. Et quand je pensais à Manco, je bénissais les dieux de l'avoir épargné. Ce n'était pas souvent. Lorsque l'on a la tête pleine de souffrances et de hurlements, les absents vous lâchent. On ne vit que pour vivre, petitement, par instinct, comme des bêtes. Et, comme les bêtes, on partage son souffle avec ceux qui sont attachés à la même chaîne.

Le hasard m'avait placée à côté de deux jeunes *Aclla*, originaires de la province des Chachapuyas. Elles avaient quinze et seize ans, des visages ravissants, et portaient toutes deux un enfant d'Huascar. Leurs grossesses arrivaient à terme. Les scènes auxquelles nous assistions les avaient amenées à un désespoir proche de la folie. Je m'étais prise d'affection pour ces fillettes, et je les calmais de mon mieux avec mes feuilles de coca... Ce n'était certes pas indiqué! Si la coca est très efficace contre les vomissements et les hémorragies, si elle arrête en infusion les flux d'intestin, si elle soigne, pulvérisée, les plaies et les os rompus, jamais les médecins ne l'ont recommandée à une femme enceinte. Mais quelle importance si les enfants de ces *Aclla* naissaient difformes, idiots ou morts? De toute façon, ils étaient condamnés, et elles aussi. Mâcher la coca, c'était voler un moment de bien-être à nos bourreaux!

La liste des suppliciées s'allongeait. Déjà, la *Coya*, des princesses, de nombreuses concubines de sang inca... Et à chaque mort, nous vivions la nôtre!

La nuit, nous dormions enlacées, les deux *Aclla*, ma naine et moi, tentant de lutter contre le froid avec la pauvre chaleur qui demeurait dans nos corps. Ce fut par une de ces nuits de gel intense, si fréquentes en la saison, que la plus jeune accoucha. L'enfant était un garçon. Je déchirai un pan de ma *lliclla*, nous le roulâmes dedans pour étouffer ses cris. La mère avait décidé de cacher la naissance. «Quand on m'appellera pour me pendre, Azarpay, promets-moi...» J'essuyai ses yeux en pleurs, lui glissai dans la bouche les ultimes miettes de feuilles de coca, qui restaient au fond de la bourse, et lui promis tout ce qu'elle voulut, et même de tuer l'enfant quand viendrait mon tour. Je n'eus pas à le faire. Le lendemain, les soldats m'emmenèrent.

Un sursaut de fierté m'avait poussée à arranger ma chevelure et à nouer la ceinture de ma toilette rebrodée de perles d'or, somptuosité dérisoire. Une tunique en bonne grosse laine rugueuse eût mieux fait mon affaire, mais c'était dans cette tenue que les soldats m'avaient surprise au palais de l'Inca. J'avais aussi mon collier d'émeraudes, celui-là même que je porte.

Je mentirais en vous disant que j'allais avec sérénité au supplice. Mourir si bêtement, sans motif valable, n'exalte guère la vaillance. Tout au plus, une fureur sourde m'aidait-elle à avancer un pied devant l'autre, et à me tenir droite.

Les soldats nous conduisirent, moi et un lot de concubines appartenant à un oncle d'Huascar, devant trois chefs qui riaient bruyamment et buvaient de la *chicha*.

A côté, s'élevait un alise, qui est un arbre de notre région dont on tire le bois de construction. Aux branches, telles d'énormes fleurs de daturas, ployant leurs corolles froissées, il y avait des femmes. Les chevelures, les bras balayaient le vide, les jupes rabattues couvraient les visages, elles étaient pendues par les chevilles. Certaines avaient fini de souffrir, d'autres geignaient, des cris s'étouffaient sous les jupes. Mais le pire, le pire! ce qui me jeta hors de moi, fut l'indécence à laquelle les affres du supplice les livraient... Et ces femmes, ce serait bientôt nous, qu'on nous montrait, à demi nues, convulsées, souillées, obscènes, grotesques, luttant vainement contre une mort dont l'indignité eut soudain raison de ma résignation.

J'entendis une voix couvrir les lamentations des victimes, une voix stridente, terrible, qui semblait jaillir des entrailles de la terre, vomissant des injures, des grossièretés, et, au recul de mes compagnes, je sus que c'était moi qui les proférais. Ma mémoire les glissait entre mes lèvres. Ces mots, des mots que lancent les hommes du peuple les soirs de grande beuverie ou les jours de colère, je les avais entendus dans la bouche de mon père et des frères de mon père. Et je les revoyais tout à coup, mon père, les frères de mon père, et ma mère, ma sœur, des êtres qui s'étaient effacés de mon existence et qui revenaient m'assister à l'heure de la fin.

Les soldats essayèrent de m'entraîner. Je résistai, je me débattis, et je continuai à hurler. L'un des chefs interrompit ses plaisanteries, s'approcha, les yeux fixés sur mon collier.

– Il n'y a que les *Coya* qui possèdent des émeraudes de cette taille, dit-il, mais les *Coya* n'ont pas ton langage.

– Les émeraudes m'ont été données par l'Inca, et ce langage est le langage des hommes de mon *ayllu*.

Ses yeux montèrent jusqu'à mon visage.

– Qui es-tu ?

– Azarpay. J'appartiens à Huascar Inca, ton Seigneur.

– Je n'ai d'autre seigneur que le glorieux Atahuallpa... Azarpay, dis-tu ? Azarpay...! Serais-tu celle dont on célèbre la beauté d'Arequipa à Quito, celle qui a rendu fou d'amour Huascar et dont les guérisseurs colportent le nom de village en village, serais-tu Azarpay, la belle Boiteuse ?

– Pour la beauté, je te laisse juge, encore qu'elle ait bien pâti de vos traitements, dis-je. Quant à boiter... ordonne à ces animaux puants de me lâcher, et je te le prouve !

Je ricanai.

Grâce à un homme qui riait et buvait de la *chicha* tandis qu'à quelques pas de lui des femmes trépassaient dans d'affreux tourments, j'avais retrouvé ma personnalité. J'étais à nouveau Azarpay, celle que ma volonté avait faite. Même si cela ne changeait rien à la situation, du moins puisais-je dans l'orgueil assez de forces pour goûter un ultime plaisir, celui de narguer cet infâme ! J'aurais volontiers continué, mais il ne m'écoutait plus, il interrogeait mes compagnes de malheur.

Quand elles lui eurent confirmé que j'étais bien Azarpay, la favorite de l'Inca, il nous tourna le dos et il se mit à discuter avec les deux autres chefs.

Les soldats attendaient. Mes compagnes attendaient. J'attendais. Le soleil du matin chauffait. Les mourantes pendues à l'arbre, têtes à l'envers, râlaient.

J'avais la gorge en feu. Je regardais les vases de *chicha*. Un gobelet de *chicha*...! Ma fureur m'abandonnait, et tout intérêt pour mon sort et celui des autres. Ne me préoccupait plus que cette soif, cette envie... Un gobelet de *chicha*! Vous ne me croirez pas, Père Juan, mais je vous le jure, c'est vrai, la raison s'en va en de tels cas, je ne pensais qu'à la *chicha*!

L'homme fit un signe, les soldats s'écartèrent, et j'avançai.

— Cela divertirait peut-être notre Seigneur Atahuallpa d'amener à Huascar sa belle Azarpay, enchaînée comme une femelle de puma, dit-il, jovial... Ou, peut-être, aura-t-il une meilleure idée? Notre Seigneur Atahuallpa a le cerveau si fécond! Nous lui faisons parvenir quelques présents. Tu partiras avec le convoi.

— Je veux de la *chicha*, dis-je, et ma naine, et une tunique et une *liclla* propres.

— Tu veux, tu veux...!

Le convoi était important. L'ennemi devait craindre une possible attaque des partisans de l'Inca. Parfois, je rêvais que Manco dévalait les pentes et accourait me délivrer, mais ce n'était qu'une pensée fugitive. Le rêve, c'était d'être encore en vie, de m'emplir les yeux de tout ce à quoi j'avais dit adieu, l'herbe, les fleurs, le roc, le ciel...

Les soldats encadraient les porteurs chargés des présents pour Atahuallpa : des étendards pris à nos troupes, des épées et des cuirasses d'or glanées sur le champ de bataille et plusieurs casques magnifiques, mufles de jaguars, ornés de pierres précieuses, féeriques têtes d'oiseaux de proie, reconstituées en plumes brillantes aux tons très vifs, et enfin les... ex-propriétaires de ces casques, deux oncles et quatre cousins d'Huascar, paradant sur des litières et se battant le ventre, que l'on avait bourré de cendres et de paille, avec leurs mains molles et mortes que les mouvements des porteurs agitaient à la manière des joueurs de tambour. L'un d'eux, le prince Huaman Poma, avait reçu une flèche en plein front, et les chairs s'étaient creusées en la lui retirant. Les autres visages étaient intacts, enluminés de vermillon, très majestueux, très beaux.

Je sais, je sais, Père Juan, vous allez encore vous récrier.

A chacun, ses coutumes!

Ne cherche-t-on pas en Europe à récompenser les soldats en leur ouvrant toutes grandes les portes des villes assiégées et conquises, ne leur permet-on pas de voler, de violer, de tuer jusqu'à ce que, soûls de sang, de vin, de femmes et de rapines, ils s'estiment payés? Ceci vous paraît-il hautement civilisé, l'admettez-vous, homme de Dieu?

Nos Incas, eux, ne l'admettaient pas. Massacrer et saccager ne cadraient pas avec leur politique d'annexion. En revanche, quoi de plus plaisant pour une vaillante armée que de défiler, précédée des dépouilles des chefs vaincus, battant le tambour ou une flûte d'os entre les mâchoires, quoi de plus stimulant pour l'orgueil d'un peuple que ce spectacle! Et n'est-ce pas plus juste de s'en prendre à ceux qui décident qu'à ceux qui subissent?

Evidemment, être transformé en tambour n'était jamais arrivé jusqu'à présent qu'aux ennemis de l'Inca! Voir des membres de sa lignée dans cet accoutrement funèbre m'horrifiait comme un sacrilège, mais j'étais vivante, et cela me semblait déjà beaucoup.

Nous reprîmes le chemin d'Amancay.

J'avais perdu l'habitude de marcher, j'étais épuisée par les privations et les tourments, et Qhora, ma pauvre naine, ne valait guère mieux. Après avoir franchi l'Apurimac sous une pluie diluvienne, à quatre pattes, car l'eau rendait glissantes les planches qui forment le tablier du pont, je décidai de ne pas aller plus loin. Faire à pied à travers la sierra un voyage de deux cents lieues – la distance de Cuzco à Cajamarca où séjournait Atahuallpa – était au-dessus de mes forces.

Je m'arrêtai, et je m'accroupis.

Les soldats m'ordonnèrent d'avancer, et me poussèrent du pied. Je demeurai comme une souche. Un chef arriva. Un gros, soufflé de bon maïs, la peau sombre, avec une cicatrice qui lui retroussait la lèvre comme un chien prêt à mordre.

Je le regardai avec la férocité que vous nous supposez. Bien à tort. Nous sommes en temps de paix gens doux, le cœur en harmonie avec les patients travaux de la nature.

– Je veux une litière.

– Tu veux!

– Ignores-tu qui je suis? Azarpay, la favorite d'Huascar Inca. Tu en sers un autre, mais as-tu fait le bon choix, es-tu sûr de ce qu'il adviendra demain? Quand les dieux reconduiront le Fils du Soleil à son trône, et qu'il apprendra que tu as osé me traiter comme une servante, il te fera découper en morceaux et jettera ton cœur et tes tripes à ses serpents-boas! Ménage-moi, tu ménageras ton avenir.

Après quelques échanges sur le même ton, j'eus ma litière. Je ne saurai jamais si ce furent mes menaces ou la crainte de ne pouvoir présenter que mon cadavre à Ata-huallpa, qui le rendirent conciliant.

Je fis monter Qhora avec moi. Elle ne pesait pas plus qu'une enfant. Les porteurs ne dirent rien. Je leur donnai un bracelet d'*huayruro*, que j'avais au poignet. Les graines d'*huayruro*, une espèce de haricot bigarré de rouge et de noir, sont un porte-bonheur très efficace. Ils se partagèrent le bracelet en quatre. Ce n'était pas de mauvais hommes.

Quand nous parvînmes en vue de Cajamarca, une ville à mi-chemin entre Cuzco et Quito, j'avais remis de la chair sur mon squelette, et de la clarté dans ma tête. L'anxiété qui me tenaillait s'en était augmentée. La détresse physique, je vous l'ai dit, borne l'esprit et le limite aux impératifs du corps.

Aussi, ne prêtai-je qu'une très médiocre attention aux

rumeurs qui circulaient dans le convoi, selon lesquelles des hommes à peau blanche avaient débarqué une nouvelle fois à Tumbez sur la côte. J'aurais dû me souvenir de la prédiction faite à Huayna Capac, mais mon sort m'absorbait, et j'ignorais combien il serait intimement lié à celui de ces étrangers... vos compatriotes, Père Juan!

Le paysage de Cajamarca est un tableau peint par les mains divines.

A droite, la sierra avec ses champs de neige et ses pics glacés, se découpant sur le ciel d'un bleu violent; à gauche, des collines d'herbes dures et d'arbustes, des jardins fleuris, des vergers descendant doucement vers la ville qui déploie ses toits de chaume, ses murs ocre et ses temples de pierre au milieu du vert des cultures et de jolis prés où paissent paresseusement lamas et alpacas.

Avant d'atteindre Cajamarca, de hautes colonnes de vapeur signalaient les sources chaudes de Pultamarca, l'un des thermes préférés de nos Incas. C'était là qu'Atahuallpa, venant de Quito, avait attendu le résultat de ses manœuvres, là que nous allions. Tout autour, à flanc de pente, se dressaient par milliers les blanches tentes de son armée.

Nous fûmes arrêtés par des guerriers.

Laissant les soldats monter le camp, les capitaines du convoi réunirent les présents destinés à Atahuallpa, au nombre desquels je figurais, et nous nous rendîmes à Pultamarca.

Ma naine, qui trottinait collée à ma jupe, soupirait :

— J'ai peur, maîtresse. De quelle mort, ce monstre va-t-il nous tuer?

— Tu n'as pas à avoir peur, disais-je. Une naine a toujours sa place à la cour d'un prince, soit-il un monstre!

Et je le disais rudement pour couper court, sa question étant exactement celle que je me posais.

Avant d'arriver au palais, les capitaines se déchaussèrent, des serviteurs assujettirent sur leurs somptueux manteaux une pesante charge. Je considérai ces préparatifs d'un œil mauvais. C'est, en effet, pieds nus, dos ployé et paupières basses que l'on aborde l'Inca... Et, ainsi, les capitaines se présentèrent-ils devant Atahuallpa qui n'avait pourtant d'autres titres que ceux de traître et de rebelle!

Le Bâtard était assis dans les jardins sur un petit trône d'or. Ses femmes s'affairaient à enlever les restes de son repas. En face de lui, de nombreux dignitaires, que je reconnus pour les avoir vus à Tumipampa, étaient accroupis en demi-cercle. Ils s'écartèrent, afin de laisser passer les capitaines derrière lesquels venaient les présents.

Les infortunés parents d'Huascar, convertis en tambours, recueillirent un joyeux succès.

Atahuallpa n'avait plus aucune ressemblance avec le prince soumis et charmant dont je me souvenais. C'était à présent un souverain. D'ailleurs, il arborait le *llautu* et la *mascapaycha*, tout comme s'il eût déjà remplacé Huascar.

Ma naine murmura :

– Avance, maîtresse.

J'avançai.

J'aimerais pouvoir dire que mon allure était hautaine, mon air superbe de mépris, mais l'héroïsme quand il ne mène à rien n'est que sottise, et, nous, les femmes, savons fort bien contenir nos sentiments sous l'humilité qui – d'après les hommes – nous sied.

– Azarpay! dit Atahuallpa. Sois la bienvenue. Ta vue me réjouit, comme elle a réjoui mon père, le grand Huayna Capac, et mon frère Huascar qui, lui, n'est pas si grand, et même tout petit maintenant!

Il rit.

Ses dents barrèrent d'un trait blanc son visage qui, vous l'ai-je dit? était très beau.

Je me taisais.

Une de ses femmes lui offrit de la *chicha*. Il prit le gobelet d'or, trempa un doigt dedans, leva avec vénération la tête en direction du Soleil et, d'une chiquenaude, envoya à l'astre la gouttelette qui perlait à son doigt, accompagnée de baisers... Mon estomac se contracta un peu plus. Ces gestes étaient ceux par lesquels nos Incas avaient coutume de marquer la fin de leur repas et le début des libations. Vous l'aurez remarqué, nous ne buvons pas en mangeant.

Il frappa dans ses mains.

D'autres femmes accoururent. Jeunes, rieuses, faisant gaiement tinter leurs multiples bracelets.

– Azarpay, dit Atahuallpa, je te confie à mes femmes. Nous avons hâte de contempler ta beauté à son zénith.

Je suivis les femmes.

Nous entrâmes dans le palais. Il était petit et ne comportait que quatre chambres, mais distribuées autour d'une cour creusée d'un très vaste et merveilleux bassin alimenté par une double canalisation en or, d'où coulaient l'eau chaude et l'eau froide puisées aux sources de Pultamarca. Les murs du palais, de la cour et des chambres étaient recouverts d'un enduit brillant qui, d'après mes souvenirs, avait l'éclat et l'orient des perles... Comparaison que je n'aurais su faire à l'époque : nos Incas en interdisaient l'exploitation, jugeant la pêche aux perles trop dure et périlleuse pour le peuple. Vos compatriotes n'ayant pas ce genre de préoccupations, il paraît qu'aujourd'hui, les perles se vendent à Séville par sacs, comme des graines, et, ici, les putains en cousent sur leurs dessous!

Les femmes me dévêtirent avec beaucoup de gentillesse et de respect. Bien que j'eusse d'autres soucis, je me montrai également affable. Une femme ne choisit pas son maître. Ensuite, elles m'invitèrent à descendre dans le bassin. On y accédait par des marches de pierre. Le bain, tiède, me détendit. Mon corps retrouvait avec volupté les sensations de bien-être, auxquelles il était accoutumé. J'avoue même avoir envisagé avec moins de répugnance la perspective de m'allonger sur la couche d'Atahuallpa, ce à quoi j'attribuais ces attentions.

La femme choisie

Au sortir de l'eau, les femmes me séchèrent, parfumèrent ma chevelure à la fleur de cannelle, la serrèrent au front par un bandeau d'or. Puis elles me passèrent une soyeuse tunique de coton blanc, froncée par une ceinture brodée de rouge, d'ocre brun et d'or, puis une *lliclla* de gaze, qu'elles agrafèrent d'une broche, tout ceci ponctué de petits cris qui me chatouillaient agréablement. Il n'y a pas plus franc miroir pour une femme que les yeux d'autres femmes. Leur admiration était un baume sur les humiliations endurées au camp de Yahuarpampa.

Elles me ramenèrent en chantant dans les jardins, et allèrent s'accroupir parmi leurs compagnes.

C'est toujours avec nostalgie que j'évoque ces parterres de femmes-fleurs, indissolubles de l'image que nous nous faisions des Incas et des princes. Face à la rigidité orgueilleuse du sacré, elles incarnaient la poésie, la sentimentalité, les passions, tous ces mouvements de l'âme qui agitaient secrètement nos souverains. Cela, les Espagnols se sont refusés à le comprendre... ou ils ne l'ont pas pu.

Atahuallpa me désigna une souche d'arbre. J'allai m'asseoir.

Qhora, ma naine, m'avait emboîté le pas. Elle avait le visage gris, elle reniflait.

– Arrête de pleurnicher, dis-je. Il n'a pas l'air dans de mauvaises dispositions.

La voix d'Atahuallpa s'éleva :

– Azarpay, lorsque l'on m'a annoncé ta venue, je me suis demandé ce que j'allais faire de toi. Belle, tu l'es, cette noble assistance en est convaincue, mais tu n'es plus neuve. Occuper la place d'un triste vaincu ne serait guère un honneur pour nos seigneurs. J'étais fort embarrassé. Puis m'est venu à l'idée que si l'on n'offre point une venaison quelque peu avancée à qui ne consomme que viande fraîche, le même gibier sera succulence pour qui se contente de bouillie de *quinua* et de racines. Bref, j'ai choisi dix de mes soldats... Regarde-les, Azarpay, là, sur ta droite, presque devant toi... Je te l'accorde, ils sont

111

rustres, mal équarris, frottés de sueur, mais vigoureux, bien découplés, tu n'auras pas à te plaindre de leurs assauts.

Un silence total accueillit cette déclaration.

Je me dressai, je tremblais.

— Tu ne peux vouloir cela! m'écriai-je. Je suis *Incap Aclla*. Aucun homme, à l'exception de l'Inca, n'a le droit de me toucher, tu le sais, tous ces seigneurs le savent!

— Tais-toi, femme! L'Empire m'appartient, Huascar m'appartient, tu m'appartiens, je dispose de toi comme je l'entends.

— Tue-moi, dis-je. Tue-moi, je t'en supplie, mais ne commets pas cette ignominie.

Atahuallpa rit.

— Te tuer? Alors que tu peux encore servir, alors que ton corps peut être la royale couche sur laquelle s'étendra l'un de mes vaillants guerriers? Regarde-les frémir... regarde-les, te dis-je! Aurais-tu le cœur de les décevoir?

— Les dieux te puniront! Pour le sang versé, pour ta félonie, pour...

Il rit encore.

— Les dieux aiment le sang, et ils savent dans leur sagesse que je serai meilleur Inca que mon frère. Sinon, auraient-ils permis que je triomphe? Les bénédictions d'Inti et de Viracocha sont sur moi! Tu es rusée, Azarpay, mais tu ne me mettras pas en colère, je ne te tuerai point, tu vivras, femelle de soldat... Toutefois, celui qui t'aura devra d'abord te gagner. Les dix hommes que voici... regarde-les, regarde-les donc! ces dix hommes sont les meilleurs coureurs de mon armée. Ils vont faire la course jusqu'à Cajamarca. Le premier qui sera de retour te recevra en récompense. Maintenant, j'ai dit. Que la course commence!

J'entendis autour de moi des piétinements, des ordres. Je ne voyais rien, je n'étais que haine et honte.

Peut-être, Père Juan, n'aurez-vous relevé dans la condition d'*Incap Aclla* que le côté superficiel, licencieux que

112

vos compatriotes prêtent à cette institution. Permettez-moi d'insister sur son caractère sacro-saint. Apprenez que le fait de s'approprier une femme marquée par l'Inca était pire qu'un viol : une profanation à l'ordre moral et divin qui, jusqu'à ce jour, nous avait gouvernés.

Derrière moi, Qhora sanglotait...

Brusquement, des exclamations fusèrent.

– Maîtresse, maîtresse!

Le ton de Qhora était si vif, si pressant, que j'ouvris les yeux.

Les dignitaires s'étaient levés, et les femmes. Tous, même le groupe des soldats interrompus dans leur élan, tous, pétrifiés, avaient la tête tournée dans la même direction. Je tournai la tête, moi aussi, et j'aperçus par-delà les tentes de l'armée, les cultures et les prés une sorte d'éclair blanc qui grossissait, s'étirait, tel un trait de lumière incandescent.

Sur le moment, je pensai que c'était Inti Illapa, le dieu-foudre, qui venait rendre sa justice, anéantir le Bâtard. Mais quand l'éblouissante lumière se rapprocha, je la vis se fractionner... Une à une, sur la ligne d'horizon, se détachèrent des silhouettes dont la forme humaine semblait moulée dans le métal, et qui avançaient, juchées sur de fantastiques animaux à quatre pattes.

La magie de cette apparition nous soudait subitement les uns aux autres. Avec la même stupeur, le même effroi, muets, nous regardâmes ces êtres surgis de nulle part, ne s'apparentant à rien de ce que nous connaissions, emprunter lentement la route qui monte à Cajamarca.

Voilà la première impression que j'eus des Espagnols, Père Juan.

Inutile de vous préciser que le surnaturel qui les nimbait s'estompa très vite!

Demain, à l'aube, vous l'ai-je dit? nous partons pour Ollantaytambo. Un site superbe, au pied des grands monts. Vous aimerez.

La femme choisie

Au fait, Père Juan, je vous parle sans cesse de nos femmes, et je manque au plus élémentaire devoir d'une hôtesse... Mon Dieu! ne prenez pas cet air! Si je vous ai offensé, je vous prie de me pardonner. Quoi de plus naturel que de vous proposer une compagne pour réjouir vos nuits? Ici, vos moines copient nos seigneurs, et ils ont plus de concubines qu'il n'y a de jours dans une lune! Je m'étais donc imaginé que les principes qui régissent les mœurs de vos religieux n'avaient cours que dans vos pays. D'autant qu'un homme si séduisant... Allons! Qu'ai-je dit encore! Est-ce un péché d'être jeune et beau, n'a-t-on pas le droit de vous le dire?

La femme choisie

Père Juan de Mendoza
Vallée de Yucay,
ce 5 octobre 1572

Que de sang, que de cruautés! J'ai hâte, Seigneur, d'entendre la suite de son récit et qu'apparaisse la Vraie Croix apportant Votre miséricorde à ce malheureux peuple.

Bien qu'elle m'ait assuré avoir laissé des instructions, afin que Pedrillo, mon interprète, nous rejoigne, j'en suis sans nouvelles. J'ai un mauvais pressentiment. Cette nuit, j'ai rêvé que Pedrillo se balançait à une branche, fendu comme une grenade trop mûre, et je le regardais tandis qu'un glaive d'or m'entaillait le flanc. C'était elle, Azarpay, qui tenait le glaive... Azarpay! Le beau nom!

Peut-être devrais-je retourner à Cuzco m'enquérir de Pedrillo? Mais de deux choses, l'une : ou il a déserté ou il lui est arrivé malheur. Dans les deux cas, je ne peux rien.

Où m'emmène-t-elle? Qu'importe! Je la suis. Elle, et sa cohorte d'Indiens à faces de bois. Si je veux tenter de découvrir son vrai visage, il me faut m'aventurer plus.

Ces quelques jours m'ont donné à réfléchir. Détruire l'existence de cette femme en me basant sur des délations peut-être mensongères, sur une simple appréciation et sur le principe que mieux vaut éliminer un innocent que risquer de laisser un criminel continuer à œuvrer, m'est impossible. La rigueur, l'honnêteté m'obligent à approfondir mes investigations jusqu'à ce qu'elle se trahisse.

Le début de son récit ne portait que sur les siens. A présent, vont commencer ses relations avec les Espagnols. J'ai de plus en plus l'impression qu'elle n'apprécie guère mes compatriotes et qu'elle éprouve une délectation à me le faire savoir. Cela ne correspond pas à l'infernale hypo-

115

crisie dont on l'accuse. Pourquoi ce comportement ?
Serait-ce, à mots couverts, un avertissement, une
menace ? Pourtant ma compagnie lui semble agréable... Je
m'y perds. Ce dépaysement absolu me met la confusion
en tête.

Seigneur, mon Dieu, ne m'abandonnez pas ! Sans
Vous, je ne suis qu'un homme.

4

Je gage, Père Juan, que vous guettez avec impatience l'entrée de vos compatriotes dans ce récit? Les voici. Ne vous réjouissez pas trop. Vous étiez prêt en abordant ce pays à tout entendre sur les misérables créatures que nous sommes, mais le serez-vous quand il s'agira d'hommes appartenant à votre culture et à votre foi?

Deux Espagnols vinrent ce même jour en fin d'après-midi à Pultamarca, accompagnés d'un interprète et d'une mince escorte.

Il avait plu, une grosse pluie mêlée de grêle, et l'entrevue débuta aux couleurs maussades du ciel.

Mais Atahuallpa, apprenant que l'un des cavaliers était le frère du chef, daigna écarter le voile que deux de ses femmes maintenaient tendu devant lui pour le soustraire à toute curiosité impie. Il sortit de son mutisme, offrit de la *chicha* dans des vases d'or et consentit à se rendre le lendemain à Cajamarca où les étrangers avaient établi leurs quartiers.

Les cavaliers se nommaient Hernando Pizarro et Bartolomé Villalcazar.

Nous pûmes constater de près qu'ils avaient l'air faits comme nous, de chair et d'os, et dotés de la parole, même si nous ne comprenions ce qu'ils disaient que par le truchement de l'interprète.

Ils étaient somptueusement vêtus.

117

Néanmoins, plus que leurs habits de soie et de brocart, plus que leur teint pâle, leur barbe bouclée, leurs traits beaux, mais qui me parurent fades en comparaison des lignes si vigoureusement accentuées que présentent les visages de nos hommes, ce qui capta mon attention fut le regard du second cavalier, le dénommé Villalcazar, un regard qu'il laissait d'ailleurs traîner avec impudence sur les femmes parmi lesquelles j'étais. Ce regard avait le bleu de certaines fleurs et la claire transparence de l'eau. Jamais je n'aurais imaginé que des yeux puissent être d'une autre couleur que noirs ou marron! Cette originalité m'émerveilla. J'aurais dû me souvenir que le bleu m'était néfaste...

Je passai la nuit dans le quartier des femmes avec Qhora, résolue à m'échapper aussitôt qu'une opportunité se présenterait. La venue des étrangers avait ajourné la sentence d'Atahuallpa, mais ce n'était que partie remise, et je préférais les hasards de la fuite à ce qui m'attendait.

Dès l'aube, les feux de l'armée éclairèrent gaiement les prés.

Après que les hommes eurent mangé, les préparatifs commencèrent.

Vers la fin de la matinée, les tambours retentirent, les conques marines lâchèrent vers le ciel, qui s'annonçait beau, leurs longs mugissements, et le cortège, conduisant Atahuallpa à Cajamarca, s'ébranla.

En tête, marchaient des centaines de serviteurs vêtus de rouge et de blanc, ce menu peuple ayant pour mission de nettoyer le chemin du moindre caillou, brin d'herbe, fétu de paille, afin d'ouvrir une voie royale aux litières. Derrière, caracolaient chanteurs et danseurs, puis venaient, splendidement parés d'or et d'argent, les dignitaires de Quito et ceux dont les provinces s'étaient ralliées au Bâtard, lesquels précédaient la garde personnelle de celui-ci, quelques milliers de jeunes nobles en livrée bleue.

La femme choisie

Je vous ai décrit la litière d'Huayna Capac. Celle d'Atahuallpa ne lui cédait en rien : une châsse d'or et de pierreries. Avant que les tentures en fussent tirées et pendant que quelques-unes de ses femmes disposaient avec des soins amoureux les plis de ses atours, nous pûmes admirer celui qui se prétendait l'Inca. Je le reconnais, Atahuallpa avait la majesté requise, mais quelle haine dans mon cœur !

S'avançaient ensuite deux autres litières transportant des princes de la côte que, par privilège, il avait autorisées à suivre la sienne. Puis la multitude de l'armée, impatiente, joyeuse, pointillée d'or.

J'étais avec les princesses de Quito. Aucune femme de qualité ne pouvant approuver l'attitude que leur seigneur avait eue à mon égard, elles s'efforçaient par leur amabilité de me la faire oublier et m'avaient invitée à suivre en leur compagnie le déroulement du cortège.

Quoique nous fussions à l'écart, nous étions au courant de ce qui se tramait.

Nous savions que, sous leurs habits d'apparat, les guerriers dissimulaient des plastrons de coton matelassé, des bourses contenant pierres et frondes, nous savions qu'aux perches, décorées de tresses, de franges, de pompons de laine et de plumes, pendaient des nœuds coulants, que des hommes avaient été placés dans la campagne aux points stratégiques pour capturer les étrangers qui réussiraient à s'enfuir, nous savions que ceux-ci, d'après les espions, étaient 176, pas un de plus, et que, devant nos yeux, avaient défilé environ trente mille guerriers, bref nous savions que, confrontés au nombre, ces êtres à peau blanche n'avaient pas une chance. D'ailleurs, Atahuallpa l'avait dit la veille, se riant des craintes de son entourage : « Ce ne sont que des hommes. Comptez-les, comptez-nous ! J'aurais pu les faire supprimer lorsqu'ils ont débarqué sur notre côte, mais je suis curieux de les voir de près, et je veux leurs animaux, vivants. »

Chacune de nous aurait parié la place qui lui était

réservée dans les verts bosquets de l'éternel repos qu'Atahuallpa aurait ces animaux!

En début d'après-midi, un courrier dépêché auprès des princesses nous apprit que les Espagnols, transis de peur, se terraient dans les maisons donnant sur la grande place par laquelle on pénètre dans Cajamarca.

Cela ne nous étonna pas. Comment, devant ce grandiose déploiement de forces, progressant avec une lenteur, elle aussi calculée pour briser les courages, les hommes blancs n'eussent-ils pas été épouvantés, même si la rencontre avait officiellement un caractère amical?

Le jour s'amenuisait quand les princesses reçurent un nouveau message : Atahuallpa avait décidé de faire dresser son camp sous les murs de Cajamarca et de remettre l'entrevue au lendemain.

J'échangeai un regard consterné avec Qhora, ma naine.

— Lorsque les étrangers seront anéantis, lui avais-je dit, je profiterai de l'allégresse et des beuveries qui suivront pour me sauver. Ce sera cette nuit.

Qhora, tassée dans mes jupes, avait murmuré :

— Il nous faudra gagner très vite les monts.

— Nous? Toi, tu restes ici.

— Je vais avec toi.

— Tu restes! Les princesses de Quito seront bien aises de te garder. Elles sont bonnes et veilleront à ce que l'on ne te maltraite pas.

— Je vais avec toi.

— Tu me gênerais.

— Grimper n'est pas une question de taille. J'ai le pied aussi agile que celui du lama... Et qui ferait ton feu, qui pourvoirait à ta nourriture?

— Quand j'étais enfant dans mon *ayllu*...

— Tu ne l'es plus, dit Qhora, et tu as trop eu l'habitude de ne rien faire, tes mains sont devenues ignorantes.

— Tu oses!

Elle avait souri.

— Tu ne te débarrasseras pas de moi.

Humer de loin l'air de la liberté, c'était déjà une fête, et voilà qu'une nouvelle conjoncture reportait, peut-être à jamais, nos projets!

Toutefois, un peu plus tard, un troisième message vint, qui redonna de l'élan à mon cœur : Atahuallpa cédant aux sollicitations des étrangers s'était finalement résolu à faire son entrée à Cajamarca.

Bien que le cortège eût mis du midi au couchant pour effectuer le parcours, Cajamarca n'est qu'à une demi-lieue des thermes de Pultamarca. Entre ces deux points, le paysage se creuse, et, la route remontant pour atteindre la ville, nous nous trouvions presque à même niveau. Nous vîmes donc peu après la litière d'Atahuallpa, précédée d'une partie du cortège, franchir l'enceinte sur les épaules des porteurs, et les guerriers qui se pressaient derrière.

Le vent avait tourné, un vent du nord maintenant, gonflé de lourds nuages, soufflant vers nous le son aigrelet des flûtes sur un fond de tambours.

Soudain, la musique se tut. Quelques minutes s'écoulèrent. Nous attendions. C'est alors que la terre et le ciel semblèrent se confondre en un abominable fracas.

Nous avions fermé les yeux, nous nous serrions les unes contre les autres. Même au plus fort de sa fureur, jamais Inti Illapa ne nous avait envoyé si puissant tonnerre! Le bruit s'arrêta. Nous rouvrîmes les yeux. L'horizon, la ville, la campagne étaient toujours à la même place. Un tracé d'ombres s'inscrivant dans le crépuscule. Sans pouvoir trouver d'explication à ce qui s'était produit, nous commencions à nous rasséréner un peu quand, tout à coup, l'enceinte de Cajamarca s'effondra, comme pulvérisée par le poing d'un géant, et, du trou béant, se déversa un torrent humain qui se mit à débouler la pente...

Les Espagnols furent à Pultamarca avant que nous ayons compris ce qui arrivait. Les nuages avaient crevé. Sous une pluie diluvienne, au grand galop, annoncés par le vacarme assourdissant des sonnailles dont étaient garnis le poitrail et les jambes des chevaux, ils envahirent les jardins, cernèrent le palais, clouant les gardes de leurs lances.

Dans la dépendance où nous nous étions réfugiées, plusieurs concubines d'Atahuallpa, perdant la tête, voulurent s'enfuir. Les princesses de Quito leur ordonnèrent de ne pas bouger. Cette dignité les sauva, sinon elles auraient certainement subi les violences auxquelles les Espagnols se livrèrent sur les servantes et les femmes des guerriers, qui se trouvaient au-dehors. Le palais, nous le sûmes ensuite, fut pillé en un tour de main.

Enfin, on s'intéressa à nous qui nous demandions si nous reverrions le jour. La stupeur nous lâchait. Si nous ne saisissions toujours pas pourquoi les Espagnols agissaient en vainqueurs, alors qu'ils étaient en toute logique condamnés au rôle de vaincus, nous nous doutions qu'ils ne devaient pas nourrir d'excellentes intentions à notre égard.

Ils furent corrects.

Impressionnés par notre tenue et la magnificence de nos parures, ils réfrénèrent leur naturel, se contentèrent de placer des soldats devant les ouvertures.

Au matin, on nous emmena à Cajamarca.

Le trajet jusqu'à la ville acheva d'ôter aux femmes l'infime espoir auquel elles s'accrochaient.

Les prés, les vergers, les contreforts de la ville n'étaient qu'un vaste champ de morts, tous, des guerriers. Je mentirais en vous disant que je partageais la douleur de ces femmes, mais le spectacle ne me rassurait nullement sur mon propre sort.

D'une phrase, Qhora résuma la situation :

– Des mains d'un monstre, nous voilà tombées dans les griffes des démons!

Sur la grande place de Cajamarca, les seuls gens debout étaient des Espagnols en train de charrier des cadavres. Ils interrompirent leur besogne pour nous

observer tandis que l'on nous conduisait à l'un des bâtiments.

Après ce que nous avions vu, aucune d'entre nous ne
croyait Atahuallpa vivant. Aussi, quand elles l'aperçurent,
ses femmes oubliant leur réserve se ruèrent, mêlant à
leurs pleurs des larmes de joie, se bousculant pour se
prosterner devant lui, le toucher, baiser ses mains et ses
pieds. Je pense du Bâtard de Quito ce que vous savez,
Père Juan, mais un fait est certain : les siens l'aimaient
jusqu'à l'adoration.

Les Espagnols présents assistaient ébahis à ce délire
d'effusions.

Je demeurai avec Qhora sur le seuil de la chambre.
Voir de mes yeux Atahuallpa prisonnier de toute évi-
dence, mais sain et sauf et traité avec honneur, me causait
un choc.

Quand j'eus mis un peu d'ordre dans mes réflexions,
j'avisai l'interprète, celui-là même qui était venu la veille
à Pultamarca avec les deux cavaliers. Pour l'instant,
n'étant utile en rien, il attendait que les femmes se cal-
ment.

Je me dirigeai vers lui, prenant cet air hautain que
nous avons à Cuzco et que n'importe quel indigène, soit-il
simple d'esprit, est capable de reconnaître.

– Mène-moi au chef de ces étrangers, dis-je. Je
n'appartiens pas à Atahuallpa. J'ai au contraire fort à me
plaindre de lui. Je me nomme Azarpay, je suis la favorite
d'Huascar Inca, ton Seigneur.

Et n'en pouvant plus de demeurer dans l'ignorance,
désirant aussi me renseigner avant d'affronter celui qui
avait réussi à capturer le Bâtard de Quito au milieu de sa
grande armée, j'ajoutai :

– Que s'est-il passé ?

L'interprète, natif d'une île proche de la côte, s'exprimait très mal dans notre langue. C'est donc en partie
d'après les dires de vos compatriotes que j'ai réussi à
reconstituer l'événement. Vous le connaissez. Qui ne le

connaît en Espagne où, depuis, affluent nos richesses! Mais les narrations fabulent souvent, et il vous plaira peut-être de revivre dans sa vérité vraie l'exploit de Francisco Pizarro, d'autant que je n'aurai guère d'éloges à vous en faire par la suite.

Planter le décor est important, la disposition des lieux ayant fourni à Pizarro son plan d'attaque.

Imaginez une vaste esplanade de terre ocre. Des bâtiments de plain-pied en briques crues la bordent sur trois côtés. Un long mur de pisé délimite le quatrième côté, surplombant la campagne et troué de deux portes qui donnent accès à la ville. A l'un des angles du mur, se dresse une tour que surélève un étage.

Quand Atahuallpa pénètre sur la place de Cajamarca, il ignore que, dans quelques minutes, son destin sera scellé.

Pizarro, lui, a pesé les risques. C'est un vétéran des conquêtes, il a près de soixante ans, le temps pour cueillir la gloire et la fortune lui est compté, il sait que ce pays, dont l'approche lui a déjà coûté plusieurs années d'existence et de souffrances, est le plus vaste, le plus riche, sur lequel jamais conquérant ait posé la botte. Il sait aussi que s'il ne prend pas les devants, la mort sera le prix de son ambition. Dès lors, oser l'impensable, l'impossible devient l'unique issue.

Revenons à Atahuallpa.

Du haut de sa litière, il domine la place, où grouillent serviteurs, musiciens, danseurs, guerriers, s'attendant à recevoir l'hommage des étrangers, mais dans cette masse bruyante, éclatante de couleurs, aucun Espagnol n'apparaît.

Tandis qu'il s'impatiente et s'offense, voici qu'un religieux sort de l'un des bâtiments et s'avance vers la litière, suivi de l'interprète. Sa robe de bure creuse les rangs, son allure dévote impose le silence.

Le religieux tient une bible à la main. Il commence à haranguer Atahuallpa, parlant de Dieu et de Sa Majesté d'Espagne, selon vos usages, mais Atahuallpa, qui ne reconnaît d'autre puissance que la sienne, s'en irrite davantage. Le religieux insiste.

« Tout est inscrit dans la Bible! » dit-il, et il tend le saint livre à Atahuallpa qui l'ouvre, le feuillette. Ces signes ne lui apprennent évidemment rien. Il jette avec colère et mépris la bible à terre. Le religieux ramasse la bible, et retourne tout courant informer Pizarro.

La décision est déjà prise, mais provoquer l'hostilité d'Atahuallpa, l'amener à un geste sacrilège apportent un pieux confort aux consciences. Pizarro donne le signal.

Immédiatement, de tous les bâtiments, de toutes les ouvertures, les cavaliers espagnols jaillissent. Ils poussent leur sauvage cri de guerre, labourent la foule de leurs montures, déchargent mousquets et arquebuses, cependant que les canons hissés dans la tour se mettent à tonner.

Ce vacarme diabolique, ces armes qui crachent la foudre et la mort à distance, ces chevaux, animaux fantastiques et monstrueux pour qui n'en a jamais approché, ces clameurs dont les oreilles ne perçoivent pas la signification, l'âcre odeur de la poudre, c'est trop, trop d'inconnu à la fois. L'esprit des hommes de ma race chancelle, et l'épouvante les saisit, contre laquelle la raison et la discipline n'ont plus prise. Ils sont des dizaines de milliers. Ecraser les Espagnols sous le poids du nombre serait aisé, ils n'y songent pas, ils ne songent qu'à fuir. Leur volonté réduite à l'instinct, tel un troupeau de bêtes affolées, ils se précipitent sur le mur d'enceinte. La pression est si forte que les pierres et les adobes dont le mur est construit s'écroulent, ensevelissant beaucoup d'entre eux.

Seuls, des jeunes nobles de la garde personnelle d'Atahuallpa et les porteurs de la litière sont demeurés à leur poste. Il faudra les tuer un à un, les gardes remplaçant au fur et à mesure les porteurs, pour qu'enfin la litière glisse à terre et que Pizarro, qui s'est réservé cette tâche, parvienne à extirper Atahuallpa de son écrin d'or, de turquoises et d'émeraudes.

Je vous l'ai dit, Pizarro a un long passé derrière lui. Il connaît la mentalité de nos peuples : chez nous, quand on tient la tête qui gouverne, on est maître du corps tout entier. Son unique objectif a donc été Atahuallpa. Et comme il sent qu'il peut encore en avoir besoin, il le veut vivant.

Dans le cortège, il y eut cinq mille morts, les uns taillés en pièces, les autres piétinés ou étouffés par la panique. Tous les Espagnols s'en tirèrent indemnes.

Trente minutes ont suffi à Pizarro pour s'approprier notre pays... Trente minutes, en ce 16 novembre 1532, pour que l'empire des Incas et l'honneur d'un peuple qui comptait dix millions d'habitants lui tombent dans les mains! Cela, évidemment, j'étais loin de le soupçonner.

Les premiers mois qui suivirent, je fus traitée avec égard.

Pizarro m'alloua une demeure dans Cajamarca, des servantes et tout le nécessaire.

Ces dispositions venant corroborer les apaisements qu'il m'avait donnés à notre première entrevue, je me plus à voir dans la conjoncture une manifestation des volontés divines. Je pensai que ces étrangers qui, malgré la faiblesse de leurs effectifs, avaient triomphé si aisément d'Atahuallpa nous étaient envoyés pour remettre de l'ordre dans l'Empire et l'Inca sur son trône... Ne le prétendaient-ils pas eux-mêmes! Bref, durant un temps, ils furent pour moi, et pour tous les partisans d'Huascar, des sauveurs. Certains allèrent jusqu'à les considérer comme des dieux.

Ne sachant m'accommoder de l'oisiveté, je manifestai le désir de m'instruire dans leur langue. Pizarro m'envoya son jeune cousin Pedro à qui, en échange, j'apprenais le *quechua*. Je fis de rapides progrès, mue par le désir de pouvoir servir d'interprète à Huascar lorsque les Espagnols l'auraient libéré, ce qui prouve que les cruautés de la vie n'avaient pas encore épuisé ma naïveté!

Cependant, au lieu de poursuivre leur route vers Cuzco, vos compatriotes s'incrustaient dans Cajamarca. Et à mesure que les lunes s'égrenaient dans les nuits, je m'inquiétais de plus en plus, constatant les gracieuses relations qu'Atahuallpa avait établies avec ses geôliers, et redoutant le pis de son intelligence et de sa duplicité.

De suite, il avait saisi la rapacité de ses vainqueurs et, pour la satisfaire, leur avait promis une colossale rançon [1] d'or... colossale aux yeux des vôtres à qui l'or procure tout, même ce qui se devrait mériter, mais pour nous, qui en possédions tant et qui ne lui accordions qu'une valeur décorative, c'était en vérité bien peu!

L'or... et les femmes!

Père Juan, y a-t-il de belles Espagnoles, chez vous?

Je vous pose la question, car, à l'exception de quelques putains, les dames qui viennent ici rejoindre leurs époux, ainsi que la couronne d'Espagne le leur ordonne, n'ont rien pour mettre un homme en émoi. Il est vrai que leur teint et leur humeur rancissent en découvrant la joyeuse licence dans laquelle se vautrent leurs conjoints!

Bref, cette faim de femmes, Atahuallpa l'avait également flairée. De nombreuses princesses de Quito et concubines quittèrent sur son ordre sa couche pour fleurir celles de Pizarro, de ses frères qui étaient quatre, et d'autres Espagnols. Les moins favorisés se contentèrent de ce qu'ils glanaient sur le chemin, mais, croyez-moi, tout votre monde fut pourvu.

Durant cette période, on me respecta. Pizarro s'engagea même à sermonner Villalcazar, quand je me plaignis des assiduités de celui-ci... Villalcazar... Vous vous souve-

---

1. La rançon d'Atahuallpa consistait en ce que pouvait contenir d'or une chambre longue de 22 pieds et large de 17, emplie jusqu'à une hauteur et demie d'homme.

nez? L'un des deux cavaliers accourus en ambassade à Pultamarca.

Quoique nanti d'une sœur d'Atahuallpa et de quelques autres femmes, je le trouvais devant moi chaque fois que je me présentais chez Pizarro ou que je sortais de ma demeure. Ses compliments, son insistance m'offensaient – nous n'avons pas de telles habitudes ici. Villalcazar feignait de ne pas s'en apercevoir. Peut-être, même, prenait-il ma froideur pour de la coquetterie? Il était de ces hommes beaux et dominateurs, qui ne conçoivent pas l'échec et n'en ont guère. Beau, certes, il l'était! Dans le plein épanouissement de l'âge, une stature magnifique, la tête orgueilleuse, des mâchoires carnassières – mais une certaine férocité n'ajoute-t-elle pas au charme du mâle? – et la barbe soyeuse d'un noir dense, ces yeux si bleus dont je vous ai parlé.

En février, j'eus une grande joie.

La venue de l'Inca, toujours prisonnier des généraux d'Atahuallpa, quelque part dans la région de Cuzco, fut annoncée pour bientôt. Ma gratitude envers les Espagnols s'en accrut.

Le cauchemar semblait sur le point de se terminer, et, songeant à l'angoisse qui devait étreindre Atahuallpa, je me délectais.

Ces jours d'attente, durant lesquels je vécus flottant sur les nues triomphales qui accompagneraient le retour d'Huascar, furent le dernier présent qu'il me fit.

Un après-midi, à l'heure fraîche où la pluie vient calmer les folles ardeurs de la matinée, j'étais en train de prendre ma leçon de castillan quand Qhora, qui usait à merveille de sa taille pour s'insinuer partout et délier les langues, fit irruption dans la pièce. Elle se précipita à mes pieds et enserra mes jambes de ses petits bras. Elle sanglotait.

– Maîtresse, maîtresse! L'Inca est mort!

Je la repoussai.

Huascar, mort? Impossible. Quelque signe m'aurait prévenue.

– Tu mens! dis-je.

Pedro, le cousin de Pizarro, se leva.

– Madame, nous reprendrons quand vous serez disposée.

Il se dirigea vers la porte. Sa nuque était raide, son pas pressé.

Je criai :

– C'est donc vrai! Vous saviez!

Il se retourna et me dévisagea avec précaution. C'était un jeune homme poli, de pensée plus délicate et de meilleure éducation que le reste de sa famille.

– La nouvelle nous a été communiquée dans la nuit. Le prince Huascar a été noyé sur ordre des généraux d'Atahuallpa. Croyez que je regrette, madame. Nous regrettons tous.

– Noyé! répétai-je avec horreur.

Je me mis à trembler. J'avais froid tout à coup, un froid qui me pénétrait jusqu'aux os... Noyé! Les dieux ne me laisseraient donc même pas la consolation de l'imaginer jouissant d'une paisible et royale nouvelle existence! Sachez, en effet, Père Juan, que, selon nos croyances, la peine est éternelle pour les noyés et pour ceux qui périssent sur le bûcher...

Villalcazar y mit des formes.

Il m'octroya trois jours de deuil.

Le quatrième, il parut.

– Madame, vous êtes seule maintenant. J'ai sollicité de Francisco Pizarro, notre capitaine-général, l'honneur de vous protéger, il me l'a accordé. Désormais, vous logerez chez moi. Je vous y conduis. Veuillez, je vous prie, faire rassembler vos effets.

C'était en termes choisis m'informer que l'Inca n'étant plus, je n'étais plus rien, sinon un objet de plaisir.

La femme choisie

Mais avais-je la possibilité de me rebeller? Ce que je me refuserais à céder de plein gré, on me le prendrait de force!

Jugeant que discuter une cause déjà entendue était inutilement m'abaisser, je fis ce que les femmes de notre pays faisaient à l'époque, et font encore quand elles éveillent l'intérêt d'un Espagnol, j'appelai Qhora, l'envoyai chercher ma bourse de coca vide et un peigne qui étaient tout ce que je possédais en propre dans cette demeure, à part les bijoux et les vêtements que je portais, et je suivis Villalcazar.

Sa maison était celle d'un notable de Cajamarca. Elle s'ouvrait sur une cour. L'eau d'une fontaine glougloutait. Plusieurs femmes se montrèrent et s'éclipsèrent. Nous traversâmes une salle creusée de niches abritant de riches poteries. Je me rappelle qu'il y avait un vase, très beau, qui représentait un perroquet dans les bruns et les ocres, picorant un épi de maïs. Je me le rappelle, car j'obligeais mon esprit à s'accrocher aux détails pour qu'il n'allât pas plus loin.

Devant une porte fermée par un écran en cuir de lama, tendu sur un cadre de bois, Villalcazar se retourna :

— Toi, la naine, dehors!

J'ordonnai à Qhora de rejoindre les servantes.

Villalcazar écarta l'écran, me poussa à l'intérieur d'une chambre dont je ne vis rien, car il fut sur moi aussitôt. Il m'enlaça et arracha le bandeau d'or que j'avais au front, plongea ses deux mains dans ma chevelure et, élevant vers lui mon visage que je tenais baissé, il me baisa la bouche. Un baiser aussi violent qu'une poignée de piments!

Puis il me lâcha.

— Déshabille-toi, dit-il, voilà trop de mois que j'attends.

Et je compris que le temps des belles manières était révolu.

La femme choisie

* * *

Villalcazar avait l'impatience d'un enfant et la voracité d'un ogre. En lui, tout était démesure, paroles, gestes, appétits, vouloirs.

Le lendemain, il décréta que les concubines que lui avait données Atahuallpa me serviraient.

— Il n'en est pas question, dis-je, je ne leur ferai pas cet affront. Que suis-je à présent de plus qu'elles!

— Tu feras ce que je te dirai ou je les renvoie!

— Crois-tu qu'elles s'en plaindront?

Le sang monta à son visage, et il me régala d'une colère à laquelle j'assistai effarée, nos seigneurs se livrant rarement à de tels débordements. Chez nous, un simple froncement de sourcils, une parole profonde suffisent.

Avec force gesticulations appuyées de grossièretés dont je ne compris que l'intonation, ce langage n'étant pas celui que m'enseignait Pedro Pizarro, Villalcazar m'expliqua que j'avais désormais un nouveau maître et qu'en dixhuit années de conquête dans des pays voisins du nôtre, jamais une *Indienne* n'avait réussi à lui tenir tête. La façon dont il prononça le mot m'atteignit au cœur.

Je le regardai bien en face.

— Prends ton plaisir, dis-je. Mais ne prétends pas changer celle que je suis. Et si cela ne te convient pas, tue-moi, tu me rendras service.

Je lui lançais cette phrase chaque fois que nous nous heurtions, c'est-à-dire quotidiennement.

Je songeais beaucoup à mourir.

Il faut à l'être humain un but, un sentiment, quelque chose à quoi l'âme s'accroche. Autour de moi, tout s'effondrait... Huascar... l'Empire... mon honneur... Aussi, en arrivais-je à provoquer Villalcazar dans l'espoir qu'il ferait le geste qui me délivrerait. Mais, peu à peu, je pris goût au jeu. N'ayant plus rien à perdre – il le sentait –, je me découvrais un pouvoir mauvais. Ce fut cette guerre permanente que j'attisais entre nous qui me maintint en vie. Cette guerre, et...

Je vais vous confier un secret, Père Juan.

Sans doute, avec votre esprit formé dans un monde si différent du nôtre, vous imaginez-vous que je haïssais Villalcazar, parce qu'il m'avait contrainte? Vous vous trompez. Chez nous, la loi du mâle marque les femmes lorsqu'elles ne sont encore que des fillettes. Villalcazar ne faisait que l'appliquer. Au fond, tout au fond de moi, je l'acceptais : les hommes sont ainsi. Quant à parler de profanation... Villalcazar ignorait nos institutions. Pour lui, une *Incap Aclla* ne représentait que des images qui, au contraire, encourageaient son acte. « Putain d'Inca! » hurlait-il au plus fort de sa fureur. Je n'ai jamais tenté de lui expliquer la femme que j'étais, son opinion m'indifférait.

En dehors du fait que je percevais maintenant chez les Espagnols des ambitions qui dépassaient, ô combien! celles que nous leur avions prêtées au début, si je haïssais Villalcazar, c'était pour un tout autre motif. Je ne l'ai jamais dit à personne... une confession en quelque sorte, Père Juan, mais ne se doit-on pas dans votre religion de confesser également les péchés de chair?

Voici. Ce sera bref. Les dieux vivants m'avaient étendue sur leur couche, et j'en avais eu grand orgueil, sans penser qu'une femme puisse éprouver autre chose. Mais avec Villalcazar, un simple mortel, un étranger de qui tout me séparait, race, mœurs, croyances, éducation, avec lui que je me moquais bien de satisfaire et dont l'étreinte m'humiliait, avec lui...! Avoir réussi à faire de mon corps misérable son complice, cela non, je ne le lui ai jamais pardonné!

En avril, les Espagnols reçurent des renforts.

Diego d'Almagro, l'associé de Pizarro dans cette expédition, un vieil homme, laid et borgne, arriva à Cajamarca avec deux cents soldats, dont cinquante cavaliers.

Parmi eux, se trouvait un cousin de Villalcazar, Martin de Salvedra.

Villalcazar l'amena, déclara que Martin habiterait avec nous.

– Si tu veux des *Indiennes*, garçon, ne te gêne pas. Elles sont chaudes comme le pain quand il sort du four! Mais pas celle-ci, dit-il en me désignant. Celle-ci, personne ne me la prendra. Elle était la favorite de l'Inca... Huascar, celui qui est mort noyé. Elle m'a coûté son poids d'or. Un des frères Pizarro la voulait, mais l'or, mon ami... Les Pizarro savent compter!

Martin de Salvedra croisa mon regard, rougit.

Il ne ressemblait guère à Villalcazar.

Une vingtaine d'années, la silhouette osseuse, une physionomie aux lignes encore indécises. Entre barbe et moustache, d'un blond pâle, le sourire s'esquissait, s'esquivait. Les yeux marron avaient une expression douce et perplexe. Il était pauvrement vêtu.

Les semaines qui suivirent, je compris qu'en dépit des bruyantes accolades qui avaient salué la venue d'Almagro, l'entente ne régnait pas entre celui-ci et Pizarro.

L'objet de la discorde était la rançon d'Atahuallpa, maintenant réunie.

– Si Almagro croit que, sans avoir sué une goutte, il n'a qu'à se présenter pour prendre ce que nous avons, il peut s'arracher l'œil qui lui reste, criait Villalcazar. Cet or, nous l'avons gagné, nous le gardons. J'aurais voulu vous y voir! Trente mille de ces *Indiens*, et nous... Nous en avions les tripes prêtes à lâcher! Et je le dis bien haut, car jamais hommes de cœur n'ont risqué leur vie comme nous avons risqué la nôtre ce jour-là! Alors, Almagro... que sa vérole le bouffe!

– Il y a eu contrat, s'obstinait Martin de Salvedra. Francisco Pizarro a juré sur les Evangiles de le respecter. Et ce serait bien malhonnête à lui de nous écarter de la répartition sous prétexte que nous n'étions pas ici. Je ne parle pas pour moi... Que suis-je pour réclamer? Mais cela fait tant d'années que cette affaire est en train, Almagro y a usé sa santé. Crois-tu qu'à Panama il est demeuré inactif? Dans une expédition, l'arrière compte autant que l'avant. Almagro s'est occupé à renforcer les effectifs, à lutter contre les créanciers, à lever les hypothèques, à trouver des fonds neufs... Sans fonds, le courage n'est rien.

— Paperasses, paperasses, voilà à quoi le Borgne est bon!

— Francisco Pizarro, illettré soit-il, ne s'entend pas mal non plus aux écritures quand il s'agit d'y faire figurer son nom en grandes lettres, et à la meilleure place. Lorsqu'il est allé en Espagne, voici quatre ans, solliciter l'agrément du Roi, il s'est tout octroyé de ces terres à découvrir... gouverneur à vie, capitaine-général...

Villalcazar ricanait.

— C'est Sa Majesté qui a décidé. Si Almagro n'était pas content, il n'avait qu'à se désister. Il a d'ailleurs failli le faire. Il ne l'a pas fait et il a eu tort. Quand on vient au festin par la porte de service, on est sûr de ne ramasser que les miettes. Tu aurais intérêt, garçon, à passer dans notre camp. C'est insensé, l'or qu'il y a dans ce pays, et il ne leur sert à rien!

Villalcazar s'exprimait très librement en ma présence. D'abord, parce qu'il n'accordait pas à une *Indienne* plus d'esprit qu'à l'un de ces tabourets qu'il commandait au charpentier de l'armée et dont il encombrait la maison, ensuite parce qu'il ne soupçonnait nullement, et j'y veillais, les progrès que j'avais faits dans votre langue.

Pourtant, ce ne fut pas par lui, mais par Qhora, le 29 août, dans l'après-midi, que j'appris la nouvelle concernant Atahuallpa : un tribunal assemblé en hâte le matin même venait de condamner à mort le Bâtard de Quito. L'exécution était imminente.

Je me précipitai dehors.

Une foule épaisse, muette, se dirigeait vers la grande place. J'y allai. Il pleuvait.

Bientôt on amena le prisonnier. Malgré les chaînes dont on l'avait chargé, la tête était droite, le port majestueux. J'en ressentis de la fierté.

A la vue de son seigneur, la foule éclata en cris de douleur. Beaucoup de femmes tombèrent inanimées sur le sol. On les y laissa. C'était une charité de leur épargner les détails du supplice.

Tandis que je regardais garrotter Atahuallpa, des sentiments contradictoires se disputaient mon cœur. Certes, je souhaitais sa mort, mais pas celle-ci. Sa vie nous appartenait, à nous, gens de sa race, et c'était à sa parenté inca de décider de son châtiment. A quel titre les Espagnols s'érigeaient-ils en juges? Quel dommage leur avait causé le fils chéri d'Huayna Capac, hormis les enrichir prodigieusement...? Et brusquement, je sus qu'après avoir commis en conscience ce crime sur une personne royale, rien ne les arrêterait.

Le lendemain, Villalcazar endossa son pourpoint de velours noir et, avec ce visage de deuil que vos compatriotes se composent à volonté, il se rendit en l'église San Francisco, récemment bâtie, pour assister à l'enterrement d'Atahuallpa que l'on avait baptisé in extremis sous la menace d'être brûlé vif.

Appréciez, Père Juan, la valeur de cette conversion [1]!

Vous ne répondez pas? Vous avez raison, le silence vous honore.

Le soir, j'entendis Martin de Salvedra dire à Villalcazar :

– Nous aurions dû l'envoyer en Espagne et que Sa Majesté tranche. Nous n'étions pas qualifiés pour juger un homme de son rang... Et sur quelles accusations? Le meurtre de son frère, Huascar, ordonné à distance? On murmure que Pizarro l'y a poussé! Quant au complot que, soi-disant, il ourdissait contre nous, ce n'est qu'une histoire construite de toutes pièces.

Villalcazar rit.

– Toi et ta morale! Garde-t-on en vie un prince qui se complaît à répéter : *Sous ces cieux, sans ma volonté, aucun oiseau ne vole*? Il était trop puissant et ne l'a pas

---

1. Rappelons que, selon la religion des Incas, la mort par l'eau ou sur le bûcher condamnait le défunt à d'éternels tourments.

assez dissimulé, c'est ça qui l'a tué. Ne cherche pas ailleurs. Dans les grandes choses, les principes n'ont pas leur place, garçon!

Au mois de septembre, nous quittâmes Cajamarca en direction de Cuzco.

Lorsque nous parvînmes deux mois plus tard à Jauja qui touchait la région d'Amancay, j'étais résolue à m'enfuir et à gagner les monts. Amancay était ma province, j'y serais parmi les miens, et je pouvais escompter qu'on m'aiderait à retrouver Manco... s'il était encore en vie.

Je ne supportais plus les figures hypocrites de vos compatriotes ni les manières possessives de Villalcazar. Je me sentais humiliée, salie, indigne. Malheureusement, plus je lui marquais de hargne, plus son intérêt s'accentuait!

Le soir même de notre arrivée, nous eûmes une querelle.

M'amenant dans la chambre et ouvrant un grand coffret de bois, il me dit : « Choisis. » Dans le coffret, il y avait des bijoux d'or, pris je ne sais où, à je ne sais qui.

Je reculai.

– Non, merci.

– Comment, non? Quelle femme refuserait un bijou!

– Certainement pas celles que tu as eu l'habitude de fréquenter.

– Ce qui veut dire?

– J'ai possédé les plus beaux joyaux qu'on ait faits dans notre empire...

– Où sont-ils?

J'eus une pensée pour mon blanc palais de Yucay, et je me revis descendant dans la salle secrète avec Marca Vichay, songeai à ces merveilles qui sommeillaient sous terre, tandis que je traînais sur les routes comme une fille à soldats. Je soupirai, et je dis, espérant mentir :

– Les troupes d'Atahuallpa m'ont tout volé.

– S'ils t'ont tout volé, tu n'as plus rien.

Je touchai mon collier d'émeraudes.

– Il me reste ceci. Je ne veux pas de ces babioles que quelqu'un d'autre a portées, donne-les à tes femmes.

Ses mâchoires se crispèrent si violemment que j'entendis ses dents crisser.

– Tu sais très bien que je les ai renvoyées!

– Tu as eu tort, elles étaient belles et bien plus aimables que moi.

– Je te briserai! hurla-t-il. Qu'est-ce que tu te crois? Tu n'es qu'une putain d'*Indienne*, une putain d'Inca, et les *Indiennes*...

– Je sais. Tu les dresses, et elles rampent à tes pieds! Sans vouloir te vexer, ce n'est pas difficile. Dans nos pays, la soumission est inhérente à notre sexe. Seulement, moi, je ne suis pas ainsi. Moi, je ne m'incline que devant l'Inca! Alors, putain pour putain, prends-en d'autres. Les putains ne manquent pas depuis que vous êtes ici, et laisse-moi partir.

– Jamais! Je t'ai, je te garde! Et ne t'avise pas de filer. Où que tu ailles, où que tu sois, je te retrouverai et je te ferai écorcher au fouet comme une chienne. Pas un homme, soit-il le dernier des gueux, ne voudra de toi ensuite!

Je souris.

– Un jour, je te tuerai, dis-je.

Villalcazar poussa un rugissement, saisit le coffret de bois, le souleva au-dessus de sa tête, et le lança vers moi. Les bijoux s'éparpillèrent au sol.

– Ramasse, dit-il.

Je ne bougeai pas.

Brusquement, il rit. Ses yeux bleus pétillaient.

– A part le mien, je n'ai jamais rencontré un aussi sale caractère!

Et il vint vers moi.

137

La maison où Villalcazar nous avait installés était située derrière le palais du gouverneur, qu'occupait temporairement l'Inca.

Le lendemain, je traversais la rue...

Au fait, Père Juan, vous l'ai-je dit? Nous avions un nouvel Inca : Tupac Huallpa, un demi-frère légitime d'Huascar et de Manco. Le choix de Pizarro.

Je traversais donc la rue pour aller saluer une femme de Tupac Huallpa, que je connaissais, lorsqu'un homme m'aborda.

Un bandeau rouge retenait ses cheveux qu'il avait longs comme les natifs de Jauja. Une tunique blanche et une cape de laine brune le vêtaient. Néanmoins, je le notai immédiatement, l'habillement cadrait mal avec la hardiesse de la physionomie.

— Dame Azarpay? dit-il.

Mon cœur se mit à battre.

— C'est moi.

Il s'assura que la rue était déserte, écarta sa cape, me montra une tresse en précieuse laine de vigogne, de couleur ocre, enroulée plusieurs fois autour de son épaule.

— Reconnais-tu ce *llautu*? Manco le portait le soir où il est allé à ton palais de Yucay t'avertir de notre défaite. Manco a dit que tu le reconnaîtrais.

— Manco! C'est Manco qui t'envoie?

— Oui.

Les mots viennent mal quand il s'agit de traduire l'émotion, mais ce dont je me souviens, Père Juan, c'est que je me sentis subitement toute chaude à l'intérieur comme si le Soleil, d'un coup, m'était entré dans le corps!

— Où est-il? dis-je.

— Tu le verras bientôt.

— Tu vas me conduire à lui?

L'homme me considéra avec sévérité.

— Tu restes ici, avec les étrangers... Ne pose pas tant de

questions, écoute-moi. Manco t'ordonne de le défaire de Tupac Huallpa. Un lâche, un traître! Non content de se réfugier comme une femme dans l'ombre des hommes blancs, il n'a rien eu de plus pressé que d'accepter le titre d'Inca, qui revient de droit à Manco. Tupac Huallpa nous déshonore. Il doit mourir.

Je me répétais : *Manco est vivant, Manco est vivant*, je voyais l'horizon se rouvrir à la lumière, c'était fête dans mon cœur, et voilà que l'homme me parlait de supprimer Tupac Huallpa, me commandait de tuer... A moi! qui étais sans moyens, qui n'avais jamais porté la main sur quelqu'un, fût-ce une servante! Comment assumer cette responsabilité, être digne de la confiance que Manco me témoignait? La crainte de le décevoir me faisait maintenant trembler.

– Je n'ai jamais reconnu Tupac Huallpa pour l'Inca, dis-je. Les étrangers lui ont offert l'Empire pour s'en emparer plus aisément. Mais comment Manco voudrait-il...? Je ne suis qu'une femme.

– ... dont la renommée et le savoir sont grands, Azarpay! Introduis-toi dans le palais. Ce sera un privilège pour les concubines de Tupac Huallpa de te recevoir. Quant au reste, les dieux te guideront.

L'homme fouilla à nouveau sous sa cape, mit dans ma main une fiole d'or, pas plus haute que le pouce, qu'obturait une turquoise encapuchonnée de paille torsadée.

– Ce poison n'agit qu'un quart de lune après avoir été absorbé. Arrange-toi pour le mettre dans sa *chicha*. Adieu.

– Attends! J'ai tant de choses à dire à Manco... Quand le verrai-je?

– Il n'en dépend que de toi. Tue Tupac Huallpa, et tu verras Manco.

Quand Villalcazar était chez lui, il exigeait de m'avoir toujours sous son regard. Ses fonctions l'accaparaient heureusement la majeure partie du temps, et j'eus tout loisir de me rendre au palais.

Le laisser-aller de cette cour hâtivement constituée favorisait mon projet. Dans le sillage d'Illa, « Rayon de Lumière », une ancienne compagne de l'*Acllahuasi* d'Amancay, je connus bientôt tous les détours du palais, et même les appartements de l'Inca.

Illa était jolie, la peau ambrée, une ossature délicate, des petites mains qui voletaient comme des ailes de tourterelle et accompagnaient les mouvements gracieux de sa longue chevelure lustrée. Lors de notre présentation à Cuzco, Huayna Capac en avait fait don à son fils Tupac Huallpa. Aujourd'hui, je n'étais plus rien, et Illa était l'une des femmes du prince régnant. Cette situation inversée ajoutait assurément au plaisir de nos retrouvailles. En la flattant un peu, je n'eus aucune difficulté à lui soutirer les renseignements dont j'avais besoin.

Je choisis un soir où Villalcazar soupait chez Pizarro.

Quand la maisonnée fut endormie, j'enjambai Qhora qui ronflait voluptueusement dans sa couverture sur le seuil de ma porte, j'empruntai la *lliclla* d'une servante, et je sortis.

Les deux gardes, postés à l'entrée latérale du palais, donnant sur la rue, continuèrent à bavarder tandis que je franchissais l'enceinte, la démarche effacée, comme il convenait. Des sons de flûtes et de tambourins m'accueillirent, venant des jardins. Chez nous, à cette heure, après une collation légère, les princes ont pour habitude de boire de la *chicha* en suivant avec leurs femmes et leurs dignitaires quelque divertissement.

Une galerie close par d'épaisses tentures conduisait à la chambre de l'Inca. L'odeur du bois de *mulli*, se consumant dans les braseros disposés de place en place, me rappela la première nuit où l'on m'avait menée chez Huayna Capac. Cette nuit-là, aussi, ma bouche était sèche, mon estomac, serré, mais la peur que j'avais éprouvée alors me semblait aujourd'hui dérisoire.

Je soulevai la tenture de la chambre. Le moment crucial. Il suffisait que l'humeur de Tupac Huallpa interrompît les chants et les danses... Surprise en ce lieu où, seules, ses femmes étaient admises, je n'aurais qu'un recours : avaler le poison que je lui destinais.

Une torche brûlait. J'allais jusqu'à la niche où les femmes déposaient chaque soir le vase de *chicha*, que Tupac Huallpa viderait après s'être récréé avec l'une d'elles. Je versai le poison dans le vase, repris la galerie qui débouchait sur une cour fleurie... Passé celle-ci, je me mêlai à la domesticité, une faune recrutée dans plusieurs provinces et vaquant, somnolente, en attendant le coucher de l'Inca.

Les mêmes gardes étaient devant le porche.

Je jugeai préférable qu'ils ne me voient pas rentrer dans la maison de Villalcazar. Je continuai, suivant la rue bordée d'un côté par le mur d'enceinte du palais et de ses dépendances et, de l'autre, par des demeures de dignitaires, alternant avec des cours. Je marchai ainsi près d'un quart de lieue. Enfin, je trouvai sur ma droite une étroite venelle dans laquelle je m'engageai, pensant revenir à la maison par-derrière... Mais, de venelle en venelle, dans le noir de la nuit, je m'égarai.

Quand, après mille détours, je parvins enfin chez Villalcazar, il était là.

Il m'empoigna.

– Où étais-tu?

Sa voix basse, enrouée de vin, m'effraya plus que ses hurlements habituels.

– Lâche-moi, dis-je.

– Où étais-tu?

– J'avais besoin d'air, je suis allée me promener.

– A cette heure? Tu me prends pour qui? Tu étais avec un homme!

– Si tu me laissais parler... Je me suis promenée et je me suis perdue. J'étouffe dans cette maison. J'ai été habituée, figure-toi, à des horizons plus vastes que ces murs où tu me cantonnes!

– Chienne! Il te faut de la peau foncée pour te frotter dessus, c'est ça, hein!

Proférant des horreurs qu'il m'est impossible de vous répéter, il me secouait comme pour faire jaillir la vérité de sous mes vêtements. La petite fiole d'or, qui avait contenu le poison et que j'avais glissée dans ma ceinture, roula sur le sol.

Villalcazar interrompit son réquisitoire, me lâcha, ramassa la fiole, l'examina.

— Qu'est-ce que c'est? Un bijou? Un présent de ton amant? Tu refuses les miens, et tu acceptes...

— Rends-moi ça, dis-je, c'est un porte-bonheur qu'Huascar Inca m'avait offert.

— Tu mens!

Terrorisée, je lui arrachai la fiole des mains.

— Cesse de dire des bêtises. Un amant? Merci! Te connaître m'a dégoûtée à jamais des hommes!

Je ne sais combien de coups il m'assena. « Je vais te tuer! » hurlait-il, et je crois que, sans le vouloir vraiment, il l'aurait fait, si son cousin, Martin de Salvedra, n'était survenu. Les doigts de Villalcazar se dénouèrent de ma gorge, et je le vis disparaître. C'est tout ce dont je me souviens.

Quand je repris conscience, j'étais adossée à un coffre, une main me tamponnait le front avec une serviette mouillée, et je croisai le regard brun et anxieux du garçon.

— Ça va?

Je touchai ma gorge.

— J'ai l'impression qu'un chat sauvage m'a sauté au cou.

— Vous n'avez rien de cassé?

— Aidez-moi à me lever, je vous le dirai.

Avec des gestes précautionneux, il me mit debout. Mes bras et mes jambes fonctionnaient, mais j'avais mal partout. Je cherchai des yeux la fiole de Manco, brusquement affolée à la pensée que Villalcazar l'avait peut-être emportée.

Elle brillait comme un point d'or sur le sol.

– S'il vous plaît, Martin, dis-je.

Il se baissa et me la tendit.

Avoir la fiole au creux de ma paume m'apaisa. Une bouffée d'orgueil enfla mon cœur.

Martin m'observait.

– Sans vous, il m'aurait étranglée, dis-je. Il est toujours aussi délicat avec les femmes?

– Non. En général, les femmes... Je crois qu'il est amoureux de vous.

– Charmante façon de le manifester!

– Le sait-il lui-même? Pour ce genre d'homme, l'amour est une faiblesse, presque une infirmité.

– Et pour vous?

Il rougit.

– Oh! moi! Je viens d'Espagne. Là-bas, il n'y a que les femmes que l'on épouse ou celles qui ont de mauvaises mœurs. Je suis trop pauvre pour songer au mariage, les autres ne m'attirent pas... Mais je parle... Il faut vous étendre, vous reposer. Avec votre permission...

Il me porta jusqu'à la chambre. Il était plus robuste qu'il n'en avait l'air. Il m'allongea sur les couvertures, versa de l'eau dans un gobelet, me fit boire.

– Je vais appeler votre naine, elle saura mieux que moi...

Un sourire frôla sa moustache blonde.

– Je n'ai guère eu l'occasion de m'occuper d'une femme!

– Vous le faites très bien. Merci. Merci beaucoup, Martin.

Je le suivis des yeux.

C'était la première fois qu'un homme me montrait de la bonté sans rien attendre en échange.

Le lendemain, Villalcazar partit combattre des guerriers qui avaient coupé des ponts sur l'Apurimac, et dont l'action menaçait la triomphale marche de Pizarro.

A son retour, je jugeai sage d'adoucir mes manières.

Cela le satisfit. Chez Villalcazar, l'amour-propre était plus que tout. Sans doute, pensa-t-il qu'une correction était la bonne voie pour m'acheminer vers la soumission.

Ainsi que l'avait prévu l'envoyé de Manco, Tupac Huallpa succomba une semaine après avoir absorbé le poison.

Ses obsèques suscitèrent peu d'émotion.

Il était de ces êtres que la conjoncture extirpe un bref instant de l'insignifiance, puis les événements roulent dessus, les broient, sans qu'ils laissent d'autre trace qu'un nom.

A quelques jours de là, Villalcazar revêtit les magnifiques atours de brocart, que je lui avais vus à Pultamarca.

Je demandai les raisons de ce déploiement d'élégance.

– T'intéresserais-tu enfin à ce que je fais? Le prince Manco s'est mis en contact avec nous. Il revendique le trône en sa qualité d'héritier légitime. Je m'en vais juger de la loyauté du garçon et préparer l'entrevue qu'il sollicite de Pizarro. Nous devons songer à remplacer très vite l'Inca pour rétablir l'union de l'Empire.

La rencontre eut lieu près de Cuzco.

Les Espagnols dressèrent leurs tentes sur l'étendue herbeuse d'un plateau.

Le lendemain, au clair soleil du matin, Manco se présenta.

A vrai dire, son cortège manquait d'apparat : une litière de maigre bois et, derrière, des guerriers en habits râpés, quelques femmes.

Qu'importait! Il était là, tout m'était rendu, et je cherchais mon souffle, ivre d'un excès de joie, que j'avais à peine assez de forces pour soutenir.

Je me trouvais à quelques pas de Pizarro. Celui-ci, sachant que je maîtrisais le castillan plutôt mieux que l'interprète, avait demandé à Villalcazar de m'amener.

Entre le vieux capitaine espagnol, d'obscure origine –

on le disait bâtard d'une fille de ferme et d'un gentil-homme – et le jeune prince, de divine ascendance, il y eut de grandes accolades.

Une question, Père Juan : Est-ce propre à vos contrées cette coutume d'embrasser celui que l'on a l'intention d'anéantir ?

Après de nombreuses palabres visant à tranquilliser Manco sur ses futurs pouvoirs, Pizarro l'étreignit à nouveau, signifiant la fin de l'entrevue.

J'en fus presque soulagée.

Mon cœur s'épuisait à sentir Manco si proche et si lointain.

C'est alors que celui-ci qui n'avait même pas semblé noter ma présence, bien que j'eusse rectifié plusieurs fois la traduction de l'interprète, s'adressa à moi.

– En ta qualité d'*Incap Aclla* du vénéré Huayna Capac, mon père, et d'Huascar Inca, mon frère, moi, Manco, leur héritier, je te réclame. Dis-le au vieil homme. Dis-lui aussi que tes connaissances dans sa langue aideront à resserrer nos liens d'amitié.

Je traduisis.

Villalcazar était au premier rang avec les frères Pizarro. Je le vis s'empourprer, se raidir, les mâchoires tendues jusqu'à l'os, porter la main à son épée, et avancer. Pizarro tourna la tête. J'ignore quelles promesses ou quelles menaces contenait son regard : Villalcazar recula.

– Dame Azarpay, dit Pizarro, dites au prince Manco que nous accédons avec plaisir à sa requête.

Ce fut ainsi que je me retrouvai parmi les miens.

Le camp, niché dans les hauteurs, consistait en quelques huttes rondes, montées en mottes d'herbe, étayées de pierres. Il y avait là d'autres femmes s'affairant devant le feu, plusieurs jeunes et jolies, qui lâchèrent leur ouvrage et accoururent joyeusement. Manco, sans leur accorder plus d'attention qu'aux épineux qui formaient une sorte d'enceinte naturelle autour du camp, m'entraîna dans sa hutte. Un étendard effiloché, piqué dans le chaume, la signalait.

J'étais dans un tel émoi que je faillis me cogner le front en franchissant l'ouverture étroite et basse.

Manco se retourna.

– Voici comment je vis. Mais, bientôt, nous aurons palais et serviteurs.

Il se versa un gobelet de *chicha*. Il avait un peu de l'avidité de Villalcazar quand il buvait.

Je le découvrais très changé. La silhouette avait perdu sa sveltesse juvénile, gagné en puissance, massive, bardée de muscles. Et le visage aux arêtes aiguës, à l'expression secrète et tourmentée, n'était pas celui dont je me souvenais. Je m'avisai brusquement que j'avais nourri mes rêves d'un homme dont je ne savais rien. Mon désarroi s'accentua. J'avais la bouche sèche, le dos moite, envie de pleurer, et la tête douloureuse de remuer les pensées qui m'assaillaient depuis que nous avions quitté Pizarro.

J'examinai l'intérieur de la hutte. Elle était propre, balayée, les couvertures soigneusement pliées. A une cheville pendaient des vêtements. Sur le sol, était posé un superbe bouclier cerclé d'or et la massue de combat. L'air fleurait certaines plantes odorantes de nos monts. Laquelle des femmes avait piqué ces bouquets séchés dans les creux de la paroi?

Manco fit les trois pas qui le séparaient de moi.

– Tu me conteras, Azarpay... Je veux tout connaître de ces étrangers. Le vieil homme paraît sincère. Son appui m'est nécessaire pour réduire les guerriers d'Atahuallpa, qui infestent encore nos provinces... Et ne serait-ce que de nous avoir débarrassés de ce chien maudit...! On dit qu'ils aiment l'or. Je leur en donnerai. Ils repartiront, les bateaux pleins.

– Ils ne repartiront pas, dis-je. Leur intention est de s'approprier l'Empire.

Manco fronça les sourcils.

– En ce cas, pourquoi font-ils alliance avec moi?

– Ils ont besoin de toi comme tu as besoin d'eux. Pour pacifier, rassembler les provinces. Quand tu ne leur seras plus utile... Ils ont tué Atahuallpa, ils te tueront.

Il avança la main, toucha ma *lliclla*.

– Deux années se sont écoulées. Je te veux, Azarpay. Et toi, me veux-tu, tes sentiments sont-ils les mêmes?

Les larmes que je retenais se mirent à couler sur mon visage. Je baissai la tête.

– Seigneur, je ne peux t'appartenir. Bien des choses se sont passées. Un homme... l'un de ces capitaines étrangers m'a étendue sur sa couche. Je ne suis plus digne de toi.

– Cet homme, tu l'as voulu?

Mes pleurs redoublèrent.

– Je n'ai jamais voulu que toi. Le grand Huayna Capac et Huascar m'ont honorée, mais la fleur d'amour, toi, toi seul, l'as fait pousser dans mon cœur!

– Je sais pour cet homme, dit Manco.

– Tu sais!

– Je sais tout de toi. Placer des espions chez les étrangers est facile : pour eux, nous nous ressemblons tous... Azarpay, nos croyances dominent nos actes. Ceci est pur, cela est vil. Et lorsque nous transgressons les lois, malheur à nous et aux nôtres! Mais certaines peuvent-elles s'appliquer dans les moments exceptionnels que nous vivons? Par exemple, si je monte l'un de ces splendides animaux que possèdent les étrangers, comment deviner si je fais bien ou mal, si je vais attirer pluie ou sécheresse sur nos champs? Ces animaux ne sont pas mentionnés dans nos règles; les hommes blancs, non plus. C'est comme s'ils occupaient une place tellement à part que nos institutions les ont ignorés. Sommes-nous tenus à être plus rigoureux qu'elles? J'ai réfléchi, et moi, Manco, je dis non. Cet homme ne fut qu'une bourrasque de grêle dans la tourmente, oublie-le et ne veux désormais que ce que je veux.

147

Père Juan, avez-vous aimé de véritable amour? Ne vous fâchez pas, je vous prie! Ma question n'a rien d'inconvenant. Avant d'être à Dieu, vous avez été homme, non?

Je vous dois un aveu : lorsque l'on m'a annoncé votre venue, je me suis renseignée, c'est toujours une précaution de situer les personnes. Et l'on m'a dit, en sus d'un flot d'éloges, qu'à l'exemple du saint fondateur de votre ordre... Ignace de Loyola, si j'ai bonne mémoire? l'on m'a dit que vous aviez eu une prime jeunesse fracassante. D'après mon informateur, les démons de la terre ne faisaient qu'un quand vous aviez décidé de posséder une femme.

Qui me l'a dit? Père Juan! Est-ce à vous que je vais l'apprendre? La compagnie de Jésus est fort jalousée. Tous les religieux n'ont pas cette intelligence subtile, ce savoir, l'admirable souplesse d'esprit, la hardiesse qui caractérisent votre ordre. Je n'ai eu qu'à m'adresser à l'évêché. Mes aumônes me valent certaines amitiés. On s'est fait un plaisir... J'ai même l'impression que votre présence dérange et que l'on se réjouirait assez d'être débarrassé de vous!

Je serais au regret que vous vous froissiez de ces propos. Ce me semble, au contraire, une preuve de l'amitié, de la confiance qui marquent nos entretiens... Et pensez que je mets mon existence à nu devant vous! Cela ne me donne-t-il pas quelques droits?

Sachez-le, nos rapports n'eussent pas été ce qu'ils sont, je vous abandonnais, dès Cuzco, à vos investigations. Longtemps je n'ai fait que ce qui plaisait aux hommes, maintenant je ne fais que ce qui me plaît... et il me plairait beaucoup que vous m'accompagniez dans les monts.

Néanmoins, je me dois de vous prévenir. L'ascension est rude, les différences de température, l'altitude occasionnent parfois de graves malaises à qui n'est point habitué, et si vous vous décidez, il vous faudra aller jusqu'au bout du chemin. Un homme blanc est incapable de se diriger dans ces reliefs... Les vipères abondent, aussi. Une espèce particulièrement venimeuse et traître. Elle prend la couleur du milieu où elle évolue, se dissimule sous les fougères et le roc et, au moment où vous vous y attendez le moins, elle se détend, bondit, vous donne le baiser mortel...

La femme choisie

Père Juan de Mendoza
A Ollantaytambo,
ce 9 octobre 1572

Je n'ai pu, de la nuit, trouver le sommeil. A l'aube, je me suis levé, j'ai récité plusieurs chapelets, et, maintenant, assis sur un muret, je griffonne ces quelques notes avant que nous repartions.

Vue somptueuse. Une à une, rosissantes, les montagnes renaissent des brumes. En face de moi, dominant le fleuve, s'élève la formidable citadelle d'Ollantaytambo.

La technique de ces bâtisseurs est un défi à tout ce que nous, hommes d'une civilisation supérieure, avons réalisé. Comment sont-ils parvenus à hisser sur les pentes abruptes ces gigantesques blocs de roche, à les assembler avec une harmonie qui confine à la perfection ? Nous y sommes montés hier. Et mon admiration s'est encore accrue. De près, le poli des pierres est si doux à l'œil qu'on les croirait velours, et elles sont jointes avec une telle précision qu'une aiguille à coudre ne saurait trouver un interstice où se faufiler. Que des hommes, si barbares par certains côtés, ignorant l'usage de la roue et même des clous, armés de simples outils en silex, de ciseaux de bronze et de cuivre, aient été capables de concevoir et de mener à bien de telles œuvres dépasse l'entendement !

Nous sommes logés dans un palais. Le propriétaire, de pure ascendance inca, paraît son serviteur. Quel pouvoir détient-elle, qui fait ployer les princes ? Je l'ai observée, recevant l'hommage des Indiens qui habitent les parages et échangeant avec chacun salutations et cadeaux. Quelle bonté souriante avec les humbles ! Mais ce meurtre de l'Inca, qu'elle avoue sans sourciller, sans remords, comme un acte allant de soi... ! Il y a en elle de l'ange et *du démon. Quelle face me réserve-t-elle ? Vous seul, Seigneur, le savez. Aussi, qu'il en soit selon Votre volonté !*

Villalcazar... Est-ce ce Villalcazar ou un autre portant le même patronyme qui fut son défunt époux ? Je n'ai osé le lui demander. Elle semble tant exécrer celui-ci !

Les points d'interrogation s'accumulent. Je n'ai qu'une certitude : elle hait nos gens d'Espagne et les a bien abusés.

Pourquoi est-elle différente avec moi ? Quand j'y réfléchis avec lucidité, je ne vois qu'un motif à sa franchise : tout est déjà arrangé pour que je ne parle pas. A d'autres moments, je le confesse, la vanité m'emporte. Elle a pour moi de si exquises attentions ! Je me persuade alors qu'elle est heureuse de livrer ses confidences à un esprit susceptible d'apprécier le sien.

Durant ces deux jours que nous avons passés à Ollantaytambo, l'envie m'est venue à maintes reprises d'enfourcher l'alezan qu'elle m'a prêté et de galoper jusqu'à Cuzco prévenir l'Evêque. Cette femme n'est pas à nous. Si elle feint de l'être, c'est dans un but bien arrêté. Mais, j'en suis sûr, elle a aussi prévu cette réaction. Si j'avais cherché à m'échapper, je n'aurais pas été loin, elle en a trop dit.

Trop, et pas assez ! Elle a juste entrebâillé la porte. De la conquête de ces terres, nous ne connaissons que la version de ceux qui les ont prises... Qu'avons-nous fait à ce peuple, que lui avons-nous fait, à elle ?

Pour condamner ou absoudre, il faut tous les éléments. C'est de cette façon qu'elle m'appâte et m'entraîne. Maintenant, j'en suis presque sûr, elle sait dans quel but je suis venu à Cuzco. On l'aura informée. Et ce jeu l'amuse. Jusqu'où ira-t-il ?

Inspirez-moi, Seigneur !

Il y a dans tout caractère fort quelque faiblesse. Si je réussissais à découvrir la faille, peut-être serait-il encore temps de vous gagner cette âme ?

5

L'intronisation de Manco eut lieu peu après notre entrée à Cuzco.

La nouvelle s'étant rapidement répandue, les chefs des tribus conquises, les gouverneurs de province affluèrent, et les offrandes.

D'ordinaire, pour l'avènement de l'Inca, des convois chargés d'or, d'argent, de pierreries, sillonnaient la *Nan Cuna* en direction de la capitale, mais bien que la popularité de Pizarro demeurât grande, la façon dont il avait rançonné Atahuallpa avait éveillé une certaine prudence, et les vases, les objets précieux demeurèrent cachés où ils étaient.

Au palais d'Huascar, que Manco avait choisi pour résidence temporaire, s'amoncelaient poteries polychromes, étoffes de coton et de laine, armes, tissus en plumes fines, coca, maïs, plantes aromatiques, bois odorants, bref ce que chaque région produisait, et ces choses plus modestes étaient quand même les très bienvenues, Manco se trouvant fort démuni.

Dix jours avant la cérémonie, nous cessâmes tout rapport charnel.

Le futur souverain se retira pour prier et méditer, ne buvant que de l'eau et s'alimentant de maïs cru et d'une herbe appelée *chucam*, que nous consommons en période de jeûne, car elle est apport d'énergie.

Le jour de l'intronisation, on eût pu se croire à la meilleure époque de nos Incas.

Le peuple en habits de fête colorait de taches vives les collines, et tout ce que notre pays comptait encore de noblesse se pressait sur l'*Huacaypata*, la grande place de Cuzco, décorée de feuillages et de fleurs.

Les Espagnols étaient présents.

A notre arrivée dans la ville, leurs soldats, malgré les consignes, avaient pillé sans vergogne, allant jusqu'à pénétrer dans le Temple du Soleil... Néanmoins – tant le désir de paix était immense! –, les esprits s'obstinaient à voir en eux des libérateurs, et l'étincellement de leurs cuirasses et de leurs casques remplaçait, pour le coup d'œil, l'or qu'ils nous avaient volé.

Une messe fut dite. Pizarro coiffa Manco du *llautu* impérial et de la *mascapaycha*, solennité réservée au grand prêtre du Soleil. La substitution ne suscita aucun murmure. Sans doute, prit-on le vieil homme pour quelque officiant délégué par les divinités.

Dans la foulée, Manco prêta serment d'allégeance au roi d'Espagne, reconnaissant ainsi la prise de possession officielle du Cuzco par l'envahisseur. Les dignitaires l'imitèrent, chacun touchant l'étendard de Castille, ainsi que le notaire royal les y invitait. J'aurais parié mon collier d'émeraudes qu'ils n'avaient aucune idée de la portée de leur geste! Puis, Pizarro et Manco Inca burent à la même coupe d'or et s'embrassèrent. Les trompettes sonnaient à plein souffle, l'allégresse était extrême. J'enrageais.

Ce fut l'âme défaite que j'assistai aux réjouissances traditionnelles qui suivirent, se déroulant, cette fois, en présence des Incas défunts et du disque d'or d'Inti, notre Père le Soleil, qui avait échappé à la convoitise des soldats.

Il y eut beaucoup de musique, de chants, de danses. J'y participai, Manco me l'avait demandé. Villalcazar trônait au premier rang avec les frères Pizarro. Poil lustré, chapeau de velours noir, une cape de satin blanc sur sa cotte de mailles. Son regard ne me quittait pas. Bien que je m'appliquasse à l'ignorer, je le sentais, qui me collait à la peau.

La soirée se termina à la lueur des torches par un banquet où l'on servit autant de vin de la Manche que de *chicha*.

Quand nous nous retrouvâmes seuls dans la chambre, Manco arracha ses vêtements avec fureur.

– Je vais casser la nuque aux Pizarro! s'écria-t-il.

Je lâchai son manteau que j'avais ramassé, et me jetai contre lui.

Il prit mon visage entre ses mains.

– Aux tout débuts, oui, j'ai cru en eux... Ils avaient terrassé Atahuallpa. Ce maudit chien me paraissait la pire menace. Aveugle que j'étais! La pire menace, c'est eux! Après le pillage de Cuzco, j'ai compris... Des hommes sans foi ni parole! Tu avais raison quand tu le disais. Mais une femme... Les femmes écoutent trop souvent leurs griefs personnels, j'ai pensé... J'aurais dû me rappeler que tu n'es pas une femme ordinaire! Si nous les laissons faire, ils nous voleront tout, tout ce qui a du prix pour nous. Ils veulent notre or, mais aussi nos terres et, bientôt, ils voudront nous imposer leur dieu, leurs mœurs, nous serons moins que des lamas, juste bons à porter les charges qu'ils nous mettront sur le dos!

– Que vas-tu faire?

– Feindre, attendre. Quand on est faible, il n'y a qu'une force : la patience. En apparence, se soumettre, endormir la méfiance de l'ennemi, se faire vermisseau pour qu'il se croie jaguar. Pourquoi penses-tu que j'ai accepté de rendre hommage à leur roi, de permettre à Pizarro de toucher de ses mains impures le *llautu* impérial? Pour l'instant, ils sont tous ici, eux, leurs armes à feu, leurs chevaux. Mais quand ils vont se disperser, nous serons prêts. Même si beaucoup d'entre nous doivent périr, nous sommes si nombreux, ils sont si peu, nous les exterminerons un à un jusqu'au dernier, et, moi, Manco, je régnerai!

Qu'il était beau, et si jeune tout à coup!

Cette nuit-là, nous étrennâmes le meilleur temps de nos amours.

La femme choisie

Quelques jours plus tard, Manco leva sur son nom une armée de cinq mille hommes et partit avec Pizarro et un groupe important de cavaliers combattre les dernières factions restées fidèles à la parenté d'Atahuallpa, qui rôdaient autour de Cuzco après s'en être enfuies à l'approche des Espagnols.

Durant son absence, alors que je me proposais d'envoyer un serviteur à la vallée de Yucay, car il n'était pas sain pour une femme, même escortée, de s'aventurer sur les routes, Marca Vichay me fit la surprise de venir à Cuzco.

Vous vous souvenez, Père Juan, de Marca Vichay, ce serviteur cañari, à qui j'avais confié la garde de mon palais et de mes biens ?

Il avait toujours bel aspect, cette peau de soie qu'ont certains de nos jeunes hommes, son chignon cerclé de bois et ses tresses de laine, qui lui retombaient sur la nuque.

Tel que, avec la pointe d'arrogance, que lui conférait l'autorité dont je l'avais investi, on aurait dit un fils de prince.

Il se prosterna, baisa le bas de ma tunique, et je faillis pleurer tant j'étais contente de le revoir... Et puis, que voulez-vous, Père Juan, chacun a ses défauts, j'ai besoin d'adoration !

Les nouvelles qu'il me donna n'étaient pas bonnes.

Les troupes d'Atahuallpa avaient épargné mon palais, mais des Espagnols l'occupaient à présent. Ils avaient naturellement moissonné l'or des jardins, arraché les plaques des murs, cassé mon bain, descellé le fond de la cuve, démoli en partie les terrasses et massacré les parterres pour déterrer les canalisations qui étaient d'or également. Ils avaient aussi abattu mes jaguars.

Je serrai les dents.

– Et quoi encore ? dis-je.

Un rire malicieux secoua Marca Vichay.

Cela me fit du bien. On ne riait guère à Cuzco. Pourtant nous étions gens gais avant la venue des Espagnols. Je me rappelle que, même à Yahuarpampa, les cabrioles et les pitreries de Qhora arrivaient à dérider parfois mes compagnes de malheur. Mais, à présent, nous vivions comme étouffés.

Les longs yeux luisants de Marca Vichay, creusés par ses fortes pommettes, m'observaient. D'un trait, triomphant, il m'annonça que mes troupeaux de lamas se multipliaient paisiblement sur les hauteurs.

— Les étrangers sont si bêtes qu'il ne leur viendrait même pas à l'esprit de monter jusqu'au roc. Il n'y a que l'or et les femmes qui les font bouger!

— Précisément, Marca Vichay, l'or... L'or, dans la chambre secrète?

— A sa place, Dame Azarpay.

— Ils ne se sont pas étonnés en trouvant le palais vide, ils ne t'ont pas fait d'ennuis, ils n'ont pas essayé de te faire parler?

Marca Vichay dénoua sa cape et souleva sa chemise. Son torse et son dos étaient marqués de striures violacées.

— Ils t'ont fouetté?

— Et ils s'apprêtaient à me brûler les pieds. Ils le font.

— A Cuzco, aussi... Pourquoi t'ont-ils épargné?

— D'autres sont arrivés. L'un d'eux comprenait quelques mots de notre langue. J'ai réussi à lui expliquer que mes maîtres avaient emporté leur or par crainte des guerriers d'Atahuallpa, et qu'il n'y avait plus d'autres trésors dans le palais que quelques jeunes et jolies servantes qui étaient à leur disposition, s'ils aimaient les femmes. Ça! pour aimer les femmes, ils les aiment! Depuis, je les sers de mon mieux, ils ne pensent qu'à manger, boire et forniquer.

— Continue, dis-je. S'ils pouvaient en crever!

— Quand viendras-tu? dit Marca Vichay.

— Bientôt, très bientôt. L'Inca va faire déguerpir ces gens.

Quand Manco rentra, victorieux de Quizquiz, le dernier grand capitaine d'Atahuallpa, je lui relatai la visite de Marca Vichay.

Il décida d'aviser Pizarro.

« Ils ne te rendront pas ton palais, ils ne rendent rien. Mais Pizarro serait surpris que tu n'en demandes pas la restitution. »

Qui d'entre nous aurait encore songé à baiser la terre en apercevant Cuzco!

Il n'y avait plus de cité sacrée, n'importe quel indigène y avait accès. Les places, maintenant lieux de marché, attiraient une faune venue d'ailleurs, à qui ses accointances avec les vainqueurs ôtaient tout respect. Nos rues, dont les pavés n'avaient jamais connu que le polissage des pieds nus ou des sandales et le pas velouté des lamas, retentissaient continuellement du fracas des chevaux. Les chaussées, jadis si propres, n'étaient plus qu'un bourbier malodorant... les chaussées et même les trottoirs, les cavaliers n'hésitant pas à les emprunter. Tant pis pour le passant, le moindre mal était de s'en sortir crotté jusqu'au front! Aller en litière d'un endroit à un autre devenait une expédition. Les porteurs ne s'y risquaient qu'en maugréant. Et les palais de nos Incas défunts, plus ou moins transformés en écuries, abritaient vos compatriotes, leurs divertissements, et leurs querelles. On y jouait jour et nuit. L'or ne brillait plus sur nos façades, il sautait de main en main au gré des osselets.

Cependant Pizarro ne s'endormait pas sur sa gloire. Le vieil homme agissait. Il jetait ses filets sur Cuzco, l'enserrant entre les mailles d'une administration rigide. Une municipalité avait été élue, qui comptait deux de ses frères, Juan et Gonzalo. Tout passait par eux. Comme premiers signes de la suprématie espagnole, ils avaient fait en hâte dresser des bois de justice sur l'*Huacaypata* et baptisé « église Saint-Dominique » notre Temple du Soleil... Le gibet et la croix!

157

En résumé, nous n'étions plus que tolérés dans cette ville bâtie avec la sueur de nos ancêtres, et que les Fils du Soleil, depuis sa fondation, avaient toujours éclairée de leur divine sagesse.

Mais où était le Soleil, où étaient les dieux ? se lamentaient les habitants. Beaucoup commençaient à penser qu'ils nous avaient abandonnés pour châtier l'inertie de Manco. Et les princes qui avaient accueilli favorablement son avènement ne se gênaient plus pour le lui reprocher. Manco recevait impassible les remontrances, se bornant à répéter : « Sans les Espagnols, l'Empire aurait aujourd'hui le Bâtard de Quito pour maître, et vous ne seriez plus en vie pour assister à son triomphe. » Je souffrais pour lui.

Un après-midi, un fonctionnaire mandé par les frères Pizarro se présenta.

Faisant suite à la requête concernant mon domaine, il venait m'aviser que les biens des Incas défunts relevaient maintenant de la couronne d'Espagne, cet arrêt incluant la quasi-totalité de la vallée de Yucay, dont Huayna Capac et Huascar avaient été les grands propriétaires.

— L'arrêt ne s'applique ni à mon palais ni à mes terres, observai-je. Ils n'appartenaient plus à Huascar Inca, il m'en avait fait don.

L'homme, maigre, vêtu de noir, la figure dévorée par le poil à tel point que, quand il parlait, on avait l'impression qu'il broutait sa barbe avec sa moustache, braqua sur moi ses yeux logés petitement sous d'énormes sourcils.

— Vous avez l'acte de propriété ?

— Qu'entendez-vous par là ?

— Les documents, madame. Les documents prouvant cette donation.

Je me dressai.

— Enfin, monsieur ! Vous n'ignorez pas, je présume, que nous n'avons jamais utilisé l'écriture. Chez nous, tout est consigné sur les *quipu*. Il n'y a aucun papier. Mais je puis vous citer plusieurs princes qui étaient présents en qualité de témoins lorsque Huascar Inca m'a offert ce domaine et qui vous confirmeront...

– Je doute, madame, que cela suffise. Les témoignages s'achètent.

– Monsieur!

– Ne le prenez pas mal. Pour établir vos droits, c'est la règle, il nous faut un acte officiel. Nous devons, comprenez-le, justifier vos prétentions vis-à-vis des officiers royaux qui veillent dans ce pays aux intérêts de Sa Majesté le roi d'Espagne...

Je l'interrompis, incapable d'en entendre plus.

– Je m'adresserai directement au Gouverneur (c'était ainsi que l'on nommait à présent Francisco Pizarro).

L'homme s'inclina.

– A votre guise, madame.

La fureur que j'avais contenue éclata devant Manco. Il me caressa les cheveux.

– Ce sont des hommes de Gonzalo, le frère de Pizarro, qui occupent ton palais. Domine-toi. Je t'avais prévenue : ce qu'ils ont, ils le gardent, et ce qu'ils n'ont pas encore, ils comptent bien le prendre.

Je m'écartai.

– Comment peux-tu rester aussi calme? Moi, je ne peux pas! En me volant, c'est toi qu'on offense, toi, l'Inca! Combien de temps devrons-nous encore supporter...?

– Pizarro quitte Cuzco. Il va sur la côte, à Lima, fonder une grande cité... Tu entends : il s'en va! Bientôt, je pourrai agir. En attendant, je continue, la mascarade continue... J'ai donné l'ordre d'organiser une grande chasse en l'honneur du départ de Pizarro. Tu le verras. Parle-lui de ton domaine. Il pourrait juger suspect que tu ne le fasses pas. Mais sans révolte, avec humilité. Tu n'as qu'à penser... A quoi t'imagines-tu que je pense quand j'avale leurs insultes et que je souris!

La femme choisie

Vingt mille hommes de nos villages avaient été convoqués pour préparer la chasse impériale ou *chako*.

L'opération consistait à décrire un large cercle de vingt à trente lieues de diamètre, délimité par les frontières naturelles que sont fleuves et à-pics. Puis, dévalant à travers monts, poussant de terribles clameurs, les hommes rabattaient les bêtes, resserrant de plus en plus le cercle jusqu'à les amener et les enfermer de leurs rangs compacts dans le terrain choisi à cet effet, qui était comme le centre du cercle.

Manco arriva sur l'alezan que lui avait offert Pizarro, en compagnie de celui-ci et de son associé, Almagro le Borgne.

Après les dignitaires, nous venions, nous, les femmes, dans nos litières, lente procession autour de laquelle piaffaient les cavaliers espagnols mêlés à de nombreux soldats à pied et en armes. De temps en temps, l'un des soldats écartait le rideau d'une litière... Qu'elle paraissait lointaine l'époque où ce geste eût coûté la vie à l'audacieux qui s'y fût risqué! Maintenant, même quand nous étions avec l'Inca, on se permettait de nous détailler ouvertement.

Une question, Père Juan.

Est-ce courtoisie en Espagne de soulever du regard la jupe des femmes? Non? Changer de pays modifie donc les mœurs! Ne froncez pas les sourcils. Je suis persuadée, comme vous, qu'il y a des Espagnols qui respectent notre sexe, mais où sont-ils? Allons, mieux vaut retourner à la chasse, vous n'êtes pas encore prêt à entendre toutes les vérités!

Nos porteurs nous déposèrent en haut d'une petite butte dérivant en pente douce vers le terrain de chasse, un vaste espace d'herbe drue.

Sans compter les pumas, ours, ocelots, renards pris également au piège, que les hommes avaient déjà supprimés, ainsi que les genettes et autres nuisibles, il y avait bien là, contenues par la barrière que formaient les rabatteurs, entre vingt et trente mille bêtes, chevreuils, daims, cerfs, vigognes, guanacos. L'ondoiement de ces pelages satinés ou laineux, qu'agitaient des remous affolés où s'emmêlaient et se chevauchaient les ocres, les roux, et des beige grisé, des bruns presque noirs, avec çà et là une pointe de blanc, est un spectacle que je garde pieusement en mémoire. Nous n'en avons plus vu depuis, et n'en verrons plus. La chasse de Manco fut la dernière. Vos compatriotes préfèrent tuer eux-mêmes à tort et à travers, la préservation des espèces – soit-elle humaine – n'est pas leur souci.

Je descendis de ma litière. Qhora s'empressa d'arranger ma chevelure et les pans de ma *lliclla* tissée dans un coton soyeux, rebrodé de grosses fleurs de laine multicolore – le cadeau d'un grand *curaca* de la côte.

Bien que ce fût pour aller remplir mes fonctions d'interprète auprès de Manco, je sentais les yeux de ses autres femmes me suivre.

La plupart étaient des petites princesses de sang inca, réunies pour l'avènement de Manco. Leur éducation avait souffert des événements, elles acceptaient mal que j'occupasse la première place et la couche de l'Inca, chaque nuit. Les mentalités se dégradaient. Manquait la main ferme des aînées qui avaient péri à Yahuarpampa. La *Coya* était elle-même toute jeunette...

Et je songeais qu'il m'incombait de suggérer à Manco d'en honorer plus souvent quelques-unes afin de calmer les humeurs et de restituer à notre cour la tenue et la décence d'antan, lorsqu'une grande ombre me barra le chemin.

Villalcazar était si près que je sentais son odeur : métal, cuir, ambre.

Je dis :

– S'il vous plaît...

– Tu me vouvoies maintenant ? Tu n'as pas très bonne mine. L'*Indien* ne s'occupe pas de toi ?

– Vous oubliez que vous parlez de l'Inca... Laissez-moi passer.

– Je n'oublie rien, sois tranquille. Ni la façon dont tu m'as quitté, ni ton goût pour... Ton étalon te satisfait, au moins ?

– Laissez-moi passer, ou je crie ! Qu'est-ce que vous cherchez ? Un scandale ? Je ne crois pas que le Gouverneur apprécierait.

Il regarda par-dessus mon épaule et dit d'un autre ton :

– Voici précisément son frère. Il voulait te parler.

Je me retournai.

Il n'existait aucune ressemblance entre Francisco Pizarro et Gonzalo. Ils n'étaient d'ailleurs que frères consanguins, bâtards tous deux de mères différentes, ce qui expliquait l'énorme écart d'âge. Gonzalo devait avoir le mien, une vingtaine d'années. La charpente râblée, le cou massif, la tête carrée. Ajoutez l'expression agressive qui ne lâchait les yeux noirs et assez beaux que pour enfler la bouche large, meublée de fortes dents, et vous aurez le portrait de Gonzalo Pizarro, esquissé à gros traits. Je me souviens aussi qu'il avait sans cesse sa barbe en main, la caressant, la chatouillant, la grattouillant ou la peignant de ses doigts écartés.

– Madame, dit-il, sans même soulever son chapeau.

– Monsieur.

– J'ai ouï dire que vous élevez des revendications au sujet d'un domaine sis dans la vallée de Yucay.

– C'est exact. Ce domaine est à moi.

– Madame, les choses sont à qui les a.

– Un point de vue, monsieur, qui peut encourager bien des vocations ! Comme je l'ai dit à votre fonctionnaire, ce bien me vient d'Huascar Inca, et j'ai suffisamment de témoins pour le prouver.

– Un conseil, madame : n'insistez pas. Nous autres, gens d'Espagne, n'accordons foi qu'aux documents, vous finiriez par nous froisser. Je crois que vous n'avez pas eu à vous plaindre de nous. Nous vous avons recueillie, nous

162

avons pourvu à votre bien-être, nous vous avons consenti pour défendre votre honneur le meilleur et le plus brave des hommes, mon ami Villalcazar, ici présent, ne nous le faites pas regretter... Il fallait demeurer avec nous. On ne peut à la fois paître l'herbe sauvage et être à l'abri des intempéries.

Villalcazar souriait.

Les recommandations de Manco me revenant en mémoire, je ravalai ma rage, et je dis poliment :

– Je vous prie de m'excuser, messieurs. On ne fait pas attendre l'Inca.

Sur l'autre versant de la butte, s'étageaient par ordre de préséance nos princes et nos dignitaires. On avait disposé des sièges pour Pizarro et Almagro le Borgne, et un petit banc recouvert de laine pour Manco. Les princesses, qui l'avaient rejoint pendant que je parlais avec Villalcazar et Gonzalo, se tenaient accroupies à ses pieds, étalant leurs tuniques ourlées et ceinturées de broderies en plumes de colibri. Elles avaient des pendeloques de nacre, de corail ou de lapis-lazuli aux oreilles, et des colliers, des bracelets en fèves porte-bonheur, rouge et noir. Plus personne ne sortait son or. Quant à moi, je m'obstinais à porter mon collier d'émeraudes, les pierreries n'intéressant nos vainqueurs qu'en fonction du poids du métal qui les sertissait.

Sur l'invitation du Gouverneur, j'entrepris de commenter à celui-ci le déroulement de la chasse, telle qu'elle se pratiquait chez nous.

La sélection commençait.

On procédait toujours de la même manière. Les femelles des cerfs, daims, chevreuils, en âge de porter des petits, étaient immédiatement relâchées, ainsi que les plus beaux mâles. La chair des autres serait distribuée à la population de la province.

Quelle fête dans notre *ayllu* quand nous en recevions ! Nous n'avions guère d'autre possibilité de manger de la viande, la chasse étant interdite sous peine de mort à l'homme du commun.

163

Pizarro interrompit mes explications.

– Dans nos contrées, aussi, la venaison est réservée à la table des seigneurs.

– Au repas de l'Inca, on ne sert que du gibier à plume, Votre Seigneurie. Cette loi est faite pour dissuader ceux que tenterait la fainéantise.

– Je ne vois pas le rapport.

– Que Votre Seigneurie daigne réfléchir ! L'homme qui va disposer à volonté d'une nourriture goûteuse, variée et, par surcroît, plaisante à se procurer, mettra-t-il le même cœur à soigner son champ et ceux de l'Inca ? Et si la terre demeure en friche, où prendra-t-on le tribut si précieux pour la communauté en cas de disette ? Notre société a toujours fonctionné ainsi. Le travail de chacun profite à tous, et l'effort de tous contribue au bien-être de chacun. C'est pourquoi la paresse est considérée ici comme un crime : elle lèse l'intérêt général.

Pizarro sourit, ce qui était exceptionnel.

– Le principe me semble excellent. Un peuple voué au labeur, c'est aussi une richesse... Vous êtes née dans un village, Dame Azarpay ? On ne le dirait pas. Les femmes n'y ont guère votre finesse et votre beauté.

Je jugeai le moment opportun.

– L'Inca a fait part, je crois, à Votre Seigneurie de mon désir de récupérer un domaine qui est mien dans la vallée de Yucay. Votre Seigneurie peut tout. Lui plairait-il...?

Sous le large chapeau de feutre noir qu'il ne quittait jamais, la figure longue et mince du vieil homme se rétracta.

– Je regrette. Ce genre de problèmes ne m'incombe pas. Adressez-vous à mes frères.

– Précisément...

– Je regrette.

De grands cris montaient du terrain de chasse, saluant la tonte des vigognes et des guanacos que l'on remettrait ensuite en liberté. Ces animaux ne se domestiquent pas. Nous aimions contempler cette phase de la chasse, à laquelle nous attachions beaucoup d'importance et d'orgueil. Ces toisons opulentes, soyeuses ou rudes, peignées aux vent des cimes et nourries à l'herbe de la *puna*, c'était, converties par les doigts savants de nos femmes, la laine qui nous vêtait, les couvertures qui nous protégeaient du froid, les sandales qui nous chaussaient, les ornements qui nous différenciaient, bref une des bases essentielles de notre civilisation, un don de notre Mère la Terre, et comme tel nous les accueillions.

Vos compatriotes n'ont en rien la même perception des choses. Ils exploitent les hommes jusqu'à l'os, la nature jusqu'au roc, et ne prétendent qu'à en être les maîtres...

– Une chasse à laquelle on ne participe pas n'est pas une chasse, déclara brusquement Pizarro. Dites à l'Inca que je dois rentrer à Cuzco.

Il se leva, réclama sa monture.

S'ensuivit un mouvement parmi sa suite.

J'entendis derrière moi une voix qui chuchotait :

– Tu as misé sur l'*Indien*, tu as eu tort. Je ne renonce jamais.

A mon soulagement, Villalcazar partit pour Lima avec Pizarro. Sa violence tenace m'effrayait. Obscurément, je pressentais qu'un jour les démons qui le possédaient me joueraient un tour fatal.

Maintenant, Almagro le Borgne gouvernait Cuzco.

L'associé de Pizarro n'avait ni la prestance ni l'abord grave de celui-ci. Il était ingrat de physionomie, petit, vif, jovial, chaleureux.

Une sorte d'amitié se noua entre lui et Manco. Il venait souvent au palais. Martin de Salvedra, le cousin de Villalcazar, l'accompagnait. J'en profitais pour améliorer mon castillan. Converser avec un homme, même en public, eût été impensable pour une *Incap Aclla* dans l'ancien temps, mais nous vivions une époque bouleversée où rien n'était à sa place. Et Manco m'y encourageait. Il disait que plus nous fréquenterions vos compatriotes, plus nous en saurions sur eux... quoique Martin fût à l'opposé de tout ce que l'Espagne nous avait envoyé!

J'avais du plaisir à le rencontrer.

Parfois, cependant, il m'irritait en s'acharnant à défendre Villalcazar.

— Il n'est pas foncièrement mauvais, il réagit à sa manière. L'existence, celle qu'il a menée dans ces pays, lui a appris que tout s'obtenait par la force. Vous êtes son premier échec, il ne le supporte pas. Il est fou de vous... Vous admettrez quand même que tout homme, sans vous faire injure, puisse tomber amoureux de vous? Eh bien, il l'est! Mais tranquillisez-vous. Sous les allures que vous lui connaissez, Villalcazar dissimule une intelligence aiguë. Il sait que Pizarro tient à conserver de bons rapports avec l'Inca, il ne tentera rien.

Un jour, Martin me dit :

— Je vais vous quitter. Almagro a mis ses ambitions dans cette ville de Cuzco, mais Pizarro lui dénie les droits qu'il juge avoir dessus. Mauvaise foi, mauvais prétextes! Les Pizarro sont ainsi. Almagro a donc décidé d'aller conquérir le Chili. Cinq cents volontaires se sont déjà présentés. J'en suis.

— Martin, dis-je, savez-vous bien ce que vous faites? Pourquoi ne retournez-vous pas en Espagne? Votre place n'est pas parmi ces gens.

— Almagro a été bon pour moi. Le Chili est l'unique moyen d'assurer l'avenir de son fils. Vous l'avez vu, c'est un métis, Almagro l'a eu d'une indigène, à Panama. Je lui dois bien ça.

— Vous avez de la famille en Espagne?

— Une sœur, plus âgée.

— Votre sœur est mariée?

— Oui.

— Elle a des enfants, elle est heureuse?

— Non aux deux questions.

— Et votre beau-frère?

— Il l'a quittée pour le Nouveau Monde. Laissons cela,

voulez-vous, c'est un sujet pénible. Pour en revenir... Que ferais-je en Espagne? Nous avons une petite terre, toutefois... Oh! j'en suis conscient, je n'ai pas les capacités de Villalcazar, je m'embarrasse de trop de considérations, manœuvrer n'est pas mon fort, et il me faudrait plus de santé. Mais votre pays est si beau, et cet esprit de camaraderie...! Les soldats d'Almagro ne sont pas ceux de Pizarro. Les chefs font les hommes. Almagro est très aimé, il n'a pas l'âme cupide, il partage tout avec nous, c'est un honneur de servir ce cœur généreux... Et pour parler franc, je ne me vois plus du tout arpentant mon maigre champ d'oliviers, somnolant au soleil et vivotant l'an entier sur le cochon que j'aurais tué à la Noël, comme le font par chez nous les petits propriétaires. Immodestie, certainement! Mon rêve serait d'acquérir un domaine dans ce pays. Pas trop grand, ouvert sur le bel air des monts. Je crois pouvoir m'entendre avec les vôtres, nous avons beaucoup à nous apporter mutuellement.

– Je vous regretterai, Martin.

Vous noterez, Père Juan, que je suis réceptive à l'amitié. Malheureusement, les Espagnols ne m'en ont guère donné l'occasion.

Martin fut une douceur dans ma vie, nous le retrouverons.

Almagro sur la route du Chili, Pizarro à Lima, le règne de Juan et Gonzalo, les frères du Gouverneur, commença.

Juan et Gonzalo ne se découvraient que devant Dieu et devant l'or. A mon avis, ces deux divinités n'en faisaient qu'une dans leur esprit.

Par des indigènes de certaines tribus que nos Incas avaient conquises, Juan et Gonzalo savaient que de nombreux trésors avaient été cachés à la mort d'Huascar et d'Atahuallpa. L'idée qu'ils vivaient environnés de monceaux d'or, sur lesquels ils ne pouvaient mettre la main, exaspérait leur gloutonnerie et les rendait aussi enragés que des pumas à la lune pleine.

167

La femme choisie

Sans s'annoncer, sans motif, l'un ou l'autre apparaissait au palais, rudoyait les serviteurs, faisait irruption dans les appartements de Manco. Ils ne s'embarrassaient plus de formules ni de révérences hypocrites, ils nous crachaient leur pensée crue : l'Inca? Un fantoche, une coquille creuse, un roi de paille, juste bon à les pourvoir en or... L'or! Le mot est lancé! Il se heurte au mutisme de Manco, leur revient à la figure, et ils se fâchent, se triturent la barbe, trépignent, hurlent, menacent, leurs yeux sont rouges, leur peau violette.

Dès qu'ils ont tourné le dos, Manco craque comme glace, et fulmine. C'est moi, maintenant, qui dois l'exhorter au calme.

La situation devenant intolérable et, même, dangereuse pour sa vie, Manco résolut de fuir. De plus, maintenir ce rôle équivoque lui aliénait sa parenté en butte, elle aussi, aux pires vexations.

Il convoqua nobles et dignitaires et leur dévoila ses desseins : allumer la révolte qui couvait dans tout l'Empire, et attaquer par une action simultanée qui empêcherait l'ennemi de se regrouper en force. Pour l'heure, son intention était de rejoindre le grand prêtre du Soleil – son frère et celui d'Huascar – parti avec Almagro, soi-disant pour faciliter les contacts de ce dernier avec les populations du Sud, en réalité pour y recruter des hommes et revenir libérer Cuzco.

Une fin d'après-midi, Manco s'en fut par une petite porte, à pied, vêtu comme un simple homme des champs et coiffé du bonnet de laine des Collas, une tribu qui vit près du lac Titicaca. Ses cheveux taillés courts, à un doigt du crâne, comme le sont uniquement les cheveux de l'Inca, eussent pu le trahir. Et puis, à Cuzco, mieux valait aujourd'hui être d'ailleurs!

Le lendemain, dans la matinée, nous devions, nous, ses femmes, nous mêler à l'affluence populaire qui, depuis la venue de vos compatriotes, gâche la sereine majesté de notre ville, passer l'enceinte par groupe de quatre ou cinq, nous réunir ensuite et le rejoindre en un lieu convenu sur la route du Sud.

La veillée s'écoula en préparatifs.

Qhora, ma naine, s'était procuré des habits de paysannes. Les essayer divertit les petites princesses et sécha leurs pleurs. Je leur montrai comment assujettir sur le dos la jarre de *chicha* et caler dans un pli de la *lliclla* les charges prévues pour conférer un peu de modestie à leurs silhouettes. La fuite devenait fête!

Pour ma part, il me tardait de retrouver Manco. Convoyer ces fillettes qui n'avaient jamais eu d'autres responsabilités que porter sur les épaules leur tête légère m'angoissait.

Nous allâmes nous coucher.

Ces habillages m'avaient remise dans ma prime enfance, et je tentais de reconstituer le visage de ma mère avec des lambeaux de souvenirs, lorsqu'un grand bruit se fit. J'entendis crier Qhora, une torche troua de son feu jaune le noir de la chambre, et, avant que j'aie compris quoi que ce soit, une troupe de soldats espagnols encadra ma couche.

– Habille-toi, dit l'un d'eux.

Je protestai. Pour la forme. Mon cœur terrifié m'avait déjà soufflé l'explication de cette intrusion : Manco! Manco, pris, mort peut-être, à moins que sa fuite n'eût été signalée... Je ne voyais pas comment cela était possible, mais je me cramponnai à cette idée.

– Ne pose pas de question, habille-toi, répétait l'Espagnol.

Comme il refusait de me laisser seule, je m'exécutai devant eux.

D'autres soldats avaient rassemblé les princesses dans une salle du palais.

Quel navrant spectacle, Père Juan, de voir des hommes s'en prendre à des enfants! Les pauvres petites, les yeux gros de sommeil et de pleurs, s'élancèrent vers moi. Ce

169

mouvement de confiance, le premier, m'aida à soutenir un calme que j'étais loin d'éprouver.

Les domestiques accouraient.

Je leur ordonnai de ne pas s'interposer, cela n'eût servi à rien.

Qhora s'accrochait à ma jupe. Je lui donnais des tapes sur les doigts : « Ne sois pas sotte, reste ici, cela t'avancera bien de mourir ! » Elle faisait la sourde. Butée comme un lama ! Un soldat s'aperçut du manège, la cueillit par la nuque, et la lâcha au milieu des servantes. En trois pirouettes, Qhora revint se coller contre moi, et décocha au soldat une superbe grimace. Le soldat haussa les épaules, les autres rirent.

Nous quittâmes le palais, remontant la ville Haute en direction des terrasses de *Collcampata*.

Cette marche sinistre, que les torches de copal projetaient en ombres sur les façades, me rappelait la nuit où les guerriers d'Atahuallpa nous avaient conduites à Yahuarpampa, moi, la *Coya* Rahua Ocllo et tant de femmes dont les os s'étaient mêlés à la terre. Je savais maintenant qu'en certaines circonstances les hommes se dépassent dans la cruauté comme dans la vaillance, aussi ne me faisais-je guère d'illusions sur le sort qui nous attendait.

Devant le palais où l'une des princesses, Inkill Chumpi, « Ceinture Fleurie », vivait avant d'être offerte à Manco, des cris s'élevèrent. Nous nous arrêtâmes. Un Espagnol fendit les rangs : « C'est une des femmes. Un vrai démon. Fais-la taire, sinon... »

Je le suivis.

Inkill Chumpi se roulait sur le sol. Elle sanglotait, s'égratignait les joues, et tirait sur ses cheveux. Qui ne connaît les manifestations que le désespoir inspire à nos femmes eût pu la croire habitée par les puissances maléfiques. D'ailleurs, les soldats faisaient cercle sans oser s'en approcher.

Je m'agenouillai.

– Veux-tu que les étrangers te prennent pour une lâche, toi, la petite-fille du grand Huayna Capac? Veux-tu qu'ils entrent dans ton palais et emmènent tes frères et tes sœurs?

– On dit qu'ils violentent les femmes, ils vont nous tuer, j'ai peur, gémit Inkill Chumpi.

Elle avait de longs cils épais, les joues très rondes, la bouche rouge comme une fleur de *kantuta*, comptait quatorze printemps. Je lissai ses cheveux, rajustai son bandeau.

– Tu as peur? La peur n'est pas la mort. J'ai eu peur bien souvent, et je suis toujours vivante, non? Pense à l'Inca. S'il te voyait ainsi, il aurait honte de toi.

Je la relevai, passai un bras autour de ses épaules, et nous poursuivîmes. Pauvre Inkill Chumpi! Jamais elle n'a su combien sa faiblesse m'avait donné de forces!

Au-dessus de *Collcampata*, se dresse la forteresse de Sacsahuaman.

Quand nous attaquâmes la pente, je compris que c'était là que les soldats nous menaient. Le ciel était opaque, sans une étoile, la lune se cachait. J'avais un caillou dans ma sandale, qui me blessait; ma jambe, la mauvaise, tirait.

Par les ouvertures étroites ménagées dans les murailles, nous franchîmes la triple enceinte.

Bien que les Incas eussent une résidence dans l'une des trois tours érigées sur l'immense esplanade formant le cœur de la forteresse, je n'étais jamais montée à Sacsahuaman. De loin, le décor est prodigieux. De près, il écrase, on se sent poussière. Songez, Père Juan, que certains quartiers de granit, utilisés à sa construction, ont nécessité, chacun, jusqu'à vingt mille hommes pour les hisser sur la colline. Songez aussi à ce que pouvaient éprouver de malheureuses créatures arrachées au sommeil en pleine nuit et brutalement transplantées dans ce glacial univers de pierres, bâti à l'échelle des géants!

Toujours nous bousculant, nous injuriant, les soldats nous firent entrer dans l'un des bâtiments, descendre des

171

marches. Puis nous nous engageâmes dans un souterrain, au bout duquel il y avait d'autres marches. A mesure que nous nous enfoncions dans les profondeurs, le froid s'intensifiait. Une humidité visqueuse suintait sur les parois, fondait en flaques qui miroitaient à la lueur des torches. C'était bien la seule note gaie! Je grelottais, je pensais : Manco! Manco! Son nom m'emplissait la tête, lugubre comme le chant des conques marines quand elles annoncent la mort. Et, brusquement, les soldats nous poussèrent dans une salle, et je le vis, je vis Manco.

Il était assis à même le sol, le cou enserré dans un collier de métal, qu'une chaîne rivait au mur, les membres chargés de fers.

***

Durant des jours, nous n'eûmes droit qu'à un peu de maïs et à des herbes crues. Nous n'avions ni lumière ni couvertures, juste assez d'eau pour oublier la soif, et je vous laisse imaginer dans quel cloaque nous croupissions!

Pourtant, n'importe où, l'amour fait pousser des fleurs. Prodiguer nos soins à Manco était un bonheur.

Pour soulager ses chairs mortifiées, nous déchirions des pans de nos *liclla* et les glissions sous les chaînes, nous le faisions manger et boire, cela à tâtons, en rampant comme des animaux, et, quand ces maigres tâches étaient achevées, nous nous groupions autour de lui, lui faisions de nos corps un rempart contre le froid. Il était notre enfant, notre père, notre amant, notre dieu. Jamais Inca au faîte de sa magnificence n'a été aimé d'un amour aussi pur, aussi intense, que Manco le fut en ces moments dont l'horreur nous soudait les unes aux autres et éliminait toutes les pensées mauvaises qui germent si aisément dans des cœurs de femmes.

Il nous apprit qu'il avait été reconnu et dénoncé par un indigène d'une tribu conquise, au sortir de Cuzco. Il ne se lamentait pas, il répétait : « Nous n'avons pas assez expié nos fautes. Acceptons l'épreuve, notre Père le Soleil nous aidera. »

Un matin – du moins, le supposais-je, car on ne nous avait pas encore apporté notre pitance –, Juan et Gonzalo Pizarro survinrent.

– Nous t'avons balayé la route, mis sur le trône de tes ancêtres, et tu t'enfuis, chien, pour nous poignarder dans le dos! La gratitude, ça n'existe donc pas dans vos cervelles de sauvages? Nous avons été trop patients. Avec des êtres de votre espèce, il n'y a que le fouet, le fer et la force! Ou tu nous livres vos trésors, ou nous violerons, une à une, tes femmes devant toi, et nous te tuerons ensuite.

Manco remua les lèvres. Il parlait si bas que j'avais du mal à saisir ses paroles.

– Les guerriers d'Atahuallpa ont pillé Cuzco, et ce qu'ils n'ont pu emporter, vous l'avez pris. Quand je suis arrivé avec le Gouverneur, vide était le palais de mon père, et vide, celui de mon frère Huascar. Je n'ai rien.

– Tu mens! Tous les *Indiens* mentent. Fourbes, menteurs, vicieux! Tu sais où est l'or. Réfléchis. Tu as deux jours.

Je traduisais machinalement. Mes paupières clignotaient. Les torches, cette clarté crue... je m'étais déshabituée.

Gonzalo Pizarro peignait sa barbe, les moustaches retroussées de dégoût. Je nous découvrais, en effet, bien horrible aspect. Mais c'était surtout Manco... Les yeux de Manco me terrifiaient. Deux trous. On avait l'impression de plonger dans le noir du néant.

Avant de s'en aller, les frères Pizarro crachèrent sur lui.

– Que vas-tu faire? dis-je ensuite.

– Ils n'auront rien.

Je me rapprochai.

– Donne-leur l'or que j'ai caché dans mon palais, chuchotai-je. Donne-leur, sinon ils feront ce qu'ils ont dit.

– Ils le feront de toute façon. Plus ils en auront, plus ils en voudront, et quand ils auront tout... enfin, quand ils le croiront, ils nous supprimeront. C'est ce qui a perdu Atahuallpa. S'ils apprenaient que, sous nos palais, sous nos temples, existent des salles secrètes, des galeries souterraines, ces démons seraient capables de démolir Cuzco, pierre par pierre!

Il n'ouvrit plus la bouche jusqu'au surlendemain, lorsque les frères Pizarro se présentèrent.

Une quinzaine de soldats les escortaient.

– Alors, cet or, maudit chien puant?

– Cherchez dans les ravins, au creux des précipices, au fond des rivières, dit Manco, et vous le trouverez. Les partisans d'Atahuallpa en ont jeté beaucoup après l'exécution de leur maître, pour que vous ne l'ayez pas.

– Tu te moques, animal, dit Juan Pizarro. Mais tu ne riras pas longtemps.

Ils se retirèrent.

Les soldats demeurèrent dans le souterrain.

Nous les entendions plaisanter entre eux.

– Regarde, mon tout-puissant Seigneur, murmura la petite Inkill Chumpi, regarde, ils nous ont laissé les torches.

Manco ne répondit pas.

Et les soldats envahirent notre cachot.

Père Juan, les Espagnols qui vous ont relaté la merveilleuse conquête du Pérou vous ont-ils conté que, ce matin-là, les soldats urinèrent sur l'Inca, que cinq des leurs s'emparèrent de cinq de ses femmes et les violèrent sous nos yeux? Vous l'a-t-on dit? Je ne le pense pas. Ce ne sont que des détails.

Horrifiée, moi qui vous parle, je dus assister à cela, voir Inkill Chumpi, pure et vierge, renversée, écartelée sous ces brutes, entendre ses hurlements... Je continue d'ailleurs à les entendre, les siens et ceux de ses compagnes, mêlés aux grognements de leurs agresseurs. Je sens encore l'odeur que les hommes répandent quand ils ne sont plus que des bêtes en rut.

Manco, l'âme derrière les paupières, semblait absent. J'avais voulu m'interposer. Il m'avait retenue.

– Ne bouge pas, avale ta langue. Supplier ou s'emporter serait inutilement s'abaisser. L'indignité retombe sur ceux qui la commettent. Mais observe, écoute, et n'oublie rien. N'oublie jamais!

Le même soir, les soldats revinrent et violèrent d'autres femmes. Ce fut pire. Ayant vu ce que nous avions vu, elles se débattirent frénétiquement, et ils s'y mirent à plusieurs, les uns les ceinturant et les frappant tandis qu'à tour de rôle d'autres les forçaient.

Après, je vomis le peu que j'avais dans l'estomac et je me précipitai, nous nous précipitâmes toutes, nous qui étions encore intactes, vers les petits corps étendus sur le sol, meurtris, comme désarticulés. Nous n'avions même pas d'eau pour étancher le sang, les nettoyer de la semence impure.

Ce fut alors que Manco m'appela.

Il avait une voix bizarre, très douce.

– Ils paieront, dit-il. Pour chaque insulte, chaque coup, chaque outrage. Je leur arracherai les yeux, je découperai leur peau en lanières, et puisqu'ils aiment tant l'or, nous en fondrons et je le leur ferai boire devant moi jusqu'à ce qu'ils en aient les tripes pleines! Azarpay, tu vas sortir d'ici.

Je le dévisageai, je crus que la haine l'avait rendu fou.

– Dis aux soldats qu'ils aillent chercher les Pizarro.

Le lendemain, je quittai la forteresse en litière avec Qhora.

En m'apercevant, les servantes du palais se tordirent les mains et se mirent à crier. Je leur ordonnai de se taire, de m'ôter les loques pourries qui me couvraient et de préparer mon bain. J'étais très faible, l'air m'étourdissait, et ce monde des vivants, avec ses bruits, ses gestes, son exubérance.

Une fois lavée, elles me passèrent des vêtements frais, m'installèrent devant un repas.

Il y avait là, disposés sur des nattes brodées, des plats dont je raffolais, plusieurs ragoûts aux haricots, accompagnés de feuilles tendres de *quinua* et de diverses herbes de nos monts, de l'agouti qui est un gros cochon d'Inde sauvage, rôti, relevé de piments bien forts, et des cacahuètes, de l'ananas, des goyaves.

Ne m'étant nourrie de rien ces derniers jours, je restituai les quelques bouchées que j'avais avalées.

Il me semblait que plus jamais je n'aurais faim. Etre entourée d'abondance, de confort et de beauté m'apparaissait comme une désertion. Tout m'était insupportable, jusqu'à l'odeur de mes cheveux délicatement parfumés à la fleur de cannelle! Comment jouir de quoi que ce soit en sachant Manco dans l'ordure, en pensant qu'au moindre mouvement des soldats les petites devaient trembler?

Quand j'entrai dans la chambre, découvrant ma couche moelleuse, immaculée, j'éclatai en sanglots et me vidai de toutes les larmes que je n'avais pas versées.

Qhora me gronda :

– C'est en te laissant aller que tu les abandonnes.

Et elle m'apporta ma bourse de coca.

Les jours qui suivirent, on put voir ma litière sillonner du matin au soir les rues de la ville Haute et de la ville Basse.

Qui n'appartient pas à notre race ne saurait mesurer les difficultés qu'éprouve une femme à se faire entendre des hommes! Si je n'avais acquis un certain renom de sagesse durant le règne d'Huascar, la parenté de Manco eût certainement refusé de m'accorder quelque crédit, malgré la détestation unanime que suscitait à présent la domination espagnole.

Après d'interminables palabres, et en leur démontrant que, s'ils ne coopéraient pas, ils subiraient le sort de l'Inca, je réussis à attendrir princes et dignitaires et à convaincre ces cœurs rassis de se séparer de leurs derniers vases précieux pour calmer l'impatience des Pizarro, en attendant la rançon que j'étais censée réunir.

Cela va sans dire, notre belle candeur avait fondu, nous savions pertinemment qu'ils ne relâcheraient jamais Manco. Aussi, la rançon... Un mot! Un mot qui miroite, un mot qui évoque pour Juan et Gonzalo la récolte d'or recueillie à Cajamarca... un mot pour gagner du temps jusqu'au retour du grand prêtre du Soleil, à qui j'avais aussitôt envoyé un message l'informant de la situation et le suppliant d'agir en conséquence.

Par moments, je me disais que Manco n'était peut-être même plus en vie et que je m'évertuais à tenter de remuer des montagnes dans un paysage déjà pétrifié!

Sur ces entrefaites, délégué par le Gouverneur, un autre Pizarro, Hernando, arriva pour prendre le commandement de Cuzco.

Des cinq frères, Hernando Pizarro était l'unique enfant légitime. Son père, un seigneur d'Estrémadure, lui avait légué des manières affables qui rendaient majestueuse sa corpulence et corrigeaient ses traits rudes. La trentaine avancée, brave... mais n'est-ce pas un pléonasme d'employer ce qualificatif en parlant de ceux qui nous ont conquis? intelligent, homme de grand orgueil. Son tempérament violent et entier lui valait peu d'amitiés parmi les siens, ce dont il se moquait. En revanche, il avait la réputation de nourrir de la bienveillance envers les gens de ma race. On chuchotait d'ailleurs que si Pizarro, après la victoire de Cajamarca, l'avait dépêché en Espagne, chargé d'or pour votre roi, c'était afin d'avoir les mains libres et qu'en présence d'Hernando, la condamnation d'Atahuallpa n'eût pas été prononcée.

Dès que je le sus à Cuzco, je me rendis au *Sumtur Huasi*, le splendide palais que s'étaient octroyé les Pizarro, à l'angle de l'*Huacaypata* – rebaptisée Plaza Mayor.

Y régnait l'affluence dont tout nouveau chef bénéficie, à laquelle se joignait la suite importante composant la cour d'Hernando.

Dans ce désordre, je cherchais à qui m'adresser pour solliciter une audience lorsque je me sentis prise aux épaules. Geste caressant, familier, possessif... En me retournant, je fus à peine étonnée de croiser le regard bleu de Villalcazar.

— Je me suis dit... Cette taille, ce port, ces cheveux de reine, ce ne peut être qu'Azarpay!

Il avait la mine enjouée, il souriait.

Je souris aussi.

Tout sentiment, sympathie, amour ou haine, crée des liens. Et... comment vous expliquer? depuis des semaines et des semaines, je pliais l'échine comme une enfant devant les vieux princes incas, je me débattais dans l'angoisse. Rencontrer Villalcazar, c'était tout à coup me retrouver femme.

— Tu es revenu à Cuzco? dis-je.

— Comme tu vois. Tu as maigri. L'*Indien* a fait des siennes, paraît-il. Pourquoi ne s'est-il pas contenté de ce que nous lui avions accordé?

Mon sourire flancha.

— Pourquoi, vous, ne vous contentez-vous pas de ce que vous nous avez pris? C'est ça, la vraie question!

Il rit.

— Allons, me voici rassuré! Tu as toujours tes griffes! Pourquoi? Mais parce que nous sommes les plus forts, ma très belle, et quand tu auras compris ça... Au fait, les frères Pizarro ont été corrects avec toi?

— Très.

Il rit encore.

— Juan et Gonzalo me connaissent! S'ils s'étaient permis de te toucher...

— Dois-je donc te remercier de ne pas avoir servi de paillasse à leurs soldats, comme les autres femmes de l'Inca?

— Tu pourrais, dit-il gaiement. Que fais-tu ici?

— Je désirerais saluer Hernando Pizarro.

— Sais-tu que Sa Majesté l'a fait chevalier de Santiago? Cela ne te dit rien, mais c'est l'ordre de chevalerie le plus estimé dans notre pays... Heureux Hernando! Il débarque couvert d'honneurs et rapporte au Gouverneur des pouvoirs accrus et un titre de marquis. Marquis de los Atabillos! Cela sonne bien, non? Almagro n'est pas oublié, le Chili sera pour lui. Comme ça, tout le monde est content! Je t'accompagne chez Hernando.

– Et toi, dis-je, on ne te fait ni chevalier ni marquis?

– Le Roi, ma chère, jauge ses faveurs au poids de l'or que l'on dépose à ses pieds. Mais attends que je découvre quelque trésor...!

– As-tu des nouvelles de Martin de Salvedra?

– Comment en aurais-je? Il a eu tort de suivre Almagro. Il n'y a pas plus borné que ceux dont les consciences tournent en rond! Le jour où nous réglerons son compte au Borgne...

– Mais je croyais...! Ne viens-tu pas de me dire...?

– Le Chili? Parlons-en! Déserts, rocs et glaces. Et des sauvages qui, paraît-il, vous mangent tout vivants morceau par morceau qu'ils font rôtir sous votre nez. Une planche pourrie, le Chili! Mais Almagro est coriace. S'il en réchappe, ses prétentions relatives au Cuzco vont le démanger de nouveau, et, cette fois, crac! nous lui tordrons le cou.

– Pauvre Martin!

Sans se soucier du monde qui déambulait dans la galerie et nous dévisageait en passant, Villalcazar me saisit le bras, m'obligeant à m'arrêter.

Il avait à nouveau la bouche mauvaise, son œil de prédateur.

– Pauvre Martin! répéta-t-il. Pour te plaire, faut-il donc être falot, sans volonté, sans ambitions?

– Martin est bon...

– Bon? Quelle bêtise! Qu'est-ce que cela rapporte d'être bon?

– Certaines choses que l'or ne pourra jamais t'acheter.

Villalcazar ricana.

– Tout s'achète, même toi. Tu veux parier?

179

Hernando Pizarro se montra courroucé des mesures prises à l'encontre de l'Inca. Il possédait une finesse dont Juan et Gonzalo manquaient, et croyait, en fait, obtenir plus de Manco par la conciliation.

Il ordonna qu'on le débarrassât de ses chaînes, qu'on lui offrît dans la forteresse un local et une nourriture en rapport avec son rang, et les soldats furent tenus de présenter des excuses pour les sévices exercés sur ses femmes.

Au bout de la semaine, Hernando me convoqua, et nous montâmes ensemble à Sacsahuaman.

Durant le trajet, moi dans ma litière, lui, retenant son cheval pour s'aligner sur le pas des porteurs, il m'entreprit d'un ton soucieux : l'Inca ayant prêté serment d'allégeance au roi d'Espagne, sa fuite était un cas de rébellion délibérée. Incliner Sa Majesté à l'indulgence nécessiterait de grandes démarches.

Si je connaissais peu Hernando, j'avais assez pratiqué ses frères pour entendre ce qu'il taisait. Je l'assurai donc de la gratitude de l'Inca. Nous nous étions compris.

Vous décrire mon émotion en revoyant Manco est inutile, je pense. Hernando Pizarro l'étreignit. Je dus me borner à baiser sa main et son manteau.

Il avait des vêtements décents, assez bonne mine, une attitude affable... soumise même, impression qui s'effaça lorsqu'il souleva ses lourdes paupières et abaissa son regard sur moi.

Nous sommes un peuple rusé de caractère, mais franc à la parole donnée. Je puis vous jurer que Manco n'eût jamais trahi l'accord passé avec le Gouverneur si les Pizarro s'y fussent conformés. Ce sont eux qui l'ont mis à l'école de la fourberie, et ils se sont montrés si excellents maîtres qu'il s'en imprégna jusqu'à les dépasser.

L'entrevue fut longue et cordiale.

Pour l'un, se profilaient de nouvelles et éblouissantes visions d'or ; pour l'autre, la liberté, la vengeance, et l'espoir d'être enfin dieu chez lui.

Profitant des aimables dispositions d'Hernando, j'obtins l'autorisation de revenir à la forteresse et d'emmener avec moi la petite Inkill Chumpi. Les violences subies l'avaient rendue muette, on n'en tirait plus un son.

Plus tard, quand Martin m'initia aux subtilités de votre calendrier qui compte douze lunes comme le nôtre, mais dont les divisions permettent plus de précision, je m'exerçai à calculer la date qui marqua les véritables débuts du règne de Manco. Ce fut le 18 avril 1536.

Le matin, je montai à Sacsahuaman avec Qhora et Inkill Chumpi. La pauvre enfant, à son habitude, se tenait prostrée, suçant ses doigts avec application. Faute de pouvoir lui communiquer mon excitation, je ne cessais de répéter à Qhora : « C'est la dernière fois! la dernière fois, tu m'entends, que je fais des courbettes devant un Pizarro! » Et je soupirais : « C'est si bon, si bon que j'ose à peine l'imaginer! »

La saison des pluies se termine fin mars. Le temps était joyeux. Une poussière rousse voletait autour de la litière. Au milieu des roches chauffant au clair soleil, la forteresse enserrée dans sa triple enceinte ressemblait à un monstre guettant ses proies, prêt à les happer et à les broyer entre ses formidables mâchoires de pierre. Une terreur sacrée me saisissait toujours quand je franchissais les portes de Sacsahuaman.

Ce matin-là je ne voulais croire qu'au bonheur.

Hernando Pizarro était déjà arrivé, accompagné d'un interprète et des deux officiers choisis pour commander le convoi, avec lesquels s'entretenait Manco.

Depuis un mois, il circulait en toute liberté dans Sacsahuaman, montait quotidiennement son cheval et, la semaine passée, il était même allé dans la vallée de Yucay avec Hernando et de nombreux Espagnols assister à une fête commémorative en l'honneur d'Huayna Capac. Pour l'occasion, il avait offert à Hernando une statue représentant son père, grandeur nature. Hernando avait manifesté quelque dépit : la statue était d'or creux. Escomptant cette réaction, Manco s'était empressé de déclarer que, si on l'autorisait à retourner à Yucay avec un nombre suffisant de porteurs, il savait où trouver une statue d'or massif de plus de deux quintaux. A l'énoncé du poids, la prudence d'Hernando avait chaviré... Aujourd'hui était le jour fixé pour le départ du convoi chargé de transporter la merveille.

Je me prosternai devant Manco, et baisai à trois reprises le bas de son manteau.

C'était le signal convenu.

A l'aube, le grand prêtre m'avait confirmé par un messager que tout était disposé selon les ordres de l'Inca.

Cent mille guerriers massés à l'entrée de la Vallée Sacrée l'attendaient. Avec eux, se trouvaient les fabuleux trésors du Temple du Soleil, évacués dès la capture d'Huascar, les dépouilles de nos Incas défunts, les Vierges du Soleil, les *Mamacuna* de l'*Acllahuasi*, la *Coya* et les enfants, partis nuitamment par les souterrains.

On amena l'alezan de Manco.

Dans quelques heures, il goûterait la suprême jouissance d'être le Sapa-Inca, l'homme-dieu, celui que le Soleil illumine, celui qui commande, protège, guide, inspire, celui dont le souffle transforme à volonté une plaine en moisson d'or ou en lac de sang, celui devant qui ploie tout être. Et, bientôt, je l'aurais rejointe, je boirais à sa coupe, je dégusterais son triomphe.

Des litières légères étaient, en effet, cachées dans les faubourgs de Cuzco pour nous amener jusqu'à lui.

— Dame Azarpay !

Je m'avançai en souriant vers Hernando Pizarro.

— Dame Azarpay, je vous prierai de me suivre. Vous serez mon hôte en ma résidence jusqu'à ce que l'Inca nous revienne. Veuillez traduire.

Comment ai-je réussi à feindre, à contrôler ma respiration, ma voix ?

Sans doute, l'amour que je portais à Manco, la haine que je vouais aux vôtres!

L'interprète, un traître de la province des Chacha-puyas, écoutait. Je traduisis. Le visage de Manco resta impassible. Il enfourcha son cheval, salua Hernando, piqua des éperons, talonné par les officiers espagnols et l'interprète. Et je le regardai s'éloigner, me disant que je ne le reverrais plus.

Le soir, je soupai à la droite d'Hernando.

Il y avait ses plus intimes et leurs concubines, la plupart princesses et sœurs d'Atahuallpa, bien fournies en joyaux. Ces liaisons dataient de Cajamarca. Elles avaient pris une allure semi-conjugale.

Villalcazar était également présent. Deux jeunettes créatures l'encadraient. Il avait dû les ramener de Lima. Leurs manières vives et gracieuses me rappelaient la petite Yunga qui avait si joliment ensorcelé Huayna Capac avec son serpent. Villalcazar et moi nous ignorâmes. Je notai qu'il buvait beaucoup.

Malgré le vin et les femmes, l'ambiance manquait de gaieté.

La conversation porta sur les troubles qui sévissaient depuis peu dans tout l'Empire et qui avaient déjà causé la mort de nombreux Espagnols dans des embuscades.

– Ce que je ne m'explique pas, disait Hernando, c'est comment ces *Indiens* se sont donné le mot. Se soulever au même moment, d'un même mouvement et dans un pays qui couvre une si énorme superficie...!

J'aurais pu lui répondre que, s'il s'était moins intéressé à notre or et plus à nos mœurs, il eût déjà compris que les *chasqui*, seuls, étaient capables d'un tel exploit. J'aurais pu aussi lui dire que la coordination de ces opérations, que dirigeait Manco depuis la forteresse, s'était faite par l'intermédiaire du grand prêtre et le mien.

C'est l'occasion, Père Juan, de vous parler des *chasqui*. Exploiter les ressources humaines en les adaptant à

183

notre rude relief fut la préoccupation constante des Incas. Le don qu'ont nos jeunes hommes pour la course est prodigieux. Ils naissent le pied ailé! D'où l'institution fort ancienne des *chasqui* ou courriers.

N'avez-vous pas remarqué en venant de Lima des maisonnettes perchées en hauteur, qui jalonnent la *Nan Cuna* de demi-lieue en demi-lieue? Ce sont les relais. Plusieurs *chasqui* y vivent en permanence. L'un d'eux est toujours de garde. Dès qu'il aperçoit un de ses collègues arrivant tout courant du relais précédent, il s'élance, saisit au vol le message, et il s'en va donnant son meilleur confier le message au prochain relais à un autre *chasqui* qui le transmettra avec une égale vélocité au relais d'après, et ainsi de suite jusqu'à destination. Je ne vous citerai qu'un exemple : un message envoyé de Cuzco ne met que cinq jours pour parcourir la distance de cinq cents lieues qui sépare notre ville de Quito! L'Inca était de la sorte informé très vite de tout, sur tout. Les *chasqui* pourvoyaient également à agrémenter le menu impérial en poissons de mer, crustacés, et fruits des Terres Chaudes. L'institution a survécu. Les administrateurs mandés par Sa Majesté d'Espagne, après que les grands chefs de la Conquête se furent entre-tués, l'utilisent encore aujourd'hui.

Père Juan, ne cherchez pas de *chasqui* par ici. Dans les monts, nous correspondons par le moyen des feux. Le jour, la fumée s'aperçoit de très loin. La nuit, les guetteurs lisent dans les flammes. C'est encore plus rapide. L'action des *chasqui* et des guetteurs est d'ailleurs souvent jumelée. J'ai vu le grand Huayna Capac être averti en deux heures du soulèvement d'une province qui se trouvait à plus de quatre cents lieues!

Hernando Pizarro ne m'invitait plus à sa table.

Nous mangions dans la chambre où j'étais consignée et que je partageais avec Inkill Chumpi et Qhora.

La chambre comportait deux ouvertures : l'une, étroite,

placée très haut, longeant la poutre du toit et donnant sur une courette d'où nous venait la lumière, et la porte que fermait une tenture.

De l'autre côté de la tenture, stationnaient deux soldats, relayés matin et soir. La hargne s'inscrivait sur leurs faces. Garder trois *Indiennes* sans avoir le droit de les tâter devait leur sembler une tâche bien peu virile!

Chaque soir, apparaissait Hernando.

– L'Inca se fait attendre, Dame Azarpay.

– Une masse d'or aussi considérable requiert de grands efforts pour la transporter d'un endroit à un autre, Excellence.

Les jours passant, je ne répondais plus. C'était inutile. Il savait, même s'il reculait vis-à-vis de ses frères et de ses proches à reconnaître l'erreur que la cupidité lui avait fait commettre.

Un matin, un remue-ménage insolite agita le palais.

Je soulevai la tenture, et questionnai l'un des soldats.

– L'*Indien* a filé. Une patrouille a retrouvé les deux officiers qui l'accompagnaient. Don Hernando s'apprête à lui courir sus, il va tailler ce chien en pièces, et, ensuite, ce sera ton tour.

Je retournai m'étendre sur ma couche. Inkill Chumpi, un doigt dans la bouche, chantonnait. Cela l'avait prise en entrant dans le palais. Cette petite musique monotone m'aiguisait les nerfs. Rien ne la faisait taire, sauf manger, dormir, ou lorsque je peignais ses cheveux.

Qhora chuchota :

– Qu'est-ce qu'on va nous faire?

– Toi et la petite, je l'ignore. Après tout, vous n'y êtes pour rien, et Hernando n'est pas un monstre comme ses frères. Moi... Il faut bien que sa fureur retombe sur quelqu'un.

Elle se mit à pleurer.

Je lui caressai la tête.

– L'Inca ne pouvait pas revenir, je savais qu'il ne reviendrait pas. Une femme compte-t-elle en pareille circonstance!

185

Pour une fois, Père Juan, je me sentais humble, j'acceptais.

A l'heure du souper, Qhora partit aux cuisines chercher notre nourriture avec un soldat.

Pour m'occuper, je dénouai le bandeau qui retenait les cheveux d'Inkill Chumpi et je commençai à les démêler. Elle se tut. Je savourai le silence. Soudain un pas puissant résonna dans la courette. Je connaissais ce pas. Je lâchai le peigne. La petite reprit son chantonnement. Elle ne s'interrompit pas lorsque Villalcazar entra.

Je me levai.

— Hernando te tuera, dit-il.

— Si c'est pour m'annoncer cela...

— Azarpay! Ne peux-tu me regarder autrement?

— Comment veux-tu que je te regarde?

Il s'avança.

— Je ne suis pas ton ennemi.

— En ce cas, explique-moi ce que je fais ici!

— Si tu me promets de revenir vivre avec moi, j'obtiendrai ta grâce. Les Pizarro me doivent beaucoup.

— Va-t'en.

— Tonnerre de chien! Ne comprends-tu pas que tu vas mourir? A ton âge! une femme comme toi! Et pour qui? Pour une saloperie d'*Indien* qui t'abandonne et ne sera bientôt plus que carne pourrie! C'est ça que tu veux: t'accrocher à un cadavre et finir comme lui?

— Hernando Pizarro ne rattrapera pas l'Inca. Il a cent mille guerriers avec lui. Et vous, combien êtes-vous? A Cuzco, même pas deux cents!

— Le nombre importe peu. Souviens-toi de Cajamarca.

— Le contexte n'est plus le même. A présent, les nôtres se sont familiarisés avec vos chevaux et vos armes à feu et, surtout, ils savent que vous n'êtes pas invincibles. Tu me parles de mourir, ces jours sont peut-être tes derniers!

— Sottises! Aurais-tu la prétention de m'apprendre mon métier d'homme? Parce que, figure-toi, c'est un métier d'être soldat! Et je connais tes *Indiens* : intrépides

186

quand la chance est avec eux, se débandant dès qu'elle semble leur échapper. Nous, les Espagnols, c'est au contraire dans les pires moments que nous donnons notre meilleur! Azarpay, je te ferai l'existence que tu souhaites. Je suis riche maintenant, tu auras palais, jardins, serviteurs...

— Comment peux-tu savoir ce que je souhaite? Tu ne sais même pas qui je suis.

— Je sais que je te veux.

Villalcazar s'interrompit, considéra Inkill Chumpi.

— Qu'est-ce qu'elle a, celle-là? Elle est idiote?

— Elle est ce que vos soldats ont fait d'elle. C'était une enfant joyeuse, et rieuse. Depuis qu'ils l'ont violée... Laisse-nous, s'il te plaît.

En deux enjambées, à sa manière brusque, il fut sur moi, et il m'étreignit.

— Je te veux. Rien qu'à te voir, le sang me bout! S'il n'y a que cela pour te faire céder, je suis prêt à t'épouser devant Dieu.

Je me dégageai.

— Quand on tient à une femme et qu'on a la possibilité de la sauver, on ne pose pas de conditions, on la sauve.

— Tu me prends pour qui? Tu n'aurais rien de plus pressé que de me filer entre les doigts! Je te sauve, mais à mon prix... et un prix généreux. Je pourrais t'avoir pour rien, je peux même t'avoir tout de suite...

— Va-t'en, ou j'appelle le soldat.

— Je l'ai renvoyé.

Il me saisit les poignets. Ses mains étaient deux anneaux rivés à ma chair, ses yeux, deux épées qui me transperçaient. Il me poussa jusqu'à la couche, et s'abattit sur moi...

C'est alors que j'aperçus Inkill Chumpi se ruer à travers la pièce.

Le visage enfoui dans sa chevelure pendante, les doigts recourbés comme des serres, on aurait dit l'un de ces esprits démoniaques qui rôdent dans les hauts pâturages, saignent les lamas et transforment quiconque les surprend en vautour ou en renard.

Elle se jeta sur Villalcazar. « Laisse-la! laisse-la! » hurlait-elle, et elle lui tirait les cheveux, le frappait à la tête de ses petits poings, et essayait de le mordre.

Il me lâcha.

Je me relevai, ceinturai Inkill Chumpi, et, la tenant toujours contre moi, je reculai.

— Ne la touche pas, dis-je.

Il se mit debout et se rajusta.

Nous nous regardâmes.

— Si Hernando ne te pend pas, tu regretteras un jour qu'il ne l'ait pas fait! dit-il.

Et il sortit.

— Azarpay, Azarpay! répétait Inkill Chumpi.

Et subitement, je réalisai : la petite parlait, elle avait retrouvé la voix!

Quand Qhora apporta le repas, elle nous trouva embrassées. Inkill Chumpi riait de joie. Je pleurais. J'ai oublié pourquoi.

Hernando Pizarro rentra bredouille.

Mâchant sa rage, l'orgueil écorché, il fit irruption dans la chambre.

— L'Inca m'a berné, et vous aussi, madame. Je lui ai renvoyé un de ses guerriers, que nous avons fait prisonnier. Si Manco ne reparaît pas sous trois jours, vous serez pendue.

— Il ne viendra pas, dis-je. Vos frères l'ont trop humilié. Vous êtes un homme fier et brave, vous devez le comprendre.

— Trois jours, madame! Vous avez trois jours.

Trois jours quand la mort est au bout, c'est trop long, trop d'amour, de projets auxquels renoncer, trop de petites morts à vivre les unes après les autres... Et puis donner cette satisfaction aux Espagnols, les imaginer m'observant pendue à ma corde! L'exécution d'un homme inspire une certaine retenue. Le supplice d'une femme fouaille les mâles instincts – dans toutes les races, d'ailleurs. Tuer n'est-ce pas une manière de posséder?

Je résolus de m'étrangler la nuit suivante avec mes cheveux. Nous, les femmes, procédons communément ainsi. Qhora m'aiderait. Ceci décidé, je songeai au sort de mes compagnes.

Si Hernando Pizarro aimait l'or plus que de raison, il n'avait pas la nature cruelle de ses frères. Il accepterait sans doute de libérer ces deux innocentes et de les faire conduire dans la famille d'Inkill Chumpi.

Qhora refusa tout net.

– Nous partirons ensemble, toi et moi.

– Tu iras avec Inkill Chumpi! Moi, au moins, je sais pour quoi je meurs. Hernando applique sa justice. Je ne lui en veux pas, nous en ferions autant.

Sur ce, j'appelai les soldats et demandai à le voir. Il me fut répondu que Son Excellence tenait conseil. Ce soir, peut-être...

Mais ce même soir, les guerriers de Manco déferlèrent sur les collines.

Le siège de Cuzco commençait.

Nous ne dormîmes pas, nous écoutions le son des conques marines, des flûtes et des tambours, qui filtrait à travers le toit de chaume.

Inkill Chumpi répétait : « C'est notre tout-puissant Seigneur! Tu ne mourras pas, Azarpay! » Et elle riait, dansait, comme si nous étions déjà là-haut, sur les collines, parmi les nôtres, dans le bonheur.

Le lendemain matin, j'envoyai Qhora aux nouvelles.

Elle revint avec quelques poignées de maïs, la figure enluminée.

– J'ai pu sortir. Les étrangers sont comme fous. Ils ont tendu des toiles sur la place, ils y ont parqué les chevaux. Si tu voyais les collines... On ne voit plus ni herbe ni roc tant il y a de guerriers!

– Que font-ils?

– Rien. Ils sont là. Ils regardent. Comme les grands serpents quand ils fascinent une genette et la font à moitié crever de frousse avant de l'avaler toute crue.

– N'oublie pas que, pour l'instant, c'est nous qui sommes dans la gueule de la genette! dis-je.

La journée s'écoula.

A l'heure du repas, les soldats interdirent à Qhora de quitter la chambre. Je protestai. Ils dirent : « Toi, l'*Indienne*, vu le temps qui te reste, tu n'as plus besoin de manger. »

Leur sueur était aigre. Le courage n'empêche pas la peur. D'ailleurs, n'est-ce pas la conscience du danger, qui lui donne sa pleine valeur? Qu'en pensez-vous, Père Juan?

Les clameurs des guerriers, le mugissement des conques, le roulement ininterrompu des tambours nous tinrent lieu de souper. Divine, torturante nourriture! Savoir les hommes de Manco si proches... Le sentiment de mon impuissance m'exaspérait. Il était hors de question, cette fois, de mettre en pratique le sacro-saint principe du père de mon père : *Empoigne le malheur, les dieux t'aideront*... Les dieux étaient sur la colline, et nous, pieds et poings liés, au milieu des démons!

J'en discutai avec mes compagnes.

– A mon avis, nous n'avons qu'une chance : c'est que l'offensive soit lancée simultanément sur tous les fronts et que les Espagnols, débordés, nous oublient. En ce cas, peut-être pourrons-nous nous échapper et rejoindre les nôtres.

Nous n'avions pas dormi la nuit précédente. J'établis un tour de veille. Quand arriva le moment de m'étendre, le sommeil me terrassa...

Je toussais. Qhora et Inkill Chumpi penchées sur moi me secouaient. En croisant leurs regards larmoyants, ma première pensée fut que l'on venait me chercher pour me pendre, je refermai les yeux. Puis je sentis l'odeur de la fumée, et je les rouvris.

Une voix cria :

– Tu viens, sorcière? Nous, on te laisserait bien griller, mais, à ce qu'il paraît, tu vaux encore quelque chose!

Nous allâmes de salle en salle. Toujours cette odeur âcre, les yeux et la gorge qui me picotaient, mais ni feu ni flammes.

Dehors, sur la place, entre les tentes dressées par les Espagnols, les chevaux affolés se pressaient croupe contre croupe. Dès que nous eûmes franchi le seuil du porche, un formidable ronflement m'emplit les oreilles. J'avançai de quelques pas, et m'immobilisai, saisie. La majeure partie de la ville Haute, adossée aux collines, flambait!

Souvenez-vous, Père Juan, je vous l'ai dit, tous nos toits sont conçus de la même façon : une carcasse de poutres et de poutrelles, que coiffent d'épais faisceaux de chaume, une paille longue, souple, très résistante, l'*ichu*, excellente protection contre le chaud et le froid qui sévissent dans nos régions, mais aussi cible parfaite pour les flèches enveloppées de coton bitumeux enflammé et les galets rougis à la braise, que projettent avec tant d'adresse nos archers et nos frondeurs.

C'était...

Peut-on décrire avec de simples mots ce bûcher ardent aux dimensions d'une ville, cet horizon de flammes dont le vent fouettait la boulimie dévastatrice? Le ciel était rouge et noir, traversé de gigantesques jets d'étincelles, que mouchait aussitôt la tempête tourbillonnante des fumées. Inkill Chumpi sanglotait. J'étais pétrifiée. Comment Manco osait-il? Incendier Cuzco, notre ville, le nombril de la terre, la demeure des dieux! N'y avait-il pour lui plus rien de sacré?

Les soldats nous entraînèrent.

Nous en avions devant, derrière, et un, à chaque bras. L'un des soldats, un colosse, avec un nez comme un tubercule et une barbe rousse, avait juché Qhora sur ses épaules, sinon la foule l'aurait piétinée. Il y avait là, mêlée

191

aux Espagnols, une racaille d'indigènes amenés de Panama par bateaux ou natifs des tribus conquises. Ce méchant monde était jaune d'épouvante, devinant trop bien que nos guerriers lui réservaient la mort des traîtres.

A la lisière de la place, commençait la ville Basse. Tout y semblait calme. On respirait mieux, le bruit s'éloignait.

Parvenus devant l'*Acllahuasi*, les soldats nous plaquèrent contre la muraille pour laisser passer une troupe de chevaux que les maîtres tiraient par la bride. Ils s'engouffrèrent dans l'enceinte du Temple du Soleil, devenue l'église Saint-Dominique. Sans doute, allait-on parquer ces animaux dans le jardin où, Huascar inclus, chacun de nos Incas avait, de ses mains, semé, arrosé, soigné, récolté un maïs spécialement destiné aux offrandes... Il n'y avait évidemment plus de maïs, de même qu'avaient disparu les plaques et les perles d'or, les émeraudes, les cabochons de turquoises, les mosaïques de pierres précieuses, qui, au temps de la douce paix, couvraient de fresques étincelantes murs et portes du temple et resplendissaient jusque sur les charpentes des toits.

Ce fut au Temple que les soldats nous amenèrent.

Après avoir passé l'*Intipampa* ou place du Soleil, nous contournâmes le grandiose bâtiment où les esprits de nos dieux avaient si longtemps diffusé leurs lumières et dicté leurs commandements.

D'après les descriptions qu'Huascar m'avait faites de ces lieux interdits dans lesquels, seuls, pénétraient le grand prêtre, ses assistants, l'Inca et quelques-uns de sa parenté, je reconnus aussitôt l'immense cour, jadis abondamment fleurie, plantée d'arbres et d'arbustes, célèbre pour ses cinq merveilleuses fontaines. Elles étaient muettes. Les canalisations en avaient été arrachées, mais la plus grande, qui servait pour le bain nuptial de la *Coya*, conservait encore l'eau des dernières pluies dans sa vasque de pierre.

D'un accord tacite, nous nous ruâmes tous vers la

vasque comme des bêtes assoiffées. Le soldat qui portait Qhora la posa debout dans le bassin. Les autres riaient, la moustache et la barbe emperlées d'eau. Après quoi, comme honteux de s'être laissés aller, ils nous empoignèrent à nouveau, et nous entrâmes dans une petite dépendance, traversée par une étroite galerie à ciel ouvert. De chaque côté, il y avait une salle sans fenêtre, au sol de terre battue. Ils nous poussèrent dans l'une. Un soldat demeura dans la galerie.

Nous nous accroupîmes. En face de moi, pendus au mur, il y avait un crucifix en bois et un chapelet à grains d'os. L'heure devait être au zénith : le soleil tombait droit dans la galerie.

– Azarpay, que vont-ils nous faire? chuchota Inkill Chumpi.

Sempiternelle question!

– Les Pizarro semblent vouloir nous garder en otages. On peut espérer.

Inkill Chumpi soupira.

Je la regardai. Elle avait perdu ses formes grassouillettes et sa vanité d'enfant choyée. D'ici un an ou deux, elle serait une très belle et très charmante jeune femme, avec ses grands yeux prompts à s'émouvoir, son nez patricien et sa bouche dessinée pour de lascives amours... D'ici un an ou deux? Dans quelques heures, elle aurait peut-être vécu!

Afin de sonder notre position, je réclamai au soldat de la nourriture. Nous n'avions rien mangé depuis la veille au matin.

– Pour descendre aux enfers où se trouve la place des infidèles, point n'est nécessaire d'avoir l'estomac chargé, me répondit-il.

L'après-midi, il y eut d'incessants va-et-vient d'hommes et de chevaux dans l'enceinte.

Le soir, le soldat fut relevé par celui qui avait porté Qhora du *Sumtur Huasi*, le palais d'Hernando, au Temple.

Je lui parlai.

– Vos maudits guerriers sont en train de nous enfumer comme des rats, me dit-il. A part cette église que la présence du Seigneur protège, la maison de femmes, à côté, et un palais, toute la ville brûle. Un four! Là-haut, ils ont creusé des fossés, planté des pieux pour que les chevaux s'empalent, et ils occupent la forteresse. On a tenté une sortie, on a dû rebrousser chemin. Il y aurait peut-être moyen de leur échapper par la grande route. Don Hernando ne veut pas. Il se refuse à abandonner la ville. Sûr qu'on va griller dedans, et vous, avec!

Néanmoins, il partagea avec nous ses épis de maïs et son eau. Il s'appelait Bartolomé, comme Villalcazar. Il avait une mère et deux sœurs en Estrémadure, employées dans une ferme, à Trujillo, le fief des Pizarro, et comptait sur l'or pour les libérer de la servitude.

Nous nous remîmes en prière. J'avais la tête lourde, j'étais lasse. Je fis le vœu, si nous sortions de cette tragédie, de ne plus jamais me séparer de ma bourse de coca...

Père Juan, vous devriez suivre mes conseils et en mâcher quelques feuilles, vous avez vilaine mine!

Vers le milieu de la nuit, un crépitement violent venant de la galerie nous tira de notre somnolente méditation. Nous nous précipitâmes. C'était la pluie, un brusque déluge d'eau, comme nous en avons dans le Cuzco.

Au même moment, Inti Illapa, notre Seigneur de la foudre, illumina la galerie.

Mon cœur battit.

– Regardez! dis-je. Le soldat n'est plus là!

Nous courûmes jusqu'à l'entrée du bâtiment.

Des exclamations, des cris s'ajoutaient maintenant au vacarme de l'eau et aux roulements quasi ininterrompus du tonnerre.

Profitant d'un temps d'obscurité, nous nous rapprochâmes avec précaution du Temple.

Ce que nous vîmes nous stupéfia.

De toutes les issues, jaillissaient des Espagnols. Et tous,

comme atteints de la frénétique extase à laquelle certaines danses rituelles nous font parvenir, se ployaient en arrière, buvaient la pluie. Puis ils s'abattaient contre l'épaule la plus proche en hurlant de joie. Leurs yeux brillaient comme des petites lunes dans leurs faces ruisselantes. Beaucoup tombaient à genoux, baisaient la terre, se signaient. Il y avait aussi des femmes indigènes. On les ignorait. Cette intense allégresse n'appartenait qu'aux hommes. J'aperçus notre soldat. Se tenant par les bras avec deux autres, il chantait. Un chant religieux. J'ordonnai la retraite. Un bouquet d'arbres nous abrita. Derrière les arbres, j'entendis le gargouillis du ruisseau...

Vous l'ai-je dit, Père Juan ? Deux ruisseaux sillonnent Cuzco en son entier. Des poutres revêtues de dalles les couvrent pour faciliter le passage des litières et des piétons. A hauteur du temple, celui de gauche, quand on fait face à la colline de Sacsahuaman, réapparaît, longe le territoire sacré et s'en va, poursuivant sa course dans la campagne.

Qhora chuchota :

– Il faut nous séparer, sinon ils nous repéreront quand nous franchirons l'enceinte. Ils ne se choisissent pas des naines pour concubines !

Je posai ma main sur sa tête.

– Nous sommes ensemble, nous restons ensemble. Ne discute pas. D'ailleurs, trop d'Espagnols me connaissent. Et il n'y a pas d'autre porte que la porte du nord, où ils sont tous. Gagner la ville Haute est exclu... Nous allons emprunter le ruisseau.

– Le ruisseau ! Je suis trop petite, je vais me noyer, je ne veux pas !

– Tu préfères qu'ils te tuent ?

Les crues avaient cessé depuis un bon mois. Le niveau était relativement faible, bien que grossi par la pluie qui continuait, torrentielle. Nous aidant l'une l'autre, nous nous laissâmes glisser. Des cailloux tapissaient le fond. Les berges hérissées d'arbustes nous dissimulaient. Qhora entre nous, la soutenant chacune d'une main, nous partîmes.

Une fois dépassé les dépendances du Temple, la perspective amorçait une cassure. Le ruisseau, obliquant vers le sud, se mit à dévaler rudement la pente. Pour ne pas être entraînées par le courant, Inkill Chumpi et moi nous accrochions de notre main libre aux basses branches des arbustes... Et, soudain, le lit du ruisseau s'aplanit, l'eau s'assagit, ce fut la plaine, les hautes herbes et, à l'horizon, un semis de taches pâles. Des tentes. Les nôtres.

Je me retournai.

Mes yeux distinguèrent des bordures de pierre s'élevant en gradins jusqu'au promontoire du Temple, d'où nous venions.

— Les terrasses des Jardins du Soleil, murmurai-je.

— Tu te trompes, Azarpay, dit Inkill Chumpi. Ma mère m'a toujours dit que, même en pleine nuit, notre Père le Soleil y luit.

— C'était l'or, enfant. Il n'y a plus d'or, le Soleil ne luit plus. Il luit où est Manco, où nous allons...

Nous nous embrassâmes. Trois paquets d'eau. Et des larmes, des larmes! C'est si bon de pleurer de joie!

Les Espagnols se sont complu à considérer le déluge providentiel qui apaisa l'incendie comme une intervention de la Vierge Marie. Certains affirmèrent aussi avoir aperçu l'archange saint Jacques monté sur son cheval blanc, pointant son épée de lumière sur les païens que nous sommes. Rétrospectivement, je suis persuadée que ce miracle, les dieux l'ont fait pour moi, pour que le destin qu'ils m'ont choisi s'accomplisse.

La femme choisie

Père Juan de Mendoza
ce 10 octobre 1572

L'aube bleuit.

J'ai dormi comme une bête.

Hier, nous avons franchi l'Urubamba sur l'un de ces fameux ponts suspendus. Affolante impression qui ramène l'homme à sa fragilité terrestre! Ensuite, nous avons commencé à grimper. Buissons d'épineux dans lesquels taillent les Indiens pour nous permettre d'avancer, forêt. Le pied s'enfonce dans un humus pourri, gorgé d'eau, les mains agrippent ce qu'elle peuvent, l'air est moite, vénéneux, les papillons et les fourmis volantes abondent, la tête me tourne. Elle m'avait proposé un hamac, j'ai refusé. Fausse humilité qui n'est qu'orgueil!

J'avais vaguement entendu murmurer que les frères Pizarro s'étaient conduits de façon maladroite avec l'Inca Manco. Doux euphémisme!

Que fais-je dans cette nature hostile, suivant le balancement de sa litière, allant où elle va, ignorant où je vais?

Quand je m'interroge, j'aime à me dire, Seigneur, que le souci de Votre gloire me mène, mais ce goût que j'avais jadis à braver les interdits, ces curiosités malsaines, insensées... Ne serait-ce pas plutôt le diable qui me lance un nouveau défi? Elle pourrait être ma mère, je ne vois que la femme. Epanouie dans sa royale toute beauté. Commande-t-elle, aussi, aux années? Parfois, je la hais!

Je prie en marchant. Cent Ave Maria me soulagent. Aujourd'hui, j'ai décidé de poursuivre pieds nus... Mater cette chair perfide!

Après que nous avons passé le pont, ses serviteurs ont coupé les cordes qui l'amarraient à la rive. Pourquoi?

Sainte Marie, Mère de Dieu, étendez sur le pécheur votre blanc manteau!

6

Cette halte que nous avons faite à Ollantaytambo, Père Juan, était en quelque sorte un pèlerinage.

Après l'incendie de Cuzco, Manco établit son quartier général dans la forteresse dont vous avez tant admiré la construction. Les prêtres, les Vierges du Soleil y avaient leurs appartements réservés.

Nous, les femmes, vivions dans le palais qui se trouve en dessous. Presque chaque soir, quand Manco était présent, je gravissais l'envolée de terrasses, qui relie les deux bâtiments, et je le rejoignais.

Temps tissé de fils d'or, qui illumine ma mémoire!

Après avoir bu à la coupe, nous parlions longuement, nous discutions de ce qui avait été fait, de ce qui se faisait, de ce qui serait à faire. Nos cœurs nous le disaient, la chose était certaine, les Espagnols serviraient bientôt d'engrais à notre terre, et de la guerre renaîtrait l'exquise paix!

Bien sûr, Hernando Pizarro a repris Sacsahuaman, mais son frère Juan, le maudit, est mort, le crâne éclaté par une pierre durant la bataille. Un Pizarro, en moins! On festoie, la *chicha* coule par ruisseaux... Bien sûr, l'ennemi montre une opiniâtreté qui nous étonne. Lima et Cuzco investies par les capitaines de Manco résistent, mais la ville de Jauja, position stratégique au centre de l'Empire, nous appartient à nouveau. Soleil, Soleil! Bien sûr, notre armée levée en hâte n'est pas celle que se glorifiaient de conduire nos Incas, elle manque de discipline, de « métier », comme eût dit Villalcazar, elle s'alourdit de femmes et d'enfants, il faut remplir ces estomacs, pallier les ignorances, mais nous avons le nombre, des arquebuses prises à l'ennemi, des prisonniers espagnols pour fabriquer la poudre, des chevaux que nos hommes sont devenus habiles à capturer avec leurs lassos lestés de pierres, et quel magnifique cavalier est Manco! Quand nous le voyons partir sur son alezan, vêtu de guerre, précédé de l'étendard impérial aux couleurs de l'arc-en-ciel, porté par une triomphale fanfare de flûtes, de conques et de tambours, comment douter qu'il ne nous ramènera la victoire au bout de sa lance?

En août, commence la saison des semailles. Les greniers de la région étaient vides, la disette menaçait. Pour assurer la prochaine récolte, Manco se résigna à renvoyer à leurs champs plus de la moitié de ses guerriers et leurs familles.

La nature est souveraine. A son rythme, marchent les hommes. C'est ainsi que le siège de Cuzco qui durait depuis des mois fut en partie levé.

Hernando Pizarro en profita pour nous attaquer, chez nous, à Ollantaytambo.

Accueilli par des trombes de flèches et des avalanches de roc, il dut s'enfuir avec les siens. Manco fit ouvrir les vannes, le fleuve se déversa dans la plaine, Hernando faillit périr noyé. La retraite se chiffra par de nombreux morts et blessés. Soleil, Soleil! Nous, les femmes, n'avions plus assez de doigts pour brasser la *chicha* et abreuver notre Seigneur et sa parenté.

Mais des ombres se profilaient.

Des troupes fraîches, venant de Panama, du Nicaragua, du Guatemala, de la Castille d'Or et de la Nouvelle-Espagne, arrivaient par bateaux pleins pour épauler les Pizarro. A ces renforts, s'ajoutait le contingent fourni par notre propre race, des indigènes de provinces annexées, désireux de marquer une revanche sur la dynastie des

199

Incas qui les avait civilisés et enrichis. Ainsi sont les hommes! Mordant la main qui les sort de l'ordure! Des dignitaires suivaient, pour les avantages. Les désertions de son sang affectaient terriblement Manco. Je le revois : regard opaque, l'âme qui sombre dans les profondeurs noirâtres de l'être. Mais c'était surtout Cuzco, terre des dieux, siège de toute-puissance... Il avait pratiquement tenu la ville dans son poing, et elle était en train de lui échapper.

Et, tout à coup, un nom vole de bouche en bouche : Almagro! Almagro qui rentre du Chili, le corps cuit et recuit par les souffrances, le cœur saignant... Almagro avec sa grande armée, qui lance un appel amical à Manco... Almagro, l'entente possible, l'alliance honnête contre l'ennemi commun, les Pizarro.

Rendez-vous est pris à Urcos dans la vallée de Yucay.

Hernando Pizarro est immédiatement informé. Dans chaque camp pullulent des oreilles avides et des jambes alertes. La couleur de peau garantit l'anonymat.

Hernando s'empresse de brouiller le jeu. Il adresse un avertissement à Manco : Almagro, dit-il, n'a aucun pouvoir pour traiter, ses promesses ne sont que prétention et mensonges. Manco fait trancher le poignet du messager.

Au cas, Père Juan, où vous ne seriez pas encore cuirassé contre les excès de sensibilité et où vous continueriez à vous choquer de nos mœurs barbares, apprenez que vos compatriotes pratiquaient la chose couramment. Les mains coupées que l'on se renvoyait de camp à camp étaient, en quelque sorte, dans l'éthique de cette guerre, un échange de politesses.

Revenons à Hernando. Pour achever d'instiller le poison du doute dans l'esprit de Manco, il arrange une rencontre avec le principal lieutenant d'Almagro et prodigue à celui-ci ses embrassades, sachant bien que nos espions nous rapporteront la scène.

De là, pour Manco, à en déduire que les Espagnols intriguent sur son dos... En vain, je tentai de lui démon-

trer la rouerie d'Hernando, et l'intérêt qu'avait ce dernier
à dresser l'un contre l'autre deux chefs qui s'estimaient,
et dont l'accord anéantirait pour les Pizarro toute chance
de se maintenir dans Cuzco... Manco a trop souffert, il ne
flaire que trahison partout. La défiance le précipite dans
le piège. Sa haine, je crois même, y trouve un exutoire. Et
répondant par la violence aux ouvertures d'Almagro, il
perd l'unique appui qu'il avait parmi les vôtres.

A la suite de ces manœuvres, il décida de quitter Ollantaytambo.

J'étais enceinte.

Notre cortège s'allongeait sur plusieurs lieues.

Les condors, les aigles et les faucons qui tournoyaient
dans le ciel devaient se demander de quelles entrailles
sortait ce gigantesque serpent aux anneaux rutilants et
empanachés, en train de se lancer à l'assaut des monts.

Manco avait voulu conférer un caractère solennel à
notre retraite.

Lui, l'homme-dieu, ultime rempart des croyances, des
coutumes et des traditions, allait devant, entouré de sa
garde personnelle, lances et boucliers d'or. Derrière,
venaient ses archers, ses frondeurs, les dépouilles des
Incas défunts, cousues de joyaux, les dignitaires qui
avaient choisi la loyauté et l'exil, les prêtres, robes
blanches et masques d'or, encadrant le *Punchao*,
l'énorme disque du Soleil, sauvé de la tourmente, et les
devins, les sages, les *Amauta*, puis l'immense caravane
des litières, rideaux clos, dans lesquelles nous étions,
nous, les femmes, puis, objet de toutes les convoitises, les
innombrables, merveilleux trésors dissimulés dans des
galeries souterraines dès l'apparition de la soldatesque
d'Atahuallpa, que cent mille lamas transportaient, enfin
la multitude et leurs familles, serviteurs, porteurs, auxi-
liaires chargés des vivres, de l'approvisionnement d'eau,

de la confection des flèches et des pierres à fronde, et les prisonniers espagnols, et des dizaine de milliers de guerriers répartis sur les flancs et en arrière-garde.

J'avais pris Qhora avec moi.

Compte tenu de la lenteur à laquelle nous astreignait l'importance du convoi, j'étais certaine d'accoucher en chemin.

Jour après jour, à travers cette végétation que vous connaissez maintenant, tour à tour acérée, velue, lascive, létale, qui absorbe dans sa touffeur hommes et bêtes, et les englue de ses moiteurs sucrées et de ses haleines putrides, nous nous rapprochions des nuages.

Et ce fut l'attaque.

Des Chachapuyas, une tribu alliée aux Espagnols, prétendirent nous barrer la route des cimes. Manco les écrasa. Il n'y eut qu'un survivant : le chef, Chuqui Llasax, que nous emmenâmes captif, la corde au cou.

Par Chuqui Llasax, nous apprîmes qu'Almagro s'était emparé de Cuzco et retenait dans les geôles de Sacsahuaman Hernando Pizarro, son frère Gonzalo, Villalcazar et autres notables conquérants. Inutile de vous préciser ce que nous ressentîmes en imaginant Gonzalo à la place infâme où il nous avait mis! La joyeuse humeur de Manco céda quand il sut qu'Almagro avait couronné Inca un de ses demi-frères, Paullu, qui avait toujours montré une servile complaisance à l'égard des vôtres. Geste sans valeur, mais hostilité confirmée. Cela l'inquiéta. Si le nombre de nos guerriers était conséquent, celui des personnes dont ils avaient à charge d'assurer la sauvegarde l'était plus encore.

Dès lors, nous continuâmes à marche forcée, nous hissant jusqu'aux crêtes et exigeant de nos porteurs des prouesses surhumaines. La nuit, nous bivouaquions parmi les roches et la glace. Sur ces lieux muets et bleutés, où vivent les âmes des ancêtres, se dressait pour quelques heures l'esquisse d'une ville, avec ses feux, ses bruits, ses odeurs.

Le temps ne se mesurait plus. Les jours étaient ce que Manco en faisait.

Enfin, après avoir touché le ras du ciel et franchi plusieurs cols, il décida de redescendre et de marquer une halte, persuadé qu'aucun Espagnol ne se risquerait à nous rejoindre. La vallée du Lucamayo, bien protégée par de colossales murailles naturelles, nous accueillit.

Le campement établi, les honneurs rendus aux dieux, Manco fit trancher la tête de Chuqui Llasax, le chef chachapuya. Celle-ci, fichée au bout d'une lance, présida le banquet général qui suivit.

Le sang répandu étanche la haine et attise la soif.

Sachant comment se terminerait la beuverie, je me retirai avec Qhora. J'étais lasse. Je m'endormis au milieu des rires épais qu'ont les hommes pris de boisson. Les femmes chantaient. Ma dernière pensée fut de me demander lesquelles Manco choisirait pour terminer la nuit.

Des clameurs me réveillèrent. Il faisait noir. J'en déduisis que l'orgie battait son plein. L'enfant bougeait. Quoique mon ventre ne ménageât pas ses efforts pour lui offrir une ronde et opulente demeure, il y paraissait maintenant à l'étroit. Alanguie de tendresse, je tâchais de trouver une position qui me soulageât un peu quand j'entendis les mousquets. Je crus d'abord que c'était les nôtres, et je me fis la réflexion que Manco devait être très ivre pour permettre que l'on gâchât ainsi la poudre. Puis, la conscience me revenant, le vacarme me sembla insolite. Par l'une des fentes de la tente, je regardai à l'extérieur.

Dès que j'aperçus les cuirasses et les casques espagnols, je n'eus qu'une idée : préserver l'enfant.

Je secouai silencieusement Qhora. En rampant, et croyez-moi, ce n'est pas une mince affaire pour une femme qui arrive à terme! nous nous enfonçâmes dans les verdures auxquelles s'adossait la tente, et nous demeurâmes là, sous les buissons, le cœur défait, retenant notre souffle.

La *chicha* et ses abus nous coûtèrent très cher. Les Espagnols se retirèrent avec un gros butin de joyaux, plusieurs dépouilles vénérées, la moitié de nos lamas et, pis encore, ils emmenèrent la *Coya*, quelques femmes et Titu Cusi, un fils illégitime de Manco, âgé de cinq ans, que son père chérissait. Sans compter les morts.

Ce désastre, le premier que nous essuyions, loin d'affaiblir la volonté de Manco, la durcit encore.

Nous repartîmes.

Toujours plus loin, toujours plus haut. Aucun Blanc n'aurait survécu par où nous passâmes. Le froid nous plantait ses aiguilles de glace dans les os. L'air était rare. Nous nous nourrissions en chemin d'une tranche de *charqui* – de la viande de lama, salée et séchée –, d'un peu de *chunu* ou de maïs. Et si Manco daignait nous octroyer quelques heures de repos, c'était uniquement pour que les porteurs refassent leurs forces.

J'étais en train de manger un épi de maïs lorsque les douleurs commencèrent.

Les contractions se rapprochant, Qhora étala une couverture sur le plancher de la litière. Je m'étendis dessus. J'étais calme et sans appréhension. Me remémorant ma fausse couche, je m'étais entourée des meilleures précautions : plus de friandises ni de coca, des jeûnes fréquents, des offrandes importantes aux *huaca* ainsi qu'à la Pachamama, notre déesse-terre. Et, au cours du trajet, j'avais eu soin de m'arrêter devant chaque *apachita*... Vous en avez vu, Père Juan, ce sont ces grandes pyramides de pierres disposées sur les hauteurs. Tout voyageur se doit d'y ajouter sa propre pierre et de cracher dessus pour chasser l'esprit malfaisant qui séjourne dans les parages. Ce que je n'avais pas manqué de faire.

Comme j'ai désiré cet enfant, Père Juan, comme j'ai souhaité donner un fils à Manco! Ce fut une fille, une petite chose minuscule, ratatinée, chevelue, poisseuse, mais dès qu'elle apparut et que Qhora me la présenta, je me sentis... Que vous dire? Un enfant, Père Juan, pour une mère, c'est le monde entier offert!

Sur mon ordre, les porteurs déposèrent la litière à l'écart du chemin. Nous avions eu une tempête de neige, la veille. J'en fis fondre dans ma bouche, j'aspergeai de cette eau tiédie la petite, et, tandis que Qhora la roulait dans une couverture, je pris la neige à poignées et je me frottai vigoureusement. Exquise et brûlante caresse sur mon corps glorieux!

En souvenir de l'épi de maïs que j'avais dans la main à son entrée dans la vie terrestre, j'appelai ma fille Curi Zara, « Maïs d'Or ».

Zara! Le seul nom encore capable de me faire verser des larmes! Mais que nous avons ri, ce jour-là, Qhora et moi, au moindre frémissement de la petite merveille que je tenais dans les bras!

Le lieu élu par Manco pour se fixer et lancer sa nouvelle guerre contre les Espagnols était l'une des cités sacrées où les Incas aimaient à se retirer de temps à autre, afin de méditer sous le regard des dieux et mûrir leurs projets dans de célestes tête-à-tête.

Seuls, le grand prêtre et la filiation légitime du souverain en connaissaient les emplacements, ainsi qu'évidemment les serviteurs. Mais ce menu peuple, toujours choisi dans les mêmes villages et les mêmes familles aux alentours de Cuzco, n'ignorait pas que le sort de ses *ayllu* dépendait de sa discrétion, et il eût préféré la mort que se risquer à divulguer les secrets auxquels ses fonctions l'initiaient.

Je devine, Père Juan, une question sur vos lèvres. Serait-ce à propos du sort des ouvriers bâtisseurs qui ont levé ces villes en pleine nature sauvage? Ne cherchez pas, faites comme moi. Les princes ont leurs raisons. Et parlant de princes... Votre défunt roi, Charles Quint, a-t-il jamais hésité à sacrifier des armées, à autoriser des massacres, afin que sa pensée dominât l'Europe et la Chrétienté? Et parlant de Chrétienté... L'évangélisation des peuplades, trop souvent synonyme d'extermination, n'est-elle pas un pieux manteau de bure, jeté sur les incommensurables besoins d'or que les ambitions spirituelles de Sa Majesté d'Espagne nécessitaient? Vous le savez, je le sais : les existences passent, les œuvres demeurent. Evitons donc ces hypocrisies!

Le site où nous conduisit Manco était sublime.

Nous y pénétrâmes par l'unique accès : un escalier se faufilant entre l'ombre blanche des pics, dont les marches s'élargissaient jusqu'à devenir paliers au fur et à mesure que la pierre cédait à la terre. A mi-flanc, s'étageait la cité. Puis, au-dessous des remparts et des habitations communes, les cultures s'accrochaient à la pente, arrondies comme des balcons, surplombant des fonds de forêts, sillonnés de ruisseaux.

En général, des prêtres, des Vierges du Soleil peuplaient ces retraites vouées au culte et à la prière. Celle-ci était déserte... Malédiction? maladie mystérieuse? Incursion meurtrière des Antis, tribus cannibales occupant le versant oriental de nos monts et dont nous avions eu jadis à nous défendre? Manco se refusa à m'éclairer sur ce point, mais cela faisait certainement des lustres que la cité était à l'abandon.

Aussi, une végétation paillarde, jouisseuse s'était-elle autorisé tous les débordements, violentant palais, temples, maisons, les étouffant sous son poids, épandant sa semence comme une bête soûle. Des cèdres, des fougères arborescentes avaient poussé dans les cours, dans les salles et jusque dans les bassins ; des fourrés de bambous, des buissons d'épine-vinette, des massifs pointus d'agaves se partageaient places et ruelles, et les lianes, la ronce, l'orchidée, cent espèces de plantes chevelues encapuchonnaient les toits.

Heureusement, la main-d'œuvre ne manquait pas.

Tous les villages que nous avions rencontrés s'étaient vidés pour grossir notre cortège.

Durant de longs mois, nous campâmes sur les terrasses débroussaillées. Mais quand les voies eurent été déblayées et repavées, les canalisations remises en état, quand les murs, grattés, polis et repolis au sable mouillé, eurent retrouvé leur jeunesse, quand les grandes coiffes de chaume clair se découpèrent gaiement sur le paysage, quel coup d'œil offrit notre cité!

Entre la ville Haute et la ville Basse s'allongeait l'*Intipampa*, vaste esplanade d'herbe fine, lieu des fêtes et des exécutions, qu'un canal tranchait en son milieu. Les eaux du canal, venant des glaciers, alimentaient bassins et fontaines, et elles étaient présentes dans chaque cour, dans chaque jardin. Plus bas, elles irriguaient les cultures.

Dans la ville Haute, se carrait l'*Inti Cancha*, la place Sacrée. Le palais du grand prêtre et le temple s'y faisaient vis-à-vis. Les jouxtaient diverses résidences allouées aux dignitaires, à leurs familles, et à nos penseurs, les *Amauta*. Sur la gauche, un peu à l'écart, traversé de galeries et de patios fleuris, s'élevait le palais neuf de Manco, le palais que chaque Inca se devait de faire bâtir, ce qu'il n'avait encore pu. La découverte d'énormes blocs de porphyre et de granit blanc, déjà taillés et façonnés, destinés sans doute à quelque monument religieux, avait permis d'en précipiter la construction. Les portes aux lourds linteaux faits d'un seul bloc étaient de la beauté pure.

La ville Basse comprenait, entre autres édifices principaux, les prisons, des ateliers où les femmes broyaient les matières végétales et minérales pour en extraire les pigments utilisés à la teinture des laines que l'on tissait à côté, dans le grand *Acllahuasi*. Celui-ci, déjà bien pourvu en fillettes, était dirigé par les *Mamacuna* de Cuzco. Un peu plus loin, on pouvait admirer les Thermes, une succession de dix bains en gradins où l'eau ruisselait, moirée d'or et d'argent.

La description de notre cité, volontairement dépouillée

pour ne point vous lasser par trop de détails, est bien froide, je le crains. Y manque l'essentiel : le relief. N'oubliez pas, Père Juan, que les plans des architectes ont dû s'ajuster à un terrain rocailleux, très fortement pentu. Il me faut donc vous parler des escaliers. Une débauche! On ne faisait pas trois pas, sans que l'un jaillisse du sol pour en corriger les déclivités! Bâtiments et espaces s'encastraient dans les dédales de ces milliers de marches sculptées à même la pierre, dont le mouvement, tantôt allègre, vif, gracieux, tantôt lent, grave ou solennel, animait et articulait chaque perspective, conférant à la ville un charme impossible à restituer... Il paraît absurde de dire qu'il était musique, et c'est pourtant ainsi que je le ressens encore.

Peu de temps après notre installation, je reçus le titre de *Mamanchic*, réservé en principe aux *Coya*, et très exceptionnel pour une femme jeune.

De surcroît, Manco m'attribua un petit palais, situé à la limite de ses jardins, parmi des buissons d'orchidées.

Nous avions renoué nos relations amoureuses. Elles n'étaient plus exactement les mêmes qu'avant ma grossesse. Trop de haine vieillit un homme.

Dès que ses espions – il en avait partout – lui signalaient un riche convoi sur la *Nan Cuna*, il s'en allait avec quelques-uns de ses guerriers, traversait en barque l'Apurimac, frappait par surprise, et tuait beaucoup. Il réapparaissait avec des chevaux, des armes, des marchandises, des vêtements européens dont il raffolait, et de précieuses vanités qu'il nous abandonnait. Nous n'en faisions rien, étant farouchement hostiles à ce que nous ne connaissions pas, attitude assez sotte, mais qui nous confortait dans notre isolement.

Manco ramenait également des prisonniers. Voyageurs, marchands, soldats. Il gardait les soldats pour fabriquer la poudre et enseigner le maniement du mousquet à ses guerriers. Ceux qui refusaient rejoignaient les condamnés.

Les exécutions avaient lieu sur l'*Intipampa*.

La cité entière y participait. On dressait des arcs de verdure. Des festons de fleurs couraient sur les berges du canal. Les gradins qui dominaient l'esplanade se veloutaient de tapis. Il y avait de la couleur, des musiciens, des danseurs, les jaguars préférés de Manco, et nous, les femmes, tenues d'y assister, arrondissant à ses pieds nos jupes de fête.

Annoncé à grands sons de conques, qui faisaient délicieusement frémir les guerriers, le spectacle commençait. Quand il s'achevait, j'allais vomir. Voir les suppliciés empalés sur un pieu qui leur ressortait par la bouche me révulsait. Ne vous y trompez pas, Père Juan! Supprimer ces charognards qui venaient dépecer notre pays me semblait œuvre pie. Mais cette cruauté inutile, ces souffrances, ce traitement... Pourquoi?

Au début, je l'avais dit à Manco.

Il m'avait regardée. Ses yeux étaient deux silex.

– Pourquoi! Et ta mémoire, Azarpay? Rien n'effacera de la mienne ce que les Espagnols nous ont fait à Sacsahuaman. D'ailleurs, ils font pis que nous! Ceux-ci paient pour ceux-là qui violent et souillent notre race. Nous aussi, nous avons payé, et cela continue. Nos hommes, nos femmes et nos enfants continuent à payer! Et de quoi sommes-nous coupables, si ce n'est d'avoir montré trop de naïveté envers ces chiens? Jamais plus cela ne m'arrivera. J'ai un avantage sur eux. Ils ignorent où nous sommes. Moi, je sais où et quand les atteindre. Quand ils n'oseront plus s'aventurer sur les routes, ni même dans les rues des villes, quand ils comprendront enfin que mieux vaut vivre que mourir pour quelques poignées d'or, alors ils embarqueront, et l'Empire renaîtra. Voici ma guerre. Elle n'est pas propre. M'ont-ils laissé le choix?

Manco absent plus souvent que présent, le temps que je lui eusse normalement consacré, je l'offrais à ma fille.

Je n'ai pas été une mère exemplaire. Mon unique souci fut de la gâter.

Quand Zara clignait ses yeux malicieux, je fondais, je dénouais les cordes qui l'attachaient à son berceau, je la prenais dans mes bras, la mangeais de baisers, et me repaissais de l'odeur neuve de son petit corps frétillant.

Qhora nous surprenait.

Elle ronchonnait.

– Tu n'as pas le droit, les lois l'interdisent. Elle aura les membres mous, et tu vas en faire une fillette exigeante et pleurnicheuse. Je suis sûre que ta mère ne se serait jamais permis...

– Pauvre femme! A part quand elle me calait entre ses cuisses pour m'épouiller...! C'est l'unique marque d'affection, que je conserve d'elle. Moi, je veux que ma fille m'aime, je veux que, plus tard, elle se souvienne qu'elle a eu une mère.

– Si l'Inca savait ça!

– L'Inca? Zara l'intéresse si peu!

Qhora soupirait.

– Une fille, ça ne se bat pas, ça ne compte pas.

Je soupirais aussi.

Les autres, ce pullulement de petites naissances, issues de l'ivresse ou d'une brève secousse de désir, je comprenais que Manco les ignorât. Mais Zara, l'enfant conçue dans l'amour, mais *ma fille*, était-ce normal qu'il n'eût jamais un regard, un geste vers elle?

Notre existence se poursuivait, régie par le majestueux cérémonial de l'ancienne cour, rythmée par le chant des Vierges du Soleil, les incantations des prêtres, le calendrier des fêtes religieuses et la ronde des saisons, qui faisait croître et se multiplier la feuille de coca et le maïs, proliférer sous terre la grasse *papa* [1], s'épanouir les

1. La *papa* ou pomme de terre n'était cultivée que dans l'Empire des Incas. C'est de là qu'elle est venue en Europe, d'où elle fut exportée dans diverses autres régions d'Amérique.

lourdes cloches embaumées des daturas, éclore l'orchidée, la *kantuta* et mille fleurs dont les noms ne vous diraient rien.

Cette période, malgré certains heurts, ne serait cependant bientôt plus que ce qu'elle demeure dans ma mémoire : le souvenir d'un temps béni entre tous...

Vous vous rappelez, Père Juan, qu'après notre départ d'Ollantaytambo, Almagro avait arraché Cuzco à Hernando et à Gonzalo Pizarro?

Par nos espions, nous apprîmes que Gonzalo et Villalcazar s'étaient évadés de la forteresse de Sacsahuaman, et qu'Almagro s'était finalement décidé à relâcher Hernando.

— Avec tous les Pizarro contre lui, Almagro est perdu, commenta Manco. Ils veulent Cuzco, ils l'auront et, en sus, la peau du Borgne.

Prédiction qui se réalisa au printemps suivant. La terre but le beau sang rouge de vos compatriotes, et se couvrit de soies, de velours, d'acier et de cadavres. Hernando, fort de sa fureur, triompha d'Almagro.

Lorsque le combat fut terminé, nos populations qui, du haut des collines, savouraient cette macabre danse fratricide dévalèrent les pentes et laissèrent les morts nus. Les vautours se chargèrent de la toilette.

Almagro, malade, souffrant de la goutte et miné par une vieille syphilis, fut jugé, condamné, et étranglé dans son cachot. Puis l'on décapita la dépouille sur la grande place de Cuzco. Après quoi, Hernando et ses capitaines revêtirent leurs habits de deuil et l'enterrèrent très chrétiennement.

Quand Manco sut ce qui s'était passé, il se soûla.

Je crois que, sans vouloir l'admettre, il regrettait d'avoir dédaigné la main tendue par Almagro et qu'il lui restait un fond de tendresse pour le Borgne.

Cette nuit-là, je vis en songe Martin de Salvedra. Il était

211

ici, dans notre cité, et me tenait enlacée. Ce songe m'intrigua. Martin ne m'avait jamais attiré physiquement. Il me soulagea aussi : j'en tirai la conviction que le désastre l'avait épargné.

Après la mort d'Almagro, la férocité de Manco s'exacerba. Savoir Cuzco de nouveau au pouvoir des Pizarro le rendit fou. Il multiplia les expéditions punitives, les poussant de plus en plus loin, dédaignant les risques. Sa témérité lui valut plusieurs revers. Au retour, il s'en consolait sur les captifs qu'il avait faits, se gorgeait de *chicha*, et consommait des femmes, très jeunes, belles, moins belles. C'était le nombre qui comptait pour se vider de sa haine, mais la haine demeurait, lui rongeant le ventre comme une bête mauvaise.

J'étais lasse, Père Juan !

Lasse de la situation dans laquelle Manco s'enfonçait, lasse de trembler lorsqu'il partait, lasse, lorsqu'il revenait, de ces réjouissances barbares que représentaient pour lui les exécutions.

Se repaître de sang n'est pas précisément le bonheur pour une femme !

Et je tournais en rond, découvrant que la cité, cher symbole de notre liberté, n'était en fait qu'une prison d'où, seules, mes pensées, tel l'oiseau, pouvaient s'évader. Elles ne s'en privaient pas.

Dans le contexte présent, la reconquête ne me paraissait avoir aucune chance d'aboutir. Manco et moi y avions cru, je n'y croyais plus, et y croyait-il encore lui-même ? Il y avait eu beaucoup de noblesse, un prodigieux héroïsme dans sa volonté de s'opposer aux envahisseurs, de refuser leurs règles, de préserver coûte que coûte la part belle de nos âmes. Mais la lutte qu'il menait aujourd'hui n'était qu'une résistance aveugle, meurtrière, un acharnement quasi animal, un besoin de mordre.

Aucune ivresse guerrière ne me stimulant, je raisonnais à l'opposé : plutôt que s'accrocher aux cauchemars et aux rêves, pourquoi ne pas ouvrir les yeux, s'adapter à la réalité, et tâcher d'en tirer profit ?

La femme choisie

Au cours des années écoulées, les Espagnols avaient contracté trop d'alliances avec les gens de notre race. Ils étaient trop solidement implantés, trop nombreux, le rapport des forces s'inversait à leur avantage. Ils devaient cependant compter avec nous. L'action de Manco gênait grandement leurs projets.

Aussi, Pizarro commençait-il à faire répandre certaines rumeurs, selon lesquelles il était prêt à composer, sachant bien que le message parviendrait à nos oreilles.

La première fois que nos espions transmirent ces ouvertures de paix à Manco, il en mordit de fureur son manteau. Quelques jours plus tard, Pizarro trouva dans le patio du palais qu'il habitait à Lima une dizaine de têtes blondes et rousses fraîchement coupées...

Conservant encore quelque influence sur Manco, je tentai de le fléchir.

Feindre de croire aux loyales dispositions de la couronne d'Espagne lui permettrait de reprendre contact avec les provinces qui nous avaient lâchés.

Et je disais à Manco :

– Celui qui économise son grain n'a pas de récolte. Si nous nous engageons à tenir les promesses que Pizarro a faites aux chefs des tribus, ils se rallieront à nous. Qui que nous soyons, jamais notre cœur ne battra pour un Blanc ! Ensuite... Demain n'est pas hier. Tu as maintenant une armée importante, disciplinée et organisée. Tu connais les Espagnols, leur tactique. A nous tous, cette fois, nous les étoufferons !

Ce qui parut décider Manco fut le départ de Gonzalo Pizarro.

Gonzalo, que son caractère poussait aux folles aventures, s'était mis en tête de découvrir le « Pays de la Cannelle ». Vous ne l'ignorez pas, les épices valent dans vos contrées autant que l'or et plus que les émeraudes et les perles ! Gonzalo voguait donc sur l'océan vert du versant oriental de nos Andes, une jungle marécageuse où fourmillent fauves, serpents, cannibales, et dont personne n'était jamais revenu.

Quant aux autres Pizarro... La mort avait emporté Juan durant le siège de Cuzco, Hernando était en Espagne. Ne restait donc que Francisco, le Gouverneur ou le Marquis, comme vous préférez. Des Pizarro, le plus puissant était celui que Manco détestait le moins, l'image du vieil homme ne se rattachant pas aux affreuses humiliations qu'il avait endurées.

Après avoir consulté les dieux, sacrifié quelques Vierges du Soleil, interrogé les oracles qui, par la voix du grand prêtre, se révélèrent favorables, Manco répondit au message de Pizarro.

Le lieu de l'entrevue fut fixé à l'entrée de la vallée de Yucay.

Les serviteurs avaient dressé un épais, large, fort beau berceau de verdure, tracé un chemin de joncs et de fleurs entre les champs de coca, par où devait arriver Pizarro.

Manco était assis sur un trône bas. La vive lumière irisait sa cape en plumes de colibri. J'avais moi-même agrafé le grand disque d'argent, qui brillait sur sa poitrine, et les jarretières cousues d'émeraudes. Un masque d'or dissimulait ses pensées.

En ma qualité d'interprète, j'étais debout à sa droite. Derrière, sur une riche mosaïque de tapis, se tenaient les prêtres et sa parenté. Devant lui, ses plus belles femmes, accroupies, très parées en joyaux ainsi qu'il l'avait ordonné, ajoutaient leur douceur à ce paysage foisonnant de couleurs, de plumes, de broderies et d'ornements aux mille scintillements.

En attendant l'arrivée de Pizarro, Manco demanda un repas.

Des nattes furent étendues, et apparurent aussitôt des soupes chaudes, du gibier rôti, des ragoûts, des fruits.

On entendait, venant du camp, des cris d'enfants. Manco avait amené toute sa maisonnée. Zara était là. Qhora la gardait. Ma fille avait à présent quatre ans. Elle grandissait en beauté, belle... Merci, Père Juan, pour le compliment. Quoique vous vous en défendiez, sous l'homme de dieu, demeurera toujours le charmeur! En effet, Zara me ressemblait, mais capricieuse, coléreuse, bref, mal éduquée, et par ma faute, c'est certain. Que voulez-vous, transformer cette exquise plante sauvage en légume domestique, non, vraiment, je ne pouvais m'y résoudre, c'eût été me renier moi-même! Et comme elle savait être câline, enjôleuse, comme nous nous adorions en cachette... Je me tais. Les souvenirs heureux sont les plus tristes à évoquer.

Manco était en train de déguster un ragoût aux pois, relevé de certaines herbes que l'on ne trouve que dans la Vallée Sacrée et que j'avais fait cueillir à son intention, lorsque quelques-uns de nos guerriers postés en avant-garde accoururent : une troupe d'Espagnols, accompagnés de serviteurs indigènes, approchait.

Dans un étincellement d'acier et des tourbillons de brocart, ils furent bientôt là.

La troupe s'arrêta à distance. Deux des leurs mirent pied à terre. Ils s'avancèrent avec un interprète, foulant les orchidées roses et mauves, les sauges bleues, les feuillages disposés sur leur passage. Un soldat suivait, tirant par la bride un ravissant petit cheval gris pommelé, harnaché d'une selle en cuir écarlate.

Cela faisait près de cinq ans que j'avais vu Villalcazar, mais il n'était pas de ceux que l'on oublie. Sa présence me stupéfia. J'en conçus un mauvais pressentiment.

Lui et son compagnon, Alonso Medina, un gentilhomme de l'entourage de Pizarro, s'inclinèrent devant Manco.

Puis Villalcazar, négligeant son interprète, s'adressa à moi du même ton que si nous nous étions quittés la veille. C'était une insolence. Afficher de cette manière nos anciennes relations ne pouvait qu'indisposer Manco. Le connaissant, j'étais certaine que Villalcazar l'avait fait délibérément.

— Te revoir est toujours un plaisir. Tu es superbe... Le

cheval est un présent du Marquis. Il prie l'Inca de l'accepter en gage d'amitié.

Bien que j'eusse soin d'entretenir mon castillan en conversant avec nos prisonniers, je traduisis avec difficulté. Les mots me fuyaient. Je sentais Manco raide d'agacement. J'étais troublée.

Il parla.

— Dis à ces hommes que j'ai, moi aussi, apporté un présent, mais je le remettrai en main propre à Pizarro, avec mes remerciements pour son attention.

Villalcazar s'inclina à nouveau.

— Le Marquis est souffrant. Il nous a mandatés pour entamer les négociations. Lorsque nous serons parvenus à un accord, il se déplacera pour le signer et, au besoin, régler avec l'Inca les points qui demeureraient en litige.

Je dis :

— Cela n'était pas convenu.

Villalcazar sourit.

— Ceci convient au Marquis.

— L'Inca ne traitera qu'avec lui. Il va être offensé.

— Contente-toi, s'il te plaît, de transmettre.

Je me tournai vers Manco.

Sa réaction fut immédiate, et telle que je craignais.

Il se dressa, envoya un coup de pied dans les plats d'or étalés devant lui.

— Langues de serpents et cœurs de traîtres ! L'Inca ne traite pas avec des hommes qui se découvrent devant Pizarro, l'Inca ne traite que de chef à chef. Que ces hommes disparaissent, sinon je les tue ! L'entrevue est terminée.

Villalcazar leva la main en signe d'apaisement.

Manco hurla :

— Et dis à celui-ci que si jamais il ose se représenter à mes yeux, je ferai de ses boyaux des cordes pour ma fronde !

Puis il se rassit, bras croisés.

Je traduisis.

Villalcazar lissait son feutre.

Il ricana.

J'admirai, malgré moi, son audace. Nous avions avec nous plus de dix mille guerriers prêts à fondre sur lui pour le hacher menu, et il ne l'ignorait pas.

— J'avais prévenu le Marquis, dit-il. L'*Indien* a une cervelle de singe. On ne le matera que mort... A bientôt, ma très belle.

— Tu n'as pas compris ce qu'a dit l'Inca ? il te tuera si tu reparais devant lui.

— Sois tranquille. Il ne sera pas de notre prochain tête-à-tête.

Il adressa à Manco un salut très étudié. Alonso Medina l'imita, et ils s'en furent. L'interprète et le soldat étaient déjà loin.

La première chose que fit Manco fut d'ordonner de pendre le beau petit cheval à un arbre.

Nous assistâmes en silence à l'exécution. Nous étions pétrifiés, redoutant de nouveaux effets de sa colère. Mais, quand les derniers soubresauts de l'animal cessèrent, il se borna à réclamer un autre repas.

Les femmes se précipitèrent pour débarrasser les nattes sur lesquelles le restant du contenu des plats s'était déversé. On brûlerait nattes et nourritures. C'était la règle. Ce que touchait l'Inca, aliments, habits, etc., était, après usage, réduit en cendres, les cendres remisées dans des panières et éparpillées au vent une fois l'an.

Pendant que les femmes s'affairaient, Manco convoqua ses capitaines et leur annonça qu'on levait le camp. Il dit cela d'un ton gai, et je compris brusquement que la dérobade de Pizarro l'arrangeait. Il l'avait même prévue, et s'il avait consenti à rencontrer les Espagnols, c'était plus pour panser son orgueil en exposant sa splendeur présente que pour discuter d'une paix que sa nature repoussait. Cette constatation m'ulcéra.

Il mangea de bel appétit, but en fin de repas trois gobelets de *chicha*, et se retira avec deux mignonnes vierges qu'un *curaca* lui avait offertes sur le chemin de l'aller.

Cela nous permit de déplier nos membres ankylosés.

Au camp, on préparait déjà le départ.

Ma tente se trouvait sur les hauteurs à proximité de celle de Manco. Elle n'était pas encore démontée. Autour, j'aperçus des serviteurs, et Qhora qui gesticulait.

Elle s'arrêta en me voyant, éclata en sanglots, se jeta face contre terre, se releva. Son visage était gris, ses yeux écarquillés de terreur.

– Qhora! criai-je. Qu'y a-t-il?

Je regardai autour de moi.

– Où est Zara?

Elle ne répondit pas.

– Où est Zara? répétai-je.

– Ils l'ont volée, ils ont volé l'enfant...

Je l'empoignai et la secouai.

– Volée! Qu'est-ce que tu racontes?

Et comme Qhora demeurait muette, hébétée, hoquetant, mâchant ses larmes, je fis ce que je n'avais jamais fait, je la giflai.

– Ce sont deux hommes... deux hommes qui paraissaient de chez nous, dit-elle en reniflant. J'étais en train de peigner Zara, ils sont entrés dans la tente, j'ai cru qu'ils venaient prendre ton bagage... On m'avait dit que nous repartions, j'avais tout préparé... Ils m'ont assommée. Quand je suis revenue à moi, Zara n'était plus là. J'ai d'abord pensé... Elle est si joueuse! Mais elle n'était pas dehors, les domestiques ne l'avaient pas vue, et sa couverture avait disparu. Ils l'auront roulée dedans, et ils l'ont emmenée. Qui les aurait remarqués dans cette agitation! J'allais te prévenir... Notre fleur, notre tourterelle...

Je l'abandonnai à ses gémissements, et j'essayai de me concentrer. Enlever Zara? Pourquoi? Qui? Cela n'avait aucun sens. Et, soudain, je me souvins de l'enlèvement du petit Titu Cusi, le fils bien-aimé de Manco...

Qhora tirailla ma jupe.

– Ils ont laissé cette chose piquée à ma broche. Toi, tu sauras peut-être.

Je lui arrachai la « chose » des mains. Un papier. Avec des caractères dessus comme en tracent les Blancs.

Je partis en courant.

On commençait à charger les lamas. Les tentes s'effondraient, une à une. Les guerriers se rassemblaient. J'en avisai un, le questionnai et, toujours courant, je dévalai la pente. Ma mauvaise jambe suivait comme elle pouvait.

Les prisonniers espagnols étaient attachés, corde au cou, jambes entravées, à un *mulli*. Je m'avançai dans l'ombre fraîche de l'arbre, et je tendis le papier à l'un d'eux.

– Lis! dis-je.

C'était un tout jeune, un apprenti tailleur qui avait eu la malchance de faire partie d'un convoi attaqué par Manco. Quand il était arrivé à notre cité, il avait un visage de fille, blond et doux. Maintenant, il était sec, brûlé par les fièvres, et ses cils tombaient. Il n'avait jamais manié un mousquet, mais il tirait l'aiguille avec adresse. Manco l'avait assigné à l'entretien de ses vêtements européens. Il me rappelait vaguement Martin de Salvedra. Je lui donnais de temps en temps quelques feuilles de coca et un peu de viande.

– La lecture, c'est pas mon fort, dit-il. Heureusement, c'est court...

– Qu'y a-t-il d'écrit sur ce papier?

En ânonnant, il lut :

– « Si tu veux ta fille, viens à Cuzco la chercher. Seule. Bartolomé. »

Je remontai jusqu'à la tente de Manco.

Une des gamines était affalée dans un coin. L'autre était sous lui, la tunique retroussée. Je m'accroupis, attendant que Manco terminât. Mes pensées tournoyaient, s'envolaient, j'étais incapable d'en attraper une. J'avais mal partout. Imaginer Zara... Père Juan! c'était comme si l'on m'avait fendue en deux!

Je m'efforçai au calme. Manco déciderait. Il saurait, lui, ce qu'il convenait de faire.

La gamine poussa son premier cri de femme. Le corps lourd et magnifique de Manco la recouvrait, à l'exception de l'une de ses jambes, menue et brune, jetée en travers de la couche.

Manco se dégagea, se tourna, m'aperçut. La gamine, aussi. Il fit un geste. Elle se redressa, rabattit sa tunique, s'enfuit, la silhouette noyée dans les cheveux. L'autre fillette suivit.

Je me raidis. Aborder Manco en pleurnichant n'était pas la bonne façon. Forte, la voix assurée comme s'il allait de soi que du père me vînt le secours qui me rendrait ma fille. Subitement, je n'en étais plus si certaine...

Je m'approchai de la couche.

Manco se leva.

– Que veux-tu?

Son ton n'avait rien d'aimable.

Pourtant, il me connaissait suffisamment pour savoir que jamais, même à l'époque fleurie de nos amours, je ne me serais abaissée à m'offenser de ces plaisirs, qui ne sont qu'une des multiples manières de purger le corps de ses humeurs, et qu'il me fallait un motif très grave pour le déranger.

Je parlai, montrai le papier.

Comme il ne disait rien, je dis :

– Tu vas envoyer des guerriers? Les indigènes de Villalcazar qui ont enlevé Zara ne doivent pas être loin.

– Ils ont des chevaux, ils sont loin. Envoyer des guerriers...? Tu ne vois donc pas? C'est un piège. Pour retarder notre départ, rappliquer en force, nous cerner, me capturer! Ces chiens sont capables de n'importe quoi!

– Je ne crois pas. Villalcazar n'a jamais accepté que je le quitte...

– Après si longtemps? N'est-ce pas te donner beaucoup d'importance?

J'étais trop angoissée pour me froisser.

– Manco, que vas-tu faire?

– Déguerpir au plus vite, gagner les monts.

– Mais Zara... Zara!

Manco hocha la tête.

– Il n'y a rien à faire.

– Tu ne l'as jamais aimée! criai-je. C'est la chair de ta chair, et elle ne compte pas plus pour toi qu'une poignée d'herbes!

– Azarpay...

Je me laissai tomber à ses pieds.

– Je t'en supplie! Si tu ne le fais pas pour elle, fais-le pour moi!

– Tu me reproches... Qu'ai-je fait quand les Espagnols ont enlevé Tuti Cusi? J'ai attendu. Au moment propice, les nôtres l'ont ramené. Pour ta fille, aussi, le moment viendra. Il faut attendre.

– Attendre! Titu Cusi n'est revenu qu'au bout de deux ans... Deux ans! Attendre deux ans, et peut-être plus, et qui nous dit... Titu Cusi avait sa mère avec lui, tandis que Zara... si petite, perdue au milieu d'hommes dont elle n'entend pas la langue...! Qui la soignera? Qui se préoccupera de savoir si elle a froid, si elle a faim, si elle a peur...

J'avais épuisé mon sang-froid.

Manco, l'âme ailleurs, avec cette expression qu'on lui voyait une fois ses décisions arrêtées, commença de s'habiller.

Ma tête résonnait comme une cloche. Mue par l'habitude, je me relevai en sanglotant pour nouer son pagne lorsque, d'un coup, une pensée sécha mes yeux. Je lâchai l'étoffe, et je cherchai le regard de Manco.

– Puisque tu ne veux rien faire...

– Je ne *peux* rien faire.

– Moi, je peux. Je vais aller à Cuzco, je ramènerai Zara.

– Aller à Cuzco! Tu es folle! Ils te prendront, ils te tortureront jusqu'à ce que tu leur dises...

– Leur dire quoi? L'emplacement de notre cité? Je n'ai

fait le trajet qu'en litière fermée. J'ignore où débouchent les tunnels et les passes secrètes. Je ne connais que la route qui mène au mont. Tout le monde la connaît : tes guerriers y veillent en permanence.

— Tu ne sais rien, mais le savent-ils, eux ?

— Je m'en moque ! La torture, la vraie, c'est d'imaginer Zara, seule, sans moi, et de ne rien faire !

— Tu n'iras pas, je te l'interdis... L'Inca te l'interdit.

J'avais trop donné à l'homme pour craindre le dieu.

— J'irai, répétai-je.

— Tu n'iras pas.

— J'irai.

Il avança la main.

— Je devrais te tuer.

— Tu peux. Cela te coûtera moins que de me rendre ma fille.

Manco se mit à hurler.

— Si tu pars, si tu vas chez cet homme, ne reviens pas ! Et s'il te livre au bourreau, ne compte pas sur les nôtres. Ce n'est pas toi qui pars, c'est moi qui te chasse !

Je pris les habits d'une servante, je tressai mes cheveux comme le font les femmes du peuple, je me munis d'une couverture, d'un peu de viande séchée, de quelques épis de maïs, je cachai sous les vêtements ma bourse de coca et mon collier d'émeraudes, et je fis mes adieux à Qhora et à Inkill Chumpi. Qhora s'égosilla, se roula par terre. Je ne cédai pas, je refusai de l'emmener.

En fin de journée, je commençai à croiser des cavaliers espagnols. J'aperçus aussi un cortège précédant un *curaca* qui se pavanait dans une magnifique litière. Mais celui-ci n'était que l'esclave de ceux-là, enchaîné par ses ambitions. Les terrasses de culture, disposées comme des escaliers d'honneur sur les versants de la vallée, paraissaient bien entretenues. On était en mai. La moisson avait déjà dégarni la plupart des champs. Je me joignis à un groupe d'hommes et de femmes, des paysans qui allaient à Cuzco. Ils n'étaient ni loquaces ni curieux. La nuit, ils allumaient un feu. Les femmes faisaient une soupe épaissie à la farine de *quinua*. J'offrais quelques tranches de *charqui*. Et un creux de fossé nous accueillait.

La fatigue chassait le désespoir. Je m'endormais, la petite figure de Zara sous les paupières, et je la retrouvais au réveil. J'évitais de penser à Villalcazar. L'envie de le tuer m'ôtait mes forces. Plus tard! Pour l'instant, s'il n'y avait d'autre possibilité de récupérer Zara, j'étais prête à tout ce qu'il exigerait. Il l'avait dit quand nous nous étions rencontrés chez Hernando Pizarro, pendant que Manco était prisonnier à Sacsahuaman : « Chacun a son prix. »

Nous passâmes en dessous de mon palais. Un Espagnol, feutre blanc, cape de velours grenat, grimpait la côte sur son cheval. Deux nègres suivaient, conduisant une charrette que tiraient quatre mules harnachées de pompons et de grelots.

Les paysans en compagnie desquels j'étais se mirent à parler de Marca Vichay.

Il y avait du respect et de la crainte dans leur ton. Mon Cañari était devenu un personnage et commandait à une partie de la vallée.

Je faillis monter jusqu'au palais, mais je résistai. Zara me tirait vers l'avant.

Le quatrième jour, en fin de matinée, j'entrai dans Cuzco.

C'est une impression singulière, Père Juan, de se sentir totalement dépaysée dans un endroit où l'on a vécu et dont la mémoire vénère l'image.

Je ne reconnaissais plus notre ville! Elle avait poussé en hauteur, pris d'autres couleurs, perdu toute majesté.

Sur les murs en pierre de nos palais et de nos temples, qu'avait épargnés le grand incendie allumé par Manco, s'élevaient des façades de ciment plâtré, blanches, ocre rose, bleues, mauves, vert tendre, percées de fenêtres frivoles que soulignaient des arabesques en fer forgé. Certaines avaient jusqu'à deux étages, ce qui me stupéfia. Ces plans verticaux, vertigineux, qui nous volaient le ciel, se chapeautaient de curieuses toitures ondulées. Où étaient nos nobles perspectives de plain-pied, où était notre chaume blond, où étais-je? Dans une ville morte. Sur ses ossements, sur mes souvenirs, les Espagnols avaient édifié la leur.

D'un pas de somnambule, je me dirigeai vers l'*Huacaypata*... Pardon! la Plaza Mayor! A la fontaine, je bus, et je me rafraîchis le visage et la mise. Je défis mes tresses, me peignai. Je ne m'assis pas, je ne me serais pas relevée.

Quand je m'enquis de la demeure de Bartolomé Villalcazar, dix bras se tendirent vers l'une des rues débouchant sur la place, et, de loin, on me montra la précieuse dentelle de bois ajouré, qui décorait la galerie du premier étage.

Penser que ma petite fille était là...

Mon cœur battit, j'oubliai mes pieds saignants, je courus.

Un haut portail clouté d'argent, surmonté d'un massif linteau de granit, vestige du passé, s'encastrait dans la façade. L'un des battants était entrebâillé. Je me faufilai.

Inutile, Père Juan, de vous décrire le hall dallé, son pesant mobilier, l'escalier à belle rampe de cèdre, vous les connaissez, cette maison est celle où je vous ai reçu... Non. Ne me demandez pas comment j'en suis devenue propriétaire, et ne soyez pas trop pressé de l'apprendre, cela ne vous plaira pas du tout! Pour l'heure, restons-en à la femme que j'étais, une pauvre jeune femme fourbue qui venait reprendre son enfant.

Dans le hall, j'hésitai. L'absence de domesticité me surprenait. Au fond, j'aperçus une cour, et des chevaux attachés. Je choisis l'escalier. Mes jambes tremblaient. Cette envolée de degrés s'élançant vers les hauteurs n'avait rien de commun avec les escaliers de notre cité, sortant du roc même.

Sur le palier, à droite, il y avait une porte ouverte. S'en

échappait un bourdonnement monotone. J'approchai avec précaution.

Au milieu de la pièce, sur un socle drapé de tentures noires, s'allongeait une de ces longues, hideuses boîtes en bois, dans lesquelles vous, les chrétiens, emprisonnez vos défunts. Des cierges doraient de leurs flammes jaunes une tête blonde de femme, reposant sur un coussin de satin. C'était la première femme blanche que je voyais. La maladie ou la mort avait fondu ses chairs. La peau du visage, très pâle, n'habillait qu'une ossature fragile et enfantine. Mais les mains croisées sur un crucifix n'étaient plus jeunes.

La lumière des cierges repoussait l'assistance dans l'ombre. Je distinguai vaguement, aux détails de leurs costumes, quelques Espagnols debout, deux religieux égrenant leur chapelet et, derrière, agenouillés, un grand nombre d'indigènes des deux sexes, priant avec une fausse ferveur le dieu étranger qui les nourrissait.

Villalcazar manquait.

Sans m'en rendre compte, je m'étais avancée. Brusquement, je sentis des regards se poser sur moi, et je me sauvai.

A mi-chemin dans l'escalier, j'entendis une voix chuchoter mon nom.

Je me retournai.

Quelques secondes me furent nécessaires pour ajuster l'aimable portrait de Martin de Salvedra à la physionomie creuse, dévastée, de l'homme qui descendait les marches.

— Venez, dit-il.

Au rez-de-chaussée, nous allâmes dans une petite salle. Il referma la porte.

— Martin, que faites-vous ici? Où est Villalcazar?

— Chez l'Evêque. Pour régler le cérémonial des obsèques.

— Qui est cette morte? Une personne de sa famille?

— Sa femme.

225

— Sa femme? Il m'avait dit qu'il n'était pas marié! Peu importe! Martin, savez-vous...?

— Tranquillisez-vous, votre petite fille va bien.

— Martin...

— Elle est dans un domaine que Villalcazar possède aux environs... Azarpay, je suis si, si soulagé que vous soyez venue! Imaginer votre angoisse... Et que pouvais-je faire? Dans le dénuement où je suis... Depuis l'exécution d'Almagro, je vis à Lima avec Diego, son fils, et quelques compagnons. Une vie de pestiférés. Les brimades, les humiliations que nous subissons! Pizarro paiera. Il paiera, je vous le jure! Excusez-moi, je me laisse emporter... Ceci ne vous concerne pas. Ce n'est pas pour écouter mes jérémiades...

— J'ai souvent pensé à vous, dis-je. Martin, où se trouve le domaine de Villalcazar?

Il me prit la main.

— Il y a combien de temps que nous ne nous sommes vus? Cinq ans... six?

— Six ans. Avant votre départ pour le Chili.

Il lâcha ma main, soupira.

— Une éternité! J'ai un cheval, je vais vous mener au domaine.

— Je ne voudrais pas vous compromettre.

— Me compromettre? Villalcazar et moi ne nous adressons plus la parole. Si ma sœur sentant sa fin prochaine ne m'avait fait appeler... C'est elle qui m'a mis au courant pour votre petite fille. Quelle ignominie! Je croyais que plus rien, de la part des hommes, ne pouvait m'étonner...

— Votre sœur?

— Ma sœur était la femme de Villalcazar.

— Votre sœur? Oh! je suis désolée, Martin! Pourquoi ne m'avoir jamais dit que Villalcazar avait épousé votre sœur?

— Evoquer ce mariage m'a toujours répugné. Il fut le fait de ma sœur, et, contrairement à ce que vous pourriez supposer, Villalcazar n'y tint pas le mauvais rôle.

– De quoi est-elle morte?

– Maladie de l'âme. Cela ne se soigne pas. Partons. Il risque de revenir.

*
* *

Nous quittâmes Cuzco par la route du Sud.

Martin m'avait donné un grand châle appartenant à sa sœur, qui me dissimulait. J'étais assise de côté, devant lui. Ses bras m'encadraient, et je me retenais des deux mains à la crinière du cheval. Malgré l'effroi que me causait la puissance dégagée par l'animal, je me sentais, pour la première fois depuis l'enlèvement de Zara, moins misérable.

– C'est encore loin? disais-je sans cesse.

– Un peu.

Martin ne parlait pas.

Soudain, il bifurqua, et il s'engagea dans un chemin. Jusqu'aux contreforts des monts, s'étendaient des champs de culture. De la paille roussie. Là aussi, la récolte était faite.

– Voici le domaine, dit Martin.

– Comment Villalcazar l'a-t-il acquis?

– Quand Almagro, au retour du Chili et après que ses négociations avec Manco Inca eurent échoué, s'est emparé de Cuzco, il a redistribué les terres que Pizarro avait octroyées à certains. Le domaine fut pour l'un de ses capitaines, j'y suis venu souvent. Et puis, après la défaite et l'exécution d'Almagro, ce que nous avions pris aux fidèles de Pizarro, Pizarro nous l'a repris... En arriver à se voler, à se haïr, à s'entre-tuer entre compatriotes, quel gâchis! Villalcazar qui s'était distingué en se battant contre nous aux côtés d'Hernando Pizarro a été hautement récompensé : le palais de Cuzco, ces terres nanties de plusieurs villages... C'est précisément à cause de cela... Les lois qui régissent l'existence des Espagnols aux Indes occidentales stipulent que tout homme jouissant d'une

227

terre riche se doit d'avoir son épouse avec lui ou de se marier. Villalcazar s'est résigné à faire venir ma sœur. Il me faut vous dire...

Je l'interrompis.

— N'est-ce point ici?

Au détour d'une colline, juchées à faible hauteur sur un éperon broussailleux, se profilaient un groupe de maisonnettes et la silhouette creuse d'un grand bâtiment, que la charpente de bois ébauchait.

— C'est ici, dit Martin. L'ancienne demeure a brûlé, Villalcazar fait reconstruire.

Il attacha le cheval à un arbre, au pied de l'éperon.

Nous grimpâmes jusqu'aux maisonnettes. Autour, le terrain était largement dégagé et s'arrondissait en esplanade devant le chantier.

— C'est bizarre, murmura Martin. Où sont les ouvriers?

C'est alors que j'entendis les lamentations.

Une femme gémissait, de cette voix enrouée, lugubre, qui s'associe toujours chez nous au malheur. La voix provenait de l'une des maisonnettes.

— Il se passe quelque chose, dis-je. Martin, Martin! je vous en prie...!

La sueur m'inondait et je tremblais. Je me souviens que je butai sur une pierre. Martin me releva.

— Calmez-vous. Ce doit être un accident... un des ouvriers. Il serait préférable que nous attendions dehors. Quelqu'un va bien sortir.

Je me dégageai.

— Attendre? Attendez, vous! Moi, j'y vais, je veux ma fille!

Je me courbai en deux pour pénétrer à l'intérieur de la maisonnette. L'obscurité m'absorba. Je me heurtais à des ombres. Des hommes. Je le devinais à leur silence. Nos hommes ne sont bruyants qu'à la guerre, dans l'ivresse ou dans la joie. La femme, quelque part dans la pièce, continuait à geindre. Martin m'avait rejointe.

Je criai : « Zara! Zara! »

228

Une voix d'homme dit :

– Que cherches-tu ?

Comme nous en étions convenus, je dis :

– L'étranger est un parent du señor Villalcazar. Nous venons prendre la petite fille pour la ramener à Cuzco.

– C'est un grand malheur, dit l'homme.

Je le bousculai, fonçai parmi les ombres.

Zara était étendue sur une couverture, vêtue de la tunique blanche à fleurs rouges et jaunes, que j'avais brodée moi-même, les cheveux sagement alignés de chaque côté de son mignon visage.

Je me jetai sur elle, l'étreignis, l'appelai.

Je refusais d'accepter ce que mes yeux voyaient, ce que mes mains sentaient. Ce ne pouvait être ! Et je continuais à la palper, à lui parler, à la secouer presque avec rudesse...

– Azarpay, chuchota Martin.

– Laissez-moi, qu'on me laisse !

La femme dit :

– Une belle enfant, et remuante ! Nous sommes allées cueillir des herbes pour la soupe. Elle, ce qui l'amusait c'était regarder les ouvriers travailler. Je le lui avais interdit, elle m'a échappé... Mes jambes ne sont plus très bonnes, tu comprends... Elle a couru jusqu'au chantier, elle est montée sur des planches, elle a perdu l'équilibre. Un ouvrier l'a vue tomber, elle s'est brisé la nuque. C'est si frêle, à cet âge ! Un oisillon ! et le señor Villalcazar qui nous avait tant recommandé d'en prendre soin ! Un homme est parti demander au religieux étranger qui habite le village... Pour l'enterrement, tu comprends.

L'enterrement...

Enterrer Zara ! Mettre ma petite fille sous terre selon les maudites coutumes espagnoles, elle qui aimait tant la lumière, elle qui n'était que lumière !

Je dis à Martin :

– Ils attendent un de vos prêtres pour l'enterrer. Mais ça... ce... cette abomination, jamais ! Partons.

Je soulevai Zara dans mes bras.

Père Juan! si vous saviez comme c'est lourd, le corps d'un petit enfant mort!

– Que fais-tu? dit la femme.

– Nous partons.

Elle agrippa ma jupe.

– Tu ne peux pas. Le señor Villalcazar tenait beaucoup à la petite fille. Il faut que le prêtre voie de ses yeux que nous ne l'avons pas maltraitée, sinon le señor Villalcazar...

– Que dit-elle? demanda Martin.

Tandis que je traduisais, la femme discutait avec les hommes. Des hommes comme ceux de mon *ayllu*, sauf l'un d'eux, habillé à l'européenne, probablement un valet de Villalcazar, et ce fut lui qui s'adressa à moi. Il avait la suffisance qui gâte souvent les humbles, dès qu'ils acquièrent sur leurs semblables un peu d'autorité.

– Toi, femme, tais-toi. Tu pars ou tu restes. La petite fille, nous la gardons.

Martin dit tout bas :

– Ils sont trop nombreux. Pour votre sécurité, Azarpay...

– Ma sécurité...! Martin, vous avez été très bon. Maintenant, allez-vous-en, vous n'avez rien à faire ici, ne vous en mêlez pas.

Il hocha la tête.

– Tenez l'enfant bien serrée, et suivez-moi. Nous allons essayer de passer.

Le valet de Villalcazar, qui devait entendre quelques mots de castillan, étendit la main vers moi.

– Toi, qui es-tu?

Le ton, le geste m'arrachèrent au désespoir.

– Ne me touche pas! criai-je. Qui je suis? Regarde-moi, homme de peu, larve abjecte, regarde-moi bien! D'où je viens, on te pendrait pour cela! Je suis Azarpay, la mère de cette enfant engendrée par Manco Inca, ton Seigneur et ton dieu. Elle descend de notre Père le Soleil, sa chair est nourrie de sang divin. Ose m'empêcher de la préparer selon nos rites à la vie heureuse de l'au-delà... Ose, tu peux. Mais tremble, tremblez tous! L'Inca est partout, les siens vous trouveront, et quand il vous aura fait dépecer et empaler, quand vous ne serez plus que des morceaux de chair embrochés sur un pieu, les démons et les vers dévoreront votre cœur, vous serez pourriture pour l'éternité! Venez, Martin.

J'avançai.

Un à un, les hommes s'écartèrent.

Dehors, il faisait beau, la luminosité soyeuse d'un bel après-midi tirant à sa fin.

Ce fut, je crois, en découvrant le ciel à sa place, les monts debout, que je réalisai vraiment quelle solitude serait désormais la mienne.

Nous avions repris la route, puis nous l'avions quittée et nous étions dans un champ d'herbes hautes.

Martin m'aida à descendre du cheval. Je m'assis, Zara enveloppée dans le châle, tout contre moi. C'est curieux, cette absurde volonté qu'ont les vivants de communiquer aux morts leur chaleur. J'avais si peur qu'elle eût froid!

– Qu'allez-vous faire? dit Martin.

C'était les premières paroles qu'il prononçait.

Je n'avais pensé à rien, mais je sus immédiatement.

– Je retourne à Cuzco, je vais tuer Villalcazar.

Martin s'assit en face de moi.

– Soyez honnête, ce fut un accident.

– S'il n'avait pas enlevé Zara, elle serait vivante, cela revient au même!

Martin soupira.

– Avant, voyez-vous, j'aurais essayé de vous dissuader, j'ignorais la haine. A présent...! Azarpay, dans ces circonstances, ce serait une folie. Vos relations privilégiées avec Manco Inca sont de notoriété publique. Dans Cuzco, à chaque minute, vous risquez d'être reconnue. Ceux de votre race qui se sont alliés aux Pizarro pour rentrer dans leurs biens seront les premiers à vous dénoncer. Et vous n'êtes pas en état... Excusez-moi de vous parler aussi brutalement, mais pour se venger, il faut vivre et choisir son moment.

Je caressais la tête de Zara. Je la revoyais, les joues colorées par le jeu, les cheveux embrouillés. Que de vivacité, de joie en elle! Les souvenirs s'arrêteraient là. Plus de rires, de larmes, de chagrins, de bonheurs à y ajouter. C'était fini, elle ne grandirait pas, elle ne vieillirait pas, son image était fixée à jamais.

Martin se leva.

— Avez-vous songé...? Où comptez-vous...? C'est impossible que vous la rameniez auprès de l'Inca. Elle... elle ne supporterait pas le trajet. Dites-moi où...? Je vous aiderai.

Martin avait raison : les morts n'attendent pas.

Garder Zara intacte dans sa grâce et sa joliesse était plus urgent que tuer Villalcazar.

Je cherchai.

Où? Je songeai à mon palais. Au-dessus des pâturages, se nichaient les grottes saines et sèches, propices à la conservation des corps et au bien-être des âmes. Mais comment y parvenir? Les Espagnols occupaient le palais, les entours, et la vallée de Yucay grouillait d'indigènes à leur solde, traîtres et convertis. Si l'on me surprenait avec le cadavre de ma petite fille, on me l'enlèverait, on la mettrait dans une boîte, et la boîte, dans la terre... Alors, où? Et, d'abord, où trouver les mains expertes pour la préparer, l'oindre, l'embaumer, la parer? Certes, dans chaque village, on connaissait les secrets, les rites, mais votre religion, vos lois interdisaient cette manière d'honorer nos défunts. La chose ne se pratiquait plus qu'en cachette, entre soi, au sein de l'*ayllu*...

J'interrompis ma réflexion.

— Martin, je sais où je veux aller : chez moi, dans mon village.

— Où est-ce?

— Près d'Amancay.

— Je vous y mène. C'est, d'ailleurs, sur ma route. Je rentre à Lima.

– Vous n'assistez pas aux obsèques de votre sœur?

– Vous m'imaginez conduisant le deuil avec Villalcazar? Vainqueur et vaincu, côte à côte! Je n'ai pas l'aisance ni l'hypocrisie qui s'imposent.

Je le regardai.

– Martin, pourquoi ne repartez-vous pas en Espagne? Almagro n'est plus...

– Diego, son fils, demeure. Je suis un homme très ordinaire, Azarpay, mais fidèle en amitié. Diego a besoin de moi, nous avons des choses à faire ensemble. Après... Qu'importe!

Nous nous séparâmes au pied des terrasses de culture. La récolte, ici, est plus tardive. Hommes et femmes commençaient seulement à dresser en faisceaux les grandes cannes de maïs, fraîchement coupées. Les enfants aidaient. Les plus petits, à quatre pattes, s'affairaient à de mystérieuses besognes. Quand j'avais l'âge de Zara, je m'amusais, moi aussi, à taquiner les myriades d'insectes rampants que le remue-ménage chassait de leurs trous. Rien n'avait changé.

La femme choisie

Père Juan de Mendoza
ce 12 octobre 1572

De quelles cruautés, l'existence a affligé cette femme!
Pourtant, elle est gaie, volontiers rieuse, un caractère dur,
trempé à tous les malheurs, de la bonté, aussi. Par
moments, l'âme affleure jusqu'aux yeux, et comme ils res-
plendissent! Hélas, je crains bien que cette âme ne soit
perdue pour Vous, Seigneur, et par notre faute.

Les porteurs se rassemblent, les serviteurs étouffent les
braises, nous repartons. Encore deux ou trois jours, m'a-
t-elle dit.

Si la température accuse des sautes d'humeur, qui me
font tour à tour suer et grelotter, le paysage, un chaos de
roches, aux flancs couverts d'un brun pelage buisson-
neux, ne bouge guère. Il est vrai que, sur ces sentes qui
côtoient les abrupts, mon attention se borne à mes pieds.
Rien que de jeter un regard vers le bas, le cœur se
décroche.

Hier, j'ai eu un malaise. Elle m'a obligé à mâcher quel-
ques feuilles de coca avec une pâte [1] qui en double,
paraît-il, les effets. Miraculeuse médecine! Je gambadais
ensuite avec l'insouciance d'une chèvre! Les porteurs
souriaient. Partager le quotidien nivelle les différences.
Elle a souri aussi : « La prochaine fois, Père Juan, vous
m'obéirez sans discuter. N'oubliez pas que vous êtes mon
captif. » Commence-t-elle à resserrer la corde qu'elle m'a
*passée au cou? *

Seigneur, quelque pensée que sa réflexion suggère à

1. Une pâte de carbonate de chaux et de cendre de tiges de *quinua*,
la *llipta*.

234

mon esprit, je suis entre Vos mains, et non entre les siennes. Vous disposerez.

Je ne reprendrai de sa médecine qu'en cas de nécessité absolue. L'honneur d'un homme est de demeurer lui-même quoi qu'il advienne.

7

Je crois vous l'avoir dit, Père Juan, lorsqu'une fillette entrait à l'*Acllahuasi*, elle était perdue pour les siens.

Changeant de nom à la puberté, allant ensuite occuper ses fonctions d'*Incap Aclla* à la cour de Cuzco ou grossir le nombre des concubines de quelque seigneur, comment ses parents eussent-ils retrouvé sa trace ? Ils n'y songeaient d'ailleurs pas. L'enfant appartenait désormais à un autre univers, merveilleux, magique, qui leur était interdit.

Mon *ayllu* n'avait donc établi aucune relation entre la petite « Pluie de Maïs », partie pour Amancay tant d'années auparavant, et Azarpay, la femme que j'étais devenue, dont les guérisseurs itinérants célébraient les amours avec Huascar et Manco jusque dans les moindres villages enfouis dans les plis de la sierra... Si je révélai la vérité à notre *Curaca*, ce ne fut que pour assurer à Zara, dans la mesure du possible, des funérailles dignes de la fille de l'Inca. La douleur étouffait en moi l'orgueil.

Le *Curaca* ne l'entendait pas ainsi.

Quand je manifestai l'intention de réintégrer la maisonnette familiale, il se récria. Mes géniteurs n'étaient que les instruments. A l'*ayllu* tout entier, dont je partageais le sang et les vertus héréditaires, revenait l'honneur d'avoir été choisi par les dieux pour engendrer si illustre destinée, et il s'en octroya aussitôt une bonne part en m'installant d'autorité dans l'une de ses demeures, avec sa seconde épouse pour servante.

Etant gamine, je n'abordais les épouses du *Curaca* que les yeux baissés. A présent, c'était elles qui se courbaient devant moi et m'appelaient « mère », ainsi que le font les inférieurs, sans distinction d'âge. Leur attitude me gênait. Les impressions de l'enfance sont tenaces.

Cette déférence presque craintive, je la lisais dans chaque regard, et plus encore dans ceux de ma mère et de ma sœur, toutes deux si froissées par le temps qu'on aurait pu confondre leurs visages, muets, mornes et terreux.

Mon père s'était mieux conservé, mais de sa bouche, si prompte jadis à plaisanter, ne sortaient plus que des lamentations.

Ses soucis étaient les soucis d'un pauvre homme des champs, placé dans un contexte qui le dépassait, bien qu'il lui fallût en assumer les conséquences.

En l'écoutant, j'en arrivais à la conclusion que, dans la cité de Manco, nous vivions paradoxalement plus près des Espagnols dont nous épions chaque fait et geste, que de la réalité quotidienne qu'affrontaient les populations.

– Sous l'Inca, soupirait mon père, les fonctionnaires distribuaient la laine, nous la tissions. Maintenant, on nous oblige à la fournir nous-mêmes. Et comment veux-tu, avec le maigre troupeau de notre village...! Nous voici donc tenus de troquer le peu que l'étranger nous laisse sur la récolte pour nous en procurer. Bientôt, les femmes n'auront plus de maïs pour préparer la *chicha*! Avant, en cas de sécheresse ou de tremblement de terre, l'Inca veillait, nous étions tranquilles, sûrs de ne pas mourir de faim, d'avoir de quoi nous vêtir et une bonne couverture chaude. Aujourd'hui, on vit sans savoir si on vivra demain.

Et encore, Père Juan, vos compatriotes n'avaient-ils pas taillé le bât que, depuis, ils nous ont mis sur le dos!

Le matin, je grimpais à la grotte où reposait Zara. L'*ayllu* s'était dépouillé de ses étoffes les plus pré-

237

cieuses pour la parer. Evidemment, manquaient les pierres fines, les bijoux et les bibelots d'or dont on honore les enfants des princes, mais ma fille avait l'essentiel : un petit oiseau capturé au crépuscule, qui la guiderait dans son voyage vers l'éternité, et plusieurs amulettes aux pouvoirs bénéfiques, confectionnées avec des graines, des cordelettes et des plumes, que le père de mon père avait glissées entre les trois linceuls de laine et la natte de jonc, enroulée plusieurs fois autour de son corps menu afin de le maintenir dans la position du fœtus, celle dans laquelle les défunts se doivent de quitter le monde des vivants.

Je lui parlais, je disposais devant la grotte des friandises, maïs grillé, fèves, miel que nous tirons des tiges de maïs avant que l'épi parvienne à maturité. Ce n'était pas les fruits des Terres Chaudes, goyaves, avocats, dont Zara raffolait, mais je faisais de mon mieux.

Perpétuer l'apparence de la vie, garder un contact avec les êtres que nous aimions est pour nous nier la séparation et la mort. Quel mal, dites-moi, y a-t-il à cela ? Les Espagnols, eux aussi, ornent les tombes, communiquent par la prière avec leurs disparus. Pourquoi donc cette rage à abolir nos usages ? Vous nous reprochez nos amulettes, nos offrandes, nos *conopa*... Et vous ? Ne vous bardez-vous pas de croix, de scapulaires, de chapelets ! Vous frappez d'anathème nos *huaca*, et vous vous prosternez devant les images du Christ, de la Vierge et des saints dont vous peuplez le moindre lieu ! Ces images et nos *huaca* n'ont-elles pas le même but : nous protéger, écarter les démons, ne traduisent-elles pas la même angoisse ? Alors, au nom de quoi nous dénier le droit d'assurer notre au-delà selon nos croyances ? Que feriez-vous, Père Juan, si des hommes vous contraignaient à changer de religion sous le seul prétexte qu'ils ont pour eux la loi du plus fort ? Cette pensée vous révulse ? Pensez plutôt à ce que nous éprouvons !

Derrière le mur de pierres, qui scellait la grotte, j'imaginais Zara telle qu'elle demeurerait, victorieuse du temps qui griffe, laboure, pourrit, consume les chairs, telle que je l'avais vue pour la dernière fois... La nuque frêle, penchée, le doux menton frôlant les genoux, ses petits bras enserrant ses jambes repliées, la chevelure ordonnée en multiples tresses, si tenues, brillantes qu'on aurait dit un réseau de perles noires, épandu sur sa jeune grâce. Les nattes de ma petite fille morte, je les ai tressées moi-même, Père Juan, cent dix-huit nattes exactement. Je les ai comptées, mais je ne saurais compter mes larmes! Mieux vaut d'ailleurs que je m'arrête et vous parle de Villalcazar.

Chaque visite à Zara augmentait ma haine. J'en avais le sang vicié, des palpitations, des nausées, et la tête qui tournait.

Un mois environ après mon arrivée au village, à la fin juin, je n'y tins plus et je décidai de me rendre à Cuzco.

Le père de mon père dit :

– Les hommes sont aux champs, ils terminent la récolte des pommes de terre. Je t'accompagne.

– Je te remercie, vieillard. Je préfère y aller seule.

Le père de mon père redressa sa grande carcasse cousue de peaux de renards, m'assena un de ses regards qui, enfant, me terrorisaient.

– Une femme ne va pas seule sur les routes. Tout l'*ayllu*, ma fille, se prosterne à tes pieds, moi, tu ne m'impressionnes pas! N'ai-je pas prédit que tu serais ce que tu es? j'ai dit que j'irai à Cuzco avec toi, j'irai.

– Tu ne sais même pas ce que je vais y faire!

– Rien de bon. Tu as trop de volonté et d'assurance, c'est mauvais. Une femme doit être douce et soumise.

– C'est ce que disait Huascar Inca, et pourtant... Les hommes se font une certaine idée des femmes, mais ils vont vers celles qui les surprennent.

– L'Inca n'est pas un homme. Tu parles honteusement.

– Je parle de ce que je sais.

Durant le trajet, nous n'arrêtâmes pas de nous chamailler.

239

En un sens, qu'il me contredît sur tout, à tort et à travers, me revigorait. La discussion est la poignée de piments, qui relève le dialogue. A l'*ayllu*, on ne me servait qu'un brouet insipide. Le respect isole.

Et puis, c'était attendrissant, admirable de voir ce vieillard, qui n'avait jamais bougé de son mont, s'élancer sur la *Nan Cuna* comme en terre conquise!

Je marchais derrière, portant la nourriture, les calebasses, la jarre de *chicha*, les bâtonnets pour allumer le feu, les couvertures. Lui se contentait de sa paire de gobelets – accessoires indispensables pour un homme, seigneur ou paysan : offrir à boire est une courtoisie –, plus quelques bottes d'herbes médicinales et diverses amulettes qu'il prétendait troquer au marché de Cuzco pour renouveler sa provision de *chicha*.

— Je te le défends, avais-je dit. A Cuzco, la religion des étrangers est maintenant la seule ouvertement pratiquée. Je n'ai pas l'intention de me faire remarquer et emprisonner pour que tu t'enivres.

— Je ne te crois pas. Regarde : le Soleil n'est-il pas là? C'est lui qui commande.

— Mais, vieillard, puisque je te dis...! Tu verras, ils ont bâti leurs temples sur les nôtres, leurs prêtres ont chassé nos dieux...

— En ce cas, qu'as-tu à faire, toi, une femme de l'Inca, au milieu de ces impies?

— C'est personnel.

— Les problèmes des femmes, c'est aux hommes de les régler. Ce que tu as à faire, je le ferai.

— Tu ne connais pas les étrangers, tu ne parles pas leur langue...

— Et toi, la fille de mon fils, tu la parles! Tu parles avec eux! C'est donc un de ces étrangers que tu vas voir.

— Tais-toi, vieillard. Je t'en prie, tais-toi!

Il avait gloussé, l'œil pointu.

— Tout mon caractère! Dès qu'on souffle dessus, elle flambe! Il n'est pas sain qu'une femme ait le caractère d'un homme.

Il prit un plaisir d'enfant à franchir la passerelle flottante de l'Apurimac. La *chicha* lui faisait la jambe légère.

L'avant-dernier jour du voyage, nous commençâmes à rencontrer des familles de paysans qui allaient se placer à la ville. Leurs doléances nous apprirent que notre *ayllu* demeurait privilégié. La guerre fratricide entre Pizarro et Almagro avait ruiné des communautés entières.

Il n'y avait guère d'Espagnols sur la route. Cela m'étonna. Nous eûmes cependant droit à une cavalcade qui nous jeta dans le fossé. C'était la première fois que le père de mon père apercevait des chevaux. Le restant de la jarre de *chicha* lui fut nécessaire pour digérer le choc.

La jarre vidée, il n'eut de cesse de la remplir et trouva le moyen de circonvenir un paysan qui avait de la *sora*. La *sora* se fait avec du maïs germé, bouilli dans son eau de trempage et fermenté. C'est une boisson diabolique. Les Incas en interdisaient la consommation.

– Tu ne vas pas boire cette saleté! dis-je, furieuse.

– Une femme sait-elle ce qui est bon pour un homme? Je boirai ce qui me plaît. Le jus de maïs stimule la réflexion, et j'ai bien besoin de réfléchir quand j'entends la fille de mon fils oser s'adresser à moi avec une telle impertinence!

Quand nous parvînmes devant Cuzco, les cloches sonnaient.

Bien que j'eusse essayé d'expliquer au vieil homme que les usages dont nous nous enorgueillissions avant n'avaient plus leur raison d'être, il s'entêta à vouloir baiser la terre et tomba de tout son long. En le tirant par ses oripeaux, je réussis à le remettre debout. Je tremblais. Un peu plus loin, je m'aperçus que j'avais perdu le couteau en silex caché sous mes vêtements, et je revins en courant le chercher.

Les cloches des églises continuaient à carillonner. Que célébrait-on? Si c'était une fête, les rues manquaient d'animation. Je m'en félicitais d'ailleurs, encore que je ne risque guère d'être reconnue, courbée sous ma charge et flanquée d'un tel compagnon! Celui-ci, qui n'avait jamais entendu le son d'une cloche, scrutait le ciel, se tournait de tous côtés, se prenait la tête, la roulait entre ses paumes, gémissait. Les cloches, plus la quantité de *sora* qu'il avait absorbée, c'était trop!

Brusquement, il s'accroupit sur le pavé.

– Les dieux m'interdisent d'aller plus avant, nous rentrons au village.

Et il me montra la paupière inférieure de son œil gauche, qui battait. Un présage des plus funestes, en effet. Mais j'avais trop attendu le moment de cracher ma haine à Villalcazar pour reculer.

– Va où tu veux, vieillard, dis-je. Je vais où je dois.

Je m'éloignai.

Je n'avais pas fait vingt pas qu'il me rejoignait. L'œil fermé, un brin de paille collé avec de la salive, dessus. La meilleure façon de conjurer le sort en pareil cas, chacun le sait.

– Les larmes ne pourront pas couler, dit-il majestueusement. Je vais où tu vas.

Jusqu'à l'*Huacaypata*, je le houspillai. Les murailles de nos palais, les pâtisseries de ciment, qui les rehaussaient, les rares passants, tout lui était prétexte à s'arrêter, à s'exclamer, à s'extasier et à critiquer.

Je me peignai et me lavai la figure à la fontaine. Le vieillard ne jugea pas utile de tâter l'eau. Un gobelet de *sora* le requinqua mieux qu'une toilette.

A l'angle de la grande place et de la rue, je le priai de m'attendre et de veiller sur nos affaires.

Devant la maison de Villalcazar, ma fièvre tomba.

Il y avait à peine plus d'un mois, quand j'avais franchi ce seuil, je pensais trouver ma fille vivante, je sentais déjà la tiédeur de ses petits bras autour de mon cou, sa joie vibrer dans mes oreilles, l'espoir me menait...

Un mois! J'avais l'impression de traîner ma désolation depuis des années!

Je soulevai le heurtoir d'argent.

Un serviteur parut.

– Que veux-tu?

Ce n'était pas à moi qu'il s'adressait.

Je me retournai et, avec les yeux du serviteur, je considérai le père de mon père, sa face racornie et encrassée comme une vieille pomme de terre, ses loques roussâtres sur lesquelles pendaient en sautoir les bottes d'herbes, ficelées à une corde.

– Je t'avais dit de m'attendre! criai-je.

– Eh là! Allez vous quereller ailleurs! dit le serviteur. Nous n'avons que faire de va-nu-pieds ici, et, pour la charité, ce n'est pas le moment!

– Abject vermisseau, souillure de crapaud! hurla le père de mon père. Ne t'a-t-on pas enseigné le respect dû aux anciens? Et toi, ma fille, tu ne dis rien, tu permets qu'on insulte le père de ton père, le gardien de notre *huaca* sacrée, celui qui communique avec les dieux?

Je m'apprêtais à déverser mon exaspération sur le serviteur, ainsi que le devoir filial me l'ordonnait, quand les vantaux de la porte latérale conduisant aux écuries s'écartèrent, vomissant un flot de femmes. Comme porté en triomphe par cette troupe bruyante, harnachée d'or, qui se pressait autour de sa monture, j'aperçus Villalcazar. Cuirassé, cape en velours sombre, et son grand feutre noir.

Une file de cavaliers suivait.

Le voir remit de la résolution dans mon cœur.

Je me ruai, bousculai les femmes, saisis la bride de son cheval. Il baissa la tête.

– Toi! dit-il.

– Il faut que je te parle. Pouvons-nous...

– Maintenant? Impossible. Je pars.

Sa bouche se crispa.

– Azarpay, je voudrais... Pour ta petite fille, Dieu m'est témoin, je n'ai pas voulu cela, je n'ai voulu que te reprendre, l'*Indien* ne te mérite pas.

243

– Tu pars? dis-je.

– Nous avons reçu la nouvelle, ce matin. Quelques coquins, dont ton cher Martin et les amis de Diego d'Almagro, le fils du Borgne, ont assassiné Pizarro, à Lima, dans son palais.

– Pizarro est mort!

– Je lui avais conseillé de se méfier. Il n'aurait jamais dû autoriser cette vermine à s'installer à quelques pas du palais. Ils sont entrés par surprise, ils l'ont transpercé de leurs épées. J'aurais été là... Je n'y étais malheureusement pas. Diego d'Almagro s'est proclamé gouverneur et capitaine-général du Pérou. Un gamin, métis par surcroît! A l'heure de régler les comptes, cela va encore faire un sacré grabuge!

Les chevaux, derrière, piaffaient.

Il se pencha.

– C'est ton garde du corps, cet épouvantail? Manco n'avait rien de mieux à t'offrir pour escorte?

Je serrai les mâchoires, lâchai la bride.

– C'est un grand devin, le père de mon père. Un homme qui a fait ce que tu as fait n'est même pas digne de recueillir ses déjections!

– Azarpay! Je regrette, je regrette sincèrement. Ne peux-tu, au moins, croire cela?

– Tes regrets ne me rendront pas ma fille. Mais le mal, tôt ou tard, se paie. Tu paieras.

– Bartolomé! cria l'un des cavaliers. Partons-nous?

Villalcazar toucha le bord de son chapeau.

– Je ne te dis pas adieu. Les gens comme nous se retrouvent toujours.

Les femmes, avec de grands mouvements de jupes, escortèrent les chevaux jusqu'à l'*Huacaypata*. Puis elles rentrèrent dans la maison. Les portes se refermèrent. La rue était vide et sombre. Depuis que vos compatriotes ont planté leurs étages sur nos murs, les rues de Cuzco n'ont plus droit au ciel.

Je demeurais sur place. Une phrase de Martin tournait

244

dans ma tête : « Pour se venger, avait-il dit, il faut vivre et choisir son moment. » Lui, le doux, le timide, le rêveur, avait su choisir le bon moment. Moi, non. La haine m'avait affolée, aveuglée... Venir à Cuzco, sur une impulsion, sans plan précis ! Certes, je ne pouvais prévoir le meurtre de Pizarro, mais prétendre supprimer Villalcazar avec un couteau en silex...! En supposant que nous eussions été seuls, lui et moi, m'aurait-il présenté le flanc comme un lama ou un cochon d'Inde! Ma bêtise me faisait suffoquer.

— Allons, viens, ma fille, dit le père de mon père.

Au coin de la rue, je ramassai mon chargement, et, sans nous concerter, nous sortîmes de Cuzco.

La pluie nous cueillit en chemin, et ne nous quitta plus.

Alors que se dessinaient au loin les hauteurs acérées de notre mont, le vieil homme, qui avait gardé le silence durant la quasi-totalité du trajet, dit brusquement :

— Cet étranger, tout couvert de métal aux reflets de lune, avec qui tu as parlé à Cuzco, qui est-ce ?

— Un de leurs chefs.

— Tu sembles bien le connaître.

— Je le connais.

Le père de mon père s'immobilisa.

— Je ne comprends pas.

— Ce serait trop long à t'expliquer, dis-je. Les temps ne sont plus ce qu'ils étaient, vieillard, et les événements m'ont contrainte à bien des choses.

— L'étranger t'a étendue sur sa couche ?

Je sursautai.

— Comment te permets-tu...!

— Je le sais, je l'ai su en vous voyant ensemble. Quand on possède la clairvoyance, ce qui est caché, l'esprit le sent.

— Si tu le sais, pourquoi me le demandes-tu!

— Je ne comprends pas, répéta-t-il. Comment toi, honorée par les Fils du Soleil, peux-tu être amoureuse d'un homme à peau blanche?

Je le dévisageai, horrifiée.

– Vieillard, tu perds la raison! Amoureuse de... Je le hais! Je ne serai en paix que lorsqu'il ne sera plus. C'est pour ça que je suis venue à Cuzco, pour le tuer, mais...

– Cela, aussi, je le sais. La violence est en toi, ma fille. Elle abuse ton cœur.

– Et toi, vieillard, la boisson t'égare!

Je fouillai mes vêtements trempés d'eau, et je jetai à terre le silex que je lui avais dérobé. Puis je repartis.

Le lendemain de notre retour, je m'évanouis sur la petite esplanade séparant notre *ayllu* en deux... Dans chaque village, dans chaque ville, on retrouve cette configuration qui engendre une certaine émulation, voire des rivalités. Mes parents, par exemple, qui appartenaient à l'*Hana-Saya*, « la moitié d'en haut », considéraient avec un peu de supériorité ceux qui étaient de l'*Hurin-Saya* ou « moitié d'en bas ».

A la suite de cet étourdissement, j'eus de grosses fièvres.

Le *Curaca* m'envoya sa première épouse qui était âgée, savante et desséchée comme une brindille. Elle me tâta le corps pour en évaluer la chaleur, conclut l'examen par une saignée entre les deux yeux avec la pointe d'un silex. La fièvre persistant, la vieille se procura une grenouille, m'ordonna de la garder un jour entier au contact de la peau. Puis elle s'établit à mon chevet avec ses paquets d'herbes, ses poudres, ses mixtures. J'ignore si ce fut la chicorée à fleurs jaunes, l'écorce de *chinchona* ou la sève de cactus, mais au bout de quelques semaines la fièvre céda. Les purges, la diète, les saignées m'avaient vidée de mes forces. Cela m'indifférait. Je vivais à petit souffle, j'y trouvais même de la douceur. Je choisis dans le roc, près de Zara, la niche où je reposerais. J'y serais bien. L'existence m'avait trop privilégiée pour souhaiter la prolonger dans la misérable monotonie présente.

Je sais, Père Juan. Vous pensez que cette tentation de

mourir n'était pas la première. C'est exact. Que voulez-vous, on n'échappe pas aisément au fatalisme qui gouverne sa race ! Néanmoins, la situation se présentait de manière qui me semblait irréversible. Manco, en me chassant, ma fille, en disparaissant, avaient dénoué la corde qui retenait ma barque au rivage, je m'éloignais sans regret.

Chaque matin, quatre femmes se relayaient pour me hisser dans la litière du *Curaca* jusqu'à la grotte de Zara. J'y restais de grandes heures.

Un jour, on était en mars, mon esprit se distrayait à écouter le bruit des bâtons à grelots, que les vieillards et les enfants agitaient dans les terrasses de culture pour faire fuir les oiseaux qu'attirent les tendres épis neufs, ... un jour, donc, les femmes remontèrent plus tôt que de coutume.

Au lieu d'empoigner les brancards de la litière, elles s'accroupirent.

L'une d'elles était ma mère. En général, elle se montrait avec moi plus réservée que quiconque. Les femmes ayant dû la chapitrer, lui souffler son discours, elle se risqua.

— Toi, notre fierté, dit-elle, tu t'étioles, tu t'amenuises, tes chairs fondent. Sous peu tu t'en iras vers l'autre vie. Qu'y pouvons-nous ? Les dieux commandent !... Nous avons une requête à te présenter : avant de partir, ne voudrais-tu nous conter le riche temps que tu as connu, nous offrir quelques-uns de tes souvenirs pour fleurir nos cœurs ? Nous ne savons rien de l'Inca, si ce n'est que ce fut notre devoir et notre joie de servir sa splendeur. Toi, tu sais...

Pauvre mère !

Je la revois, tassée dans ses jupes ourlées de terre, s'aidant de ses mains pour appuyer ses mots, des mains qui, elles aussi, auraient eu beaucoup à dire, mais l'héroïsme au quotidien a-t-il jamais intéressé ?

*
* *

Mon auditoire s'augmenta très vite.

Bientôt, l'habitude fut prise. Le soir, la besogne faite,

ceux d'en haut et ceux d'en bas se réunissaient sur l'esplanade. Les hommes se rangeaient d'un côté, les femmes et les enfants de l'autre, chacun avait son manger en main et sa couverture. Le froid pique chez nous dès que la nuit tombe. J'arrivais, flanquée du *Curaca* et de ses épouses. Le silence se faisait, et je commençais à parler. S'ouvraient alors les chemins secrets, les portes cloutées de turquoises, de corail, de nacre et d'émeraudes, s'écartaient avec des murmures de soie les tentures en plumes d'ara et de perroquet.

Ensemble, nous visitions les temples, les palais, les thermes aux eaux cascadantes, nous nous promenions dans des jardins où la nature pavoisait, fraîche et épanouie en toute saison, n'étant que miroitements d'or, et je tâchais d'expliquer la beauté, le raffinement, les plaisirs que peut procurer l'inutile, taisant ce qu'il y avait lieu de taire, insistant sur les détails susceptibles d'éveiller les imaginations.

C'est une tâche presque impossible de faire briller les merveilles réalisées par l'homme aux yeux de ceux dont l'existence se suffit du strict minimum... Essayez, Père Juan, essayez simplement de décrire une pierre précieuse à une assistance qui n'a pour référence en la matière que des cailloux ramassés dans les éboulis de roches!

Je crois cependant, me rappelant les visages, avoir assez bien réussi.

Pour ma part, si j'ai aujourd'hui des bonheurs, c'est aux gens de mon *ayllu* que je les dois. Contre un peu de rêve, ils m'ont donné beaucoup. Il y a façon et façon de considérer les êtres. La ferveur avec laquelle ils suivaient ces causeries m'en a rapprochée. Tous ensemble, moi en recréant un univers qui n'était plus, eux en s'y glissant à pas timides, nous avons partagé de l'émotion. Partager est important, essentiel! Et c'est ainsi, dans leurs regards extasiés, à travers leurs questions naïves, leur humble bon sens, que je me suis mise à découvrir et à aimer ce peuple dont j'étais issue. Au contact des princes, je l'avais oublié.

La femme choisie

En pleine convalescence de l'âme, je ne me souciais guère du monde extérieur.

D'après les guérisseurs itinérants qui nous visitaient de temps à autre, les Espagnols avaient recommencé à s'entre-déchirer depuis l'assassinat de Pizarro.

Parfois, les noms de Villalcazar et de Martin de Salvedra me venaient à l'esprit. Je m'empressais de les chasser. Ni haine ni amitié. Bannir tout sentiment qui dépasse mon horizon et risque de troubler une quiétude encore fragile. Je réapprenais à vivre, à l'étouffée, un mode de vie qui n'était pas le mien, et je me méfiais de moi.

Pendant que s'engrangeaient le grain et les légumes secs, je menai à bien un grand projet : aménager dans la demeure que me prêtait le *Curaca* un atelier de tissage.

Nos femmes sont d'une adresse extraordinaire pour travailler la laine. Nous naissons quasiment un fuseau au bout des doigts, et notre éveil est bercé par les mouvements de notre mère attelée plusieurs heures par jour à son métier à tisser, deux bâtons de bois, l'un accroché à la paroi de la maisonnette ou à un arbre, l'autre fixé par une sangle à la taille de l'ouvrière accroupie qui règle avec son corps la tension des fils. Deux autres baguettes, parallèles aux premières et glissées entre les fils tracent la voie à la longue aiguille en bois, qui conduit le fil de trame. Un outil très simple, l'habileté et le goût sont tout. Nos femmes l'ont. Néanmoins, et cela va de soi, dans les *Acllahuasi* où se confectionnaient les vêtements de l'Inca et de la *Coya*, nous acquérions, grâce à l'expérience des *Mamacuna*, transmise de génération en génération, une maîtrise, une élégance et une délicatesse dans les nuances et le mariage des couleurs, que les femmes des villages ne pouvaient atteindre.

Dévoiler ces secrets à mon *ayllu*, comme je me le proposais, me paraissait, dans les circonstances présentes, tenter d'assurer la continuité de notre art. Vos compatriotes avaient, en effet, vertueusement fermé les *Aclla-huasi*, payant eux-mêmes de leur personne pour éduquer nos jeunes vierges, et ce n'était certes pas sur des métiers à tisser qu'on demandait aux petites mains de ces fillettes d'exercer leurs talents!

Un après-midi, nous admirions, les femmes et moi, un bain de teinture d'un superbe violet obtenu par opérations successives en mélangeant le bleu de l'indigo au rouge de la cochenille, à quoi s'ajoutait la pointe de jaune que fournit l'écorce du faux poivrier, et nous nous apprêtions à y tremper les écheveaux de laine, lorsqu'une bande de gamins fit irruption dans la salle : un homme blanc était en bas des terrasses de culture.

– L'homme a crié : « Azarpay », il l'a crié plusieurs fois! piaillaient les gamins. On a vu sa figure. *Guah!* On dirait de la viande bouillie. Les étrangers n'ont-ils donc pas de sang qu'ils sont si pâles?

– N'y va pas, dirent les femmes.

Et certaines se mirent à gémir et à pleurer.

Je marchai vers la porte.

– Ta ceinture, ta *lliclla*, ma mère! Et attends, au moins, que je te coiffe! grommela la seconde épouse du *Curaca*, qui me bichonnait comme un singe savant et ne laissait à nulle autre ce soin.

La nouvelle avait circulé.

Dehors, la foule s'agglutinait.

Les hommes, armés de leur *taklla*, me suivirent dans le chemin bosselé de croûtes de roc, menant aux terrasses de culture. Puis, un à un, ils empruntèrent derrière moi les « escaliers », si l'on peut appeler ainsi de larges pierres plates posées en saillie sur les murs de soutènement, qui permettent de passer rapidement d'une terrasse à une autre.

Tout en bas, on distinguait une silhouette d'homme, vêtue à l'européenne. J'ignore pourquoi, et c'était stupide, j'avais d'abord songé à Villalcazar, mais cette silhouette frileuse...

Brusquement, je me retournai vers mon escorte.
– Nous n'avons rien à craindre, c'est un ami!

Martin de Salvedra franchit le seuil de la maisonnette entre une double haie de curieux.

Il était d'une maigreur effrayante, sale, le visage mangé par un poil sauvage, le regard... C'est à son regard que je m'arrêtai. J'avais vu le même aux cerfs et aux biches durant les grandes chasses.

Il s'affala sur le sol.

Je m'accroupis face à lui.

– Martin, que vous arrive-t-il?

– Depuis que Diego, le fils d'Almagro, a été capturé...

– Capturé?

– Comment! Vous ne savez pas!

La stupeur le ramenait à la vie.

– Non, dis-je, je ne sais pas, je ne sais rien. Ici, les informations nous parviennent au gré des guérisseurs itinérants, souvent plusieurs mois après, nous avons notre petite existence, nous nous en contentons, c'est aussi bien. A quoi bon savoir? Ce que je sais, c'est que, l'année dernière, vous avez tué Pizarro, que le fils d'Almagro s'est proclamé gouverneur... sans que ce changement en ait d'ailleurs apporté à mon pauvre peuple, et je croyais que Diego profitait toujours de sa revanche, vous également.

– Le mois passé, nous avons été défaits dans la vallée de Chupas, entre Jauja et Amancay... Azarpay, vous n'auriez pas...? Voilà deux jours que je n'ai rien mangé.

Même la table du *Curaca*, dont la seconde épouse m'apportait les meilleurs morceaux, était frugale. Je fis réchauffer un restant de ragoût aux pois et aux haricots et de la bouillie de farine de *quinua*.

Martin engloutit le tout, l'œil fixe, sans un mot.

Je lui offris ensuite de la *chicha*, mais il n'accepta que de l'eau.

Puis, il se leva, et se mit à marcher de long en large.

– La bataille de Chupas fut un massacre. Certains des

nôtres ont préféré se jeter sur les lances de l'ennemi plutôt qu'être pris.

J'interrompis Martin.

– Qui commande les partisans de Pizarro, à présent que celui-ci est mort?

– Gonzalo s'est proposé...

– Gonzalo? Gonzalo Pizarro? Ne me dites pas que Gonzalo Pizarro est revenu de son expédition, on ne revient pas de la jungle des Antis!

– Il est revenu. Gonzalo est ce qu'il est, mais pour le courage et l'endurance...! De ce fameux Pays de la Cannelle qu'il était parti découvrir, il n'a ramené, et dans quel état! que sa vie et celle de quelques dizaines de ses compagnons, mais c'est déjà un formidable exploit. A Quito, il a appris la mort de son frère et juré de nous dépecer vifs... Nous avons supprimé Pizarro pour venger Almagro, maintenant ceux de Pizarro réclament la tête de son fils, et quand ils l'auront, de qui sera-ce le tour? Malheur que tout ceci! En ce qui concerne Gonzalo Pizarro, le représentant de Sa Majesté, un certain Vaca de Castro, mandé d'Espagne pour régler nos différends, l'a prié de se tenir tranquille. C'est Vaca de Castro qui commandait à la vallée de Chupas. Une boucherie, je vous l'ai dit! Diego d'Almagro, moi, une poignée des nôtres avons réussi à nous enfuir. Les soldats de Vaca de Castro ont rattrapé Diego près de Cuzco. Et ils vont l'exécuter. Depuis, je me cache. S'ils me prennent, ils me pendront.

Martin se tordit les mains.

– Quand je songeais à tuer Pizarro, je me disais : « Fais ce que tu juges devoir faire. Ta vie ne compte pas. » Et aujourd'hui, notre parti anéanti, mon avenir ruiné, alors que rien ne me retient, la bête rue, se cabre, détale devant la mort! N'est-ce pas grotesque, petit, lamentable!

Je m'approchai.

– Ce qu'il vous faut, Martin, c'est du repos. Demain...

– Demain, je serai loin! Je ne peux pas rester, ma présence risque de vous compromettre... Azarpay, quand ils ont appréhendé Diego, il tentait d'aller chez Manco. L'Inca a toujours eu de la sympathie pour le fils d'Almagro, il lui aurait offert asile. Et moi-même... Rappelez-vous, quand nous étions à Cuzco et que nous venions, Almagro et moi, vous voir, Manco montrait toujours aimable figure. C'est pourquoi... A dire vrai, je ne m'attendais nullement à vous trouver ici, j'espérais qu'en utilisant votre nom et les quelques paroles que je connais dans votre langue, ce village me fournirait un guide pour me conduire en direction des monts où se cache l'Inca... Vous serait-il possible de faire cela : me fournir un guide?

Je posai ma main sur les siennes.

– Il suffit que vous soyez mon ami, tous les gens de notre communauté sont les vôtres. Je parlerai au *Curaca*, il postera des guetteurs, vous ne courez aucun danger. Je vais vous rapporter un peu de nourriture, vous dormirez ici, je coucherai avec les femmes du *Curaca*. Dormez, vous en avez grand besoin... Pour ce qui est de Manco, demain nous aviserons... Martin, avant de dormir, ôtez vos habits, vous trouverez des couvertures pour vous couvrir, et mettez-les sur le seuil, je tâcherai de leur redonner un peu d'aspect. Il vous faut aussi un silex pour tailler cette barbe. Pour l'eau, plus haut, il y a le ruisseau... Et soyez en paix, vos maudits compatriotes ne vous auront pas.

La première épouse du *Curaca* ronflait. Les cochons d'Inde grattaient leur vermine. Je ne dormais pas, je ne cherchais même pas le sommeil, je pensais. Et plus je pensais, plus Manco occupait de place dans mon agitation, plus celle-ci augmentait.

Manco...

Je le revoyais, je l'entendais : « Ce n'est pas toi qui pars, c'est moi qui te chasse. »

Des mots dont mon orgueil avait fait une barrière infranchissable. Et voici que sous le poids de quelques autres mots prononcés par Martin, la barrière s'effondrait. Ma mémoire remuée, ramenée à de plus doux souvenirs, j'osais soudain m'avouer combien Manco me manquait, combien tout me manquait, même ses fureurs, ses excès, et Qhora, Inkill Chumpi, notre cité... tout et tous! Ingrate, car j'avais en un sens plus reçu de mon *ayllu* que de Manco à qui j'avais tant donné, mais le cœur se soucie-t-il de peser sur une balance le plus et le moins?

Au matin, je me préparai.

La seconde épouse me coiffa.

— A la lune neuve, nous tremperons tes cheveux dans un bon bouillon d'herbes, dit-elle.

Je ne répondis pas, j'avais la gorge serrée. Mais quand elle me tendit son petit miroir en laiton, je me trouvai le regard vif, un regard que je n'avais plus croisé depuis la mort de Zara.

J'allai chez moi. Nous avions secoué, nettoyé, ravaudé les habits de Martin du mieux que nous avions pu. Il était habillé, la barbe nette, et il attendait.

— Azarpay, dit-il d'un ton précipité, je vous prie de me pardonner. Hier, j'étais fourbu, une vraie brute, je ne vous ai même pas demandé... Comment allez-vous? Vous avez l'air bien...

— Je vais mieux.

— Ce que je ne m'explique pas... Que faites-vous ici? Une femme comme vous dans ce... ce décor! C'est mal de dire cela, alors que votre village m'offre une si généreuse hospitalité, mais je ne comprends pas. Si ma question est indiscrète, je la retire.

— J'ai été très malade, j'ai failli mourir. Ce sont les miens, ces gens que vous avez vus, qui m'ont sauvée... Le décor? Je suis née ici, on se réhabitue. Ils se sont montrés si bons, ils ont tant insisté pour me garder! Martin, je me disposais précisément... Je vais avec vous. Seul, vous n'arriverez jamais jusqu'à Manco. Ses guerriers refuseront de vous conduire. C'est même plus que probable qu'ils vous tueront.

— Je ne voudrais pas que vous brusquiez pour moi...

– Je viens de vous le dire, je comptais rentrer.

Aviser le *Curaca* et les femmes fut pénible. Dur, aussi, de laisser Zara. En redescendant de la grotte, j'allais implorer la bienveillance de notre *huaca* et saluer le père de mon père. Le vieil homme ne fit aucun commentaire. Depuis l'altercation que nous avions eue au sujet de Villalcazar, nous ne nous parlions presque plus.

Je n'avais d'autre bagage que les vêtements que je portais. A l'heure où notre Père le Soleil brille dans toute sa gloire, au milieu des pleurs, et après avoir juré et juré de revenir, je quittai le village avec Martin.

Je vais sans doute vous étonner, Père Juan, les uniques personnes que mon départ soulagea, je le sentis, furent ma mère et ma sœur. Les pauvres femmes ne parvenaient pas à ajuster la dimension que j'avais prise à notre degré de parenté.

Un voisin de mon père, Maïta, nous accompagnait.

Maïta, « Celui qui vole », avait effectué jadis sa période militaire sur les hauteurs de la sierra, dans l'une des forteresses édifiées par Huayna Capac pour parer les attaques des Antis, les peuplades qui occupent le versant oriental et dont beaucoup se sont ralliées à Manco.

Maïta connaissait donc les sentes des monts, et nous n'eûmes qu'à emboîter son pas allègre. L'essentiel était de s'approcher du territoire de Manco. Les guerriers se manifesteraient dès que notre présence serait perçue.

L'expédition du Chili avait endurci Martin. Il supportait très bien les alternances de chaleur cuisante et de gel, qui assaillent sans transition le voyageur et vous éprouvent tant...

Non, je n'insiste pas, Père Juan. Vous refusez mes feuilles de coca, n'en prenez pas! Souffrir, apparemment, vous plaît. Vous l'a-t-on dit? Vous êtes de ceux qui, pour se mortifier et sans vocation véritable, vont jusqu'au martyre!

Martin retrouvait de l'allant. Je le surprenais à rire des

bouffonneries de Maïta, un grand gaillard, bavard et buveur, taillé à gros traits, mais de l'or dans les yeux, et qui aimait plaisanter sur tout, même lorsque nous dûmes à trois reprises franchir des rivières sur un maigre radeau et qu'il lui fallut se jeter dans l'eau glacée pour le haler.

Quant à moi, j'étais comme soûle d'espace et de liberté. J'avais essayé, mais les jours qui se consument doucement sous la cendre, ce n'était pas pour moi. Une petite mort. Avec Martin et Maïta je revivais. Une femme a besoin de se sentir une femme. A l'*ayllu*, mon passé m'enterrait. Là-bas, je n'avais plus d'âge, plus de sexe, je n'étais qu'une antiquité vénérable!

Et soudain, voilà que je redevenais jeune, jeune comme à l'époque où il n'y avait pas encore l'ombre d'une petite fille pour se glisser entre moi et la lumière.

Néanmoins, à mesure que la distance raccourcissait, l'appréhension commençait à alourdir mon allure.

– Vous êtes fatiguée, Azarpay, disait Martin. Ce soir, nous dresserons tôt le camp. Un jour de plus ou de moins... Maïta nous préparera un délicieux agouti, nous deviserons. Mon Dieu! j'avais oublié que l'existence a ses joies! Grâce à vous...

Martin n'était pas pressé. Moi, je l'étais et ne l'étais pas. Retrouver Manco... Comment me recevrait-il? Contentement, injures, amnistie ou congé définitif?

L'angoisse augmentant, je jugeai plus honnête d'avouer la vérité à Martin.

Nous avions terminé notre souper, un faon rôti tué, la veille, par Maïta, et des fruits qu'il avait dénichés dans la forêt, une sorte d'énorme poire avec un noyau, dont j'ignore le nom. Sa chair est très sucrée, parfumée. Nous regardions le feu. Tandis que Martin buvait un gobelet de *chicha*, je lui racontai la scène terrible qui m'avait opposée à Manco.

– Vous, Martin, il vous accueillera. Moi...

– Vous repousser...? Je suis persuadé que l'Inca **ne**

cesse de regretter les paroles que la colère lui a dictées.
C'est un impétueux, un violent... Avez-vous songé qu'il
était peut-être jaloux de la tendresse que vous aviez pour
votre petite fille? Il y a des caractères ainsi, qui
n'admettent pas le partage, égoïstes par trop d'amour.
Mais vous repousser... Repousser une femme comme
vous, Azarpay! Quel homme le pourrait!

Martin se tut.

Certains silences sont parlants. Le sien me révéla brusquement ses sentiments.

Maïta s'était montré bon compagnon et excellent guide.

Nous nous en séparâmes lorsque les guerriers de
Manco nous interpellèrent.

Maïta retournait au village. J'étais désolée, je n'avais
rien à offrir. Je lui donnai une assez jolie pierre de couleur rouille, percée d'un trou rond, que j'avais pêchée
dans un ruisseau. Il s'en empara comme d'un trésor, et je
crois que, pour lui, c'en était un. Il accepta aussi l'image
pieuse que Martin tira de son bréviaire, et les deux
hommes s'étreignirent avec de grandes tapes dans le dos,
à la mode d'Espagne. Martin avait les dons du cœur qui
attirent les humbles, mais contrarient toute carrière.

Parmi la vingtaine de guerriers qui nous entouraient,
les trois quarts me connaissaient. Ils confectionnèrent
aussitôt une litière et se disputèrent l'honneur de la porter. Nous partîmes. Martin suivait.

Se ressentait sur ces pentes la tension d'hommes en
perpétuel état d'alerte. Les cris des sentinelles remplaçaient les trilles des oiseaux. Aux positions stratégiques
surplombant les voies d'accès, des têtes surgissaient de
derrière des amas de roches, destinés à bloquer l'ascension de quelconque intrus, voire d'une armée.

Quand nous atteignîmes les hauteurs, les guerriers ban-
dèrent les yeux de Martin et le soutinrent pour franchir
les labyrinthes souterrains. Il en émergeait, hagard, se
frottait les paupières : « Cette cité est encore loin? » Je ne

répondais même plus. L'impatience, cette impatience que Manco m'avait si souvent reprochée, me chavirait l'estomac.

Et, soudain, la cité fut sous nos yeux, échelonnant en contrebas ses constructions ocre et blanches, ses panaches de verdure, la prodigalité souveraine de ses escaliers.

Notre arrivée avait été annoncée.

Les terrasses grouillaient d'hommes, de femmes et d'enfants. Toutefois, je le notai, ni chants ni danses. Des visages figés, muets. Etait-ce un avant-goût de la réception que Manco me préparait? J'avais la bouche sèche.

Tout à coup, une sorte de boule roula à travers l'esplanade déserte, passa le pont qu'enjambaient les eaux bleues du canal, bondit dans la litière, me renversa presque...

— Qhora! dis-je.

Et je ne sus dire plus.

Qhora baisa ma jupe et mes mains. Elle avait vieilli, de grandes ombres creusaient sa figure qu'elle avait plate et longue, disproportionnée à sa taille, comme l'ont souvent les naines.

— La prochaine fois que tu m'abandonnes, je me tue! dit-elle.

— Qhora, Qhora!

Je l'étreignis, caressai ses cheveux.

— L'Inca a su pour l'enfant, nous avons su, murmura-t-elle. Notre tourterelle, notre rameau...

— Tais-toi, dis-je, tais-toi, pas maintenant... Manco est-il bien disposé?

— Qui peut deviner les pensées de l'Inca? Il a ordonné que l'on te conduise au palais, c'est Inkill Chumpi qui me l'a dit. Elle m'a prise avec elle. Depuis ton départ, elle occupe ton palais... L'étranger qui suit ta litière, je le connais.

— C'est Martin de Salvedra, le cousin de Villalcazar.

— Ce monstre! gronda Qhora.

– Martin est bon. Il vient demander asile, les siens le cherchent pour le pendre.

– D'autres étrangers sont déjà là.

– Tu veux dire des hommes blancs?

– Cinq. Ils sont cinq. L'Inca leur a fait bâtir une maison et les a fournis en femmes. Eux aussi, on les cherchait.

J'appelai Martin et lui traduisis ce que Qhora venait de m'apprendre.

Cette stupéfiante nouvelle créa une diversion. Elle rendit à Martin un peu de sa belle mine et me permit de contrôler mon émotion.

Les guerriers déposèrent la litière dans une cour du palais et se retirèrent avec Qhora.

Martin et moi, nous attendîmes.

Je marchais en rond entre les touffes de *kantuta* et les buissons de sauge à fleurs bleues. Le seul bruit était celui d'une fontaine se déversant dans un vaste bassin au sol sablé et tapissé de verdures rampantes, peuplé de toute une petite faune aquatique, reproduite en or. La turbulence du jet et les reflets de l'eau donnaient vie à ces poissons, grenouilles, têtards, etc., qui semblaient s'ébattre. Sous l'eau, ondoyaient de minuscules flammes jaunes. L'ensemble, d'une précieuse beauté, n'existait pas l'an passé quand nous étions partis en mai pour la vallée de Yucay.

Le soleil s'en fut. Le ciel s'obscurcit. Des serviteurs parurent avec des torches de copal. Ils nous proposèrent une collation. Je refusai.

– Vous n'avez pas froid? dit Martin. Combien de temps allons-nous devoir attendre encore? Je ne parle pas pour moi, j'aurais mauvaise grâce à me plaindre, mais vous... Ne pourriez-vous demander...?

– Mon pauvre ami! Demander quoi à qui? Personne n'a le droit d'interroger l'Inca. J'avais autrefois ce privilège, mais c'était à l'homme que je m'adressais, et lorsque l'homme souhaite punir il redevient le dieu. S'il plaît à Manco de nous faire attendre jusqu'à demain, il le fera.

— C'est ma faute. Vous êtes revenue à cause de moi...

— Martin! Quand cesserez-vous de vous sentir toujours coupable! Dites-vous bien que vous n'avez été que le prétexte qui me manquait pour revenir. C'est moi qui l'ai voulu.

Un chant s'élevait. Des serviteurs envahirent la cour, nous invitèrent à les suivre. Nous traversâmes plusieurs galeries, et ils nous introduisirent dans la grande salle où Manco aimait à se divertir après son souper.

Mes yeux faits à la pénombre de nos maisonnettes clignotèrent. Entre les feux croisés de l'or qui cloisonnait les murs du sol aux poutres, je distinguai l'habituelle assemblée des dignitaires, un groupe de chanteuses s'aidant de la flûte et du tambourin, et, au fond, Manco, assis, buvant de la *chicha*, une main sur la tête de son jaguar favori, ses femmes accroupies, leurs chevelures liées de rubans d'or s'épandant à ses pieds comme des écheveaux de soie. Seul détail insolite dans ce tableau auquel je m'étais si longtemps intégrée : des hommes blancs, en pourpoints et chausses, eux aussi, un gobelet à la main.

Je murmurai à Martin :

— Avancez, faites comme si vous n'aviez pas remarqué vos compatriotes. C'est sur l'Inca, sur lui seul, que doit se concentrer votre attention, ne l'oubliez jamais.

J'avais, pour ma part, plus de colère que d'amour au cœur.

J'étais rentrée dans les meilleures dispositions, décidée à prendre à ma charge l'affreuse querelle qui nous avait séparés, bref, à pardonner à Manco sa cruauté et, même... même! son indifférence vis-à-vis de Zara. Les hommes sont-ils capables d'éprouver ce que nous éprouvons, nous qui logeons nos enfants dans notre ventre et les nourrissons de notre sang? Cela, je le confesse, je me l'étais dit un peu lâchement, désireuse de lui trouver une excuse pour pouvoir l'aimer pleinement de nouveau... Mais méritais-je cette attente, ces façons insultantes? Après tout, qui l'avait fait Inca? Le serait-il si ma main n'avait versé le poison à Tupac Huallpa? Le serait-il si je ne l'avais tiré des geôles de Sacsahuaman au risque de perdre la vie cent fois?

L'esprit en révolte, ce fut sans démonstrations excessives que je me prosternai.

Derrière moi, Martin s'était agenouillé.

– Que veut l'étranger? dit Manco.

Je répondis.

– Martin de Salvedra était l'ami d'Almagro, Seigneur. T'en souvient-il? A Cuzco, il te rendait fréquemment visite. Il est venu à mon village. Je m'y suis réfugiée après...

Manco m'interrompit :

– Parle-moi de l'étranger. A-t-il participé au meurtre de Pizarro?

– Il a l'amitié fidèle, l'âme droite. Il a agi selon sa conscience. Daigne, Seigneur, lui accorder ton hospitalité.

– Il peut rester. Il y sera en compagnie. Ces hommes-là ont, eux aussi, trempé dans l'assassinat du Gouverneur. Dis-lui qu'il est le bienvenu. Dis-lui également qu'il ne s'éloigne pas de la cité.

Je transmis ensuite les remerciements de Martin à Manco, puis celui-ci fit un geste.

Des femmes se levèrent. Trois d'entre elles, frimousses rondes et lisses, avaient à peine l'âge où l'on sort de l'*Acllahuasi*. La quatrième m'effleura d'un regard humide : c'était Inkill Chumpi. Elle avait épaissi.

Inkill Chumpi présenta à Manco deux petits gobelets d'or, remplis de *chicha*. Manco prit les gobelets, tendit à Martin le gobelet que tenait sa main gauche. L'assistance guettait : le cérémonial des libations guiderait son attitude. La main gauche n'honore pas l'hôte comme la droite, et la considération varie selon la grosseur du gobelet. Heureusement, Martin ignorait ces usages, sinon son peu de confiance en lui-même s'en serait encore amoindri!

La *chicha* bue, Manco invita Martin à se joindre aux

Espagnols. Ce fut l'occasion de ces effusions chaleureuses et sonores, auxquelles se livrent les vôtres, Père Juan, même si leur intention est de se poignarder le lendemain.

Je demeurai seule.

Des centaines d'yeux m'observaient sous les paupières baissées. Bien que j'eusse partagé avec tous ceux qui se trouvaient dans la salle les dangers, les rigueurs, les espoirs de la longue marche qui nous avait conduits d'Ollantaytambo à la cité de Manco, personne ne se risquait à manifester quelque sentiment tant que l'Inca n'aurait pas défini ma position.

J'avais chaud, froid, soif, les tempes qui battaient. Mais vous me connaissez assez maintenant, Père Juan, pour savoir que les humiliations me redressent.

Le jaguar de Manco tirait sur sa chaîne. Des guerriers antis avaient tué la mère et nous l'avaient offert, pas plus gros qu'un cochon d'Inde. Parfois, je l'amenais à mon palais, Zara le serrait dans ses petits bras, l'embrassait, elle riait...

Manco, d'un mot, aplatit le jaguar au sol. Puis, comme si l'animal lui rappelait subitement ma présence, il se tourna.

— Une demeure t'a été attribuée. On va t'y accompagner.

Je baisai ses sandales avec la sauvage envie de le mordre, et je suivis les serviteurs.

La demeure était belle, j'en conviens.

Plusieurs pièces distribuées autour d'une cour fleurie et feuillue. Elle se situait à l'ouest, dans le quartier de l'*Inti Cancha*, la place Sacrée, où résidaient le grand prêtre et les *Amauta*, mais un peu en retrait, aux limites de la ville, et du jardin détalaient de capricieux sentiers, se multipliant comme des radicelles à travers les étendues vierges et buissonneuses.

Pour beaucoup, un emplacement privilégié. Pour moi, l'exil, la désolation. Avant, de mon palais bâti dans le parc de Manco, j'avais libre accès à ses appartements. A présent, pour le voir, il me faudrait solliciter audience, une vexation supplémentaire que je n'étais nullement disposée à m'infliger.

Je sortis de la litière. Des servantes s'empressèrent. Qhora parut.

— Viens, chuchota-t-elle, viens, tu seras contente.

Il n'y avait rien à redire à la décoration des salles. Des touches d'or, des incrustations de pierres fines, des poteries, et les poutres avaient une bonne odeur.

— Viens, viens, répétait Qhora en tiraillant ma jupe. Je retrouvais dans ce geste familier un peu de douceur. Au seuil de la chambre, elle congédia les servantes. J'entrai et je poussai un cri.

Pendus aux chevilles prévues à cet effet, mes tuniques, mes *lliclla*, tous les vêtements que j'avais laissés en partant étaient là. Et dans les niches, s'étageaient les coffrets de bijoux que Manco m'avait offerts, mes rubans de cheveux, mes sandales, mes couvertures et, même, les petits ustensiles dont je me servais à ma toilette.

— C'est toi? dis-je à Qhora.

— Quand nous sommes revenus de Yucay, j'ai dû vider ton palais et mettre tes affaires dans des panières. En apprenant ton arrivée, l'Inca a ordonné que l'on apporte les panières ici. J'ai rangé moi-même. Rien ne manque.

Je palpais les étoffes, je m'emplissais les yeux de raffinement, d'élégance, de beauté.

Soudain, je posai la main sur la tête de Qhora.

— Il m'aime encore, dis-je.

Nous, les femmes, nous raccrochons souvent à des futilités pour ranimer l'espérance.

Le lendemain matin, après être allée m'incliner devant notre grand prêtre et les *Amauta*, mes anciens maîtres, je me rendis chez Inkill Chumpi.

Je n'avais guère envie de la rencontrer. Qhora avait dû insister.

Le long du parcours, une foule assiégea ma litière. Les nouvelles courent comme le vent chez nous. Ma réintégration au sein de notre communauté avait libéré les habitants de leur réserve. Chacun, aujourd'hui, tenait à me saluer, à affirmer son bonheur, son respect... Cela ranima mon humeur. Inkill Chumpi régnait peut-être en maîtresse dans mon ancien palais; hors des murs, je restais souveraine!

En m'apercevant, elle éclata en sanglots.

— C'est bien que tu sois venue. Je ne pouvais pas. L'Inca... tu sais comment il est.

— Je savais, je ne sais plus. A toi, de m'expliquer. Et à quoi riment ces larmes?

Inkill Chumpi gémit.

— Tu m'en veux!

— D'avoir pris ma place? Ce serait trop d'honneur!

— Azarpay, Azarpay! Ne me parle pas sur ce ton! Je t'aime, tu es mon unique amie, sans toi je serais morte... Au début, quand l'Inca m'a installée ici, j'ai été éblouie. Tu vois, je ne te cache rien... L'Inca! Quelle femme résisterait à sa divine brillance! Etre distinguée par lui! J'ai presque aussitôt compris : il ne m'avait choisie, moi, si médiocre, que pour mieux se venger de toi. Parce que nous étions amies. Une lune après, il ne me regardait plus. En fait, il ne m'a jamais regardée, il ne regarde aucune de ses femmes. Quand la nature l'échauffe, il en fait appeler quatre ou cinq, se distrait, et les oublie. Aucune ne retient son attention. Et pourtant, il y en a de si jeunes, de si jolies! Tu as emporté son cœur avec toi, Azarpay. Tout le monde, dans la cité, le sait.

— Voilà quand même plus d'un an que tu habites mon palais.

— Moi ou une autre! Aucune, je te dis! Azarpay, quand nous avons appris pour Zara... C'est l'un des nôtres, de Cuzco...

— Comment a réagi Manco?

— Il nous a fait appeler, moi et Qhora, nous a annoncé

264

le décès de ta petite fille et nous a ordonné de cacher nos larmes. Il n'y a que nous deux qui connaissons les motifs exacts de ton départ. Il n'en parle jamais, et qui aurait osé hasarder une question, prononcer ton nom! Certains croient qu'il t'a envoyée espionner les hommes blancs, d'autres, des femmes surtout, ont pensé que tu l'avais trompé et qu'il t'avait fait exécuter... Azarpay, ta fille...

Chaque détail me la rappelait.

Je ne pouvais fixer les yeux sur les tentures des portes sans la revoir accourant au son de ma voix, m'attendant presque à ce qu'elle paraisse...

Je brusquai les adieux. Nous nous embrassâmes. Pauvre Inkill Chumpi! Il fallait d'autres armes que sa volonté chétive pour séduire Manco!

* *

Les jours suivants, j'attendis une convocation discrète, un signe. Je trompais mon impatience par de longues ablutions. Je me coiffais. J'essayais mes toilettes. J'inventoriais mes coffrets de bijoux. Je reconstruisais mon apparence.

Qhora m'observait, soupirait.

Un soir, alors que je contemplais le couchant dans le jardin, songeant que demain serait sans doute pareil à aujourd'hui, elle murmura, sa joue contre ma jupe:

— As-tu pensé combien ta conduite a offensé l'Inca? Tu répètes qu'il t'a chassée. C'est toi qui as voulu partir, qui t'es rebellée... Se rebeller contre l'Inca! Un dieu essuie-t-il un affront comme un simple homme, une tache de boue sur son manteau?

— C'était pour Zara.

— Dans ton cœur, t'es-tu indignée quand les hommes blancs ont enlevé Titu Cusi, son fils bien-aimé, et qu'il n'a pas tenté de poursuivre les ravisseurs? Il ne le pouvait pas non plus pour Zara.

— Titu Cusi n'était pas mon enfant. Une mère défend son enfant... Evidemment, toi...

Qhora s'écarta.

– Zara était l'enfant que je n'aurai jamais. J'aurais agi comme toi. Mais tu dois accepter, l'Inca ne te pardonnera pas.

Je hurlai :

– Va-t'en, sorcière!

Quand j'eus épuisé ma fureur méchante, je réfléchis. Qhora n'avait pas tort en tout.

Je m'avisais que, dans ma rancœur concentrée sur l'être de chair, l'amant, le père, j'avais négligé le dieu. En fait, Père Juan, et c'est une pensée bien sacrilège que je vous confie, malgré les révérences de langage, auxquelles l'usage m'a pliée, je n'ai jamais considéré Manco comme un dieu. Trop homme dans ses passions! Et trop de circonstances où je l'ai vu amoindri, dépouillé! L'image de l'Inca ne s'accommode pas d'ombres. Mais peu importait. S'il était nécessaire d'abdiquer mon orgueil pour flatter le sien, je le ferais.

Je retournai chez Inkill Chumpi, je sus ce que je souhaitais savoir.

A ma troisième visite, au lieu d'entrer à mon ancien palais, je commandai aux porteurs de me déposer dans les jardins. Et j'empruntai le labyrinthe de verdure, communiquant avec une terrasse plantée d'arbustes et agrémentée de fontaines chantantes, dont Manco, de mon temps, appréciait la rafraîchissante solitude.

D'après Inkill Chumpi, il y venait encore chaque jour à la même heure, l'heure mauve du crépuscule, qui incline à l'apaisement de l'âme.

J'avais soigné mon effet. Une tunique et une *lliclla* blanche. Pas une broderie, pas un bijou, une simple tresse de laine sur mes cheveux épars.

Quand Manco surgit, je me jetai en travers du chemin, comme morte.

Au bout d'un instant, j'entendis sa voix.

– Je te supposais assez d'esprit pour nous épargner le ridicule d'une scène. Lève-toi.

– A quoi bon être debout lorsque la lumière de l'Inca s'éloigne et vous abandonne à l'obscurité! dis-je. Je suis grandement fautive envers toi, Seigneur. Mais m'as-tu laissé l'opportunité d'implorer ton pardon?

– Azarpay, Azarpay! Je te connais. Tu n'as ni regrets ni remords. Cesse cette comédie, elle te va mal.

– Seigneur...

– Ecoute-moi, dit Manco. Quand la jarre se brise, elle se vide. Le cœur, aussi. Lève-toi.

J'obéis.

Son regard, lourd et minéral, m'épouvanta.

Je me précipitai, saisis sa main.

– Je t'aime! m'écriai-je. Tu ne peux...

– J'aurais pu te bannir à jamais de cette cité, te tuer. Je peux tout. Tu l'as oublié.

– Il s'agissait de notre enfant, de ton enfant!

– Une enfant devait-elle compter plus pour toi que le vouloir de ton Seigneur? Je croyais ton amour sans limite, Azarpay. Il m'a déçu.

– Je t'ai cependant tout donné!

– N'as-tu pas tout reçu?

Je dis, misérable :

– Manco, je t'en conjure, rappelle-toi...

– Non. Je n'ai de mémoire que pour haïr. Tu vivras ici avec honneur, n'espère rien de plus. Maintenant, va et tâche d'acquérir le bon sens qui te manque.

Martin de Salvedra vivait avec les partisans d'Almagro.

Ils étaient cinq : Diego Mendez, Gomez Perez, Francisco Barba, Cornejo et Monroy. Je n'aimais pas ces hommes. Je flairais en eux une sournoise pourriture, des relents maléfiques. Néanmoins, pour Martin, je faisais arrêter ma litière quand je les rencontrais.

Martin avait belle allure, de riches vêtements européens offerts par Manco, qui mettaient en valeur une robustesse façonnée dans l'adversité. Il débordait de reconnaissance.

— L'Inca est si généreux! Il nous fait souvent mander à souper, il ne cesse de nous distribuer des présents. Et il s'intéresse à tout. Mes compagnons lui ont enseigné les échecs, les dames, le jeu de boules. Je gage qu'il les surpassera sous peu. Il commence même à parler le castillan.

— Je suis contente pour vous, Martin.

— Et vous, Azarpay?

J'éludais la question d'un ton désinvolte.

— Je tisse, je brode, je m'occupe. Dans un si superbe paysage, s'ennuie-t-on?

Martin soupirait.

— Au risque de paraître ingrat, je dirai que oui. On vous voit si peu!

— Vous avez vos amis... et des femmes. L'Inca ne pourvoit-il pas à tous vos besoins!

— Des besoins, j'en ai peu... Azarpay, quand je songe à notre délicieuse randonnée avec Maïta...

— Ne songez pas trop. Les souvenirs encombrent plus qu'ils ne servent. A bientôt.

Et je faisais signe aux porteurs.

Environ deux lunes après notre arrivée, Manco traversa l'esplanade avec ses guerriers, ses bannières, ses conques et ses tambours.

Où allait-il? Je l'ignorais. J'avais siégé à la droite de l'Inca, j'en savais moins maintenant que ses valets! Un châtiment pire en un sens que la mort ou l'exclusion, et j'étais certaine que Manco l'avait délibérément choisi.

Cette pensée m'enflammait. S'il s'imaginait que j'allais me résigner à n'être plus qu'une potiche dans sa niche! Se résigner, c'est accepter la défaite. Je n'acceptais pas. Un jour, d'une manière ou d'une autre, je vaincrais sa volonté! Dans cette perspective, j'essayais de me tenir au courant des rumeurs, des intrigues de la cour. Qhora qui avait conservé des amitiés parmi la domesticité du palais était mon informatrice.

Ce fut elle qui, le lendemain du départ de Manco, m'annonça l'exécution du jeune Diego d'Almagro, décapité sur la grande place de Cuzco.

– L'Inca s'en est allé distraire sa colère, dit-elle. Nous aurons des prisonniers.

Je me représentai aussitôt le chagrin de Martin.

– Va le chercher, dis-je.

Qhora roula des yeux effarés.

– L'Inca...

– Je n'appartiens qu'à moi! Quand Zara... Si j'ai pu ramener l'enfant à mon *ayllu*, si elle repose quiète et heureuse, c'est grâce à Martin. D'ailleurs, l'Inca... Si tu indiques à Martin les sentes et qu'il vienne par le jardin jusqu'à la dépendance où j'ai installé mon métier à tisser, qui le verra?

– Les servantes...

– Les servantes ne se permettraient pas d'enfreindre mes ordres et de rôder autour de la dépendance quand je teins ou quand je tisse. Il me faut le silence pour me concentrer, elles le savent, et tu le sais aussi... Allons, va, ne fais pas ta mauvaise, Martin connaît quelques mots de notre langue, il comprendra.

Ainsi débutèrent les visites clandestines de Martin de Salvedra.

D'abord, la pure amitié m'inspira. Ensuite, au plaisir de sa compagnie, s'ajouta la jouissance perverse de narguer Manco.

A ses premières visites, nous parlâmes surtout du jeune Diego d'Almagro.

– Diego, disait Martin, se figurait être le champion d'une cause juste. En fait, son nom n'a été que le porte-étendard d'autres ambitions... Toujours, les mêmes. Reprendre ce que nous avions déjà repris à ceux qui nous les avaient pris en premier! Pizarro abattu, un accord entre l'Inca et Diego eût apporté une solution raisonnable à nos problèmes et aux vôtres. La revanche a primé. Et que voulez-vous, à vingt ans, mal conseillé, la tête de

Diego a enflé. Mettez-vous à sa place : Lima qui, la veille, nous considérait comme des parias a eu pour lui les yeux d'une coquette, nous nous sommes installés au palais de Pizarro...

— Comment avez-vous procédé... je veux dire : pour tuer Pizarro ?

— Cela vous intéresse vraiment ? Ce fut un dimanche. Nous logions sur la place de la cathédrale, presque à côté du palais, mais ne croyez pas... Il y avait la même différence entre le taudis que nous occupions et la résidence de Pizarro qu'entre nos situations respectives ! Nous projetions de l'assaillir sur le chemin de la messe. Eut-il des soupçons ? Il se décommanda pour la messe. Nous vîmes l'occasion perdue. Notre tension monta encore. Et nous étions là, mâchant et remâchant notre haine, quand l'un des nôtres s'est levé, a crié : « Il faut en finir, c'est lui ou, bientôt, ce sera nous ! » Nous avions gardé nos cuirasses, nous saisîmes nos hallebardes, il y avait aussi deux arbalètes et une arquebuse, et nous nous élançâmes sur la place.

— Combien étiez-vous ?

— Moins de vingt. Diego n'était pas avec nous. On l'a exécuté pour un meurtre qui s'est commis sans lui ! La messe était achevée, il y avait peu de monde devant la cathédrale. J'étais surexcité, je hurlais comme les autres : « Vive le Roi ! A bas les tyrans ! », l'envie de tuer me brûlait les tempes, je n'avais que cela en tête : tuer ! Un page nous aperçut et se précipita à l'intérieur du palais pour donner l'alerte. Nous le suivîmes, nous nous ruâmes dans l'escalier. Une porte claqua. C'était la porte du salon que l'on fermait. Dimanche, jour du Seigneur, Pizarro avait coutume de recevoir. En entendant nos vociférations et le tapage que nous faisions derrière la porte, ses commensaux, qui étaient sans armes, s'enfuirent par fenêtres et cours, je le dis à regret pour leur honneur... C'est alors que la porte se rouvrit. Le capitaine Chavez, censé défendre l'accès du salon, a-t-il ouvert la porte par affolement ou pour sauver sa vie? On ne le saura jamais. Il eut immédiatement la gorge tranchée. Nous entrâmes dans le salon. Personne. Mes jambes me soutenaient moins bien. Je ressentais comme un écœurement. Nous allâmes de chambre en chambre jusqu'à un réduit où, sans doute, Pizarro avait jugé qu'il lui serait plus aisé de parer l'attaque. Il était là, avec deux pages et le dernier de ses frères, Martinez d'Alcantara, le seul qui ne fût point un Pizarro. Les pages et Alcantara furent aussitôt transpercés. Ne restait que ce vieil homme de soixante-treize ans, grand, sec, imperturbable, qui brandissait son épée, et il l'eût dirigée vers moi, je le jure, Azarpay, je n'aurais pas fait un geste pour esquiver! Je tentais de rassembler ma haine, mes griefs, j'étais vide comme une coque de noix... Pizarro résistait. Excédé par cette opiniâtreté, l'un des nôtres poussa sur son épée le compagnon qui était devant lui. Pizarro l'embrocha et, ce faisant, il se découvrit, reçut à la gorge le coup fatal. Je préfère ne pas parler de la façon dont on s'acharna ensuite sur lui. Enfin, il tomba. Il eut encore la force de dessiner sur la dalle une croix avec son sang, et il expira. Ce ne fut pas beau.

— Mais vous souhaitiez sa mort, Martin!

— Pas celle-ci. Quelque chose de propre.

— Trouvez-vous que ce fut propre de la part de Pizarro de laisser étrangler le vieil Almagro dans sa cellule?

— Non. Non, bien sûr. Mais en copiant ceux dont on méprise les actes, ne devient-on pas comme eux? Cette curée... Et maintenant, le fils d'Almagro décapité, sans compter tant de vaillants soldats déjà sacrifiés à nos rivalités! Quand finirons-nous de nous entre-tuer?

— Les dieux se vengent, dis-je. Notre or pousse un à un vos chefs dans la tombe, et ce n'est que justice. Si les gens d'Espagne étaient demeurés chez eux...

— Je ne vous aurais pas connue, dit Martin.

Et son visage s'éclaira.

*
* *

Manco revint. Les visites de Martin cessèrent. Mon tissage en profita. Je terminai une dentelle de coton, si fine que la pièce entière tenait dans mes deux mains. J'en fis une *lliclla*, la rebrodai d'oiseaux en fils d'or et d'argent, et, n'ayant pas l'occasion de porter le vêtement, je le rangeai.

Puis, j'entrepris une tunique. J'avais particulièrement soigné les bains de teinture, forçant sur la cochenille et l'écorce de faux poivrier jusqu'à obtention d'un ocre-rouge éclatant. Je décidai de travailler la laine de la façon que l'on nomme dans vos pays le « broché ». En vérité, si je m'acharnais sur ce travail compliqué qui exige beaucoup d'adresse, c'était pour tenter d'échapper à mes pensées.

La solitude me pesait ou, plutôt, disons les choses crûment, un homme me manquait. J'étais chaste depuis trop longtemps. Cela vous choque, n'est-ce pas, Père Juan, cet aveu venant d'une femme? Apprenez que, si chez nous comme chez vous la supériorité du mâle est incontestée, du moins reconnaît-on à nos femmes certains besoins naturels et ne les étouffe-t-on point sous vos sacro-saints et hypocrites principes!

Cependant je n'avais jamais songé à Martin en tant qu'amant potentiel, et je n'y songeais toujours pas lorsque je le fis chercher par Qhora.

Il accourut.

J'étais à mon labeur. Tandis que je dénouais la sangle m'attachant au métier à tisser, il se pencha pour admirer l'ouvrage. Je me levai et me retournai. Ce mouvement me projeta contre lui. Nos bustes se frôlèrent. Martin dégageait une odeur d'homme, mêlée à celles, poivrées, des plantes aromatiques qui foisonnent dans les sentes. J'éprouvai une brusque chaleur dans le corps... un étonnement, si je puis traduire ainsi une sensation que je connaissais bien, mais qui ne correspondait pas du tout aux sentiments fraternels que je portais à Martin.

272

Déjà, il reculait.

J'allais à lui, et tendis les mains.

– Martin! quel plaisir de vous voir!

Il prit mes mains et les baisa.

– Azarpay, vous m'avez appelé, je suis venu... Est-ce bien raisonnable? L'Inca...

– L'Inca, vous le savez certainement, m'ignore.

– Ce n'est pas parce qu'il vous ignore...

Je ris. Cent démons coquins me chatouillaient les reins.

– Vous êtes en progrès, Martin. Vous voici très au courant de nos mœurs! En effet, recevoir un homme pourrait m'attirer des ennuis, mais il n'est pire ennui pour moi que l'ennui, et je m'ennuyais de vous... Mais je ne voudrais pas... Si vous estimez préférable pour votre sécurité...

Le rouge lui monta à la face.

– Vous me jugez lâche à ce point!

– Prudent, simplement.

– Prudent! répéta-t-il. Alors que pour vous... pour vous...

Pauvre cher Martin!

Je le revois, l'indignation fonçant ses yeux qu'il avait d'un marron assez clair, écartelé entre le désir de se justifier par les mots et la peur de les prononcer.

– Ne vous fâchez pas, dis-je. Ce n'est pas un reproche. Votre position est délicate. Je comprendrais très bien...

Il m'interrompit :

– Que m'importent les risques, que m'importe l'Inca! Le premier jour, à Cajamarca, lorsque Villalcazar me ramena chez lui et que je vous aperçus... Quel instant éblouissant! Et depuis... Votre beauté se pare de tant d'intelligence, de courage, de sensibilité, elle sert d'écrin à tant de valeur! Je n'aurais su aimer, aimer avec mon cœur, si belle soit-elle, une femme cruelle, égoïste, coquette...

– Mais je suis aussi cela, Martin.

– Vous êtes merveilleuse! Alors, ne me parlez pas de prudence. Ce n'était pas à moi que je pensais. Je vous aime assez pour sacrifier le bonheur de passer quelques heures avec vous...

Je le regardais.

Il baissa les yeux.

– J'ai eu tort, je m'étais juré... C'est grotesque. Veuillez me pardonner et oublier ce que j'ai dit. Un homme comme moi... Qu'est-ce que l'amour d'un homme comme moi pour une femme comme vous!

Je m'approchai.

Enlevez-moi mes années, Père Juan. Un homme, même timide et prude à l'excès, était-il capable de me résister?

Je n'ai jamais demandé à Martin s'il avait connu d'autres femmes. Il ne me semble pas. Avec le temps, je parvins à en faire un amant point trop maladroit. D'ailleurs, le danger que présentaient nos relations suffisait à les pimenter.

J'avais découvert avec volupté ce jeu suicidaire.

Rétrospectivement, je mesure combien je devais être désespérée pour avoir commis une telle folie. Je n'ignorais pas ce qui nous attendait si l'on nous surprenait. Mourir attachés, nus, l'un à l'autre, pendus par les cheveux – ou, plutôt, par les pieds, du fait que Martin avait les cheveux courts –, pendus donc, la tête en bas à quelque pointe de roc jusqu'à ce que la soif, le gel, les souffrances nous anéantissent n'est pas le genre de mort au-devant de laquelle on court! A l'époque, ces tourments me paraissaient négligeables, comparés à la noire tempête qui secouerait Manco, publiquement bafoué, comme il m'avait publiquement reniée. Imaginer son humiliation était aussi délectable que lui planter les dents dans la chair! Un coup dont ni l'homme ni le dieu ne se remettraient.

Et Martin, et Qhora, me direz-vous? Je n'avais aucun remords. Ils s'étaient enchaînés à ma barque, ils allaient où j'allais.

Je m'aperçois, Père Juan, que je suis en train de vous brosser un tableau bien sombre de cette liaison, peut-être parce qu'il me coûte plus d'en évoquer les tendres moments.

Nos bavardages étaient le meilleur. J'aime apprendre, et Martin m'apprit beaucoup sur l'Espagne, son histoire, sa géographie, ses mœurs, sur votre religion, aussi. Villalcazar, lui, ne s'était jamais soucié de m'apprendre quoi que ce soit, si ce n'est à me bien tenir au lit.

A deviser ainsi, j'acquis une excellente maîtrise du castillan et de ses nuances. Je n'avais plus à chercher les mots, ils s'avançaient d'eux-mêmes. Mon esprit entassait ces connaissances avec le plaisir que certains prennent à collectionner des objets inutiles... Reléguée par Manco au rang d'insignifiance, je ne voyais pas à quoi elles pourraient me servir. Les dieux, eux, savaient.

Ce fut en évoquant son milieu familial qu'il me reparla un jour de sa sœur et de Villalcazar.

– Nos parents étaient pauvres. Ma sœur... Sa beauté, son caractère s'accommodaient mal de la digne misère qui est le lot de la plupart des petits gentilshommes, en Espagne. Et, naturellement, elle faisait des comparaisons avec la branche aînée de notre famille, dont les parents de Villalcazar descendaient. Ceux-ci vivaient dans l'aisance. Elle jeta son dévolu sur lui, se jura de l'avoir. Toutes les jeunes filles des alentours partageaient cette ambition, d'autant que le garçon était superbe, avec cette vivacité, cette audace qui plaît aux femmes. Ma sœur, pour réussir, fit ce que les autres n'avaient pas fait : elle s'offrit. Peu après, elle annonça à Villalcazar qu'elle était grosse. En ce temps-là, Villalcazar avait une conscience, de l'honnêteté, il l'épousa. Sa mère, qui espérait une bru avec dot, se chargea de l'informer, suite à un espionnage de servantes, qu'il avait été berné : sa femme n'attendait aucun héritier. Une scène affreuse en résulta, Villalcazar s'embarqua pour le Nouveau Monde. Ma sœur... Dieu ait pitié de son âme! fut grandement coupable. Elle a détruit en lui le noble et le bon, et toute foi en l'être humain. La malheureuse l'a bien payé. Villalcazar n'est jamais retourné en Espagne. Elle resta seule, ferrée à son propre piège, amoureuse d'un homme qu'elle avait perdu, déconsidérée des siens. Et elle a encore plus payé lorsque Villalcazar, quelque vingt ans après, l'a fait venir à Cuzco pour obéir à nos lois qui, dans le Nouveau Monde, prescrivent à tout propriétaire d'installer sa femme à son foyer ou de se marier s'il ne l'est pas...

De la sœur de Martin, je n'avais vu que le cadavre, une forme allongée dans un cercueil, des cheveux blonds en boucles, deux mains maigres croisées sur un crucifix. Elle m'indifférait. Mais cette image, s'associant dans ma mémoire à la mort de Zara, m'était cruelle.

Précipité, lui aussi, dans ses souvenirs, Martin poursuivait :

— Ma sœur arriva, son peu de santé consumé par les duretés du voyage. Il faut compter environ six mois pour aller d'Espagne au Pérou. Elle ne nourrissait guère d'illusions. Mais avoir un mari au bras, ne fût-ce que pour des devoirs de représentation, lui semblait beaucoup après le purgatoire qu'elle avait vécu! A Cuzco, en fait de purgatoire, elle trouva l'enfer, une maison grouillant de concubines, un homme habité par une passion insensée que le temps, loin d'assagir, exacerbait... Lorsque Villalcazar avait bu, c'est-à-dire presque chaque nuit, il entrait dans les appartements de ma sœur et se mettait devant la pauvre femme à célébrer vos charmes ou à vous maudire! Il avait même fait peindre à votre insu plusieurs portraits de vous quand vous étiez encore à Cuzco, c'est ma sœur qui me l'a dit. Il n'en a gardé qu'un, qu'il a placé au-dessus de son lit. Assez ressemblant, je l'ai vu lorsqu'elle m'a appelé... Azarpay! Qu'avez-vous? Mon Dieu! quelle brute je suis! Je m'étais pourtant promis de ne jamais vous rappeler quoi que ce soit qui ait trait à ce jour si terrible...

Je dis avec effort :

— Croyez-vous qu'il soit vivant?

La haine m'était revenue, et me nouait le ventre.

Penser que Villalcazar était vivant, qu'il avait mon portrait dans sa chambre, qu'il s'ébattait dessous avec des créatures! A moins qu'il n'ait quand même eu la décence de le décrocher après que Zara... Lui était vivant, et ma petite fille, morte!

– Vivant? répéta Martin. Il aurait été blessé, m'a-t-on dit, à la bataille de Chupas, où il luttait évidemment contre nous aux côtés du représentant de la Couronne, mais depuis...

Je racontais alors à Martin mon équipée à Cuzco avec le père de mon père, au moment de la mort de Pizarro.

– Comme l'enchaînement des événements est curieux! dis-je. J'y songe maintenant : si vous n'aviez pas supprimé Pizarro, Villalcazar ne serait pas parti pour Lima, il m'aurait reçu, et, peut-être, aurais-je pu le tuer.

Martin me serra dans ses bras.

– Je suis heureux que vous ne l'ayez pas fait. Tuer de sang-froid ne laisse que dégoût. Une femme comme vous...

Je me dégageai, et ricanai.

– Une femme comme moi! Vous dites toujours cela, Martin, mais connaissez-vous la femme que je suis vraiment?

*
* *

La nouvelle année, lune après lune, s'inscrivit dans le ciel. Une autre commença.

Au mois de la moisson, Martin parut un jour, très agité.

– Azarpay! Un vice-roi nommé par Sa Majesté a débarqué au Pérou. Il serait porteur d'ordonnances favorisant votre peuple, et mandaté pour traiter avec l'Inca. Celui-ci l'a su hier soir par l'un de ses espions. Il semble disposé à parlementer.

– Avec Manco, sait-on jamais? dis-je.

L'attitude désabusée que j'affichais céda le lendemain matin. La litière d'un dignitaire s'arrêta à ma porte et déposa le message tant espéré et que je n'espérais plus : l'Inca me convoquait en son palais, l'après-midi même.

Imaginez, Père Juan, un prisonnier croupissant dans son cachot, trente pieds sous terre, à qui l'on annonce qu'il va revoir la lumière, imaginez... je ne sais pas, moi, ce qui vous comblerait... tenez, par exemple, que toutes les âmes du Pérou tombent dans votre filet! Bref, imaginez que survienne l'impensable, l'impossible, et vous toucherez de près l'euphorie qui me soulevait!

Comme toute femme, j'ajustai ma toilette à mon humeur.

Je fis bouillir mes cheveux dans des sucs d'herbes. J'envoyai les servantes cueillir des orchidées. Je sortis vingt tuniques, alignai mes ceintures, vidai mes coffres à bijoux, fiévreuse, indécise, affolée de bonheur.

Qhora m'observait d'un regard sarcastique.

– Tu ne vas pas à une fête, répétait-elle.

Réflexion faite, je jugeai plus habile et plus digne de dissimuler. J'ôtai les fleurs de mes cheveux, dépouillai de leur superflu mes oreilles, mon cou, mes poignets, et je choisis des vêtements simples. L'unique concession à mon orgueil fut un trait fin, tracé du coin des yeux aux tempes avec de l'*ichma* en poudre. Seules, les princesses ont droit à ce fard qui est d'une ravissante couleur cramoisie. Manco, au temps allègre de nos amours, m'en avait autorisé par dérogation l'usage. Cela lui rappellerait combien, alors, la force de son désir le courbait vers moi!

Au palais, on me conduisit à la grande galerie couverte, d'où la vue sautait de bosquets en rocailles jusqu'aux lointains que des cascades masquaient d'un rideau d'eau.

Manco siégeait sur son banc de granit rose. Les cinq Espagnols et Martin se découvrirent à mon entrée. Des femmes remplissaient les gobelets de *chicha*.

J'approchai, et je m'inclinai. Une femme apporta une natte. Je m'accroupis.

Depuis la scène du jardin, je n'avais pas revu de près Manco.

Je me souviens qu'il portait un soyeux manteau noir en laine de vigogne. Le temps l'avait encore enrichi en majesté, mais ce beau visage hermétique ressemblait bien peu à l'avenante physionomie de sa jeunesse.

278

Il entra dans le vif du sujet, sans préambule ni courtoisies.

– Sache, Azarpay, que notre situation prend un tour nouveau. Le souverain d'Espagne semble enfin se préoccuper de nos droits. Il nous envoie un seigneur investi de pouvoirs extraordinaires. Ces hommes, ici présents, se proposent pour négocier en mon nom et obtenir le retour de notre cour à Cuzco... Naturellement, c'est d'abord à leur propre amnistie qu'ils songent! Mais je n'ai pas l'intention de la leur offrir en souscrivant à des transactions boiteuses. Les conditions du traité seront à étudier point par point. Pour ce faire, je ne possède pas assez la pratique de leur langue. Quant à un interprète... Ce ne sont pas uniquement les paroles qu'il faut traduire, mais aussi leur véritable sens. Tu es la seule parmi nous à avoir côtoyé suffisamment les Espagnols pour déceler leurs ruses. Ces gens paraissent pétris de zèle et de gratitude, néanmoins un homme blanc ne sera jamais qu'un homme blanc. Tu assisteras donc à nos débats.

Je baisai la sandale de Manco, le bas de son manteau. Je l'assurai de mon dévouement et le remerciai de sa confiance, cachant mon exultation sous le même ton, froid, impersonnel, qu'il avait adopté.

Un halo d'or nimbe dans mes souvenirs les journées qui suivirent. J'étais au palais dès le matin et ne rentrais qu'à la lueur des torches.

Qhora m'attendait et me questionnait.

– Vous avez parlé?

– En voilà une question! J'en ai la gorge sèche!

– Je veux dire : l'Inca t'a-t-il dit quelque chose... quelque chose qui indique qu'en dehors des services que tu lui rends...

– Qhora! les dieux t'ont-ils placée à mon côté pour toujours me rappeler que l'existence n'est qu'un marécage? En ce moment, les regards de Manco se tournent vers Cuzco... L'essentiel est qu'il ait besoin de moi et, surtout, qu'il daigne l'admettre. Le reste viendra. Les dignitaires ne s'y trompent pas, eux! Ils ont brusquement retrouvé la mémoire et m'assaillent d'égards.

Diego Mendez, de par sa personnalité, s'affirmait comme le chef des cinq Espagnols. Ce fut donc lui qui partit pour Lima en ambassade auprès du vice-roi.

En attendant son retour, je repris mon métier à tisser.

Martin s'était présenté.

Mourir pendue par les cheveux ou par les pieds ne me tentait plus. Une chance s'offrait de récupérer mes privilèges, mon importance et, peut-être, Manco. Je congédiai Martin. Avec douceur... et des promesses que je souhaitais ardemment ne pas tenir. Ce fut dur. J'aurais préféré des injures à sa résignation.

Diego Mendez revint.

Rien ne me plaisait chez cet Espagnol, d'une corpulence malsaine, aux cheveux rouges et rares, qui trempait sa barbe dans la *chicha*, mêlait arrogance et grossièretés, et dont on cherchait en vain le regard pâle sous les cils tombants.

Mais comment ne pas recevoir en ami un homme qui nous rapportait la paix et, de sa voix sonnant comme mille trompettes, rouvrait devant nous les portes de Cuzco!

Dix années de lutte entre l'Inca et Sa Majesté d'Espagne étaient sur le point de se conclure. L'héroïsme et l'obstination de Manco triomphaient. Certes, il faudrait compter avec les intérêts de la Couronne, évaluer le partage des pouvoirs, mais partager vaut mieux que brandir un poing creux, et Manco semblait l'avoir enfin compris.

Les préparatifs du voyage commencèrent. Manco m'avertit que je l'accompagnerais à Lima pour servir d'intermédiaire entre lui et le vice-roi. Soleil, Soleil! Ma litière naviguait sur de la plume rose, je ne touchais plus terre.

Et arriva ce matin où tout bascula.

C'était quatre jours avant notre départ. Je me reposais dans ma chambre.

La femme choisie

La veille, Qhora m'avait enduit le visage d'un emplâtre de sa composition, censé atténuer les effets de l'âge... Riez, riez, Père Juan! Les rides accentuent la virilité de l'homme; chez une femme, ce sont autant de traits tirés sur sa séduction! Donc, j'étais là, laissant mon imagination s'envoler vers d'exquises perspectives, ce qui, par parenthèse, préserve plus sûrement la jeunesse que n'importe quel emplâtre, lorsque Qhora surgit.

– L'étranger est dans ton atelier.

– Martin?

– Que je sache, tu n'en reçois pas d'autres!

Je me levai.

– Je lui avais pourtant dit...

J'arrachai l'emplâtre qui se détacha comme une peau, et je sortis en courant. J'étais furieuse, je maudissais Martin. Durant plus d'un an, je l'avais accueilli dans mes bras avec insouciance. A présent, rien que de le savoir chez moi, je sentais le sol vaciller sous mes pas.

J'entrai dans l'atelier.

– Martin, je vous avais dit...

– Azarpay, je viens de surprendre une conversation de mes compatriotes. A moi, ils ne disent rien. Il convient d'avertir l'Inca. Diego Mendez et ses amis projettent de l'assassiner.

– Assassiner Manco! Vous dites: assassiner?

– Oui.

Je m'appuyai à la paroi.

– Cela paraît...! Et comment espèrent-ils s'en sortir? Ils ne sont que cinq.

– Je n'en ai pas entendu plus.

– Cela n'a pas de sens! Quel intérêt auraient-ils?

– Azarpay, réfléchissez. Pour l'Espagne, la disparition de l'Inca résoudrait de façon radicale les problèmes que pose la cause indienne dont il est l'unique défenseur. Est-ce pour monnayer ce meurtre que Diego Mendez est allé en réalité à Lima? Meurtre pour meurtre. Celui de l'Inca effaçant celui de Pizarro! Où est-ce à l'instigation du

281

vice-roi? Je l'ignore. Ce qui est certain, d'après les commentaires que j'ai pu saisir, c'est qu'ils en escomptent leur réhabilitation et des avantages substantiels. Les misérables! Répondre ainsi aux bienfaits de l'Inca...! J'ai honte...

– Martin, je vais au palais. Vous, rentrez. Il ne faut pas qu'ils se doutent, ils pourraient s'en prendre à vous.

– Oh! moi! dit Martin.

Je revois souvent l'expression lasse qui fripait sa bouche, je la revois, et j'ai mal.

Je ne saurai jamais si Manco tint compte ou non de mon avertissement.

Les yeux rivés au sol, l'âme comme absente du corps, il m'écouta et me renvoya.

Je passai la journée dans l'angoisse, retournai le lendemain matin au palais. Manco ne me reçut pas. En remontant dans ma litière, je trébuchai, et les mauvais présages ne cessèrent ensuite de se multiplier. J'eus à plusieurs reprises des frissons par tout le corps et des sifflements dans les oreilles, je marchai sur un scorpion, une servante bâilla trois fois devant moi, deux araignées... Je m'arrête, je vous ennuie. Les Européens ne sentent pas comme nous, ils ne savent pas interpréter les signes que le malheur place devant eux, ils en rient, et ils ont tort.

Epuisée, je me couchai tôt.

Au loin, s'entendait un concert de flûtes, provenant du palais. Manco offrait un grand banquet en l'honneur de ses hôtes espagnols, banquet clôturant les festivités et cérémonies propitiatoires qui s'étaient succédé depuis l'annonce de notre départ. La musique me réconforta un peu.

L'avez-vous noté, Père Juan? Les événements tragiques qui ont jalonné mon existence m'ont pour la plupart surprise en plein sommeil.

Ce fut donc hébétée, échevelée, grelottante que les porteurs me déposèrent cette fatale nuit dans les jardins de l'Inca, où nous avions goûté ensemble de si douces heures. Je courus. Les femmes s'écartèrent. Je tombai à

genoux. Le manteau, la tunique de Manco étaient rouges
de sang, mais il respirait. Le grand prêtre me releva. Les
médecins entourèrent Manco. On l'emporta. Je demeurai
parmi les dignitaires muets et la domesticité hurlante.
J'entrepris de me ressaisir.

J'avais craint le pire. Le pire était passé... Manco vivait!

Je me le répétais et me le répétais, cherchant de l'œil
Martin. Je savais déjà par le serviteur, envoyé par Inkill
Chumpi pour me prévenir, que les Espagnols étaient les
auteurs de l'attentat, mais Martin...

Son absence me décida à rompre le silence accablé des
dignitaires.

De leurs relations du drame, voici un résumé : après le
banquet, Manco avait organisé une partie de boules, sa
distraction favorite. Diego Mendez gagna une pièce d'or à
Manco, la perdit, s'emporta... A partir de là, les témoignages divergent. Selon les uns, Diego Mendez s'était
élancé sur Manco et l'avait frappé de sa dague; selon les
autres, Manco ayant décelé dans le déroulement de la
partie un présage funeste aurait donné ordre à sa garde
de supprimer les Espagnols, et c'est alors que Diego Mendez et ses compagnons se seraient jetés sur lui et
l'auraient poignardé...

Mais Martin...?

Des bras se tendirent vers un foyer qui rougeoyait en
contrebas.

« Les hommes blancs ont réussi à échapper aux gardes.
Ils se sont réfugiés dans la maison que l'Inca leur avait
assignée pour résidence. Vois, elle brûle. Les gardes l'ont
incendiée et l'encerclent. Quand le feu obligera les
hommes blancs à sortir, les gardes les tueront. »

Je m'élançai.

Passé les terrasses, je dévalai une des sentes qui condui-
saient à la maison. Je n'eus pas à aller loin. Une masse
sombre jetée sur un bas buisson m'arrêta.

L'épée ou la lance avait transpercé Martin entre les
omoplates. Je fouillai ses habits. Le cœur ne battait plus.

Je m'assis par terre et restai là, Martin contre moi, le berçant comme j'avais bercé le corps de mon enfant.

Manco ne survécut que cinq jours à ses blessures.

Peu avant sa mort, selon nos coutumes, il reconnut pour Seigneur et maître son fils aîné légitime, le jeune Sayri Tupac.

Puis ce fut le lent, le sinistre défilé des adieux. Toute la cour en deuil se pencha sur la couche de Manco pour recueillir son souffle et ses paroles. Enfin, il me réclama.

Je baisai ses mains qui m'avaient si puissamment étreinte et que l'agonie nouait.

— Azarpay, voici ton nouvel Inca. Sers-le en tout... Et toi, mon fils, prends conseil de cette femme, elle est clairvoyance, habileté, et esprit.

Eperdue, oubliant l'étiquette, je cherchai le regard de Manco. Il abaissa les paupières. L'Inca daignait me reconnaître quelque mérite, il ne pardonnait pas.

Sa dépouille embaumée fut placée dans le Temple du Soleil.

Martin repose au pied d'un *pisonay*. J'obtins l'autorisation de l'enterrer selon vos rites. Sur sa tombe, je récitai un *Ave Maria*. Il m'en avait appris les paroles, je les trouvais poétiques. Et je plantai une croix.

Si votre dieu existe, Père Juan, Martin doit être à sa droite. S'il n'est qu'un leurre, nos dieux, j'en suis sûre, se sont fait une joie de guider son âme belle et pure jusqu'aux verts paradis. Il fut, comme Manco, victime de la cupidité des vôtres.

Père Juan, demain soir, durant notre ultime halte, j'achèverai ce récit. Peut-être vous repentirez-vous de votre curiosité. Il sera trop tard. Vous avez voulu savoir, vous saurez.

La femme choisie

Père Juan de Mendoza
ce 13 octobre 1572

Barbarie, barbarie ! Mais je vous le demande, Seigneur, qui sont les barbares ? Ces Indiens dont l'âme est encore en friche ou ceux sur lesquels vous avez répandu votre lumière avec largesse et que l'or et l'ambition ont rendus sourds à vos enseignements ?

8

Celle que j'étais mourut à la mort de Manco. Celle que je suis naquit.

Après une période de douleur et de deuil, je compris que ma place n'était plus dans notre cité. Qu'avais-je à espérer, sinon y mener l'existence de recluse, offerte aux anciennes favorites? Certes, des honneurs, des privilèges, du respect... Ces perspectives fleurant le rance me révoltaient. Je me sentais encore jeune de corps, l'esprit remuant, et considérais mériter mieux que l'ombre et l'oubli. Prétention énorme pour une femme privée de tout mâle soutien! J'en étais consciente, mais l'orgueil et la haine me poussaient à bousculer nos coutumes et à poursuivre un destin qui, à nouveau, se dérobait.

Ne vous imaginez pas, Père Juan, que parvenue à de telles conclusions, j'entassai mes quelques richesses sur le dos de porteurs, montai dans ma litière et m'en allai! Cela ne se passe pas ainsi dans nos communautés. Il me fallait obtenir l'agrément des miens et dresser mes plans.

Hors ce mont, les vôtres étaient partout, et très certainement peu disposés à me serrer sur leur cœur!

Je ne concevais d'autre destination que Cuzco.

Partant de cette base, j'esquissai les grandes lignes de mon projet. Les coordonner fut le plus difficile. Lorsque j'étais à court d'inspiration, que les risques me faisaient douter de la fiabilité du projet, je me rendais sur la tombe de Martin ou je grimpais par les terrasses au pied du roc

286

où les têtes barbues de Diego Mendez et de ses complices, fichées sur des piques, desséchaient au vent et au gel, et, alors, les forces, les idées me revenaient.

Mon plan arrêté, je sollicitai une entrevue avec Atoc Supay, un grand dignitaire choisi par Manco dans sa parenté pour assurer la régence, le nouvel Inca n'ayant que dix ans.

Détail qui fera frémir les vertueux, mais rêver les royautés européennes qui, semble-t-il, ont parfois des difficultés à engendrer un héritier viable et normalement constitué, certains de nos Incas ont eu jusqu'à deux centaines d'enfants. Cette surabondance s'explique par le nombre, la variété, la beauté de leurs femmes. Les enfants se multipliant à leur tour, je vous laisse calculer le chiffre colossal qu'atteignait la parenté de l'Inca régnant! Cette parenté formait d'ailleurs l'essentiel de sa cour. Evidemment, les mâles – écartons le négligeable sexe femelle dont la progéniture ne comptait pas – ne pouvaient prétendre tous au rayonnement céleste. Certains n'avaient que leur ascendance pour éclairer leur médiocrité, mais beaucoup, parmi lesquels se recrutaient les gouverneurs de province, les capitaines d'armée et les principaux fonctionnaires, possédaient l'intelligence, l'inflexibilité, la cautèle qui font les chefs. Le régent, Atoc Supay, était de ces derniers.

Je me suis souvent posé des questions sur les raisons qui l'induisirent à me bailler son consentement. Me jugea-t-il capable de faire œuvre utile ou sauta-t-il sur l'occasion de se débarrasser d'une femme encombrante, dont la personnalité, liée si étroitement aux temps héroïques de Manco, était susceptible de gâter l'influence qu'il exerçait sur le jeune Inca?

Quoi qu'il en fût, j'eus ce que je souhaitais : ma liberté d'action et les informations indispensables pour tenter l'aventure. Celles-ci, fournies par nos espions, m'obligèrent à retarder mon départ. Nous n'étions pas loin du deuxième anniversaire de la mort de Manco quand j'arrivai avec Qhora à mon palais de Yucay.

Retrouver ces lieux, retrouver Marca Vichay, mon cher Cañari, après tant d'années...

– Tant d'années, Marca Vichay! répétais-je, retenant par dignité mes larmes.

– Quatorze, Dame Azarpay. Cela fait quatorze ans que je n'ai eu l'insigne bonheur de t'accueillir sous ton toit. Et douze ans se sont écoulés depuis que nous nous sommes rencontrés à Cuzco, juste après l'intronisation de Manco Inca.

Précédées par Marca Vichay, nous pénétrâmes dans la grande salle.

Un amoncellement de meubles plaqués contre les murs rétrécissait la pièce que j'avais connue si noble dans son dépouillement. A une table, des Espagnols jouaient aux osselets et buvaient du vin. Ils n'eurent pas un regard pour nos hardes de paysannes.

Marca Vichay s'arrêta. Il s'inclina, échangea avec les joueurs quelques mots en bon castillan, et remplit les coupes. Il souriait. J'admirai la représentation qu'il m'offrait. Qui eût cru, à voir son empressement, qu'il était des nôtres?

Ces années lui avaient profité. Je l'avais quitté jeune homme, ne possédant rien, pas même la livrée qui le vêtait. C'était à présent un homme puissant et fier, aux gestes onctueux, habillé de fine laine, et dont l'autorité, grâce à son ralliement apparent aux vainqueurs, s'étendait sur de nombreux villages. Cela permettait à nos courriers et espions de traverser impunément la vallée quand ils allaient et venaient de notre cité à Cuzco.

Unique rappel du passé : Marca Vichay arborait toujours sur ses cheveux longs, luisants, tordus en chignon, son cercle de bois et ses tresses en laine multicolore, flottant sur la nuque.

Quand il nous eut rejointes, je murmurai :

– Sortons! Ces hommes, ici... j'étouffe!

Nous empruntâmes les escaliers conduisant aux bains. Ils n'avaient pas été réparés. Les blessures de la pierre, le dallage éventré témoignaient de la rage avec laquelle les Espagnols s'étaient acharnés à traquer le moindre éclat d'or.

Je refusai de monter jusqu'aux terrasses. Les jardins n'étaient plus que terrains vagues et broussailles. Des chevaux paissaient l'herbe sauvage.

— Je suis désolée, Dame Azarpay, dit Marca Vichay. C'est impossible de leur faire comprendre...

Je me redressai.

— Bientôt, je te le jure sur ma vie, ces coquins seront hors d'ici. Eux, leurs animaux, leurs bruits, leurs odeurs! Allons chez toi.

Un peu à l'écart du palais, Marca Vichay s'était fait construire une demeure. Ses femmes accoururent. Gracieuses, joliment mises. Elles baisèrent, l'une après l'autre, le bas de ma tunique boueuse.

Je murmurai :

— Tu es sûr? Elles ne diront rien?

Les grandes lèvres de Marca Vichay se retroussèrent.

— Elles sont jeunes, elles tiennent à la vie.

Il me servit lui-même mes plats préférés et de magnifiques fruits nappés d'un miel tiré du maïs de Yucay, le meilleur maïs qui soit au monde. Après le repas, il renvoya ses femmes.

Les Espagnols s'étaient absentés. Nous en profitâmes pour retourner au palais. Tandis que Marca Vichay faisait le guet, je descendis à la salle secrète où j'avais caché mon or et mes choses précieuses. Tout était là. Je tenais à m'en assurer avant de me confier plus. Puis nous rentrâmes chez lui.

Je n'avais pas envie de m'appesantir sur les années écoulées, dont même les joies s'étaient muées en chagrins. Je lui dis juste ce qu'il avait besoin de savoir, et nous en vînmes à mes projets.

— Ce que tu feras sera bien, dit Marca Vichay.

Je n'avais pas perdu mon pouvoir sur lui. Je le sentis, le cœur caressé d'un doux plaisir. Je vous l'ai dit, Père Juan, l'adoration me nourrit. Depuis la mort de Martin, j'étais plutôt sevrée!

– C'est bon de t'avoir à mes côtés, dis-je.

Nous parlâmes ensuite de Gonzalo Pizarro.

Sans doute, Père Juan, avez-vous l'esprit assez admirablement agencé pour y avoir classé, une à une, les convulsions intestines qui secouèrent les Espagnols aux débuts de leur implantation dans notre pays. J'en ai subi de près ou de loin les répercussions. Elles figurent dans mon récit. Mais je ne résiste pas à la jouissance d'en toucher à nouveau deux mots. Que voulez-vous, on ne peut demander aux vaincus des réactions charitables. Quand les vôtres se déchiraient, les miens avaient un peu de bon temps!

Je mesure cependant combien, pour un homme de Dieu, ce doit être éprouvant de découvrir chez ses compatriotes des sentiments si divergents de ce que préconise la religion... Les chicanes sournoises et homicides entre Almagro et Pizarro, l'exécution ignominieuse du premier, l'assassinat du second, la décapitation du jeune Diego, auxquels s'ajoutent tous les morts anonymes dans un camp et dans l'autre... Vous en conviendrez, ces péripéties, truffées de cadavres, offrent un bien curieux exemple de la morale chrétienne aux mécréants que nous sommes. Brandir la croix, symbole d'amour et de mansuétude, en pataugeant jusqu'au ventre dans le sang de ses frères, quelle image édifiante! D'autant plus que cette bataille de rapaces ne s'arrêta pas là...

Il est absurde de prétendre juguler l'ambition.

Le vice-roi, délégué par Sa Majesté d'Espagne, celui-là même, souvenez-vous-en, avec qui Manco devait traiter, l'apprit à ses dépens.

Nous voici, en effet, arrivés aux récents événements survenus pendant que je tissais, brodais et rebrodais mes plans pour quitter la cité. Et revoilà Gonzalo, l'unique Pizarro qui demeurait au Pérou, resurgissant avec fracas sur la scène politique.

La raison de ce retour?

Les nouvelles Ordonnances, censées adoucir quelque peu le sort des gens de ma race, qu'apporte le vice-roi. Fureur des colons. A quoi bon avoir conquis le pays, si l'on ne peut plus asservir l'indigène et transformer en or sa sueur et son sang? Le vice-roi est un zélé fonctionnaire. Il s'obstine à appliquer les Ordonnances. Il débarque, il ne connaît rien de la mentalité des Espagnols de par ici... Qui les connaît d'ailleurs dans vos contrées! Il devient la bête à abattre. Les colons se tournent vers Gonzalo. Lui, aussi, pleure de rancœur et de rage, estimant que le fauteuil de gouverneur qu'occupait son frère lui revenait de droit, et non à ce pisse-froid envoyé par le Roi.

Gonzalo Pizarro prend donc la tête de la révolte.

Corrompre par l'or ou la menace est un terrain où Gonzalo évolue en expert. La municipalité de Cuzco le nomme capitaine-général. Les juges royaux, à Lima, destituent le vice-roi et ordonnent le départ de celui-ci. Le vice-roi s'enfuit. Gonzalo le rattrape à Quito et lui fait trancher la tête par un esclave noir. Une nouvelle tête barbue roule!

Ceci se passait en janvier 1546, trois mois avant que j'abandonne notre cité. Et tel était le contexte dans lequel je me préparais à regagner Cuzco.

Retrouver un Pizarro maître du Pérou ne me gênait pas. Je dominais à présent parfaitement mes haines, ayant enfin compris que c'était l'unique moyen de les assouvir.

Le lendemain matin, je montai avec Qhora dans la litière de Marca Vichay. J'avais troqué ma défroque contre d'élégants vêtements et de fort beaux bijoux, dont je m'étais munie. Les femmes avaient soigné ma chevelure. Ce que je lus dans les yeux de Marca Vichay me fit du bien.

Au début de ce récit, Père Juan, alors que nous n'en étions qu'aux fluctuantes impressions du premier contact, je m'étais permis de vous faire un petit cours sur le capital que représente pour une femme sa beauté.

En ce jour que je vivais, plus que jamais, mon aspect était primordial. De lui, dépendait tout! Et angoissée, je ne cessais de m'interroger : plairais-je encore à Bartolomé Villalcazar?

Oui! Villalcazar!

Je me doutais que vous alliez sursauter. On peut n'importe quoi, Père Juan, quand la vengeance est au bout!

Une pluie serrée salua mon entrée à Cuzco.

Cette fois, j'avais pris mes précautions. Par les renseignements transmis au régent de notre cité, je savais qu'après avoir partagé les triomphales cavalcades de Gonzalo Pizarro, Villalcazar avait réintégré la ville.

La litière nous laissa devant sa demeure.

Le serviteur qui m'ouvrit était le même qui avait invectivé le père de mon père. Ayant évalué mon poids d'or et d'émeraudes, il me pria de le suivre avec beaucoup de déférence.

Nous montâmes l'escalier. Trois gamines le descendaient. Elles étaient habillées à l'européenne, et à peine plus vêtues dans ces soies, qui leur étranglaient la taille et dessinaient leurs seins, que si elles avaient été nues. Elles firent demi-tour, pénétrèrent derrière moi dans la salle où le serviteur m'introduisit, et s'assirent sur une banquette, les doigts dans la bouche, m'observant. Je restai debout.

Villalcazar entra.

— Dehors! cria-t-il.

Les gamines rassemblèrent leurs paquets de jupes, s'enfuirent.

Il vint vers moi, s'arrêta.

— Juanito... le valet qui t'a ouvert... m'a dit : « Il y a une *Indienne* très belle qui veut vous voir. » Juanito avait raison. Tu es toujours belle.

Je le regardais.

Une cicatrice lui creusait la joue. Mais ce genre d'homme s'arrange de tout. La cicatrice ajoutait à son air.

– Qui t'a fait ça? dis-je.

– Un compagnon de ton cher Martin, à la bataille de Chupas... Ne me demande pas des nouvelles de Martin. Nous ne l'avons ni pris ni pendu. J'ignore ce qu'il devient.

– Martin est mort. Il s'était réfugié chez nous. Quand les Espagnols d'Almagro ont assassiné Manco, Martin a été tué.

– Il s'est trompé de camp. Je le lui avais assez dit!

– Je ne suis pas venue pour parler de Martin, je suis venue te proposer un marché.

– Un marché! Quel marché? Qu'as-tu à vendre? Tes bijoux? Je suis acheteur. Les petites que tu as vues adorent les hochets.

– Je t'en prie, dis-je, il s'agit de choses sérieuses.

Villalcazar rit.

– Soit! Soyons sérieux!

– Vivre dans les monts ne me convient plus, Bartolomé. Et vivre ailleurs... C'est ici, à Cuzco, que je veux vivre. Je suis...

Il m'interrompit.

– Tu veux! Pour ma part, je te baillerais volontiers l'autorisation. Mais après le tour que toi et l'*Indien* avez joué à Hernando Pizarro...

– Hernando est en Espagne.

– Les Pizarro ont la rancune tenace. Gonzalo commande à présent. Ici ou ailleurs, je doute qu'il t'accorde droit de cité. Ce n'est même guère prudent...

– Il le fera si tu m'épouses.

– Qu'est-ce que tu dis!

Je souris.

– Ne me l'avais-tu pas proposé, il y a quelques années? Tu t'étais un peu avancé. Mais, depuis, ta femme est morte, et te voilà veuf. Selon vos lois, il va te falloir y songer... Je veux dire: songer à te remarier.

Du plat de la main, il frotta sa cicatrice.

293

— Tu es vraiment la femme la plus stupéfiante...! La dernière fois, quand je partais pour Lima, tu m'as injurié, tu avais le meurtre dans les yeux, et tu t'amènes... Je ne comprends pas. Un marché, disais-tu? Quel marché? Qu'ai-je à gagner en t'épousant? Excuse-moi, mais tu m'obliges à te le rappeler, je n'ai eu nul besoin de passer par l'autel pour t'avoir!

— Moi, j'ai besoin de t'épouser. Pour récupérer mes biens.

— Tu as hérité de l'*Indien*?

— Ne parle pas de Manco sur ce ton! Il ne s'agit pas de lui... Huascar Inca m'avait fait don d'un domaine dans la vallée de Yucay. Un grand domaine, un palais, des villages, d'immenses cultures, des champs de coca. Souviens-toi. Après l'intronisation de Manco, j'ai souhaité qu'on me les restituât. Tes amis occupaient le palais, et les Pizarro ont refusé. Si tu m'épouses, si je porte ton nom...

— J'ai déjà un domaine.

— Pas dans la Vallée Sacrée. Jadis, elle était propriété exclusive des Incas. C'est bien pourquoi les Pizarro s'en sont adjugé la quasi-totalité des terres. Tu n'aimerais pas avoir ton palais là où Gonzalo a le sien?

— Un domaine me suffit.

J'élargis mon sourire.

— Voilà bien la première fois que j'entends un Espagnol se déclarer satisfait de ce qu'il a! Tu as changé, Bartolomé. Tu étais plus vorace.

— Je n'avais pas ce que j'ai... Toi, aussi, tu as changé. Quelle douceur!

— C'est que je veux te persuader. Je veux mon or, et pouvoir en jouir.

— Quel or?

— Quand les armées d'Atahuallpa ont menacé Cuzco, j'ai enlevé et caché tout l'or qu'il y avait dans le palais, et il y en avait beaucoup, du fait qu'Huascar Inca y séjournait. Des statues, des vases, des bibelots, la vaisselle, et jusqu'aux ustensiles de cuisine... Tu sais que la nourriture de l'Inca ne se prépare que dans des récipients d'or...

– Et cet or est où?

– Bartolomé! Me prendrais-tu pour une idiote? Tu m'épouses, je récupère l'or, nous partageons... Cet or n'est cependant rien en comparaison... Tu as entendu parler de la fameuse chaîne qu'on nomme la chaîne d'Huascar?

– Les *Indiens* disent qu'elle mesurait sept cents pieds, avec des maillons gros comme des poignets! A leur habitude, ils ont fabulé pour nous faire saliver. Les frères Pizarro ont cherché partout cette chaîne. Elle n'existe pas.

– Elle existe. Mais les Pizarro auraient pu retourner la moitié du Cuzco... Là où elle est...

– Parce que, toi, tu saurais...?

– Je l'ai.

Villalcazar sursauta.

– Tu mens!

– Huascar l'a fait transporter dans les monts, tronçon par tronçon. Il m'y a emmenée. J'ai vu la chaîne. Ses trésors, aussi, sont là. C'était au cas où il mourrait. Il est mort. Selon sa volonté, la chaîne et les trésors sont à moi. Tu ne me crois toujours pas?

Il dit lentement:

– Après tout, c'est possible. Huascar, paraît-il, a fait plus de folies pour toi qu'aucun Inca n'en a fait pour l'une de ses favorites, et on n'a jamais pu mettre la main sur son or... Mais as-tu pensé...? Si tu dis vrai, détenir un pareil secret...! Je pourrais te livrer pour qu'on te délie la langue.

– Ça t'amuse de me faire peur? dis-je. Tu es capable du pire, mais me faire cela, à moi... Et, en admettant... Tu vois, j'y ai quand même pensé! Qu'en retirerais-tu? Les fonctionnaires royaux ne plaisantent pas. Par droit de conquête, la chaîne irait dans les coffres de Sa Majesté d'Espagne. On te baillerait des félicitations, peut-être quelques autres terres, une misère! Tandis que si tu présentes la chaîne comme étant la propriété de ta femme...

Une pièce telle que celle-ci ne se monnaie pas. Mais en traitant directement avec ton roi... Un titre de comte ou de marquis ne lui coûterait guère.

Il secoua la tête.

— Quelque chose m'échappe dans ton histoire. J'avais l'impression que tu me détestais, même avant... avant ce qui est arrivé à ta petite fille, et te voilà...

Je réunis mes forces.

— Ne me parle plus jamais de ma fille! Ce que tu as fait était ignoble. Je t'en ai voulu affreusement. Peut-être, sur le moment, si je l'avais pu, t'aurais-je tué. Avec le temps... Le temps aide à réfléchir. Tu n'as pas souhaité cela. Je le sais. Qui souhaiterait la mort d'une petite fille innocente? Quant à te détester... Avoue que tu m'en as donné maintes occasions! Un dément, quand tu t'y mets! Mais toi, au moins, je te connais. On n'offre pas une montagne d'or, et sa personne en sus, à quelqu'un qu'on ne connaît pas. Et mes amants ne sont pas légion parmi tes compatriotes, tu as été le seul. A qui voulais-tu donc que je m'adresse pour m'aider à changer d'existence? Je suis lasse, Bartolomé, lasse de vivre en proscrite, d'obéir à nos lois. Quand l'Inca meurt, c'est la descente au tombeau pour ses femmes. Tu m'imagines, moi, dans un tombeau? J'étouffe là-bas! Tant que Manco était là, j'ai lutté avec lui contre vous. Maintenant il n'est plus. Et défendre une cause perdue... J'ai horreur de perdre. Ça, au moins, tu peux le comprendre, non?

— Si tu m'as menti pour la chaîne, je te tue.

Je le dévisageai froidement.

— Si tu n'as pas confiance, si tu ne veux ni de moi ni de mon or, c'est inutile que nous discutions. Je m'arrangerai avec Gonzalo Pizarro.

— Gonzalo? Tu ne sortirais pas vivante de ses mains!

— Tu paries?

Alors, enfin, enfin! il eut son premier cri :

— Je t'interdis! il ne te touchera pas!

Et je me sentis saisie, pétrie, broyée...

Nous allâmes dans sa chambre.

Je n'ai jamais su résister aux emportements de Villalca-zar. Je l'avais prévu. Mon corps misérable était, en l'occurrence, le meilleur atout que je possédais.

Le portrait dont Martin m'avait parlé se trouvait effectivement au-dessus du lit. Au matin, après une nuit sans sommeil, je feignis dans la lumière de le remarquer.

Villalcazar ne se troubla pas.

— Il y a des gamines si gauches... Ose me jurer que tu n'as jamais pensé à moi dans les bras de ton *Indien*!

A son rire, le rire fat et triomphant de l'homme, je compris qu'il avait déjà les deux pieds dans le piège.

Il fit l'aller et retour de Cuzco à Lima où Gonzalo Pizarro tenait sa cour, et obtint l'accord de celui-ci.

— J'ai toujours suivi les Pizarro. Gonzalo ne pouvait me le refuser. Tes titres de propriété seront son cadeau de mariage. D'ailleurs, politiquement, l'affaire lui agrée. L'union de la compagne de Manco Inca et d'un capitaine espagnol symbolisera l'entente que nous désirons établir entre nos deux races. L'exemple, quand il vient de haut, est contagieux.

Pas de noces sans baptême.

Villalcazar me présenta à l'évêque de Cuzco.

L'Evêque m'accueillit aimablement. Etait-ce à la péche-resse montrant une charmante humilité ou à mon or, dont on parlait beaucoup depuis l'annonce de nos épou-sailles, qu'allèrent ses bénédictions? Je vous laisse juge, Père Juan.

Grâce à l'assistance du clerc qu'il délégua pour m'ins-truire dans la religion, j'entrepris aussitôt d'apprendre à lire et à écrire en castillan. Monseigneur eut la délicatesse de me prêter son clerc jusqu'à ce que je fusse en mesure de déchiffrer un texte. Lire, écrire, voir les mots couler sous la plume, fixer actions et pensées me parurent choses très merveilleuses. Je ne vous le cache pas, j'y consacrai plus d'enthousiasme qu'à retenir des dogmes qui me promettaient l'enfer.

La veille du mariage, je fus baptisée, et je reçus le prénom d'Inés. Villalcazar avait choisi ma marraine parmi les épouses de ses amis. Ceux-ci l'avaient bruyamment félicité. Les femmes, en revanche, économisèrent leur courtoisie. Pour elles, chaque *Indienne* puait le soufre et la luxure.

A la décharge de ces femmes, disons que les maris, dévorant à pleine bouche les fruits verts ou mûrs offerts à leur souveraine volonté, n'avaient guère le cœur de se hisser dans le lit conjugal pour y accomplir platement leur devoir et garnir d'enfants des ventres auxquels engendrer est l'unique plaisir autorisé.

Gonzalo Pizarro honora notre mariage de sa présence.

Le temps avait affiné son physique. Barbe lustrée, la souple silhouette d'un fauve, il était beau. Son vocabulaire et ses manières gâtaient un peu cette prestance.

Cuzco le reçut comme un roi.

En me donnant les titres de propriété qui me remettaient dans mes biens, il dit :

– Enfin, parmi nous, madame! Voici une résolution que vous auriez dû prendre dix ans plus tôt.

– Votre Seigneurie n'en aurait pas eu autant de satisfaction, répliquai-je en souriant.

Il sourit aussi, et, s'adressant à Villalcazar :

– La seule que je n'ai pas eue. Je t'aime trop, mon ami, c'est l'ennui!

Les festivités terminées, nous nous rendîmes à Yucay.

C'était le mois des labours. Dans les terrasses de culture, les hommes besognaient la terre avec leurs *taklla*. Les femmes, agenouillées devant eux, brisaient les mottes.

J'appelai Villalcazar qui chevauchait à côté de ma litière.

– Tu vois ces femmes? J'aurais pu être l'une d'elles.

Il ne répondit pas. L'allure des porteurs l'exaspérait. Arriver au palais le calma. J'y avais dépêché Qhora quelques jours auparavant avec mes instructions.

Après qu'il eut admiré d'un coup d'œil distrait les dispositions intérieures, nous descendîmes, par ma chambre, à la salle souterraine. La quantité d'or, rassemblée là, le laissa une bonne minute en arrêt, sans voix. Puis, tandis que j'affrontais mes souvenirs, il se mit à soupeser les objets. Je vous l'ai dit, Père Juan, pour vos compatriotes, la beauté se jauge au poids. Ce sont eux, pourtant, qui nous traitent de barbares!

Nous passâmes une semaine à Yucay.

Ce fut gai. Marca Vichay nous régala d'attentions et de somptueux gibiers. Avec lui, nous décidâmes des travaux de restauration. Vos Espagnols, leurs chevaux, leurs beuveries, leur convoitise laissaient des traces...

Les *curaca* de mes villages accoururent. Je les présentai à leur maître. Villalcazar se montra charmeur. Sa suzeraineté l'enchantait, et l'abondance de richesses, qu'il découvrait.

Nous allâmes dans la vallée inspecter mes champs de coca.

La coca était en train d'acquérir une grande valeur marchande. Les Espagnols avaient levé l'interdit sur la magique feuille, jadis monopole de l'Inca. Ils voyaient dans ses vertus un moyen d'augmenter le rendement de ceux qu'ils exploitaient et exploitent toujours. Ainsi, mon peuple, pauvre peuple! s'est mis à copier ses princes. Avec excès, pour supporter les duretés de l'existence qu'on lui impose... Et quand l'organisme ne se cabre plus devant la faim et l'épuisement, quand il va sans peine au-delà de ses forces, il s'use vite. Un massacre discret.

– Nous en avons pour une fortune, dit Villalcazar qui s'était déjà approprié mes biens avec aisance.

Cela me convenait, je le voulais épanoui.

Il souffla pour remonter la pente.

– L'âge vient, dis-je en riant.

– L'âge? J'ai toujours le même, celui de bien vivre!

Dès notre retour à Cuzco, je réorganisai la maison.

Les perspectives s'étouffaient entre les bois sinistres

d'un mobilier venu d'Espagne. Malgré les cris de Villalcazar, j'en reléguai la moitié dans une dépendance, et j'attirai à l'intérieur le soleil qui aime jouer avec les ors. Les soyeuses tentures en plumes qu'Huascar avait écartées de sa main divine masquèrent les portes. Elles ajoutaient au brillant des vases et des statues la couleur qui, chez nous, est élément indispensable du décor.

Ces premiers arrangements effectués, les amis de Villalcazar envahirent nos salons. Je paraissais avec discrétion, laissant à de jeunes et alertes servantes le soin de les abreuver. Les servantes avaient été choisies par Marca Vichay. De même, me manda-t-il des garçons formés au service pour remplacer un à un les valets. J'eus bientôt une domesticité qui ne dépendait que de moi.

Chaque semaine, l'Evêque dînait à la maison. Je lui avais offert deux splendides vases d'or plein, et le tribut de tout un village pour ses charités. Cette munificence mettait en valeur ma modestie. Les grands prélats se prennent volontiers pour Celui qu'ils représentent et requièrent le même encens.

L'Evêque, une fois relâché par la bonne chère et d'excellents vins, était d'ailleurs d'un commerce très plaisant. Nous parlions assez librement. Il s'enorgueillissait de ma conversion comme si elle eût été son œuvre. Villalcazar, qui ne tenait en place que devant une table de jeu, s'esquivait. J'interrompais notre conversation, soupirais : « Bartolomé est le meilleur des époux, mais il me donne du souci. Il devrait songer à sa santé. Un homme qui vit seul durant tant d'années dans la dissipation inhérente au métier des armes ne s'épargne guère. Néanmoins, Monseigneur, je vous en supplie, que ceci reste entre nous. Les hommes détestent qu'on attache de l'importance à leurs petites faiblesses physiques. »

*
* *

L'appétit d'un glouton ne se rassasie de rien. Villalcazar avait mon palais de Yucay, mes villages, mes champs de coca, mon or, mais il commença bientôt à me tarabuster pour que je le conduise à l'endroit où Huascar avait caché sa chaîne et ses trésors.

Le moment n'était pas encore propice à mes projets. Et je ne savais plus quel prétexte inventer pour brider son impatience, quand, brusquement, la situation politique tourna de nouveau au drame.

Un matin, j'étais dans la cour intérieure que j'avais décidé de transformer en patio, et je surveillais le damage du sol.

Villalcazar parut.

Je l'appelai.

– Qu'en penses-tu? Cela te plaît?

– Je pars pour Lima.

– Un problème?

– Gonzalo a reçu du Roi une lettre conciliante. Le Roi daigne reconnaître que la nomination du vice-roi fut un choix malheureux. Bref, en termes voilés, Sa Majesté est prête à passer à pertes et profits l'exécution du vice-roi et à absoudre Gonzalo... La lettre lui a été adressée de Panama par Pedro de La Gasca, le nouvel envoyé de Sa Majesté. Renseignements pris, La Gasca est un ecclésiastique très cultivé, très habile, et dépourvu de toute ambition personnelle. Il a déjà rallié certains des nôtres qui sentent le vent.

– Quel vent?

– Ne nous leurrons pas. Si les juges royaux ont proclamé Gonzalo Pizarro gouverneur du Pérou, c'est sous la pression, par peur ou goût du lucre. Notre position vis-à-vis de la Couronne est totalement illégale. Et la popularité de Gonzalo a baissé. L'enthousiasme n'est plus. Trop de meurtres. Ses bourreaux ne font jamais relâche. Ils tuent pour un rien, même pour une femme convoitée, dont le mari gêne! Les pendus n'ont plus ni voix ni crocs, mais leur odeur gâte l'air et répand la terreur... Accepter la grâce que Sa Majesté nous tend et nous concilier La Gasca me semble une issue raisonnable. Quel homme résiste à l'or ? Nous en paverons la route de l'Ecclésiastique jusqu'à le plier en deux !

Le conseil que Villalcazar porta à Lima était sage. Gonzalo hésita. Certains de ses intimes, compromis dans de bourbeuses affaires et redoutant que la mansuétude royale passât devant leur demeure sans s'arrêter, le mirent en garde : n'était-ce pas un piège ? La suspicion prévalut. Elle satisfaisait le caractère de Gonzalo, incapable de renoncer à sa toute-puissance. Il rejeta la grâce. La rébellion devint officielle.

Durant plusieurs mois, je ne sus rien de Villalcazar, si ce n'est par les quelques nouvelles peu réjouissantes que me communiqua l'évêché.

Désordres et désertions se multipliaient. La Gasca menait sa guerre en soutane râpée, bréviaire à la main et amnisties en poche. Rallier les colons était sa priorité. Il promit la révision des fameuses Ordonnances du vice-roi qui devaient relâcher nos chaînes. Cette politique, confortant vos compatriotes dans leurs droits, lui ouvrit peu à peu les portes des villes. L'Ecclésiastique rassurait.

Quant à moi, j'enrageais. Lorsque le chaume brûle, les poutres qui le soutiennent brûlent aussi. Si Gonzalo Pizarro tombait, Villalcazar tomberait avec lui. On confisquerait ses biens et les miens. Je me retrouverais dépouillée, suspecte. Et je serais définitivement exclue du cercle étroit du pouvoir, où Dame Corruption bat les cartes et mène le jeu, facteur essentiel dans les plans que j'avais faits pour venir en aide, par la suite, à mon malheureux peuple. Tant d'efforts, et une telle faillite !

Je lis dans vos pensées, Père Juan.

Vous vous dites : « Justice de Dieu ! » N'avez-vous jamais dissimulé, composé, manœuvré, menti et haï ? Le jureriez-vous, saint homme ?

Au mois des semailles, on signala les rebelles sur la côte, à Arequipa. Traqués par les soldats de La Gasca, ils songeaient, disait-on, à chercher refuge au Chili. Cela ne m'arrangeait pas mieux. Et je voyais déjà nos propriétés rasées, les ruines couvertes de sel et, en grosses lettres, le mot « TRAÎTRE » écrit partout, lorsque nous apprîmes qu'une grande bataille s'était déroulée au sud, près du lac Titicaca, et que l'armée royale avait été défaite sur les collines à terre rouge, où les paysans aymaras cultivent depuis le début des temps la pomme de terre.

Ce fut la liesse.

On suspendit tentures, tapisseries et guirlandes aux fenêtres. Les rues de Cuzco rivalisèrent en coquetteries. Le canon tonna, les cloches carillonnèrent. Et tambours et trompettes accueillirent les vainqueurs que précédait l'étendard royal de Castille. Car, que l'on appartînt à Sa Majesté d'Espagne ou à Gonzalo, chacun combattait sous le même signe.

Ragaillardie par ce délire de joie qui secouait la ville, je m'affairai à préparer la réception que Villalcazar souhaitait offrir à Gonzalo.

On y trancha des tombereaux de viande, une profusion de gibier et de pâtés. Le vin coula comme, chez nous, la *chicha*. Le succès récent, les lendemains radieux, la déconfiture de La Gasca, les prisonniers et les morts furent autant de prétextes pour vider et remplir les coupes. Les domestiques changèrent six fois de nappes, et ils s'usèrent les bras à rasseoir sur leurs chaises les convives que l'ivresse faisait chavirer.

La nuit pâlissait, quand la noble et titubante assistance se retira.

Le sourire de Villalcazar s'éclipsa avec le dernier invité.

– Viens, dit-il.

Son ton me fit abandonner l'inventaire des dégâts qu'occasionne ce genre de fête.

Je le suivis dans la chambre.

– Tu as trois jours pour enlever tout l'or que tu as apporté de Yucay et le remettre dans sa cachette.

Je crus que la boisson lui avait noyé l'esprit.

– A force de boire, dis-je...

– Je quitte Gonzalo. Lui et moi, c'est fini.

– Quoi!

– Tu permets que je parle? Je ne suis pas candidat au suicide. Gonzalo, à brève échéance, est un homme mort.

– Mais n'attendez-vous pas des renforts d'Arequipa, de La Plata, et d'autres villes? Enfin, Bartolomé! Tous le disent : La Gasca a perdu!

– Si tu écoutes les ivrognes et les illuminés! J'avais prévenu Gonzalo quand La Gasca a débarqué : l'Ecclésiastique, avec ses mines amènes, ses indulgences et ses bénédictions, était bien plus dangereux qu'une armée. Gonzalo a ri. Il a refusé de m'écouter. Il refuse la réalité. Il tient son os, et préfère crever que le lâcher. Libre à lui! Moi, j'abandonne.

– Que vas-tu faire?

– Offrir mon épée à La Gasca. Dans les moments que nous vivons, si l'on n'est pas pour, on est contre. Il n'y a pas de milieu. Toi... Dès que ma soumission sera publique, je ne donne pas cher de nos têtes si Gonzalo nous attrape! Pars à Yucay. Ton majordome me semble homme à soigner ses intérêts. Fais-lui comprendre que les nôtres sont les siens. Si besoin est, qu'il te cache.

Au petit matin, avant que Villalcazar prît la route de Lima, nous rédigeâmes, sur sa demande, nos testaments. Chacun, en cas de décès, légua ses biens au conjoint survivant. Le notaire, appelé en hâte, entérina les actes.

– On ne sait jamais, avec toutes les tracasseries administratives, et du fait que tu es *indienne*... dit Villalcazar. Si je mourais, tu garderais cette maison.

Je m'abstins de faire remarquer que c'était bien médiocre en regard de ce qu'il hériterait, lui, si je disparaissais la première.

– Dieu soit avec toi! dis-je.

La chaleur de ma voix ranima un désir qui avait quelque peu tiédi.

La femme choisie

Je vécus dans mon palais.

De temps en temps, les guetteurs postés par Marca Vichay accouraient. Je me réfugiais dans sa demeure, et je me mêlais à ses femmes. Mais ce ne furent que de fausses alertes. Par deux fois, un des valets que Villalcazar avait emmenés avec lui m'apporta un message.

Le premier me relatait l'excellent accueil de La Gasca. Le second me parvint au mois pluvieux de décembre : l'armée royale se préparait à quitter Jauja où elle stationnait et à remonter par Amancay en direction de Cuzco pour anéantir les troupes bien réduites de Gonzalo Pizarro.

Le sort de Villalcazar m'angoissait.

Je ne voulais pas qu'il m'échappât. Sa mort m'appartenait. Aussi, priais-je avec ferveur notre Père le Soleil dont la coupe débordait d'affronts, et qui ne pouvait qu'applaudir à mes desseins. Je visitai également les *huaca* de la vallée. Qhora et moi nous chargions de riches offrandes, feuilles de coca, *chicha*, laine fine et gras maïs, afin que leur influence bénéfique protégeât Villalcazar.

Ce fut au début de l'année neuve que j'attirai Marca Vichay sur ma couche. Quelque chose m'avait toujours plu en lui. Et j'avais grandi depuis l'époque d'Huascar. Je ne craignais plus que les démons et les vers me dévorent les entrailles si un autre que l'Inca me touchait !

Marca Vichay officia dans son rôle d'amant avec la même dévotion qu'il mettait à me servir...

Allons, bon ! Qu'ai-je dit ? Je vous supposais capable maintenant de tout entendre, Père Juan ! Seriez-vous, par hasard, en train de m'imaginer en créature lubrique, vautrée dans la boue avec mon beau Cañari ? Je me hâte de vous détromper. Nos rapports furent toujours délicats, aimables. Une détente pour le corps et l'esprit. Je n'en souhaitais pas plus. Dès qu'il avait quitté ma couche, Marca Vichay renfilait sa livrée de majordome. Ainsi, la distance entre nos positions respectives demeurait celle qu'elle devait être, cependant que se resserraient les liens de fidélité qui l'unissaient et l'unissent toujours à moi.

A la campagne, le temps se mesure au travail de la nature. A mon arrivée, les jeunes plants de maïs levaient de terre. Ils avaient poussé, mûri et pointaient, comme des fers de lances, leurs épis gonflés de sève, lorsque Villalcazar surgit.

– Je viens te chercher. Nous n'avons pratiquement pas eu à nous battre. Au moment de l'affrontement, les troupes de Gonzalo se sont débandées. L'héroïsme collectif exige un minimum d'espoir. Il n'y en avait plus. Je l'avais prédit : Gonzalo s'est retrouvé seul, mesurant enfin la situation où il s'était mis. Minutes affreuses, certainement ! Il avait le choix : se précipiter sur nos lignes et occire quelques-uns d'entre nous avant de périr lui-même, ou admettre son erreur et terminer en chrétien. Il s'est rallié au plus honorable, il a remis son épée à La Gasca.

– Et...?

– Il a été jugé l'après-midi même, et décapité le lendemain. Tonnerre de chien ! Un brave parmi les braves ! S'il m'avait écouté...

Sombre, le visage clos sur ses souvenirs, Villalcazar n'était pas disposé à en dire davantage.

Plus tard, des commentaires de vos compatriotes m'ont permis de saisir certains aspects de l'exécution. Je vous les livre.

Bien que j'eusse volontiers transformé en « tambours » les Pizarro, ne soyez pas surpris de m'entendre accompagner d'une voix louangeuse les derniers pas de Gonzalo. La mort, quand elle est grande, se salue, et elle mérite qu'on la conte...

Sur la grande place de Cuzco, en cet après-midi d'avril où je me plais à penser que notre Père le Soleil rayonnait, Gonzalo s'avance, escorté d'officiers et de moines. Il a toujours aimé le faste. Il a revêtu son plus magnifique manteau, un somptueux velours jaune étincelant d'or, et, sous un non moins superbe couvre-chef, il porte haut cette tête à la barbe soyeuse, qui, dans quelques minutes, aura quitté ses épaules. Sans amertume, il considère ses anciens compagnons entre les rangs desquels trottine sa mule. Il n'a pas quarante ans, et il a eu plus qu'eux, le plus vaste empire de notre monde, les plus prodigieuses richesses – dont les mines de Potosi –, plus qu'aucun n'aura jamais, plus même qu'un roi à qui sont interdites certaines dissipations. Il a vécu mille vies en une, un fantastique tourbillon couleur d'or et de sang, alors que regretter ? Il meurt en paix avec son dieu, et il va payer sa dette à son souverain. Il est serein, allégé de ses crimes, encore qu'ils n'ont jamais dû lui peser ! L'image de la Vierge Marie à la main, il gravit les marches de l'échafaud. A quoi songe-t-il ? Orgueil d'avoir été ce qu'il fut ou contrition, cette brusque prise de conscience qui semble assaillir les plus endurcis des vôtres à l'ultime instant ? Comment savoir ? Rien ne se lit sur son visage, venu tout frais et juvénile d'Espagne, qui s'est fait ici, dans notre pays, tanné au vent de toutes les passions... Gonzalo baise le crucifix. Il refuse le bandeau que lui présente le bourreau. Il ne craint pas de regarder la mort dans les yeux. Ce fut sa meilleure complice, et elle l'est encore aujourd'hui, se voulant belle pour lui...

J'ignore si, à ce jour, Hernando Pizarro est encore vivant. Les nouvelles nous parviennent lentement d'Europe, et la jeunesse l'a fui, lui aussi... Voyez une autre ironie de l'existence, Père Juan ! Si Hernando n'avait été retenu en Espagne pour la condamnation du vieil Almagro, sentence arbitraire qui lui a valu vingt ans de forteresse, sans doute aurait-il partagé le destin tragique de ses quatre frères !

A ce que l'on m'a dit, il s'est maintenant retiré sur ses propriétés d'Estrémadure, menant train de prince et marié à Francisca, la fille qu'eut Francisco Pizarro d'une sœur d'Atahuallpa. Francisca, héritière d'une énorme

fortune, est la nièce d'Hernando. Qu'importe! Les Pizarro
ont toujours obtenu du Ciel les dispenses nécessaires pour
ratisser l'or où qu'il fût!

***

Le gouvernement tranquille du président La Gasca
éloigna comme eau bénite les démons turbulents.

Tous les Espagnols qui s'étaient rangés à temps sous la
bannière de l'Ecclésiastique célébraient sa sagesse et la
leur. Villalcazar, comme les autres. Nous reçûmes beaucoup. Il s'enivra beaucoup, et nous nous querellâmes à
plusieurs reprises en public, car il eut quelques malaises.
Je le suppliai de moins boire.

– Tu deviens aussi rabat-joie que nos femmes! hurlait-il, mais ses cris avaient moins de force.

Si le vin aidait Villalcazar à oublier Gonzalo Pizarro, il
gardait bonne mémoire de ses intérêts, et il me somma
bientôt de tenir ma promesse et de le conduire à la
cachette d'Huascar.

J'étais prête.

A la date fixée, nous partîmes.

Villalcazar était nerveux. Il m'abandonna avec mes
porteurs à l'entrée de la Vallée Sacrée, et il poussa au
grand galop jusqu'au palais.

Nous soupâmes. Au menu, je m'en souviens, il y avait
de délicieux perdreaux, des bananes rôties. Après le dessert, nous allâmes nous asseoir dans les jardins. Marca
Vichay nous apporta une coupe d'ananas, des cacahuètes
et un flacon de vin.

Villalcazar se mit à parler du voyage en Espagne, qu'il
projetait.

Sa parenté jouissait de relations à la cour. Il comptait
sur ces appuis pour parvenir jusqu'au Roi. La perspective
prenait dans son esprit le relief d'une nouvelle conquête.
Elle avait dispersé la morosité qui le rongeait depuis
l'exécution de Gonzalo.

Avec la disparition des Pizarro, on le pressentait, s'achevait l'ère des grandes équipées et des jeux guerriers. L'avenir plat que Villalcazar apercevait devant lui l'effrayait. Il ne le disait pas, mais je le devinais. Il était de ces tempéraments qui, dès un objectif atteint, en cherchent un autre... Je suis persuadée qu'il a sauté sur l'occasion que lui avait fournie la sœur de Martin pour briser des épousailles qui, sitôt célébrées, devaient déjà le faire bâiller! Au Nouveau Monde où prendre rang parmi les chefs n'était donné qu'à quelques-uns, le défi, les obstacles et les incertitudes l'enthousiasmèrent. Quant à moi... Si je ne m'étais montrée rebelle, irréductible, m'aurait-il accordé plus d'attention et de temps qu'il n'en faut à un homme pour allonger une femme sur sa couche, la marquer, se rajuster et la ranger parmi ses souvenirs? L'affrontement de nos caractères avait allumé cette passion torride, responsable de la mort de Zara, passion qui se consumait aujourd'hui et, sous peu, se disperserait en cendres, toute possession, eût-elle été âprement convoitée, éveillant très vite chez Villalcazar lassitude et désintérêt.

A présent, ce qui agitait ses rêves, c'était d'enfoncer une porte neuve, celle de la cour d'Espagne, afin d'échanger contre la chaîne d'Huascar un titre de comte ou de marquis. Cela, il ne l'avait pas encore, il le lui fallait donc, il le voulait!

Ferrailler dans une société rompue aux courbettes, aux manières feutrées et aux basses intrigues lui était totalement étranger. Aussi, en parlait-il avec une grande excitation.

Et, dans l'ombre bleu sombre des grands *pisonay*, l'écoutant exposer stratégies d'antichambres et de salons, je me retenais de lui crier : « Admire cette douce nuit, respire ces parfums d'herbes, savoure ce vin et ces beaux fruits, sois tout aux heures présentes, elles te sont comptées. »

A l'aube, nous reprîmes la route. Marca Vichay nous accompagnait. Nous nous arrêtâmes aux alentours d'Ollantaytambo. Le lendemain, confiant les montures de Villalcazar et de Marca Vichay à la garde d'un valet, nous franchîmes l'Urubamba.

Villalcazar, qui ne faisait jamais trois pas à pied, peinait et pestait.

Je lui avais proposé une litière. Il avait refusé : « De quoi aurais-je l'air? Tu me vois transporté comme une châsse? C'est bon pour les femmes, les impotents et les vieux. » Même réaction que la vôtre, Père Juan! La courtoisie, en moins.

Après une dure percée dans les épineux, j'ordonnai la halte. Villalcazar réclama à boire. J'intervins. Les boissons fermentées sont nocives pour qui n'est point accoutumé à grimper. Il se mit en colère. Marca Vichay lui remplit un gobelet. Il le vida d'un trait. Nous poursuivîmes.

Pour arriver au vieux fortin où Huascar avait laissé ses porteurs, nous mîmes cinq fois plus de temps qu'alors. Villalcazar eut des malaises, nausées, étourdissements.

Le soir, au repas, tandis que les valets nous présentaient les viandes grillées, les piments et les quenouilles de maïs, je déclarai qu'il n'était pas en état de continuer et que nous reviendrions un autre jour. Villalcazar, interprétant mes paroles comme une dérobade, piqua une rage. Croyez-en mon expérience, Père Juan. Contrarier la volonté d'un homme est la meilleure méthode pour qu'il s'y cramponne!

Le but de la randonnée, censé être l'exploration d'une forêt plantée d'arbres aux essences rares, située à une petite heure de marche, nous n'emmenâmes que Marca Vichay.

A ce sujet, Villalcazar et moi avions discuté.

Partager avec un tiers un aussi fabuleux secret lui paraissait aberrant.

— Ce l'est autant de nous aventurer seuls dans cette végétation, avais-je répliqué. Que connais-tu de nos monts, hormis ce que tu as pu en voir du haut de ton cheval? D'ailleurs, du fait que la chaîne restera où elle est jusqu'à aboutissement de tes négociations avec Sa Majesté d'Espagne, Marca Vichay n'a aucune raison de soupçonner le contenu de la grotte. Je lui dirai que c'est une *huaca* dont Manco m'avait révélé l'emplacement, et qu'il n'a pas à y pénétrer. Il n'osera pas, il aura peur de la malédiction.

– Et s'il ose, s'il nous surprend devant l'or? Pis! S'il revient ensuite seul à la grotte?

J'avais haussé les épaules.

– Eh bien! tue-le, si cela doit te tranquilliser! Sur le chemin du retour, ce sera facile. Nous dirons aux domestiques qu'il t'a manqué de respect. Tu es espagnol. C'est suffisant pour justifier ton geste.

– J'aurais cru que tu tenais à ton majordome.

– Je tiens encore plus à être marquise.

Villalcazar avait ri. Moi, aussi...

Nous allions donc tous les trois, Marca Vichay ouvrant le chemin sur mes indications.

Peut-être, Père Juan, vous étonnez-vous : quelle mémoire, après tant et tant d'années! A moi, de rafraîchir la vôtre.

Revenons à la journée où Huascar m'avait menée sur ces lieux. En rentrant au palais, rappelez-vous, j'avais relevé sur une petite maquette d'argile les repères que l'Inca m'avait signalés. J'ai récupéré la maquette en descendant avec Villalcazar dans la salle souterraine.

Nous avons, voyez-vous, beaucoup d'astuce pour dissimuler nos trésors. Vos compatriotes s'en lamentent assez. Ils en sont encore à leur courir après, à explorer, à sonder ravins et rivières, et ils n'en découvriront jamais que le peu que nous avons abandonné pour les apaiser. Cela ne représente guère plus qu'un grain de maïs par rapport à la récolte de tout un champ. Cette récolte-là, nous préférons la perdre plutôt que leur en distribuer un épi!

Bientôt, le grondement de la cascade me guida.

J'avançais. Je ne pensais à rien. Tout était décidé et inscrit dans ma tête. Tout se ferait à son moment.

Derrière moi, Villalcazar grognait, jurait.

S'arracher aux lianes et à ce sol spongieux, exsudant ses humeurs poisseuses, coûtait à chaque pas.

Enfin, nous y fûmes.

Comme la première fois, la soudaine trouée du ciel, tenant en respect la forêt ramassée autour de cet espace scintillant, me saisit. Je m'arrêtai. Devant mes yeux brouillés, se profilait l'épaisse silhouette d'Huascar, contournant la nappe d'eau, atteignant l'excroissance rocheuse sur laquelle rebondissait la cascade... Des êtres disparaissent, d'autres se transforment ; les paysages s'incrustent. L'eau s'étalait maintenant à droite et à gauche jusqu'aux ondes noires des ombrages.

Je refusai les souvenirs et l'émotion. J'étais tout à coup pressée d'en terminer.

Je dis, comme convenu, à Marca Vichay :

– Il va nous falloir traverser cette eau. Vois où nous avons pied.

Et je me tournai vers Villalcazar.

Il cherchait son souffle, le visage en sueur.

– Tu as soif ?

Je lui tendis l'outre de vin. Je remarquai qu'il avait pris quelques cheveux blancs aux tempes. Il but. J'attendais.

Brusquement, il lâcha l'outre, chancela, tenta de se redresser et s'écroula à la renverse. Qu'il était grand !

Je me jetai à genoux, le secouai.

– Tu m'entends ?

Ses paupières battirent, me livrant un regard vague. Je me hâtai de poursuivre.

– J'ai tenu ma promesse, Bartolomé. Voici l'endroit. La chaîne et les trésors d'Huascar sont devant toi. Il te suffit de passer l'eau, et l'or... Tant d'or, Bartolomé ! De quoi être prince dans ton pays, monter une expédition, aller à la rencontre de nouvelles gloires ! Tu n'iras pas. Tu ne vas nulle part. C'est bête, non ? Tout cet or à portée de main, plus d'or que les Pizarro n'en ont trouvé, et tu es incapable de faire les quelques pas qui t'en séparent, tu ne peux même plus te relever! Ne sens-tu pas tes membres s'alourdir et s'engourdir? Ne t'inquiète pas, c'est normal, tu vas mourir... Comment as-tu pu croire que j'oublierais? Me voler ma petite fille! Elle était le rameau fleuri qui embellissait mon existence, et tu l'as tuée, tes sales agissements l'ont tuée! Te pardonner? Ceux qui sont comme toi s'imaginent toujours que le pardon des victimes leur est dû. Je ne t'ai pas pardonné, Bartolomé, je ne pardonne rien...

J'aurais continué ainsi des heures et des heures. J'avais tellement de choses à dire, des choses plein la tête et le cœur, mais où est la jouissance quand les paroles ne peuvent plus mordre, quand celui à qui l'on s'adresse ne vous entend plus?

Je me relevai.

– Viens, c'est fait, criai-je.

Marca Vichay porta Villalcazar jusqu'au camp. Les domestiques improvisèrent un brancard. Nous le descendîmes.

A Ollantaytambo, Marca Vichay partit au grand galop en direction du palais. Il ne s'y arrêterait que le temps d'échanger son cheval contre une monture fraîche afin de gagner Cuzco au plus vite. Mes instructions étaient qu'il se rendît à l'évêché et conjurât en mon nom l'Evêque de nous mander le meilleur médecin de la ville.

Le médecin dépêché à Yucay était un ami de Villalcazar. Ensemble, ils avaient servi les Pizarro, labouré les champs de bataille. Il s'y connaissait mieux en gangrènes, fractures, plaies et bosses qu'en physiologie générale, mais n'importe quel praticien aurait diagnostiqué la fatale défaillance d'une constitution détruite par des décennies d'aventure et les excès, diagnostic renforcé par les récents malaises dont Villalcazar avait souffert.

Durant une semaine, Marca Vichay et moi nous relayâmes à son chevet au cas, bien improbable, que la conscience lui revînt. Il s'éteignit enfin. Je lui fermai les yeux.

Inutile, Père Juan, pour votre confort moral, de m'inventer des remords! J'ai fait ce que je devais. Au plus, ai-je eu un peu froid les mois qui suivirent. La haine tient chaud.

Les obsèques eurent lieu à Cuzco. L'Evêque officia. Le président La Gasca manda l'un de ses proches pour le représenter. Les personnalités de la ville défilèrent, les princes incas, repentis et convertis, inclus. Jadis, les largesses d'Huascar à mon égard avaient gelé leurs sourires. Depuis que je baisais les pieds de nos vainqueurs, ils débordaient d'affection. Solidarité dans la bassesse!

Villalcazar fut inhumé à Yucay.

Monseigneur l'évêque s'y transporta avec une brillante cohorte. L'occasion était bonne de lui faire humer de près mes richesses. Il bénit mes terres et mon palais, et il repartit avec deux autres vases d'or plein.

Je paressais quelques semaines dans ma chère vallée. Puis je rentrai à Cuzco.

Les prétendants se mirent à m'assiéger.

Je m'en plaignis à l'Evêque qui avait repris le chemin de la maison, et venait dîner deux fois par semaine.

— Les hommes ne peuvent-ils laisser une veuve en paix?

— Ma chère fille, mon ministère m'autorise à vous répondre, sans que vous y voyiez flatterie, que la faute en impute à votre beauté et à votre finesse d'esprit... Et puis, que voulez-vous, votre fortune fait songer.

— Monseigneur, c'est par là que vous auriez dû commencer! Mais je vais décevoir. Personne ne remplacera mon époux.

L'Evêque choisit un fruit confit, soupira.

— Cette fidélité vous honore. Cependant, les servitudes

matérielles priment souvent sur les sentiments. Le domaine que Bartolomé Villalcazar vous a laissé étant une *encomienda*...

Père Juan, savez-vous ce qu'est une *encomienda*?... En effet. Le même principe que l'on appliquait en Espagne durant la reconquête contre les Maures, une répartition de terres à tels valeureux capitaines ou lieutenants, dont ceux-ci, sans en être les propriétaires, bénéficient du tribut ou revenu, à charge pour eux d'éduquer les païens de leurs villages dans la religion chrétienne et de les bien traiter... Mais, entre les *encomiendas* d'Espagne, à l'époque des Maures, et les *encomiendas* du Pérou, existe une différence majeure : la distance. Là-bas, il était possible de contrôler de près les *encomenderos*. Ici, ils se rient de leurs devoirs. Nul ne les respectant, nul ne s'avise de fourrer son nez dans les affaires d'autrui. Et je vous laisse calculer la part d'humanité dont peut s'enorgueillir cette institution, sans doute née de pieuses intentions, mais qui aboutit dans notre pays au lent assassinat de tout un peuple!

Fermons la parenthèse.

J'exècre les *encomenderos*. Je les écorcherais vifs. Je les gaverais de piments jusqu'à ce qu'ils s'étouffent. Je leur coulerais de l'or fondu sous les paupières. Je... Tenez! simplement d'en parler, je redeviens barbare! Et ce serait stupide de troubler cette ultime soirée et l'exquise paix de nos monts en vitupérant ce contre quoi on est impuissant.

Aussi, revenons-en aux propos de mon aimable évêque. De lui, je n'ai eu qu'à me louer.

— Vous ne l'ignorez pas, ma chère fille, enchaînait-il, les enfants de l'*encomendero* héritent des avantages concédés à leur père. Si l'union n'a pas porté fruit, ce qui est votre cas, la veuve a l'obligation de se remarier, lesdits avantages passant au nouveau conjoint. Pour ne pas perdre les privilèges afférents à l'*encomienda* de feu Bartolomé Villalcazar, vous voici donc forcée d'envisager un remariage.

– Monseigneur, je suis heureuse que vous ayez abordé le problème. Je désirais précisément en causer avec vous. Je vous l'ai dit, l'idée seule d'un remariage me répugne. Et, autant être franche, mettre sous tutelle ma fortune personnelle...! Je préfère, plutôt qu'un époux la gère, en disposer à mon gré. Les hommes rechignent aux bienfaisances, et celles-ci me tiennent à cœur. Bref, il y a une solution à laquelle j'ai pensé. Elle ne dépend que de votre agrément et de la volonté du président La Gasca [1]. Je souhaiterais que l'Eglise ou tel ordre que vous désignerez recueille les revenus de cette *encomienda*. Ils serviraient à entretenir un hospice. Je m'engage à le faire édifier à mes frais sur le domaine. La Conquête a eu ses élus, mais aussi ses malchanceux. Bon nombre de soldats espagnols, éclopés, rapiécés de toutes parts, traînent leur misère et leur rancœur au hasard des chemins, quand ce n'est pas dans les villes où les tentations sont multiples d'adjoindre la dégradation morale aux infirmités physiques. L'hospice serait pour eux. Nous pourrions même les y employer selon leurs aptitudes. Notre Inca, le grand Huayna Capac, avait coutume de dire : « Si le peuple n'a pas d'occupation, fais-lui transporter une montagne d'un endroit à un autre. Ainsi, l'ordre prévaudra. » Ce n'est qu'une image. Mais lorsque les mains s'activent, l'esprit est en repos et plus apte à se tourner vers Dieu que vers le diable...

Le président La Gasca, dont la simplicité éclaboussait l'arrogance et l'étalage vestimentaire de sa suite, vint visiter Cuzco. J'eus l'honneur d'assister au banquet que lui offrit la municipalité, assise à sa droite. Et quand Antonio de Mendoza, le nouveau vice-roi, succéda à La Gasca, Monseigneur l'évêque me l'amena, nous soupâmes ensemble.

---

1. La distribution des *encomiendas* relevait de la Couronne. Au Pérou, exceptionnellement, ce droit de récompense appartenait au Gouverneur – prérogative dont Pizarro abusa largement au profit des siens.

Dès lors, je régnai.

Aucune personnalité ne passe dans la région sans prévoir un détour par ma maison. Les autorités de Cuzco, et même parfois le gouvernement de Lima, me consultent, principalement sur les litiges opposant ceux de ma race aux vôtres. Chaque mesure édictée en Espagne m'est transmise à peine le bateau touche le port. De tout, je fais mon miel.

Débridez le cœur des princes par votre prodigalité, caressez la vanité des hommes, ménagez la jalousie des femmes, ayez bonne table, l'oreille complaisante et la bouche discrète, affichez la même courtoisie envers les valets qu'envers les maîtres, attachez-vous les humbles, et la rumeur vous portera!

Je reconnais que mon passé m'a aidée.

Combien est-il doux à l'orgueil espagnol de me pousser en avant, moi, femme de ma race, décrassée des vices que l'on nous prête, repeinte aux couleurs de la vertu, merveilleusement imprégnée de votre merveilleuse civilisation, l'exemple parfait d'une intégration que les beaux esprits se flattent de réussir!

Feindre ne m'a pas coûté, jamais lassée. Au contraire. J'ai trouvé à duper les vôtres une constante délectation. N'ont-ils pas commencé, se présentant comme des sauveurs, alors qu'ils n'étaient que loups et vautours?

Cette halte est la dernière.

De quelque façon que vous me jugiez, Père Juan, merci. Votre venue fut pour moi un retour à la lumière...

La femme choisie

Dans quelques heures, nous serons au terme de notre voyage, et je serai, moi, au terme de mes jours. Depuis que nous avons quitté Ollantaytambo, je le pressens. C'est maintenant une certitude. Elle en a beaucoup trop dit. Elle ne peut se permettre de me ramener à Cuzco.

Du moins, m'épargnera-t-elle un impossible dilemme : la dénoncer ou l'absoudre, remplir ma mission ou satisfaire ma conscience et mon cœur ?

Le rapport que m'en avait fait en Espagne le père général s'ajuste, certes, à la relation qu'elle m'a présentée. Aucun doute ne subsiste. Elle est tout ce dont on l'accuse, et plus encore, et elle s'en glorifie ! Mais les frémissements de l'être, les meurtrissures, les malheurs, le poids des circonstances, les a-t-on annotés en marge du rapport ? Même le climat du contexte échappe à ceux qui l'ont rédigé ! Nous naviguons dans les eaux noires et sèches de l'encre. Quelques hampes et jambages, et nous voici prêts à condamner, la culpabilité apparaissant toujours plus évidente, et l'innocence, plus complexe !

Où est l'équité, où est la vérité vraie ?

A mon humble opinion, c'est en elle, sans travestir les faits, qu'il faut chercher, elle telle qu'elle est, traversant de sa flamboyante silhouette les années, tour à tour apprivoisant et cravachant l'adversité avec les moyens de sa race, qui ne sont pas les nôtres... A-t-on le droit de juger selon notre morale cette femme qui a agi selon la sienne ? La question est là.

Puisse mon sang versé contribuer à la conversion de ces pauvres Indiens et racheter mes faiblesses ! Comment procédera-t-elle ? Mettra-t-elle le poison dans la chicha, ou serai-je immolé sur l'autel de quelque démon ?

La femme choisie

J'ai passé la nuit en prières.

Seigneur, mon Dieu, assistez-moi de Votre force, et pardonnez-lui! Elle a commis des actes criminels. Mais mes compatriotes n'en ont-ils pas bien plus à leur actif? Et eux, Seigneur, eux! ils savaient ce qu'ils faisaient!

Une dernière réflexion sur laquelle j'ai longuement médité, et qui s'est confirmée, hier soir, à la fin de son récit.

Admettons que Manco Inca l'ait subjuguée par sa fougue, sa valeur exceptionnelle, et les espoirs qu'il portait. Mais on ne trompe pas un ancien expert en ces choses : une femme qui clame sa haine est une femme qui souffre d'amour. Elle aimait Villalcazar. L'Espagnol a dominé sa vie. Pour cette raison avant toute autre, elle l'a tué. Pour en terminer avec la tentation et avec la honte. Pour se punir, aussi. Mais, cela, le sait-elle?

Pourquoi, me direz-vous, Seigneur, tracer ces lignes que personne ne lira? L'habitude, je présume. Même au seuil de la mort, les habitudes demeurent.

Épilogue

L'étroite corniche pavée de pierres plates ne semblait mener qu'à un pic en forme de croc de chien. A droite, c'était le gouffre, du roc éclaté, des fonds noirs presque verticaux.

Pour combattre le vertige, Juan de Mendoza avait trouvé un moyen : garder le regard fixé sur la litière d'Azarpay.

Au début, à chaque instant, il tremblait que la frêle carcasse de bois, gainée d'or et d'argent, ne basculât dans le vide. Maintenant, il s'en remettait au pas lent et sûr des porteurs, et à l'adresse avec laquelle leurs doigts de pied se raccrochaient dans les pentes à la moindre aspérité du terrain.

Il avait appris beaucoup de ces hommes à la peau foncée, rugueuse, craquelée comme de l'écorce, aux corps huilés par le labeur, industrieux, volontiers gais, dont les yeux riaient gentiment de ses ignorances. Et bien que son vocabulaire *quechua* se limitât à quelques mots, il en était venu, par la complicité de l'effort partagé, à se sentir en amitié avec eux, alors qu'il avait toujours considéré le petit peuple d'Espagne « du haut de son cheval », selon l'expression d'Azarpay, attitude bien peu chrétienne, il s'en rendait compte aujourd'hui.

Il souleva son chapeau, s'épongea le front avec son mouchoir, soupira, songeant, et se le reprochant, que, malgré toute la bonne volonté que l'on peut avoir, on n'est jamais vraiment prêt à mourir. Il y a un certain non-sens à lâcher l'existence juste au moment où l'on commence à découvrir la saveur des choses simples et à aimer les hommes non seulement à travers Dieu, mais pour ce qu'ils sont.

Quand il releva la tête, la litière avait disparu, absorbée par l'ombre du pic, et le talus, sur sa gauche, cédait, révélant une immensité rocheuse dont les crêtes déchiquetées déferlaient par vagues jusqu'aux lointains.

Ces changements brutaux d'horizons n'étonnaient plus Juan de Mendoza. Ce qui le saisit fut, en s'avançant, d'apercevoir à la base du pic une forte concentration de toits de chaume, quadrillée de rues, aérée de places et d'espaces verdoyants, bref, l'ensemble ordonné que présente une ville habitée et prospère, avec la particularité que celle-ci était juchée presque au ras du ciel.

On y descendait par une succession de paliers.

Sur l'un des paliers, fichée dans l'herbe comme la lame d'un archange, se dressait une pierre gigantesque, lisse, effilée, brillante, à laquelle aboutissait un lacis d'escaliers, partant d'un vaste édifice placé en lisière de la ville. Les plaques d'or sur les murs annonçaient un temple.

La litière s'arrêta. Les rideaux s'ouvrirent, et Azarpay sortit. Elle se prosterna devant la pierre, déposa des offrandes. Juan de Mendoza la regardait, si concentré sur la grâce des gestes qu'il en oubliait la signification barbare.

Un flux d'Indiens s'agglutinait au bas des paliers.

Quand Azarpay se releva, la foule se mit sur deux rangs, les hommes, d'un côté, les femmes, de l'autre, montant vers elle, chacun s'approchant à tour de rôle, baisant ses mains, le bas de sa tunique. Il y avait de tout, des dais écarlates abritant des manteaux de princes, des *liclla* soyeuses, des habits de paysans, les plus nombreux, et les hommes portaient des coiffures variées, turbans, bonnets, cordons de cuir, tresses de laine, cercles de jonc, ce qui prouvait, en déduisit Juan de Mendoza puisant dans sa science neuve, que cette population provenait de diverses provinces. L'hommage rendu, hommes et femmes s'écartaient et se mettaient à le dévisager. La joie s'effaçait, l'hostilité était immédiate.

De près, sous le chaume des toits, s'allongeaient des façades en pierre taillée, des demeures seigneuriales, et l'on devinait, derrière la magnificence austère de l'architecture, des cours fleuries, des fontaines.

Un palais en granit rose dominait la place, desservi par un somptueux escalier dont les marches se déployaient en éventail, le long desquelles cascadait une eau claire, bondissant de bassin en bassin, parmi des touffes d'orchidées. Ce fut vers cet escalier que les porteurs se dirigèrent.

L'intérieur du palais luisait d'or. Aucun meuble. Des nattes, des tentures et, dans les multiples niches, des statues, des vases enrichis de gemmes. La voûte était haute, un assemblage de poutres et de poutrelles diffusant une subtile odeur.

Azarpay s'éclipsa. Des serviteurs disposèrent le souper. Juan de Mendoza attendait. Elle revint, grave, plutôt muette. Ils mangèrent. Il se força par politesse.

Au dessert – miel doux et goyaves vertes, à la chair blanche et juteuse, qu'il apprécia, car il avait très soif –, surgit une minuscule créature trottinant dans les plis d'une cape. Le visage grossier, entaillé par les ans, était vieux.

Azarpay lui adressa quelques mots d'un ton bref.

– Qhora, dit-elle. Je vous ai tant parlé d'elle, je souhaitais que vous la connaissiez.

Qhora salua, regard au sol, et se retira.

– Je crains de ne lui avoir guère plu, observa Juan de Mendoza.

– Elle abomine les hommes blancs, elle a ses raisons. Tous, ici, nous avons nos raisons... Père Juan, je vous prie de m'excuser, j'ai des ordres à donner. Allez prendre du repos. Demain, nous parlerons.

— Tout n'est-il pas dit, madame?

— Non. Et vous le savez très bien.

Un serviteur le mena à une maison de dimension modeste, qui jouxtait le palais.

Dès qu'il entra dans la chambre, il se sentit étouffer. Etait-ce l'exiguïté de la pièce, ces quatre murs nus, resserrés autour de lui? Une natte couvrait le sol, des couvertures s'entassaient dans une niche. Il y avait des fruits, un vase de *chicha*, dans une autre. Une petite fontaine saillait de l'une des parois. Il ne toucha ni aux fruits ni à la *chicha*. Il se rafraîchit à la fontaine, et s'étendit sur la natte. Puis il se releva et décida qu'il lui fallait un peu d'air. La porte franchie, un homme qu'il ne connaissait pas l'invita par gestes à retourner d'où il venait.

Pour calmer son agitation, il égrena plusieurs chapelets, et s'endormit d'épuisement sur son bréviaire.

Au matin, un serviteur le réveilla, avec une soupe chaude, un brouet de *quinua*, quelques minces tranches de viande de lama, séchée. Il avait froid, il avala la soupe. Elle avait bon goût, et son palais s'était assez endurci pour supporter maintenant le feu du *chinchi uchu*, le diabolique petit piment rouge qui accompagnait toute nourriture.

La collation prise, recommença l'attente.

Une clarté pâle filtrait d'une ouverture pratiquée dans l'un des murs à hauteur des poutres. Les secondes s'étiraient, tombant avec la lenteur exaspérante de l'eau qui alimentait goutte à goutte le bassin de la fontaine.

Que faisait-elle? Soignait-elle les détails de son supplice? Quel supplice? La corde, la lapidation, la bastonnade, une fosse grouillante de serpents venimeux, ou d'autres supplices encore, plus ignominieux, qu'elle avait mentionnés et qu'il n'avait pas retenus, se refusant d'envisager pour lui ce genre de mort... Au fond, c'était cela qui le tourmentait, pensa Juan de Mendoza avec une sombre ironie : partir sans élégance ni apparat, comme un gueux! Et il se détesta.

Elle parut.

– Allons, Père Juan.

Il passa son chapelet à son cou, saisit son bréviaire d'une main, son crucifix, de l'autre.

Tournant le dos au pic, elle se dirigea vers l'extrémité de la ville.

Il y avait un fort vent, des petits tourbillons de poussière, roulant sur les pavés, des chants de femmes, des vols noirs d'oiseaux, des eaux murmurantes, quelques enfants marchant avec une dignité de seigneurs, à qui, en passant, Azarpay caressait la tête.

Elle dit, de sa belle voix :

– Vous êtes le premier homme blanc, et le dernier, à traverser cette cité. Elle fut bâtie sur ordre du grand Inca Pachacutec. Initialement, ce n'était qu'une forteresse. Puis elle s'agrandit, devint, comme la cité de Manco, lieu de retraite pour nos Incas. Avec la formidable extension de l'Empire, ils l'ont peu à peu désertée. La cité est morte. Les fils de Manco m'ont autorisée à lui redonner vie. Je puis dire qu'elle est mienne. Des prêtres, des princes, m'ont aidée. Les Espagnols, eux, ont fourni la main-d'œuvre : tant d'hommes et de femmes ont été heureux de leur échapper en se réfugiant chez nous!

Elle alla jusqu'à un parapet, bas, large comme un chemin de ronde. Au-delà, bien plus loin, l'œil butait contre les monts.

– Ici, finit la cité proprement dite, mais son rayonnement s'étend partout où porte la vue... Approchez, Père Juan, n'ayez pas peur, le vide ne vous mangera pas! Voyez en contrebas sur chaque versant ces centaines de terrasses de culture, ces villages. Tout pousse, le maïs, le coton, la coca, la pomme de terre, la fève, la courge, les patates douces... De nombreuses communautés, dont mon *ayllu*, se sont reformées alentour. Dans ce lieu béni, nous nous suffisons, vivons comme nous vivions avant que les vôtres ne souillent jusqu'à notre air... Venez, rentrons au palais.

La femme choisie

La naine apporta la *chicha* et deux gobelets, des merveilles en bois laqué, dans les tons d'ocre, de roux et de brun, avec quelques touches d'or. Azarpay les remplit, et en tendit un à Juan de Mendoza.

– Je dois vous dire tout d'abord, Père Juan, que je ne retournerai pas à Cuzco. Ma route s'achève ici. Depuis la capture et l'exécution de Tupac Amaru, le troisième fils de Manco à lui succéder, et le meilleur, ma résolution est prise. J'avais rêvé d'un équilibre possible entre nos maîtres blancs et les anciens, mais il est notoire aujourd'hui que le nouveau vice-roi, don Francisco de Toledo, désire effacer de nos mémoires toute trace de ce que fut l'Empire. L'Espagnol n'a plus besoin, comme aux premiers temps, de l'Inca pour drainer nos richesses dans ses coffres, il est à présent chez lui, nous ne sommes plus chez nous! Qu'ai-je donc à faire en bas que je ne puisse faire d'en haut? C'est dans cet état d'esprit que je vous ai accueilli à Cuzco. Arriver dans ma maison, alors que la tête de Tupac Amaru venait juste d'être retirée de la grande place où les vôtres l'avaient exposée, fichée sur une pique, face à la cathédrale, n'était pas, avouez-le, un moment bien choisi! Vous a-t-on dit que le fils de Manco, trahi par certains indigènes, fut obligé d'abandonner ses positions, traqué jusque dans la jungle et ramené à Cuzco, une chaîne au cou, comme un chien? J'étais donc en pleine douleur, horrifiée par les sacrilèges commis sur la personne de notre souverain, et je vous vois accourant, impatient de sonder nos cœurs et nos âmes, figurant à mes yeux un de ces médecins charognards qui se nourrissent des moribonds. Je vous ai bien haï, votre condamnation fut aussitôt prononcée. Quel exutoire à mon chagrin, quelles délices d'exciter une curiosité qui ne vous serait d'aucune utilité là où elle vous entraînait! Buvez, ce gobelet n'a point été frotté de poison, vous méritez mieux! Je le répète, vous avoir en mon pouvoir m'a procuré d'exquises satisfactions. Un Blanc, un Espagnol, prêtre par surcroît, trois raisons de vous détruire! J'ai longuement jonglé avec cette idée, cherchant la manière la plus aimable qui soit à notre Père le Soleil de vous sacrifier pour le consoler un peu de la perte de Tupac Amaru, son fils bien-aimé... Vous vous en êtes d'ailleurs douté assez vite, n'est-ce pas?

– En effet, madame.

– Fascinante situation! Savez-vous, Père Juan, que vous avez ajouté une bonne poignée de piments au plat que je dégustais! Mais pourquoi cette obstination à poursuivre? Désir fanatique de me confondre ou de me convaincre? Attraction de la mort? J'ai cherché. Dites-moi.

– Je ne puis vous dire qu'une chose, madame : vous auriez été autre, je ne serais pas ici.

– Et vous, vous n'auriez pas été ce que vous êtes...! Père Juan, vous allez repartir. Ces quelques jours vous ont peut-être aidé à nous connaître un peu, mais il vous faut maintenant apprendre à connaître vos compatriotes, ceux d'ici, ceux du Pérou, et apprécier leur œuvre. Allez partout. Allez dans les mines, vous y verrez l'enfer que vivent les nôtres. Allez dans les ateliers de tissage, vous y verrez des bagnes pour femmes et enfants. Allez dans les *encomiendas*, vous y verrez des êtres humains soumis à des traitements que l'on ne réserverait pas à un animal. Allez dans les villes, vous y verrez ce qui ne s'était jamais vu, des vagabonds, des mendiants, des voleurs, et cela, aussi, est l'œuvre des vôtres. Car pour se soustraire aux mines, aux ateliers de tissage, aux *encomiendas* et à ces agglomérations où les Espagnols déportent et parquent certaines populations afin de les mieux asservir, les nôtres se sauvent de chez eux. Sans moyens et sans toit, coupés de leurs racines, beaucoup qui, comme tous, avaient la fierté de leur labeur n'utilisent plus leurs mains que pour recueillir une maigre aumône ou reprendre quelques miettes de ce qu'on leur a pris. Enfin, allez dans

327

les villages visiter vos curés qui tiennent cour comme des potentats et qui, rien que par leur dépravation et leur cupidité, nous feraient abhorrer une religion qu'ils imposent à coups de fouets. Allez, Père Juan, allez, observez, écoutez. La vie et la liberté que je vous rends vont parfois vous être bien pesantes. Je gage même qu'en remuant cette boue, qu'en respirant cette pourriture, vous en arriverez à regretter les pures et lumineuses joies du martyre, mais j'ai choisi pour vous... Quoi que vous disiez sur moi, vous apporterez un peu de bonheur à mon peuple. Que les Espagnols rasent ma demeure de Cuzco, elle ne fut que le théâtre de la comédie que je leur ai jouée, et voici longtemps qu'en prévision de cette retraite, j'ai cédé mon palais de Yucay et mes plantations de coca. Ma fortune paît en paix sur la *puna* de ces monts, croît et se multiplie. A certaines époques, plusieurs milliers de lamas en descendent. Le produit de leur vente me permet de racheter bon nombre de malheureux astreints à la *mita*, le travail obligatoire instauré par les vôtres... Vous partirez demain matin. On vous ramènera à la vallée de Yucay. Une monture vous y attend.

Le ciel était couleur de plomb, et noirs, les monts.
— La saison des pluies paraît avancée cette année, dit Azarpay.
Elle avait tenu à l'accompagner jusqu'à la crête.
Quand ils parvinrent aux paliers d'herbe, Juan de Mendoza s'arrêta et fouilla son mince bagage. Il en extirpa un petit paquet noué d'un fil noir.
— Vous m'avez appris, madame, qu'à l'heure des adieux il est d'usage, chez vous, d'offrir un présent. Je vous prie d'accepter celui-ci. Ce sont des notes... J'ai pour habitude de consigner mes impressions et mes réflexions. Ces notes datent du premier jour de notre rencontre à Cuzco, les dernières sont d'avant-hier. Lisez-les quand je serai loin.
— Je suis très touchée, Père Juan, mais ces notes ne vous manqueront-elles pas?

– Je n'ai pas l'intention de les utiliser. Vos secrets, madame, vous appartiennent. Vous me les avez confiés, je vous les rends. A Dieu, de juger! Vous vous êtes montrée franche envers moi, je me devais de l'être avec vous. Disons que c'est un échange de confessions. Vous en saurez plus sur moi et... peut-être, sur vous.

Elle sourit.

– Père Juan, je vous remercie, je vous le promets, je lirai vos notes... Moi aussi, j'ai un cadeau pour vous.

Elle cria quelques mots.

Trois silhouettes accroupies se profilaient sur la butte qui épaulait le pic. Probablement, les guides chargés de le reconduire. Deux d'entre eux se levèrent. L'un posa la main sur la tête du troisième. Celui-ci bondit et dévala la pente. C'était un adolescent, petit et râblé. Ses yeux scrutèrent Azarpay. Ils avaient une expression douce, anxieuse.

– Père Juan, je vous présente Lliasuy Huana, « Canard Sauvage ». Quand il n'était encore qu'un gamin, son père a été désigné pour la *mita*. Le mois de la récolte approchait. Le père a refusé d'abandonner son champ. Les vôtres l'ont enchaîné à d'autres récalcitrants. Le gamin a suivi avec sa mère. Elle était enceinte et fragile. Elle n'a pas résisté au voyage. Le père et le fils sont arrivés à Potosi. On a aussitôt fait monter le père à la mine. Le travail s'effectue cinq jours consécutifs, par équipe de trois. Le gamin aidait. Pour accéder aux galeries, on utilise des échelles. Une nuit, l'échelle s'est renversée, le père a eu la nuque brisée. Le petit s'en est tiré, mais la peur, le choc, la commotion... il est devenu sourd et, depuis, n'a plus proféré un son. Il s'est enfui de Potosi. Un Espagnol l'a cueilli au bord de la route, l'a incorporé d'autorité dans un atelier de tissage. A coups de fouet, on se fait toujours comprendre! Le gamin s'est enfui à nouveau. Un des miens l'a ramassé à moitié mort de faim, un petit sac d'os, jeté dans le fossé. On me l'a amené à Cuzco, et je l'ai envoyé ici. Cet enfant, Père Juan, regardez-le bien : c'est notre peuple, ce que les vôtres en ont fait. Notre peuple, également, a perdu l'ouïe et l'usage de la parole. Certes, il se meut au gré de vos compatriotes, mais il demeure sourd à leur enseignement. Tout ce qu'il a appris à adorer, révérer, respecter, tout ce à quoi, durant des siècles, il a puisé ses forces, sa foi, sa sève, il le garde au fond de lui-même. C'est son trésor secret, son passé, son futur, l'héritage qui se transmet et se transmettra de pères en fils, et, cela, les vôtres ne réussiront jamais à s'en emparer! Lliasuy Huana est un bon garçon, il sait préparer le maïs et la *quinua*, attraper les oiseaux avec sa fronde, s'occuper d'un cheval. Il est infatigable à la marche. Il mange peu et déchiffre les mots sur les lèvres. Prenez-le, Père Juan, je vous le donne, il sera un fidèle serviteur, mais aussi votre mémoire.

Cet ouvrage a été réalisé par la
SOCIÉTÉ NOUVELLE FIRMIN-DIDOT
Mesnil-sur-l'Estrée
pour le compte des Éditions Grasset
en mai 1995

Imprimé en France
Dépôt légal : mai 1995
N° d'édition : 9738 – N° d'impression : 30491
2-246-50691-3